HENRI GENEVOIS

LES

DERNIERES CARTOUCHES

(JANVIER 1871)

Villersexel — Héricourt — Pontarlier

« Au général comte de Moltke, Versailles.

« Brévilliers, 14 janv. 1871, soir.

« ...Je prie instamment d'examiner s'il y a
« lieu de continuer à tenir devant Belfort. Je
« crois pouvoir protéger l'Alsace, *mais non en*
« *même temps Belfort, à moins de risquer*
« *l'existence même du Corps...* »

TÉLÉGRAMME DE WERDER A DE MOLTKE.

Trois Cartes hors texte

PARIS

LIBRAIRIE H. LE SOUDIER

174, BOULEVARD SAINT-GERMAIN, 174

1893

LES

DERNIÈRES CARTOUCHES

5203-93. — Corbeil. Imprimerie Crété.

HENRI GENEVOIS

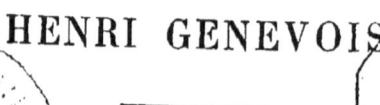

LES

DERNIÈRES CARTOUCHES

(JANVIER 1871)

Villersexel — Héricourt — Pontarlier

« *Au général comte de Moltke*, Versailles.

« Brévilliers, 14 janv. 1871, soir.

« ...Je prie instamment d'examiner s'il y a
« lieu de continuer à tenir devant Belfort. Je
« crois pouvoir protéger l'Alsace, *mais non en*
« *même temps Belfort, à moins de risquer*
« *l'existence même du Corps...* »

TÉLÉGRAMME DE WERDER A DE MOLTKE.

Trois Cartes hors texte

PARIS

LIBRAIRIE H. LE SOUDIER

174, BOULEVARD SAINT-GERMAIN, 174

1893

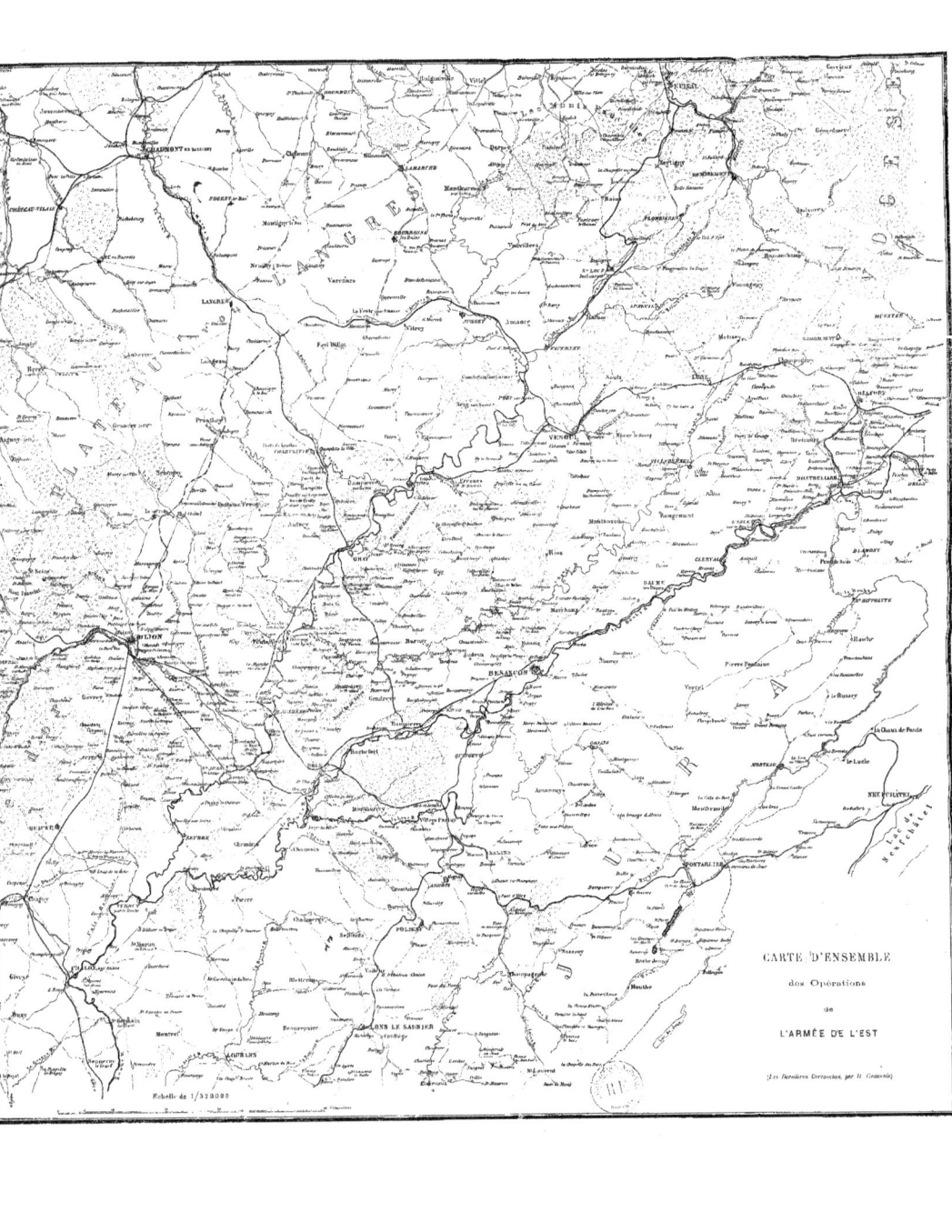

CARTE D'ENSEMBLE

des Opérations

de

L'ARMÉE DE L'EST

(Les Dernières Cartouches, par H. Crosnier.)

Echelle de 1/328000

LES
DERNIÈRES CARTOUCHES

CHAPITRE PREMIER

AVANT LA CAMPAGNE DE L'EST

SOMMAIRE. — Les opérations dans l'Est en octobre, novembre et décembre 1870. — La campagne des Vosges. — Combat de la Bourgonce. — Retraite de Cambriels sur Besançon. — Combats victorieux de Châtillon-le-Duc et de Cussey. — Werder se retire sur Gray. — Il marche sur Dijon. — Défense de Dijon. — L'armée de Besançon part pour Chagny et pour la Loire. — Coup de main de Garibaldi sur Dijon. — Combats de Pasques et de Prénois. — Insuccès des Allemands devant Autun. — Échec de Werder à Nuits. — Surprise victorieuse de Châteauneuf. — Bataille de Nuits. — Évacuation de Dijon. — Les places fortes d'Alsace. — Prise de Schlestadt et de Neuf-Brisach. — Siège de Belfort.

On ne peut guère apprécier très exactement le but, la portée, les conditions de la campagne de Bourbaki dans l'Est, au mois de janvier 1871, sans avoir un aperçu des opérations dont cette région

Les opéra-
tions dans
l'Est en oc-
tobre, no-
vembre et
décembre
1870.

1

fut le théâtre dans les trois derniers mois de 1870.

Lorsque Strasbourg eut capitulé, le 27 septembre, le général de Werder fut chargé de s'assurer des Vosges, de la Haute-Alsace et de pousser l'invasion le plus loin possible en Franche-Comté et en Bourgogne. Il disposait pour cette tâche du XIV° corps, principalement composé de trois brigades badoises d'infanterie et de la brigade prussienne d'infanterie von der Goltz, avec une nombreuse cavalerie et une artillerie puissante (1).

Son avant-garde, commandée par le général de Degenfeld, franchit les Vosges le 2 octobre par Schirmeck et par Senones. Elle ne rencontra d'abord que des corps francs battant le pays un peu au hasard, sans direction d'ensemble, dont quelques-uns cependant lui firent subir des pertes sensibles (2).

Pour disputer plus sérieusement le massif vosgien, une brigade d'infanterie commandée par le général Dupré fut transportée par chemin de fer de Gien à Épinal et mise sous le commandement de Cambriels. Ce général (3) s'efforçait de concentrer et d'orga-

(1) Voir aux annexes le détail de ces forces.

(2) Précédemment, le 23 septembre, deux compagnies de mobiles de la Meurthe et les francs-tireurs de Luxeuil avaient forcé à la retraite, entre Celles et Pierre-Percée, une colonne d'exploration commandée par le major d'Elern et composée d'un bataillon du 2° régiment de landwehr des grenadiers de la garde, avec un détachement de cavalerie et deux pièces.

(3) Grièvement blessé à la tête à Sedan, laissé pour mort, Cambriels était parvenu à regagner Paris. Le général Leflô l'avait envoyé à Belfort pour organiser la défense dans l'Est.

niser à Belfort les bataillons épars dans la région : il n'était qu'au début de ce laborieux travail lorsque la brigade Dupré lui fut envoyée. Dirigée sur Raon-l'Étape, elle se heurta le 6 octobre au corps du gé-néral Degenfeld, en avant de la Bourgonce.

Un combat très violent s'engagea à Saint-Michel, Nompatelize, Saint-Remy. Après une longue et vio-lente lutte, nos troupes furent repoussées, le géné-ral Dupré ayant été grièvement blessé et son prin-cipal lieutenant (M. Hocédé, lieutenant-colonel du 32º de marche) mortellement atteint.

Combat de la Bourgonce.

« Pendant *sept heures*, des *conscrits* appelés depuis quelques jours, mal armés, mal équipés, à peine soutenus par quelques pièces de faible calibre, avaient disputé le terrain à sept mille soldats exer-cés, appuyés par de la cavalerie et douze pièces (1). »

Cet échec nous faisait perdre les Vosges. La re-traite fut marquée, le 9 et le 11, par deux combats d'arrière-garde à Rambervillers et Bruyères.

Le général Cambriels rallia son monde à Besan-çon après une retraite difficile et s'appliqua à donner de la cohésion à ses troupes. Quinze jours plus tard,

Retraite de Cambriels sur Besan-çon.

(1) Nous ne pouvons que résumer à grands traits cette partie de la campagne. Cette histoire a été écrite d'une façon presque définitive par M. le capitaine J.-B. Dumas dans un ouvrage documenté, im-partial et animé d'un patriotisme élevé. En ce qui concerne le combat de la Bourgonce, on trouvera des détails complets à la 2º partie du présent volume, dans l'*Historique du 32º de marche*. Cet excellent régiment a supporté le poids principal de la lutte avec une bravoure dont ses énormes pertes donnent la mesure.

quand Werder se présenta devant Besançon et qu'il tenta de franchir l'Ognon, il rencontra un corps d'armée bien organisé qui lui fit rude accueil. Les combats de Cussey, d'Auxon et Châtillon-le-Duc (22 et 23 octobre) font le plus grand honneur à nos jeunes troupes qui repoussèrent un ennemi très supérieur en nombre.

Combats victorieux de Châtillon-le-Duc et de Cussey.

De la frontière suisse à la Saône, les départements du Doubs et du Jura — et par suite la région sud-ouest — sont protégés par une formidable barrière naturelle : le Doubs. Jusqu'à la retraite de Bourbaki, les Allemands ne purent forcer cette rivière sur aucun point, à aucun moment, malgré de nombreuses démonstrations. Au centre, Besançon les tenait en respect, les journées de Cussey et de Châtillon-le-Duc les ayant découragés de toute tentative nouvelle. A droite, quelques bataillons de mobiles échelonnés à Baume-les-Dames, l'Isle-sur-le-Doubs, Clerval, Vougeaucourt, Bondeval, Pont-de-Roide et Blamont suffirent à conserver cette ligne. A gauche, vers Dampierre et Dôle, la barrière fut maintenue intacte par le corps de Garibaldi en formation embryonnaire à Dôle ; puis, lorsque ce corps fut porté à Autun, par des mobilisés du Jura, des détachements de dépôts venant d'Auxonne ou de Lons-le-Saunier et des corps francs variés.

Werder se retire sur Gray.

Repoussé devant Besançon, Werder vint s'établir à Gray. Il y était très incertain de la conduite à tenir lorsqu'on lui annonça l'évacuation de Dijon.

Le 30 octobre, il marche sur la capitale de la Bourgogne : mais il ne parvient pas à s'en emparer après une journée de combat contre des rassemblements sans artillerie, n'atteignant pas la moitié de son effectif. Ce n'est qu'en vertu d'une convention, après un commencement de bombardement, qu'il peut y pénétrer le lendemain : la première défense de Dijon (1) est glorieuse pour les vaillants détachements d'infanterie et pour la garde nationale dijonnaise qui ont lutté sans artillerie contre des forces doubles, appuyées par 36 canons.

Il marche sur Dijon. — Défense de Dijon.

L'occupation de Dijon — du 1er novembre au 27 décembre — fut fertile en alertes, en mécomptes et en échecs pour les Allemands.

Le 8 novembre au matin, l'armée des Vosges, commandée par le général Crouzat (2), quitte Besançon pour aller à Chagny : elle devint le 20e corps. Ce corps, ultérieurement dirigé sur l'armée de la Loire, soutint honorablement le combat de Beaune-la-Rolande.

L'armée de Besançon part pour Chagny et pour la Loire.

Le général Crouzat ne quittait Besançon qu'à

(1) Voir le récit de la *Première défense de Dijon* à la deuxième partie.

(2) Le général Cambriels, très malade des suites de sa blessure, avait dû abandonner son commandement. Le général de cavalerie Michel qui lui succéda ne tarda pas à être remplacé par Crouzat, solide officier (colonel d'artillerie, général de division à titre auxiliaire).

contre-cœur. Dans la réclamation qu'il adresse au ministre de la guerre, on trouve en germe le plan de campagne qui sera adopté six semaines plus tard : — « Selon moi, l'armée de l'Est devrait manœuvrer autour de Besançon et être toujours à même de se jeter sur Belfort, sur les communications de l'ennemi, par la vallée de la Saône, avec ligne de retraite sur Lyon, par Lons-le-Saunier et au besoin par Pontarlier. »

Lorsqu'on reprit ce projet, les conditions étaient malheureusement devenues moins favorables.

Bien que débarrassé de son principal adversaire, Werder n'eut pas tous ses apaisements. Il avait cru d'abord, en apprenant le départ de Crouzat, à une attaque contre le XIV⁰ corps. Le 12 novembre, il réunissait son armée entre Pesmes et Gray. Mieux informé, il rentrait le lendemain à Dijon.

Coup de main de Garibaldi sur Dijon.

Le 26 novembre, Garibaldi, dont le quartier général avait été transféré à Autun où il continuait son organisation, tente contre Dijon un coup de main qui est sur le point de réussir. Il dirige ses colonnes contre Plombières-les-Dijon, Pasques et Prénois : de ces deux derniers points, l'ennemi est chassé dans l'après-midi avec un élan irrésistible. Vers sept heures du soir, les troupes garibaldiennes victo-

Combats de Pasques et de Prénois.

rieuses à Pasques et à Prénois suivent l'ennemi sans être aperçues et s'approchent de Dijon en se défilant soigneusement. Un bataillon badois établi autour d'Hauteville est rejeté en désordre sur Daix aux portes de Dijon : malheureusement, nos troupes trop jeunes et trop inexpérimentées pour un combat de nuit finissent par être repoussées.

Le lendemain 27, Werder rejoint à Pasques l'arrière-garde de l'armée des Vosges, désorganisée par le combat de nuit, et la refoule dans la direction d'Autun.

Le général allemand pensant en finir facilement avec le petit corps de Garibaldi, dirige la brigade Keller sur Autun. Bien que surpris par une attaque inattendue, le 1er décembre, les contingents improvisés de l'armée des Vosges se reforment rapidement sous le feu, font bonne contenance et contraignent les Allemands à la retraite.

Insuccès des Allemands devant Autun.

La veille, 30 novembre, Werder importuné par des escarmouches quotidiennes avait — dans le double but de faire une diversion parallèle au mouvement sur Autun et de se donner de l'air — dirigé une forte reconnaissance dans Nuits, avec ordre de pousser jusqu'à Beaune. L'avant-garde de la division Cremer et quelques compagnies du corps de Bourras délogèrent de Nuits la colonne ennemie en lui infligeant des pertes sérieuses.

Échec de Werder à Nuits.

Le 3 décembre, Cremer tombe à Châteauneuf dans le flanc droit de la colonne Keller, battue à Autun et en retraite sur Dijon : il lui inflige un nouvel échec qui précipite sa marche.

Surprise victorieuse de Châteauneuf.

En une semaine, Werder avait subi quatre échecs : Pasques, Autun, Nuits, Châteauneuf. Le 16 décem-

Bataille de Nuits.

bre, les Allemands résolurent de rendre moins précaire leur situation à Dijon et de tenter une vigoureuse offensive contre la division Cremer concentrée
entre Beaune et Nuits. Le 18 décembre, ils attaquent
cette dernière ville, avec quinze mille hommes et
trente-six canons : nos troupes, bien qu'inférieures
en nombre, opposent une résistance acharnée. A grand'
peine, les Badois parviennent à occuper Nuits d'où
ils ne peuvent déboucher : le lendemain matin,
brisés par cette belle résistance, découragés par des
pertes sanglantes, les Badois se mettent en retraite
sur Dijon.

Évacuation de Dijon. Quelques jours après, le 27 décembre, ils évacuaient cette ville à l'approche de l'armée de Bour-
baki et se retiraient à Vesoul.

Après trois mois d'opérations, Werder n'avait pu
franchir la ligne du Doubs ni par force, ni par surprise. Il n'avait pu pousser au delà de Dijon où il
était resté plus menacé que menaçant.

Les places fortes d'Al-sace. Il nous reste à résumer — pour terminer cette préface sommaire de la campagne de l'Est — les sièges
des places alsaciennes.

Les Allemands ont montré beaucoup de répugnance et d'inaptitude pour la guerre de sièges. Ils
n'ont attaqué que les villes dépourvues de forts détachés, faciles à réduire par un bombardement sans
danger pour eux, — sauf Strasbourg et Belfort dont
la conquête leur était imposée par des considérations

multiples, encore plus politiques que militaires. Ils ont prudemment évité des places comme Besançon qui fermait la route du sud, — Auxonne qui commandait le cours de la Saône, — Langres qui les forçait à des détours gênants et qui inquiétait leurs communications. Ce n'est pas que la possession de ces places leur fût indifférente : mais elles étaient armées et défendues de manière à forcer l'assiégeant à un siège régulier... et Belfort ne les mettait pas en goût.

Presque toutes les places de l'empire étaient de véritables souricières, surannées et mal armées, où des garnisons, des cadres, des armements ont été capturés sans perte pour l'ennemi, sans profit pour la défense générale, sans retard dans la marche de l'envahisseur.

La plupart des commandants étaient, il faut avoir le courage de le dire, dans une situation d'esprit qui rendait plus mauvais encore le mauvais instrument qu'ils avaient entre les mains.

Nulle part, sauf à Belfort, on n'a songé à improviser des redoutes en terre dont l'usage était classique depuis Sébastopol. Si nous avions eu dans chaque ville forte un Denfert-Rochereau cherchant à éloigner la défense du rempart et décidé à ne se rendre *qu'après brèche praticable au corps de place*, l'ennemi eût éprouvé de graves difficultés. La science et l'initiative ne se sont rencontrées qu'une fois — à Belfort, — et elles ont coûté à l'ennemi plus de pertes que la prise des vingt autres villes réunies !...

Le 1er et le 2 octobre, la 4e division de réserve réunie aux environs de Fribourg-en-Brisgau, sous les ordres du général de Schmelling, passait le Rhin en bac à Neuenbourg. Le 3 octobre, elle entrait sans coup férir à Mulhouse; le 7, elle tentait contre Neuf-Brisach un bombardement de deux heures avec trente pièces de campagne. La place ayant repoussé une sommation, le général de Schmelling se borna à la faire observer par quelques bataillons et se transporta avec le gros de ses forces devant Schlestadt.

Cette ville de dix mille habitants, située sur la ligne de Strasbourg à Belfort, n'était pas capable d'une résistance sérieuse. Dominée à petite portée, défendue par une enceinte de neuf fronts bastionnés, sans ouvrages détachés, sans abris blindés — elle était à la merci d'une attaque un peu vigoureuse tentée avec la grosse artillerie. Les deux mille mobiles que le commandant de la place, chef de bataillon Reinach de Faussemagne, avait pour toute garnison ne pouvaient guère tenir. Enfin les cent vingt bouches à feu d'un modèle arriéré, quoique servies avec intelligence et énergie, étaient incapables de lutter avec l'artillerie allemande.

Le 17 octobre, 7 bataillons et 2 escadrons cernent

la place; le chemin de fer commence à débarquer cinquante-six mortiers et canons de gros calibre amenés de Strasbourg.

Le 20, les batteries installées en face du front ouest commencent le feu : la place leur riposte vigoureusement. Le 22, la tranchée est ouverte à quatre cents pas des fossés; le front ouest est battu par un feu intense qui démolit les embrasures, éteint l'artillerie de la défense et allume des incendies dans la ville; pris à revers par une batterie établie à l'Ill-Wald, ce front devient intenable pour les défenseurs. Le 24 au matin, la place capitule et la garnison obtient les honneurs de la guerre. Le conseil d'enquête, tout en reconnaissant la mauvaise qualité de la garnison, émet l'avis que le commandant Faussemagne a eu tort d'abandonner trop tôt les avancées, de capituler avant qu'il y ait eu brèche au corps de place et de n'avoir pas fait enclouer les canons et noyer les poudres dont une partie seulement a été détruite par l'initiative des hommes. Les Allemands avaient eu quatre officiers et dix-neuf hommes tués ou blessés.

Le corps laissé devant Neuf-Brisach avait échangé quelques coups de fusil avec la garnison. L'arrivée des troupes de Schlestadt permit de compléter le blocus et de commencer le siège. Le 2 novembre, des batteries prussiennes furent établies au nord de la place (octogone bastionné ayant comme avancée

Prise de Neuf-Brisach.

le fort Mortier) à Wolfanzen et Bisheim et sur le territoire badois.

Le fort Mortier, qui n'avait que six pièces sur lesquelles cinq furent démontées, capitula le 8. Le 10, le commandant de place, lieutenant-colonel Lostie de Kerhor, arbora le drapeau blanc. Sur les cinq mille hommes de la garnison, mille à peine appartenaient à l'armée régulière : le reste se composait de bataillons de mobiles du Haut-Rhin et du Rhône.

« Les ouvrages de la place étaient intacts ; mais, dans la ville, la majeure partie des maisons était incendiée ou tout au moins fortement endommagée. » C'est l'état-major allemand qui constate textuellement le fait.

Neuf-Brisach avait coûté aux Allemands quatre officiers et soixante et onze hommes hors de combat. Ces pseudo-forteresses n'étaient que de dangereux entonnoirs où l'ennemi capturait des prisonniers en nombre important sans être sensiblement retardé dans sa marche.

Siège de Belfort.

Le 23 octobre, un ordre du grand quartier général de Versailles mettait sous le commandement du général Werder, en augmentation du XIVᵉ corps, la 1ʳᵉ division de réserve (Treskow I) et la 4ᵉ (Schmelling) et lui enjoignait de se préparer au siège de Belfort.

Belfort était une place très forte devant l'ancienne artillerie, mais à la merci des canons à longue portée ; le périmètre était trop restreint pour abriter une armée importante, pour gêner les communications de l'Alsace ou de la Lorraine avec la Comté, en un mot pour commander la « trouée de Belfort ».

A l'est, la citadelle (ou château) bâtie sur un rocher inaccessible et faisant corps avec l'enceinte continue est enfermée dans trois enceintes concentriques, réputées imprenables. Au nord-est, les forts de la Justice et de la Miotte, à 1200 mètres de l'enceinte et à 500 mètres l'un de l'autre, sont construits sur des sommets inabordables et ont un grand commandement : des murs reliant entre eux les deux forts et chacun d'eux à l'enceinte forment le quadrilatère fermé désigné sous le nom de *camp retranché*.

Cet ensemble constituait l'ancienne place. Sous l'empire, on construisit à l'ouest le fort des Barres à peu près terminé au moment de la guerre. Le général Doutrelaine, commandant le génie du 7ᵉ corps, avait décidé au mois d'août la construction d'ouvrages sur la hauteur de Bellevue et sur les sommets des Perches qui dominent la place à 1200 ou 1300 mètres de l'enceinte au sud et au sud-ouest. Ce n'était d'ailleurs que le renouvellement de ce qu'avait fait le général Lecourbe dans sa glorieuse défense de 1815. Mais le comité de défense de Belfort, obéissant à ce sentiment général d'inertie et de timidité qui a si cruellement paralysé la défense nationale, avait presque interrompu ces travaux lorsque Gambetta nomma, le 18 octobre, gouverneur de

Belfort le chef de bataillon du génie Denfert-Roche-reau promu lieutenant-colonel. Ingénieur militaire instruit, soldat énergique, républicain dévoué à la patrie et au devoir, le colonel Denfert prit ses dis-positions pour une résistance *active* et meurtrière. Il partit de ce principe qu'il fallait disputer le ter-rain pied à pied.

Seul contre son comité de défense — à l'avis duquel il passa outre alors que tant de comman-dants étaient heureux de pouvoir mettre leur res-ponsabilité à l'abri derrière des décisions collectives, — il ordonna de pousser avec la plus grande activité les redoutes de Bellevue, des Hautes et Basses-Perches et la mise en état de défense des villages de Pérouse et de Danjoutin. Au moment du blocus, les Perches étaient achevées et chacune d'elles armée de sept canons; Bellevue n'avait pas d'abris, mais son enceinte était à peu près suffisante. Le cercle d'investissement était ainsi porté de 8 à 18 kilo-mètres. L'ennemi ne prit Danjoutin que le 5 janvier, Pérouse le 21 et les Perches le 8 février. Il lui fallut trois mois d'efforts et de pertes sanglantes pour s'emparer de ce groupe de positions qu'il eût occupées dès le premier jour sans l'énergie et l'intel-ligence de Denfert.

L'insuffisance du matériel et des approvisionne-ments d'artillerie, chose à peine croyable dans une place frontière de premier ordre, fut pour la défense une grosse difficulté. C'est ainsi qu'on avait soixante-quinze mille obus de 12 et de 24 alors qu'il en eût fallu deux cent mille. L'intelligence du commandant de l'artillerie, M. le chef d'escadron Bouquet, y remédia dans une large mesure.

La place avait environ cinq mois de vivres.

La garnison, fort inexpérimentée, comptait à peu près dix-sept mille hommes : 1 bataillon du 84ᵉ de ligne, le bataillon de dépôt du 45ᵉ, 4 bataillons de mobiles de la Haute-Saône, 6 bataillons de mobiles du Rhône, 1 bataillon de Saône-et-Loire, 3 compagnies du Haut-Rhin, 2 compagnies de mobiles des Vosges et quelques détachements de francs-tireurs et de douaniers.

L'artillerie était en grande partie servie par des mobiles. On put constituer avec beaucoup de peine une batterie de campagne pour les sorties.

Le 2 novembre, l'avant-garde de la 1ʳᵉ division de réserve, chargée du siège de Belfort, se heurta à Sermamagny contre un bataillon de mobiles de la Haute-Saône et à Roppe contre un bataillon de mobiles du Rhône. Les Allemands, forts de 4 bataillons et de plusieurs batteries, furent arrêtés assez longtemps.

Le 3 novembre, l'investissement commençait et les communications de la ville étaient sinon rigoureusement fermées, du moins à peu près interceptées. Le 23 novembre, le blocus était complet par le tracé suivant : Cravanche, Valdoye, Offemont, Vétrigne, Phaffans, Bessoncourt, Chèvremont, Vézelois, Méroux, Andelnans, Bavilliers, Essert.

Le 4 novembre, le général de Treskow I eut la singulière idée de demander au colonel Denfert-Rochereau la reddition de la place afin de lui épargner « les horreurs de la guerre ». Il s'attira une réponse spirituelle et ferme dans laquelle le gouverneur lui déclarait que « la retraite de l'armée prussienne était le seul moyen que conseillent à la fois l'honneur et l'humanité pour éviter à la population de Belfort les horreurs d'un siège ». Il terminait en disant : « Nous nous attendons, général, à toutes les violences que vous jugerez nécessaires pour arriver à votre but ; mais nous connaissons aussi l'étendue de nos devoirs envers la France et envers la République, et nous sommes décidés à les remplir. »

Comme l'estimait très justement le colonel Denfert, l'ennemi entreprenait *une opération beaucoup plus politique que militaire*. Ce siège sanglant n'a pas été poursuivi avec un tel acharnement dans l'unique but de protéger des communications : un simple corps d'observation y aurait suffi et les Allemands se sont montrés assez peu friands de travaux de siège pour que leur intention soit douteuse : *ils voulaient achever la conquête matérielle de l'Alsace*.

Le 16, une sortie, avec deux mille hommes et la batterie de campagne, fut dirigée sur Bessoncourt. Nos jeunes troupes échouèrent, malgré leur bonne contenance, devant les retranchements prussiens.

Les 23 et 24 novembre, les Allemands occupèrent

le Mont (hauteur dominant les Barres) : la lutte fut chaude.

Le 3 décembre, vingt-huit canons de siège installés entre Essert et Bavilliers commençaient le bombardement qui ne devait cesser que le 13 février ! La ville et les faubourgs sont foudroyés : malgré ses nombreuses victimes, la population civile conserve, sous cet ouragan de fer et de feu, jamais ralenti pendant soixante-douze jours, l'attitude la plus patriotique.

Les Allemands avaient eu d'abord l'intention de faire le siège régulier en s'attaquant au fort de Bellevue, défendu par le capitaine du génie Thiers : ils commencèrent même une tranchée et firent quelques démonstrations ; mais ils y renoncèrent après avoir éprouvé l'énergie et l'habileté de la défense.

Les forts répondirent énergiquement au feu de l'ennemi et dans les moindres détails la défense fut habile et audacieuse : malheureusement le manque de projectiles l'empêcha d'être complètement efficace.

L'ennemi, voyant que le bombardement n'amollissait point les résolutions de la défense, se résigna à procéder régulièrement, sans du reste ralentir sa sauvage et inutile destruction. C'est le front sud-est qui devint son objectif. Le 8 janvier, de grand matin, il surprend le village de Danjoutin.

Du 15 au 18 janvier, la place est dans l'attente fiévreuse de la délivrance.

Après l'échec de Bourbaki, l'assiégeant redouble de vigueur : le corps de siège est porté à dix-huit mille hommes et les batteries atteignent le chiffre de deux cents pièces (1).

Le 20 janvier, l'ennemi enlève Pérouse au prix de pertes sanglantes et le 22 au matin, il ouvre les parallèles contre les Perches. Le 27, croyant avoir réduit ces redoutes, il donne l'assaut. Mais il est repoussé avec des pertes considérables : dix officiers et quatre cent vingt-sept hommes dont trois cents prisonniers, — ces derniers cernés dans le fossé, la vigueur de l'assaut les ayant entraînés à sauter au pied de l'escarpe.

Les travaux d'approche sont poussés avec une nouvelle énergie et le tir redouble d'intensité : ces malheureuses redoutes de campagne sont bouleversées de fond en comble et leur artillerie réduite au silence. Le 8 février, les Allemands peuvent en prendre possession. Rapproché de la ville, l'assiégeant poursuit le bombardement avec une rage nouvelle. Le 13 février, une sommation est repoussée par le colonel Denfert.

Pressé d'en finir, le quartier général de Versailles autorise le général de Treskow, par un télégramme du 12, à accorder la libre sortie des troupes.

Dans la nuit du 13 au 14, le gouvernement télé-

_____

(1) Bien que la diversion de Bourbaki se place à cette époque, nous croyons devoir continuer ce résumé, sans le scinder.

graphiait au colonel Denfert pour l'autoriser à rendre la place qui tirait contre l'ennemi les derniers coups de canon. Les conditions de la reddition furent signées à Pérouse le 16 février. L'article 2 stipulait : « La garnison, en raison de sa valeureuse défense, sortira librement, avec les honneurs de la guerre, et elle emmènera les aigles, drapeaux, armes, chevaux, équipages, etc., et enfin les archives de la place (1). » L'évacuation eut lieu les 17 et 18 février.

L'investissement avait duré cent dix jours et le bombardement soixante-douze jours. Les Allemands avaient perdu par le feu quatre-vingt-huit officiers et deux mille quarante-neuf hommes : c'est *deux fois* ce qu'ils ont perdu devant Paris (les batailles exceptées).

Si tout le monde avait fait son devoir comme Denfert et ses collaborateurs, la honte du démembrement nous eût été épargnée..

En résumé, au moment où Bourbaki fait sa diversion, les Allemands n'ont pu aborder ni la Franche-Comté au sud du Doubs, ni la Bourgogne au sud de Nuits, — bien que n'ayant devant eux que de jeunes contingents très fractionnés.

Quant aux forteresses de la région, ils ont cueilli deux bicoques : Neuf-Brisach et Schlestadt ; ils

(1) Voir le texte officiel aux annexes.

s'acharnent vainement contre Belfort ; ils respectent Auxonne, Langres et Besançon.

Tel est, en rase campagne et devant les places, leur bilan des trois derniers mois de 1870. Nous touchons à l'heure décisive.

CHAPITRE II

LA PRÉPARATION DE LA CAMPAGNE

DE BOURGES A VILLERSEXEL

Sᴏᴍᴍᴀɪʀᴇ. — La première armée de la Loire à Bourges. — Sa reconstitution. — Gambetta à Bourges. — Projet de tentative
directe sur Paris. — Le plan de diversion dans l'Est proposé par le ministère de la guerre. — Son adoption par
Gambetta et par Bourbaki. — Bourbaki. — Ses défaillances.
— M. de Serres. — Son rôle restreint. — Autorité absolue de
Bourbaki. — Le transport des 18ᵉ et 20ᵉ corps. — Insuffisance de
la Compagnie de Lyon. — Les appréhensions de Bourbaki. —
Il réclame le renfort du 15ᵉ corps. — On le lui accorde. — Conditions déplorables du transport du 15ᵉ corps. — Comment nos régiments voyageaient. — Les dispositions des Allemands. — Évacuation de Dijon. — Werder autour de Vesoul. — Lenteurs de
Bourbaki. — Impatience de Gambetta. — Bourbaki se met en
marche. — Escarmouches du 5 janvier près Vellefaux, Lièvre-
cey, Mont-le-Vernois. — Cremer est rappelé et distrait de son
rôle initial. — Instructions définitives du quartier général de
Versailles. — Bourbaki décide la marche de l'armée sur Belfort.
— Werder se dispose à l'assaillir de flanc. — Les emplacements
des deux armées le 8 janvier.

Au milieu de décembre, les trois corps qui allaient La première
devenir l'armée de l'Est, 15ᵉ, 18ᵉ et 20ᵉ, se recons- armée de
tituaient dans la région de Bourges. Ils y étaient la Loire à
arrivés dans un état pitoyable, à la suite de la reprise Bourges.

d'Orléans où l'armée de la Loire, dont ils formaient l'aile droite, avait été coupée en deux.

Ce n'est pas que les éléments dont se composaient ces corps fussent inférieurs à ceux qui, sous le commandement de Chanzy, se battaient tous les jours contre Frédéric-Charles : on peut même dire qu'ils étaient plus riches en vieilles troupes. Ce n'est pas non plus qu'ils eussent été soumis à de plus dures épreuves : au contraire, les 16ᵉ et 17ᵉ corps avaient eu à subir des assauts autrement rudes que les 18ᵉ et 20ᵉ.

Mais la fraction restée avec Chanzy tirait toute sa supériorité de la supériorité de son chef. Chanzy savait qu'on ne rallie pas des troupes jeunes en arrière : on ne leur maintient leur cohésion qu'en les ramenant toujours en avant avec une main de fer. Il savait que la retraite, opération difficile avec de vieux bataillons, dégénère fatalement en panique et en débandade avec des soldats improvisés. Tandis que son armée, dont il avait reçu le commandement en pleine déroute, s'était battue tous les jours et reconstituée sous le feu, l'autre fraction de l'armée, qui avait évité le contact de l'ennemi, s'était dissoute dans une retraite démoralisante.

Sa reconstitution.

Gambetta à Bourges.

Grâce aux efforts de la Délégation, les traces de cette retraite s'effaçaient peu à peu. Gambetta était arrivé à Bourges, s'employant à reconstituer matériellement l'armée et à reconstituer moralement Bourbaki qui venait d'en être nommé général en chef. Refaite en hommes, en équipements et en munitions, la première armée de la Loire commençait vers le milieu de décembre à reprendre tournure : elle allait se remettre en campagne dans la direction de Montargis, avec Sens et Fontainebleau pour objectif ultérieur. Les Allemands, toujours bien renseignés, s'avisèrent qu'il était temps de surveiller cette armée. Par un ordre du quartier général du 17 décembre, le VIIᵉ corps, général Zastrow, était dirigé sur Auxerre avec mission d'observer Bourbaki et de marcher contre lui en cas d'offensive. Cette offensive était en effet imminente. Bourbaki semblait transformé par le puissant rayonnement de Gambetta. Son quartier général était à Baugy : les ordres de marcher étaient donnés pour le 20 décembre, lorsqu'un changement à vue s'opéra subitement.

Le ministère de la guerre à Bordeaux était préoccupé des difficultés que rencontrerait Bourbaki. Ne valait-il pas mieux frapper dans l'Est un grand coup, qui serait par surcroît un coup de théâtre ? M. de Freycinet, séduit par ce projet qui avait été plusieurs fois agité, envoya à Gambetta M. de Serres pour lui soumettre et lui recommander un nouveau plan qui se résumait ainsi :

« On renoncerait quant à présent à marcher directement sur Paris. *On séparerait les 18ᵉ et 20ᵉ corps du 15ᵉ* et on les porterait rapidement en chemin de fer jusqu'à Bordeaux. Ces deux corps, conjointe-

Marginal notes:

Projet de tentative directe sur Paris.

Le plan de diversion dans l'Est proposé par le ministère de la guerre.

ment avec Garibaldi et Cremer, seraient destinés à s'emparer de Dijon, ce qui semblait très réalisable puisqu'on ferait agir soixante-dix mille hommes environ contre trente-cinq à quarante mille ennemis. Pendant ce temps, Bressolles et son armée (1) se porteraient par chemin de fer à Besançon, où ils ramasseraient les quinze à vingt mille hommes de la garnison. Cette force totale de quarante-cinq à cinquante mille hommes, opérant de concert avec les soixante-dix mille victorieux de Dijon, n'aurait pas de peine à faire lever, même sans coup férir, le siège de Belfort et offrirait une masse compacte de cent dix mille hommes capable de couper les communications dans l'Est...

« Quant au 15ᵉ corps, séparé des 18ᵉ et 20ᵉ corps, il aurait pour mission essentielle de couvrir Bourges et Nevers (2)... »

Son adoption par Gambetta et par Bourbaki.

Parti de Bordeaux le 18 décembre, M. de Serres arrivé à Bourges le 19, développa le plan à Gambetta qui s'y rallia sous la condition que Bourbaki l'approuverait. Dans la nuit du 19, le plan fut discuté à Baugy, agréé par Bourbaki qui le préférait de beaucoup à l'opération directe sur Paris. Sans perdre une minute, les mouvements préparatoires furent ordonnés et l'embarquement des 18ᵉ et 20ᵉ corps commença.

Mis en wagon à Bourges, Nevers et La Charité, ils

(1) 24ᵉ corps.
(2) Freycinet : *La guerre en province.*

devaient être débarqués : le 18ᵉ corps à Chagny, le 20ᵉ corps à Chalon-sur-Saône.

On a discuté à perte de vue sur la valeur de cette diversion et sur les résultats qu'aurait pu donner le maintien du plan primitif : c'est là une controverse oiseuse. Ce qui est certain, c'est que le déblocus de Belfort aurait eu des conséquences matérielles et morales incalculables. Ce qui n'est pas moins certain, c'est que la campagne de l'Est a abouti au désastre pour des causes absolument étrangères au plan lui-même et surtout à cause des modifications apportées au programme initial.

Le malheur de cette opération décisive, c'est qu'elle ait été confiée à un homme dont le moral et l'intelligence étaient par trop au-dessous d'une pareille tâche.

C'est sur une bravoure brillante, plus que sur des qualités de tacticien ou de stratégiste, que la fortune militaire de Bourbaki s'était fondée : soldat intrépide, entraîneur incomparable au feu, mais nullement chef d'armée. Sorti de Metz pour une prétendue mission auprès de l'impératrice, empêché de reprendre son poste à la tête de la Garde, Bourbaki ne pouvait se consoler d'avoir été le jouet d'une mystification louche : il en gardait une amertume incurable et un trouble profond dans sa conscience de soldat. Les démonstrations hostiles qui l'avaient suivi à Lille lorsqu'il essayait de constituer une

Bourbaki.

Ses défaillances.

armée dans le Nord avaient achevé de l'aigrir et de
le déconcerter.

Les témoignages abondent de cette maladie noire :

Nommé vers le 20 novembre au commandement
du 18ᵉ corps, il reste à Tours, inquiet et hésitant.
Comme il s'informait au colonel Thoumas des divisions dont il allait prendre le commadement, et
que le colonel lui énumérait les éléments satisfai-
sants de ses troupes : « Ce n'est pas ce qui m'arrête.
» Mais je vois d'ici ce qui m'attend. Dès qu'il
» pleuvra ou neigera, les soldats crieront à la trahi-
» son. Comment ne trahirais-je pas, puisque je suis
» aide de camp de l'empereur ! »

Le général Thoumas ajoute que ses scrupules et
ses découragements étaient provoqués et journelle-
ment renouvelés par « *des lettres dans lesquelles ses*
» *amis, inféodés à l'Empire, lui reprochaient son obéis-*
» *sance à un gouvernement rebelle* ».

M. de Freycinet avait très bien jugé le danger
d'un tel chef : — « Vous vous rappelez, écrivait-il
à Gambetta, l'impression que me fit cet officier à
son passage ici. Il me parut découragé et peu apte
dès lors à faire les efforts suprêmes réclamés par la
situation. »

On tenait cependant beaucoup à Bourbaki. Son
nom populaire devait donner confiance aux troupes ;
la présence du général Borel à la tête de l'état-major
semblait une garantie suffisante au point de vue de la
science militaire ; enfin, on espérait que dans le feu de

l'action le soldat se réveillerait avec ses qualités de commandement et d'entraînement. Et puis, il faut bien le dire, Gambetta avait un extraordinaire ascendant moral : charmeur, persuasif, entraînant. Après une heure de conversation avec Bourbaki, ce dernier « n'était plus le même homme ». Gambetta crut à la durée de cette transfiguration : il ne s'aperçut pas que cette foi qui s'allumait dans les yeux de Bourbaki, cette énergie qui ranimait ses traits, c'était tout simplement le reflet momentané de sa propre foi et de sa propre énergie. Il ne comprit pas qu'il était le foyer d'électricité galvanisant son interlocuteur : mais qu'aussitôt le foyer éloigné, l'objet magnétisé redeviendrait inerte.

On avait laissé à Bourbaki, sous le titre de délégué du ministre, un homme d'un vif patriotisme et d'une intelligence remarquable : M. de Serres, inspecteur général des chemins de fer autrichiens, rompu aux mouvements des grandes masses. Les détracteurs de Gambetta ont dénaturé le rôle de M. de Serres : tantôt ils ont voulu en faire un espion du gouvernement, tantôt un général civil imposant ses conceptions militaires. Toutes ces histoires ne parviendront pas à déplacer la responsabilité des événements : Bourbaki est resté seul maître du premier au dernier jour, obtenant tout ce qu'il demandait légitimement; — bien plus, traité en malade qu'on veut ménager à tout prix et dont

M. de Serres.

toutes les fantaisies sont sacrées. Si cette légende avait pu s'acclimater, il resterait assez de preuves pour la détruire. Bourbaki le premier, s'il a eu le tort de la laisser propager par son déplorable entourage, a toujours rendu justice à M. de Serres, qu'il embrassa et remercia chaleureusement lorsque ce dernier quitta l'armée à Besançon.

Son rôle restreint. Autorité absolue de Bourbaki.

A chaque occasion d'ailleurs la délégation rappelait à M. de Serres son rôle limité d'auxiliaire chargé d'accélérer les transports, de graisser tous les rouages, de fortifier Bourbaki. Dès le 2 janvier, nous trouvons dans un télégramme de M. de Freycinet une recommandation renouvelée à cinq ou six reprises : — « Je vous prie instamment de vous abstenir de télégraphier en termes qui pourraient faire supposer que vous êtes pour quelque chose dans le commandement. » M. de Serres accueillait ces observations avec la meilleure grâce.

M. de Serres fut un auxiliaire utile et nullement encombrant, un messager actif et avisé (1).

(1) Nous trouvons une de ces dépêches, datée de Bordeaux, 16 janvier 1881, 3 h. 30 soir, qui montre quelle préoccupation on avait à Bordeaux de laisser à Bourbaki la plénitude de son autorité et d'éviter tout ce qui pourrait lui donner de l'ombrage :

« *Guerre à de Serres, Aibre.* — Si le général Martineau croit devoir demander la révocation de l'intendant Santini, il doit suivre la voie hiérarchique, c'est-à-dire s'adresser à Bourbaki, qui s'en entendra lui-même avec l'intendant général Friant. Quant à vous, mon cher de Serres, je ne saurais trop vous recommander de vous abstenir de toute ingérence dans le service ; vous êtes là-bas notre œil, mais vous n'êtes point un bras. — *C. de Freycinet.* »

Les responsabilités bien définies, nous entrons dans les mouvements préparatoires. Ceux-ci furent plus laborieux et plus longs qu'on ne pensait. Les retards et les à-coups ont sans doute des causes multiples, notamment l'impromptu de ces importants mouvements ; mais, parmi ces causes, il faut relever l'insuffisance de la Compagnie de Lyon. Un ingénieur des mines, M. Lebleu, chargé du contrôle de cette Compagnie, est très formel dans son rapport du 6 février 1871. Après avoir montré que la lenteur des transports a été une des causes du désastre de l'armée de l'Est, il ajoute que son expérience acquise dès le 3 août à Sarrebrück, puis à l'armée de Cambriels et enfin à l'armée de Bourbaki lui permet d'émettre l'avis que : « Les employés des chemins de fer ont fait leur devoir sans beaucoup d'ardeur et d'enthousiasme, mais d'une manière suffisante... Mais qu'ils étaient complètement dévoyés par la multiplicité des ordres... que le défaut d'unité a donc été le vice capital. »

L'intendant en chef de l'armée, Friant, télégraphiait le 4 janvier : « Il n'est pas possible que l'on se moque ainsi des immenses intérêts qui s'agitent en ce moment. »

De cet esprit bureaucratique, dominant et comprimant le patriotisme, il convient de citer une nouvelle preuve. La construction de la ligne de Chalon-sur-Saône à Dôle venait d'être terminée; mais la Compagnie de Lyon ne l'avait pas reçue des

Les transports des 18e et 20e corps.

Insuffisance de la Compagnie de Lyon.

mains de l'entrepreneur. On résolut de l'utiliser pour porter jusqu'à Dôle une partie des troupes à partir de Chagny et de Chalon. Sous prétexte que cette ligne n'était pas encore incorporée dans son réseau, la Compagnie de Lyon, dans un sentiment de méprisable rivalité et par un mesquin formalisme administratif, suscita mille chicanes, refusant personnel, refusant matériel. De telle sorte que le trajet sur cette ligne, qui n'était encore armée ni du télégraphe, ni des signaux, ni de l'alimentation, ralentit le transport de l'armée au lieu de l'accélérer.

Les appréhensions de Bourbaki. Il demande le renfort du 15e corps.

Gambetta avait à peine le dos tourné que Bourbaki perdait pied. Dès le 23 décembre, il réclame le 15e corps, « ne se rendant pas compte, télégraphiait-il, des services qu'il pouvait rendre dans la région de Bourges » !

M. de Freycinet s'inquiète et s'indigne : « Quant à moi, télégraphie-t-il le 24 à Gambetta, je me refuse à accepter la responsabilité militaire que ce général voudrait déverser sur nos têtes, conformément à un système que vous avez déjà eu occasion d'expérimenter... Si le général Bourbaki ne croit pas devoir au dernier moment se charger d'exécuter un plan qu'il avait d'abord approuvé, ainsi que le constate votre dépêche du 19 courant, 11 heures 22 minutes du soir, qu'il se démette purement et simplement. J'en serai pour ma part enchanté, car j'ai toujours pensé et dit que Bourbaki n'est pas l'homme qu'il faut. Si, au contraire, il continue d'approuver le plan, alors qu'il l'exécute droitement, sans réticences et récriminations perfides. »

Le 26 décembre, de Chalon-sur-Saône, M. de Serres fait part à MM. Gambetta et de Freycinet de l'attitude — charmante en apparence, mais équivoque au fond — de Bourbaki et de ses familiers. Au moment de passer à l'exécution du plan convenu, le général Bourbaki persiste à demander encore le 15e corps. Puis, le même soir, à minuit, M. de Serres télégraphie avec satisfaction : « Je sors d'un entretien de deux heures avec lui, et je l'ai laissé absolument autre, tel qu'il doit être... La confiance est revenue, l'espérance renaît, l'impatience apparaît. »

Vers la fin de décembre, la délégation cède à contre-cœur aux instances de Bourbaki : on se décide, à regret, à le renforcer du 15e corps. L'envoi de ce corps, arraché par les appréhensions incurables du commandant en chef, fut une première dérogation au plan primitif. La suite montrera que cet accroissement d'effectif ne fut d'aucune utilité ; mais, qu'en revanche Zastrow et le VIIe corps allemand recouvrèrent leur liberté. Si le 15e corps eût continué à les tenir en respect, jamais Manteuffel n'aurait conçu l'idée de sa marche extrêmement aventureuse au sud du Doubs.

L'adjonction du 15e corps eut un autre effet : Bourbaki, au lieu de se sentir rassuré par des

On le lui accorde.

renforts en route, ne voulut plus opérer avant de les avoir sous sa main. C'est ainsi qu'il pouvait commencer ses opérations dès le 3 janvier et qu'il ne les commença réellement que le 8. Le 2 janvier, en effet, l'armée de l'Est était concentrée : le 24ᵉ corps (Bressolles) à Besançon; le 18ᵉ corps (Billot) à Pesmes; le 20ᵉ corps à Voray; la division Cremer entre Dijon et Gray.

Conditions déplorables du transport du 15ᵉ corps.

Le transport du 15ᵉ corps dépassa en lenteurs et en désordres tout ce qu'on peut imaginer. La Compagnie de Lyon fut prévenue dès le 31 décembre. Le mouvement est résumé dans une dépêche du 2 janvier de M. de Freycinet à M. de Serres : — « Les départs du 15ᵉ corps commenceront le 3 janvier à six heures. Le point de débarquement à Besançon. La Compagnie aura toute liberté de choisir ses tracés à sa guise. M. de Serres devra surveiller le débarquement à Besançon, *mais sans donner aucun ordre aux agents, se bornant à les stimuler de sa présence.* »

On remarquera que le ministère précise bien que la destination des troupes est Besançon et non Clerval. Un second télégramme adressé le même jour insiste encore : — Besançon, non Clerval.

Sur ces entrefaites, la Compagnie de Lyon demande un jour de sursis. M. de Freycinet ajourne le départ au mercredi 4 janvier :

« Il est aussi inattendu que déplaisant pour nous, télégraphie-t-il à M. Audibert, directeur général du

P.-L.-M., d'être ainsi avisés au dernier moment alors que le mouvement vous a été annoncé le 31 décembre au matin. »

Et il termine en adjurant la Compagnie de « racheter ce contre temps par une exactitude parfaite ».

Puis, il avise Bourbaki de ce retard, « rien n'étant changé ni au point de départ, ni de destination ».

Malheureusement, le 6 janvier, Bourbaki *demande* et *obtient* qu'on pousse les trains jusqu'à Clerval. Dans cette petite gare, sans quais, sans matériel de débarquement, ce fut un entassement effroyable, — une accumulation de wagons non déchargés, — des files de trains de plusieurs kilomètres immobilisés sans pouvoir donner un tour de roue en avant ou en arrière. Bref, le débarquement du 15e corps ne commença que le 8 janvier et se prolongea jusqu'au 16, avec maintes fausses directions dans les convois de vivres et de munitions. Ces longues stations dans les wagons firent cruellement souffrir les hommes et affaiblirent les attelages.

Nous extrayons de l'Historique du 16e de ligne (1) (3e division du 15e corps) un passage typique. Tous les historiques se ressemblent sur ce point. Voici donc l'impression vécue du transport du 15e corps :

Comment nos régiments voyageaient.

« Le 4 janvier, la 3e division commença son embarquement à huit heures du matin à Méhun. Le

---

(1) Rédigé par le capitaine breveté Poitevin.

16e d'infanterie s'embarqua le 5, à une heure du soir. Les trains se dirigèrent sur Besançon, mais l'encombrement de la voie ne tarda pas à arrêter les mouvements, et le régiment séjourna dans les trains pendant les 5, 6, 7, 8 et 9 janvier.

« La température s'était abaissée tout à coup; une épaisse couche de neige couvrait la campagne, et nos hommes peu couverts, manquant de vivres, souffraient beaucoup, *mais toujours sans se plaindre.* Les trains s'arrêtaient fréquemment, mais on ne savait jamais pour quelle durée. Les hommes descendaient, allumaient du feu, essayaient de faire un peu de soupe ou de café pour se réchauffer, mais presque toujours il fallait renverser la marmite pour remonter en voiture et repartir.

« Ces souffrances durèrent cinq jours, pendant lesquels un certain nombre d'hommes disparurent. Enfin, on arriva à Clerval-sur-le-Doubs, *le 9 janvier à deux heures du matin.* Un grand nombre d'hommes avaient les jambes enflées et ne pouvaient marcher.

« Le régiment quitta Clerval le 9, à quatre heures du soir, et se porta sur Fontaine où il cantonna.

« Le 10, la 3e division arriva sur les plateaux qui dominent le village d'Arcey, occupé par les Allemands. »

Tels avaient été des mouvements préparatoires du côté français : si lents et si défectueux qu'ils eussent été, ils avaient sérieusement alarmé les Allemands.

C'est le 25 décembre que l'éveil fut donné aux ennemis : le général Röder mandait de Berne que « vingt-cinq mille hommes avaient quitté Lyon pour débloquer Belfort ». Le 26, le général de Treskow apprenait par ses reconnaissances que soixante mille hommes étaient attendus à Besançon.

Aussitôt, le général Zastrow est invité à porter le VIIe corps à Châtillon-sur-Seine.

De son côté, Werder évacue Dijon dès le 27 décembre et concentre son corps d'armée autour de Vesoul, étendant ses ailes jusqu'à Port-sur-Saône d'un côté et à Lure de l'autre. Cette concentration était terminée le 31 décembre, de telle sorte qu'au 1er janvier 1871, Werder avait ses troupes placées comme suit (1) :

A Vesoul et aux abords immédiats : 2 brigades badoises;

A Neuville-les-La-Charité et Fresnes-Saint-Mamès : la 3e brigade badoise.

De Vesoul à Calmoutier et Lure : la brigade prussienne de Goltz.

A Villersexel, avec fort détachement à Rougemont : la 4e division de réserve.

De Vesoul à Port-sur-Saône : le gros de la cavalerie.

Du 1er au 4 janvier, Werder resserre ses canton-

(1) Voir au supplément la composition détaillée des forces ennemies.

nements, reporte le gros de ses troupes entre Vesoul et Villersexel et détache une partie de la 4° division de réserve autour d'Arcey pour faire face aux troupes françaises pouvant déboucher de Clerval.

Le 4 janvier, Werder reçoit l'ordre de prendre l'offensive pour s'éclairer sur les intentions de l'armée de l'Est ; et le 5, de grand matin, il détache à la découverte de fortes colonnes qui se heurtent partout à des détachements français chargés de leur côté de tâter la position de l'ennemi. Bourbaki avait, en effet, donné signe de vie, à la suite des instances pressantes que Gambetta lui télégraphiait de Bordeaux, le 3 janvier :

Lenteurs de Bourbaki. — Impatience de Gambetta.

« Des considérations de la plus impérieuse nécessité, tirées de l'état de Paris, commandent une parfaite unité de vues et d'action entre nos diverses armées ; dès lors il faut, ainsi que je vous l'ai demandé, que vous nous indiquiez chaque soir, aussitôt que la marche de la journée est terminée, les positions exactes occupées par les différents corps placés sous vos ordres ainsi que vos projets pour le lendemain. En ce moment même où nous aurions tant besoin d'être renseignés, nous ne connaissons point la répartition de vos forces, ni la direction de leurs mouvements. Je tiens par-dessus tout, afin de pouvoir en informer le général Trochu et le général Chanzy, selon le cas, à ce que vous fournissiez immédiatement : 1° une situation com-

plète de vos forces réparties sur les divers points ;
2° les marches que vous projetez de leur faire
exécuter demain ; 3° le plan général de vos opérations pour les jours qui vont suivre ; 4° quel est en
ce moment votre principal objectif et à quelle date
vous pensez pouvoir vous en emparer ; 5° quelles
sont vos idées sur les opérations à accomplir ; en un
mot, nous faire connaître, comme vient de le faire
le général en chef de la 2° armée, quel est votre plan
tactique. Il nous faut plus que jamais coordonner
et préciser nos mouvements, avoir de la suite, ne
jamais marcher à l'aventure, mais savoir à toute
heure où nous en sommes et ce que nous voulons.
Je ne saurais trop exiger de vous, dans l'accomplissement de la tâche qui vous est confiée et qui exige
de votre part autant de confiance que de hardiesse et
de mobilité, et j'y compte au nom du Gouvernement
tout entier. J'ai remarqué avec une pénible surprise
le vague de certaines de vos dépêches ; ainsi dans
votre dépêche d'hier soir, 11 heures 55, vous dites :
« Le général Cremer, qui couche ce soir entre
« Champlitte et Dijon, rétrogradera sur cette dernière
« ville pour concourir à sa défense s'il le juge néces-
« saire » ; il semble résulter de là que vous ne con-
naissiez pas le point exact où se trouvait ce général
et que vous abandonniez à votre subordonné l'appréciation d'une question aussi grave que celle de savoir
s'il doit ou s'il ne doit pas secourir Dijon ; c'est à
vous, général en chef, de décider de telles questions,

et le général Cremer doit recevoir à ce sujet des ordres nets et précis et ne jamais rester dans l'arbitraire ; je vous demande une prompte réponse. — Léon Gambetta. »

Bourbaki se met en marche. Bourbaki se décida le 4 à transporter son quartier général de Besançon à Voray. En même temps il arrêtait des ordres de marche lui permettant de se porter sur Vesoul ou sur Belfort, suivant les circonstances.

Escarmouches du 5 janvier. Les armées adverses prirent contact le 5 janvier au sud d'Echenoz-le-Sec, où les reconnaissances allemandes découvrirent les Français arrivant du Magnoray et d'Authoison (1). Les compagnies badoises d'avant-garde rétrogradaient à Vellefaux et s'y retranchaient, tandis que Werder, dans l'attente d'une attaque générale, disposait son corps d'armée à Vallerois-le-Bois, Dampierre-les-Montbozon et Vellefaux.

Les avant-gardes françaises passèrent leur journée à tirailler avec quelques bataillons badois.

Au centre de nos avant-postes, le 1er bataillon du 42e de marche (division Feillet-Pilatrie, 1re du 18e corps) fut attaqué devant Lévrecey par 2 bataillons badois (du 3e et du 5e régiment) arrivant d'Andelarre et Velleguindry. Le combat fut acharné, mais resta stationnaire, et malgré sa supériorité d'effectif

(1) A cette date, le 18e corps était autour de Mailley, Rosey, Grandvelle ; le 20e vers Magnoray et Authoison ; le 24e vers Courcelle.

l'ennemi ne put déloger le bataillon du 42ᵉ établi du bois de Lévrecey au chemin de Mailley.

En même temps, à notre gauche, le 2ᵉ bataillon du 4ᵉ zouaves (division Bonnet, 3ᵉ du 18ᵉ corps), enlevait Velle-le-Châtel, défendu par plusieurs compagnies badoises, et le 6 janvier au matin pénétrait dans Mont-le-Vernois.

Les Allemands avaient, dans ces escarmouches, perdu une centaine d'hommes.

Werder pensant que ces combats d'avant-garde n'étaient que le prélude d'une attaque générale, rétrograda, le 6 janvier, derrière le Durgeon, l'aile droite à Vesoul, sur de fortes positions reconnues d'avance. Il nous y attendit toute la journée, mais Bourbaki ne bougea pas.

Non content d'avoir obtenu le 15ᵉ corps, il appela à lui la division Cremer qui, dans l'élaboration du plan originaire, avait un rôle indispensable. Tandis que Garibaldi défendrait au nord de Dijon les routes conduisant vers Gray, Cremer devait les défendre en s'établissant au sud de Langres, de façon à disputer le passage à toute armée de secours. Cremer s'était assuré dans ce but le renfort de cinq mille hommes et de 3 batteries que le général Mayère (1), gouverneur de Langres, mettait avec empressement à sa disposition. La division Cremer, au lieu d'être main-

Cremer est rappelé et distrait de son rôle initial.

_____

(1) Commandant du génie, général auxiliaire.

tenue dans son importante mission, reçut l'ordre de rejoindre l'armée déjà si nombreuse de Bourbaki.

Cependant, Gambetta se consumait en impatiences patriotiques. Le 7 janvier, il télégraphiait à 11 heures 45 du matin :

« Votre dépêche de ce matin, 1 h. 30, m'annonce que probablement vous ne ferez pas de mouvement aujourd'hui et que d'ailleurs vous n'avez connaissance que de l'arrivée d'une brigade du 15ᵉ corps à Besançon.

« Je suis surpris que cette dernière circonstance puisse causer votre inaction, car votre mouvement avait été entrepris sans qu'il fût même question de faire venir le 15ᵉ corps, et le mouvement de celui-ci a été plus rapide qu'il n'était permis de l'espérer, puisque quarante-cinq mille hommes ont été embarqués en trois jours et demi. Je ne m'expliquerais donc pas que ce fût là un motif de retarder vos opérations. Je ne saurais trop vous recommander au contraire de les accélérer, car, d'une part, Paris mange toujours, et d'autre part il arrive contre vous des renforts qui, si vous procédez trop lentement, finiront par vous constituer en infériorité de nombre. Voilà déjà beaucoup de temps écoulé et je vous engage à activer tous ces mouvements. La difficulté des routes que vous mettez en avant n'arrête pas les Prussiens, dont la marche est pour le moins deux fois aussi rapide que la nôtre.

« Vous aviez annoncé vous-même que vous seriez à Vesoul le 5 ou 6 janvier et je voudrais être sûr que vous y serez le 8. Je vous envoie un ingénieur des mines, M. Lebleu, natif de Belfort, et qui connaît parfaitement les Vosges. Il pourra renseigner à l'occasion votre état-major. »

Dans une seconde dépêche du même jour, à minuit, M. de Freycinet insistait auprès de Bourbaki sur le danger de modifier la destination de Crémer :

« Je crois devoir appeler votre attention sur l'opportunité qu'il pourra y avoir à un moment donné à se servir de la division Cremer, non pas pour vous grossir entre Vesoul et Belfort, mais pour marcher dans la direction de Langres, et couper ainsi les colonnes ennemies en train de se replier de Vesoul sur Chaumont. Je crois que si Cremer est appelé effectivement par vous à quitter Dijon et à vous seconder, il jouera peut-être un rôle plus efficace de la manière que je viens d'indiquer qu'en se groupant purement et simplement avec votre armée. Je vous livre cette idée à laquelle vous donnerez telle suite que vous jugerez convenable d'après les circonstances.— C. DE FREYCINET. »

Les évènements ont justifié la justesse de ces vues : mais Bourbaki, obstiné dans ses demandes de renforts, ne tint aucun compte de ce clairvoyant avis. Bien plus, Cremer arrivé à Gray lui demande de faire un coup de main sur Châteauvillain et Chaumont ; l'autorisation lui en est refusée et il reçoit l'ordre de rejoindre. Il arriva à Vesoul le 13 et à Lure le 14.

Instructions définitives du grand quartier général de Versailles.

C'est le 7 janvier que le grand état-major allemand adresse à Werder des instructions définitives.

Il l'informe que les IIᵉ et VIIᵉ corps ont reçu l'ordre de se concentrer sur la ligne de Châtillon-sur-Seine à Nuits-sous-Ravières et que, tant que le général de cavalerie baron de Manteuffel ne pourra diriger effectivement toute « l'*Armée du Sud* », Werder reste maître des opérations entre Vesoul et Belfort. Les recommandations suivantes lui sont tracées : Protéger le siège de Belfort « *à tout prix* ». Détruire les routes qui traversent le sud des Vosges et surveiller les tentatives des Français de ce côté. User de la « *dernière rigueur* » dans la répression « *individuelle et collective* » s'il se produisait de la part des populations quelque tentative de soulèvement. Même en reculant, ne jamais perdre le contact avec Bourbaki, de manière à reprendre l'offensive s'il s'affaiblissait et l'empêcher de se retourner contre les IIᵉ et VIIᵉ corps. Détruire les voies ferrées et veiller « *le cas échéant* » à ce que la section Mulhouse-Bâle soit mise hors de service, de façon à en interdire le rétablissement en quinze jours. Le ministre de la guerre badois est invité à concentrer ses troupes de dépôts pour défendre le cours du Rhin.

Pour exécuter ces ordres, en même temps que Bourbaki prend la résolution de se diriger sur Belfort, par Montbéliard et Héricourt, Werder projette de l'y devancer. Les reconnaissances allemandes se rendent compte du mouvement de nos troupes le long de l'Ognon : elles trouvent sur plusieurs points les populations en armes « indice certain du voisinage de forces ennemies (1) ».

Le 8 au soir, le 18° corps occupe les cantonnements suivants :

Quartier général : Montbozon.

1re division, Feillet-Pilatrie : Thieffrans, Cognières, Bouhans-les-Montbozon ;

2° division, Penhoat : Sorans-les-Cordier, Roche-sur-Linotte, Authoison ;

3° division, Bonnet : Montbozon et Thiénans.

Cavalerie de Brémond d'Ars : Pervenchère et Auberton.

Le 24° corps occupe Abbenans, Uzelle, Cuse, Cubry, Fallon, Les Magny avec deux compagnies dans Villersexel.

La réserve générale est à Rougemont.

Le 20° corps est au centre en avant de Rougemont, entre le 18° et le 24°.

(1) « Le général de Werder n'avait qu'une chose à faire : suivre le plus vite possible ce mouvement latéral. Il donna l'ordre à la division badoise de se rendre à Athesans, à la 4° division de marcher sur Aillevans et à la brigade von der Goltz d'atteindre Noroy-le-Bourg. Le train fut mis en marche sur Lure ». (La guerre de 1870 par le maréchal de Moltke, p. 399.)

Dans la soirée du 8, le général Clinchant fait occuper Villersexel par deux bataillons de mobiles de la 3ᵉ division (Ségard).

De son côté, Werder avait concentré ses forces à Noroy-le-Bourg et se préparait à se jeter le lendemain sur notre flanc gauche.

On allait enfin en venir aux mains, — le vingtième jour de la mise en marche.

BATAILLE DE VILLERSEXEL

Les Dernières cartouches, par H. Genevois.

CHAPITRE III

LA BATAILLE DE VILLERSEXEL

Nous avons laissé l'armée de l'Est concentrée de Le 9 janvier. Montbozon à Rougemont et le XIV° corps allemand réuni entre Vesoul et Noroy-le-Bourg, — Bourbaki ayant pour objectif le déblocus de Belfort, tandis que Werder avait pour instructions de « protéger le siège à tout prix ».

L'échiquier se restreignait et se dessinait nettement : la période préparatoire des grands mouvements stratégiques prenait fin et celle des manœuvres proprement dites commençait. Le thème de la manœuvre apparaît dès lors avec simplicité et clarté : les lignes de la Lisaine barraient les routes conduisant vers Belfort; le problème à résoudre consistait donc pour chacun des généraux en présence à y devancer son adversaire, à se saisir de cette barrière stratégiquement très importante et tactiquement très forte.

Bourbaki partant de Montbozon et de Rougemont, Werder partant de Vesoul et de Noroy, — lequel arriverait le premier à Héricourt?

Étant donné que deux armées ennemies ne peuvent pas cheminer côte à côte, ces deux trajets devaient se couper ou tout au moins se heurter : le point d'intersection ou de contact se trouvait fatalement marqué à Villersexel. Commandant le cours de l'Ognon, à cheval au croisement des routes Vesoul-Montbéliard et Besançon-Héricourt, la petite ville de Villersexel était la clé de la manœuvre. C'est là, en effet, que le choc eut lieu dans la journée du 9 janvier.

La marche de l'armée de l'Est.

L'ordre de mouvement pour le 9 janvier, — daté de Montbozon, 8 janvier — assignait à l'armée française les objectifs suivants :

Le 15ᵉ corps, dont les têtes de colonnes débarquaient à Clerval, devait occuper les positions de Laguinguette (Brétigney) à Onans, direction d'Arcey.

Le 24ᵉ : Vellechevreux, Géorfans et Grammont.

Le 20ᵉ : Villargent, Villers-la-Ville, Les Magny.

Le 18ᵉ : Villersexel, Autrey-le-Vay, Esprels, le bois de Chassey.

Réserve générale : Abbenans et Cubry.

Brigade de cavalerie de réserve : Fallon.

Grand quartier général : Château Bournel.

Dès le soir du 8 janvier, l'armée de l'Est se couvrait en faisant occuper Villersexel par 1 bataillon de mobiles des Vosges, 1 bataillon de la Corse, 2 compagnies de la première légion du Rhône, un escadron de cavalerie.

Simultanément, Werder donnait à son armée, dans un ordre du jour daté du 9 janvier, trois heures du matin, des instructions dont voici le résumé : Werder quitte Vesoul et se dirige sur l'Ognon.

Les Français ayant occupé Villersexel, la division badoise devait se dérober sur Athesans, par Vy-les-Lure.

Le général de Smelling recevait l'ordre de porter le gros de la 4° division de réserve à Aillevans et d'y jeter un pont sur l'Ognon.

Pour donner de l'air au XIV° corps et entraver les Français, la tête de la division Smelling devait marcher sur Villersexel, la brigade von der Golz concentrée à Noroy-le-Bourg devait faire des démonstrations de cavalerie vers les Marmets et Vallerois-le-Bois, en se tenant prête à seconder l'attaque de Smelling contre le flanc gauche de Bourbaki.

Deux bataillons badois restaient à Vesoul en arrière-garde sous le commandement du colonel Bayer pour rallier une colonne en observation à Port-sur-Saône. Le colonel Bayer avait ordre de se maintenir à Vesoul, à moins d'y être attaqué par des forces très supérieures.

Un détail important, joint à beaucoup d'autres, démontre que Werder espérait médiocrement atteindre la Lisaine, en raison de la supériorité numérique de l'armée de l'Est et de ses emplacements plus rapprochés du but : le colonel Bayer doit, en effet, en cas de retraite, se diriger sur Luxeuil et rendre compte deux fois par jour télégraphiquement de sa situation au colonel et inspecteur d'étapes de Smieden à Épinal. Jusqu'au dernier moment, Werder a craint d'être obligé de faire retraite au nord sur les Vosges.

Choc auprès de Villersexel.

Le champ de bataille étant divisé en deux parties par l'Ognon, la lutte fut soutenue au nord de cette rivière, à la gauche française, par la première division du 18e corps ; au sud de l'Ognon, sur Villersexel, par le 20e corps de concert avec la 2e division du 18e et quelques détachements du 24e, ces derniers formant notre extrême droite.

La division Feillet-Pilatrie (1re du 18e corps), partie à sept heures du matin de Thieffrans, de Cognières et de Bouhans-les-Montbozon, arrive à Esprels après dix heures. Les Allemands lui sont signalés à Marast (route de Besançon-Lure) et aux Pateys (route Vesoul-Montbéliard). Ils ne tardent pas à attaquer.

Combat du 18e corps à Esprels.

C'était la brigade d'infanterie von der Goltz qui débouchait de la Grange d'Ancin, des Grands-Bois et de Moimay. Elle attaquait à la fois Marast, le bois du Chanois et le village d'Autrey-le-Vay en se glissant dans le ravin de l'Ancin.

Les dispositions suivantes furent prises par le général Billot :

Quatorze pièces de l'artillerie divisionnaire se mettent en batterie au nord d'Esprels, sur les hauteurs commandant les routes de Besançon et de Vesoul.

La 1re brigade (colonel Leclaire) jette le 9e bataillon de marche de chasseurs à pied dans Autrey-le-Vay avec 2 compagnies dans le bois du Chanois. Il est appuyé dans Autrey par 1 bataillon du 19e régiment de mobiles (Cher). Le 42e de marche protège notre extrême gauche en occupant les hauteurs au-dessus Marast, où ses tirailleurs s'installent un peu plus tard. Ce régiment s'étend jusqu'à une clairière commune au bois de la Bouloye et à celui de la Gennevraye.

La 2e brigade (général Robert) se tient prête à entrer en lice. Elle poste le 73e mobiles (Loiret-Isère) dans le bois de Chassey pour garder l'extrême gauche vers la Tuilerie et les Pateys. Un bataillon du 44e de marche occupe le centre, comme soutien d'artillerie, de concert avec un bataillon du Loiret.

La division de cavalerie (de Brémond d'Ars) amenait un peu plus tard sa deuxième brigade auprès du cimetière d'Esprels et sa première brigade entre Marast et le bois de la Bouloye.

La 2e division (contre-amiral Penhoat), retardée

par ses vivres, n'arrivera que plus tard sur le champ de bataille et nous la retrouverons sur la rive gauche de l'Ognon, coopérant très efficacement avec le 20° corps à l'enlèvement de Villersexel.

La 3° division (général Bonnet) qui, malgré l'imminence de la lutte prévue, avait été cantonnée à Montbozon et Thienans, reçut du général Billot l'ordre de forcer sur Esprels ; mais, elle ne put arriver à temps pour être engagée.

L'artillerie de réserve guidée par le commandant Brugère vint s'aligner entre l'artillerie divisionnaire et le village d'Esprels, couvrant de son feu la région comprise entre Autrey et Marast et envoyant utilement ses obus dans Moimay. Son rôle fut excellent.

L'ennemi repoussé dans ses attaques au nord de l'Ognon. Les attaques directes ou tournantes tentées par les Allemands sur tous les points de la position échouèrent devant la bonne attitude de la 1re division du 18° corps.

C'est d'abord un effort sur Marast qui est facilement repoussé par le 42° de marche. A deux heures, une seconde attaque sur le même point a le même sort.

A un seul moment, la situation devint difficile pour nos jeunes troupes. Vers une heure, von der Goltz tente sur le bois des Brosses, que nous avions occupé après avoir refoulé l'ennemi, un effort énergique avec le 34° poméranien. Le bois est à moitié envahi : les deux compagnies de chasseurs et la compagnie de francs-tireurs ont un instant de panique.. Mais, d'un côté, le commandant Libermann, qui dirigeait la défense d'Autrey avec les chasseurs et un bataillon du Cher, ramène les troupes, sauf les francs-tireurs qu'il renvoie; d'autre part, le général Robert conduit une vigoureuse contre-attaque avec 2 bataillons du 44ᵉ et 2 bataillons du Loiret; enfin, les batteries de réserve redoublent leur feu. Les Poméraniens sont expulsés du bois des Brosses et une batterie prussienne est obligée de se dérober avec deux pièces démontées. A quatre heures, l'ennemi se retire sur la lisière des Grands bois.

Les attaques contre Autrey renouvelées à trois reprises différentes vinrent toutes se briser contre le feu calme et bien dirigé de nos troupes. Vers six heures, le combat était fini entre Autrey et Moimay; l'ennemi se retranchait dans ce dernier village qu'il ne fut pas possible d'attaquer dans l'obscurité avec nos jeunes contingents. Nous y pénétrâmes dans la nuit, lorsque le château de Villersexel fut définitivement à nous.

L'attitude de la division Feillet-Pilâtrie donnait de l'inquiétude à Werder, dont la sécurité exigeait que notre gauche fût tout à fait contenue.

La division badoise, interrompant son mouvement sur Athesans, avait tourné d'Arpenans sur Oppenans. La nuit tombée, vers sept heures, le général de Glümer lance sur Marast 2 bataillons du 3ᵉ badois et 3 batteries d'artillerie. Les avant-postes du 42ᵉ

de ligne, devant cette surprise, évacuent le village
sans résistance et se replient sur le gros du régiment en position près du bois de la Bouloye. Un
commencement de panique se communique au bataillon le plus avancé ; mais le général Billot reprend
en mains cette troupe et la ramène facilement sur
ses positions.

L'ennemi avait mis en ligne contre la 1re division :
le 34e d'infanterie, 2 bataillons du 30e, 2 bataillons
du 3e badois et le bataillon de landwehr de Thorn.
C'était 8 bataillons très complets de troupes exercées.
La division Feillet-Pilatrie n'avait engagé que 9 bataillons, à faible effectif, de troupes inexpérimentées.

Ce combat, à égalité numérique, faisait donc le
plus grand honneur à nos jeunes soldats. Au point
de vue du résultat, les deux fractions opposées
s'étaient mutuellement paralysées.

**Les Alle-
mands occu-
pent et dé-
passent
Villersexel.**

Pendant ce combat stationnaire sur la rive droite
de l'Ognon, la partie décisive se jouait sur la rive
gauche, autour de Villersexel, que les deux armées
allaient se disputer avec acharnement pendant toute
la journée et la plus grande partie de la nuit.

Dès le 8 au soir, la division Ségard (3e du 20e corps)
avait fait occuper Villersexel par un bataillon de la
Corse et un bataillon des Vosges.

On se rappelle que la 4e division prussienne devait jeter un pont à Aillevans et franchir l'Ognon
sous la protection d'une forte avant-garde dirigée
sur Villersexel.

Le 25ᵉ régiment allemand d'infanterie paraît vers dix heures devant Villersexel : une fusillade nourrie partant des broussailles au nord de la ville, le force à se déployer. Après la préparation de l'attaque par deux batteries postées au sud du Grand-Fougeret, le bataillon de fusiliers du 25ᵉ cherche à enlever le grand pont sur l'Ognon. Cette attaque venait d'échouer, lorsqu'un lieutenant commandant une compagnie allemande découvre la passerelle reliant la Forge au parc du château. Il franchit rapidement ce passage qui, par une coupable négligence, n'était pas gardé ; surprend le château où il ramasse une centaine de mobiles et tombe sur le dos des défenseurs du grand pont (1). L'ennemi jette la majeure partie du 25ᵉ de ligne par la passerelle, tandis qu'il se borne à entretenir le feu en face du grand pont. Pris à revers, nos mobiles reculent jusqu'au ruisseau de Béveuge, talonnés par le 1ᵉʳ uhlans de réserve.

A une heure, la lutte cessait pour ne reprendre qu'à deux heures.

Le 20ᵉ corps les refoule dans la ville.

A ce moment seulement, le général Clinchant arrivait en vue de Villersexel avec le 20ᵉ corps.

Le 1ʳᵉ division (de Polignac) marchait sur le Petit-Fougeret et Villers-la-Ville. Le général de Polignac avait retenu pour coopérer avec lui contre Villers-

(1) *L'Historique* du Grand État-Major prussien rapporte qu'un drapeau nous aurait été pris. Or, ni les mobiles, ni les régiments de marche n'avaient de drapeaux.

la-Ville le 3ᵉ bataillon de la 1ʳᵉ légion du Rhône et le 89ᵉ mobiles (Var) appartenant au 24ᵉ corps. Ce dernier corps continuait sa marche vers Crevans et Secenans.

La 2ᵉ division du 20ᵉ corps (Thornton) débouchait des Magny sur la Croix-Marmin.

La 3ᵉ division (Ségard) du Petit-Magny, dans la direction de Villersexel, jetant les tirailleurs du 47ᵉ de marche dans le bois de Chailles jusqu'à l'Ognon.

A ce moment, les ponts d'Aillevans protégés par des compagnies de soutien à Saint-Sulpice et à Longevelle venaient d'être terminés par les Allemands. Werder, posté sur une éminence près d'Aillevans, apercevant le dispositif imposant du 20ᵉ corps français, comprit que son attaque de flanc était manquée et que l'armée de Bourbaki était en bonne posture pour lui infliger un échec.

Il ne pouvait plus tendre qu'à conserver Villersexel et à se prémunir contre un mouvement tournant du 18ᵉ corps.

En même temps qu'il dirigeait la division badoise d'Arpenans à Oppenans avec forte avant-garde sur Marast, il mettait en marche sur Villersexel, par la Grange-d'Ancin et les bois, 4 bataillons de landwehr. Puis il se transportait de sa personne à Villersexel où ses affaires marchaient mal.

Celles de ses troupes qui s'étaient avancées hors de l'abri de Villersexel étaient ramenées avec entrain.

Villers-la-Ville était repris par un mouvement tournant de la division Polignac et par une attaque de front de 4 compagnies du 3ᵉ bataillon de la 1ʳᵉ légion du Rhône.

La division Thornton, précédée par le 1ᵉʳ et le 2ᵉ bataillon du 3ᵉ zouaves de marche, franchit vers trois heures le ruisseau de Peute-Vue sur des ponts improvisés. Les 2 bataillons de zouaves déployés en tirailleurs se dirigent sur Villersexel en traversant l'angle sud du bois du Petit-Fougeret, culbutent les tirailleurs ennemis qui garnissent les vergers et les refoulent dans Villersexel. La nuit commençait à tomber, les zouaves furent ramenés vers les Magny.

Devant le périmètre est et sud-est de Villersexel, en face des 1ʳᵉ et 2ᵉ divisions du 20ᵉ corps, le combat devint stationnaire une fois que les colonnes prussiennes qui avaient poussé jusqu'au Petit-Fougeret et à Villers-la-Ville eurent été refoulées dans l'agglomération bâtie.

Werder, par prudence, commence par ramener toute son artillerie sur la rive droite ; puis il concentre tout son monde dans Villersexel. Pour soutenir le 25ᵉ allemand, il y jette d'abord 9 compagnies du 30ᵉ. Ces 5 bataillons d'infanterie retranchés dans la ville luttent désespérément. Mais l'entrée en scène de la division Penhoat (2ᵉ du 18ᵉ corps) les force à la retraite.

Appelé instamment par le général Billot et stimulé par le canon, l'amiral Penhoat fait partir en colonne

légère le colonel auxiliaire Perrin (capitaine d'artillerie), avec le 52ᵉ de marche et 2 batteries. Le colonel
Perrin arrive à quatre heures à Pont-sur-l'Ognon
où il traverse la rivière ; à quatre heures et demie,
il renforce avec le 1ᵉʳ bataillon du 52ᵉ les tirailleurs
de Clinchant, attaque le parc du château et le sud de
la ville au delà de l'église, pendant que l'artillerie
s'établit à la ferme du Rullet. Il se maintient sur
cette lisière jusqu'à six heures ; le reste de la division Penhoat ayant forcé son allure arrive alors et
se joint à l'attaque.

L'assaut et la prise du château.

Les bas quartiers sont enlevés par le 2ᵉ bataillon
du 52ᵉ qui arrive jusqu'au pont de l'Ognon. Mais le
château résiste et, très savamment défendu, fait
essuyer de grosses pertes au 52ᵉ. Un effort décisif
s'impose. Le général en chef est arrivé de sa personne
vers quatre heures sur le champ de bataille. Il ordonne au 92ᵉ de ligne de se déployer pour enlever le
château. A sa droite une colonne est formée avec
5 bataillons de la 3ᵉ division du 20ᵉ corps (Ségard) :
47ᵉ de marche, 1 bataillon du 78ᵉ de marche, 2 bataillons des Pyrénées-Orientales et des Vosges.
Voyant que ces dernières troupes mollissaient sous
le feu violent que crachaient les barricades et les
maisons crénelées de Villersexel, Bourbaki, retrou-
vant sa brillante intrépidité, électrise les hommes et
les enlève contre Villersexel où ils pénètrent aux
cris de : « Vive la France ! Vive la République ! »
Sur la même ligne, le 92ᵉ force le parc à la baïon

nette, enlève le château et délivre les prisonniers français qui allaient périr dans l'incendie allumé par les Prussiens pour protéger leur retraite.

Il est sept heures ; le général de Treskow II ordonne l'évacuation, « qui ne s'effectuait plus qu'avec peine et sous la protection de retours offensifs, car les assaillants serraient de près ».

Mais l'opiniâtre Werder veut conserver Villersexel jusqu'à la dernière minute : il sait le prix du temps ! Les 5 bataillons d'infanterie sont ramenés au combat et 4 bataillons de landwehr entrent sérieusement en action. Ces 9 bataillons parviennent à réoccuper les quartiers de l'est ; mais ils sont arrêtés au sud, précisément devant le mamelon du château qui est le principal objectif de ce retour offensif; après une seconde tentative, la landwehr de Welhau, d'Osterode et de Thorn réussit, par une attaque concentrique, à prendre pied au rez-de-chaussée de l'édifice. Mais les nôtres se maintiennent vaillamment dans les sous-sols et dans les étages supérieurs. Sur les escaliers, dans les couloirs, c'est une lutte épouvantable. Des corps-à-corps ensanglantent les chambres. Finalement, les Allemands sont refoulés et nous restons maîtres de l'édifice si chaudement disputé : le feu s'y est déclaré et les officiers supérieurs allemands — colonel de Krane et major de Wussow — ne s'échappent qu'à grand'peine des bâtiments incendiés. Les Allemands reculent jusqu'au pont, poursuivis par nos troupes qui souffrent beau-

Combat de rues.
coup de ce combat de rues livré à la lueur des incendies.

Retours offensifs des Allemands.
Le colonel de Knappe tente vers dix heures un nouveau retour offensif. Mais il est refoulé sur la rive droite. La fusillade et la canonnade continuent par-dessus l'Ognon jusqu'à deux heures du matin.

L'ennemi définitivement chassé.
L'ennemi bat alors définitivement en retraite et la division Penhoat vient donner la main à Moimay à la division Feillet-Pilatrie.

Dès l'aube, et sans prendre de repos, Werder — qu'on ne poursuit pas ! — reporte son armée très fatiguée sur la rive gauche de l'Ognon par les ponts d'Aillevans, avec avant-postes à Saint-Sulpice.

Considérations sur la bataille. — Résultats matériels et moraux.
L'ennemi perdait en tués, blessés ou disparus, six cents hommes, dont vingt-six officiers. Nos pertes par le feu atteignaient vingt-sept officiers et sept cents hommes, outre quelques centaines de disparus, ramassés par l'ennemi, — comme c'est inévitable avec de jeunes troupes dont les mouvements sont décousus et les fausses manœuvres fréquentes.

La lutte au nord de l'Ognon s'était poursuivie à égalité numérique. Au sud de l'Ognon, dans la défense de Villersexel, l'ennemi employa 9 bataillons d'un effectif de huit mille hommes. De notre côté, 18 bataillons forts de douze mille hommes furent effectivement engagés, dont 10 seulement durent donner à fond. Notre supériorité numérique était largement compensée par l'instruction militaire, l'expérience guerrière, la force des cadres de nos

ennemis. Et surtout, la position n'était pas compa-
rable entre les assaillants marchant à découvert et
les défenseurs fortement retranchés dans une agglomération de maisons savamment crénelées et organisées pour la résistance.

L'état-major prussien se décerne un éloge facile en
se targuant de s'être « *maintenu contre deux corps
d'armée français, le 18ᵉ, le 20ᵉ, et une partie du 24ᵉ* ».

Ces deux lignes appellent trois rectifications :
L'armée ennemie ne s'est pas « maintenue » ; — le
tiers du 18ᵉ corps était absent du champ de bataille ;
— on ne peut guère dénommer 4 compagnies du
Rhône « une partie du 24ᵉ corps ».

Il ne nous en coûte d'ailleurs nullement de reconnaître que les manœuvres de Werder ont été remar-
quables ; que les dispositions tactiques des officiers
allemands ont été très habiles ; et que l'armée ennemie a montré beaucoup d'opiniâtreté et de bravoure...
Toutes constatations qui ne peuvent qu'accroître le
mérite de nos troupes pour la plupart impro-
visées.

La bataille de Villersexel, réconfortante pour le
moral de l'armée, pouvait avoir les conséquences
stratégiques les plus fécondes. Elle ne réalisait pas
par elle-même tout le but de la campagne. Mais elle
rendait possible et même facile l'accomplissement de
ce but, en nous livrant le *seul* chemin de Montbéliard
et le *meilleur* chemin d'Héricourt. Elle compromet-
tait si gravement les communications de Werder

avec Belfort qu'on put les croire définitivement perdues. Nous verrons comment fut gaspillé ce précieux succès.

La préparation de la bataille avait été très bien conçue : en effet, le point probable du combat avait été déterminé avec un coup d'œil sûr et les itinéraires des 18° et 20° corps tracés de manière à présenter à Werder des têtes de colonnes alors qu'il pensait tomber sur notre flanc.

Le 24° corps inutilisé.

On doit seulement regretter que l'itinéraire du 24° corps n'ait pas été modifié par une conversion au nord, dès les premiers coups de canon. De ce corps, qui comptait dans la zone du combat vingt mille fusils et quarante-huit bouches à feu, quelques centaines d'hommes seulement marchèrent au feu : ce sont les 4 compagnies des mobiles du Rhône qui servaient d'arrière-garde à la division Carré de Busserolles et que le général de Polignac, commandant la droite du 20° corps, retint de sa propre initiative pour les jeter sur Villers-la-Ville.

Ce mouvement tournant exécuté par un petit bataillon, il eût été désirable que le 24° corps tout entier l'exécutât. Au lieu de cela, il défile tranquillement sans marcher au canon. Le cœur se serre lorsqu'on lit dans tel journal de marche (1) : « Le 9, départ de Fallon. On traverse Melecey. *Nous voyons*

(1) Notes fournies à l'auteur par un mobile de l'Yonne, division Comagny (Thibaudin) 2° du 24° corps.

Villersexel brûler. Nous traversons Grammont, Cour-chaton, Vellechevreux, etc. »

Ces quelques lignes donnent une triste idée de l'initiative des généraux qui défilent tranquillement à l'opposé du champ de bataille, tournant seulement la tête pour jouir du spectacle. S'il eût été seulement massé vers Villers-la-Ville et Saint-Sulpice, ce corps eût été en mesure de poursuivre dès l'aube du 10 janvier les troupes exténuées de Bourbaki et d'empêcher le passage par les ponts d'Aillevans.

Sauf l'inutilisation du 24° corps, les mesures préparatoires avaient été bien prises et l'assaut final vigoureusement conduit par le général en chef.

Le gouvernement apprit la victoire par ce télégramme de M. de Serres, daté de Rougemont, 9 janvier, 7 h. 40 du soir :

« La bataille finit à sept heures. La nuit seule nous empêche d'estimer l'importance de notre victoire.

« Le général en chef couche au centre du champ de bataille et toutes les positions assignées à l'armée pour ce soir par l'ordre général de marche d'hier sont occupées par elle.

« Villersexel, clef de la position, a été enlevé aux cris de : « Vive la France ! Vive la République ! »

La réponse de la Délégation de Bordeaux fut chaleureuse :

« M. de Serres vient de nous annoncer la brillante victoire que vous avez remportée en avant de Villersexel. C'est le couronnement mérité de la savante manœuvre que vous exécutiez depuis quatre jours, avec autant de hardiesse que de prudence, entre les deux groupes des forces ennemies. Je vous en félicite de tout mon cœur ainsi que votre excellent chef d'état-major Borel, dont j'ai reconnu la main dans plusieurs dispositions. Il nous tardera de récompenser les braves qui se sont distingués dans cette journée et auxquels le gouvernement sera heureux de témoigner sa reconnaissance. Je crois que les conséquences de votre succès seront considérables à bref délai. »

Ce premier acte paraissait le prélude d'un heureux dénouement.

CHAPITRE IV

DE VILLERSEXEL A HÉRICOURT

L'enjeu de la bataille de Villersexel, c'était le réseau des routes vers Montbéliard, Héricourt et Belfort, — c'était, par suite, le possession de la barrière de la Lisaine. Nous avions gagné la partie : mais, cette partie gagnée, Bourbaki semble oublier pourquoi il l'a jouée. Il est vainqueur. Sur les dix divisions d'infanterie qu'il a dans la main, trois seulement ont été engagées à fond et elles ont suffi à battre l'ennemi ; cinq (dont l'excellente réserve générale) n'ont pas même paru sur le champ de bataille. Ce n'est pas tout : le 15ᵉ corps arrive et la division Cremer va arriver.

L'enjeu de la bataille de Villersexel.

Il a donc des éléments frais pour poursuivre sa victoire. Mais, non! sa maladie noire le reprend, ses appréhensions le ressaisissent. Il veut attendre Cremer; il veut attendre le 15ᵉ corps au complet.

**Une Émi-
nence Grise.**   Avant d'entrer dans le détail de ces quatre mortelles journées perdues entre Villersexel et Héricourt, il faut bien raconter — c'est de l'histoire — les intrigues de palais qui ont circonvenu Bourbaki, et écarté, à partir de Villersexel, le distingué général Borel au profit d'un Père Joseph galonné.

Bourbaki, indécis et affaissé, cherchait un appui dans un confident d'allures tranchantes et de ton autoritaire. Dépourvu de criterium puisé dans la science technique, — ou dans la connaissance des hommes, ou dans des dons naturels de volonté et d'observation, — il s'était créé un criterium artificiel qui consistait à suivre aveuglément les inspirations de son premier aide de camp.

**Le colonel
Leperche.**   Cet aide de camp, c'était le colonel Leperche. Commandant d'état-major au début de la guerre, professant pour le gouvernement de la Défense nationale la haine d'un soldat médiocre contre le pouvoir civil et d'un bonapartiste impénitent contre les républicains, il ne cessa de pratiquer sur le moral de Bourbaki un travail dissolvant.

Après Villersexel, son influence triomphe définitivement; c'est alors l'anarchie la plus complète, ou plutôt c'est l'annihilation de tous les organes de

l'armée. M. Leperche taille, tranche, ordonne. Plus
de conseils de guerre ! Plus de conférences régu-
lières ! Cette situation incroyable nous a été attestée
par vingt témoignages non suspects : il suffira
d'écouter quatre hommes d'un honneur supérieur
et d'une valeur reconnue :

C'est d'abord le chef d'état-major de l'armée de
l'Est, l'éminent général Borel, le préparateur des
marches qui nous ont amené en bonne posture à
Villersexel. Interrogé par la commission d'enquête
sur la direction de l'armée de Villersexel à Héricourt, il déclare qu'il est dans l'impossibilité — lui,
chef d'état-major — de fournir aucun renseignement
à partir de Villersexel.

Les généraux Borel, de Rivière, de Blois et l'intendant Friant.

— « Les ordres de mouvement, conçus en dehors
de moi, m'arrivaient tout rédigés : je les recevais
par l'aide de camp du général (1). »

Le général Seré de Rivière, chef du génie de
l'armée à un moment où l'étude des itinéraires et
la mise en état des communications dominaient
toute la situation, « n'a jamais été consulté, n'a
jamais été appelé à un conseil ».

« — Bien que je fusse commandant du génie de

(1) On trouve plus loin, ch. xi, la confirmation de cette étrange
situation dans le *Journal* de M. Leperche.

l'armée, je n'ai jamais été appelé ni par M. le général Bourbaki ni postérieurement par M. le général
Clinchant, à aucun conseil de guerre, ni même à un
simple rapport. »

L'attestation du brave et distingué général de
Blois, commandant en chef l'artillerie, n'est pas
moins accablante. On ne l'avisait jamais des marches à faire ; du but à poursuivre ; des efforts à
tenter ; de telle sorte qu'il est arrivé devant le
château-fort de Montbéliard sans avoir été prévenu,
sans avoir aucun plan de ce château.

Enfin, l'intendant en chef Friant déclare n'avoir
jamais été appelé à aucun conseil de guerre.

M. Leperche accaparait tout, se plaignait de tout :
des troupes trop novices, des officiers trop jeunes,
des avancements trop rapides, des immixtions du
ministère de la guerre. En proie à une maladie
noire qui ne devait le quitter qu'à la mort, rien
ne trouvait grâce devant sa censure sévère. Ces
façons de misanthrope n'excluaient pas d'ailleurs un souci très éveillé et très agissant de ses
intérêts professionnels. Cet ennemi des « officiers
improvisés » cherche à se faire nommer, étant lieutenant-colonel depuis huit jours, chef d'état-major
général de la 1re armée, poste réservé au général
Borel, dont il se posait en compétiteur dès la formation de l'armée de l'Est, à Bourges. Voici d'ailleurs
une déclaration de Gambetta qui jette une lueur sur

cette personnalité « d'une rudesse toute militaire » :

« M. Leperche avait été nommé lieutenant-colonel par le gouvernement de la Défense nationale le 24 novembre 1870.

« Le 13 décembre 1870, M. le général Bourbaki me demanda avec les plus vives instances, à l'hôtel de la préfecture de Bourges, la nomination de son aide de camp au grade de colonel.

« M. Leperche vint, après le général Bourbaki, s'assurer auprès de moi que son chef avait fait cette démarche. »

Gambetta, qui craignait les accès de découragement de Bourbaki et le traitait en enfant gâté, ne lui refusa pas ce caprice ; le 14 décembre, il télégraphiait de Bourges à Bordeaux : « J'ai nommé Leperche colonel (1). »

C'est dans les mains de cet officier que la faiblesse de Bourbaki laissa tomber l'armée de l'Est au lendemain de Villersexel.

Bourbaki paraît avoir eu un instant la velléité de mettre à profit sa victoire, sans donner à l'ennemi le temps d'en parer les conséquences. C'est ce qui résulte du télégramme suivant adressé à M. de Frey-

Torpeur de Bourbaki.

---

(1) La situation était tellement notoire, qu'après la guerre, M. de Cissey offrant à Bourbaki le commandement de Lyon, lui propose spontanément la faculté de prendre M. Leperche soit comme aide de camp, soit comme sous-chef d'état-major.

cinet par M. de Serres et daté de Bournel, 10 janvier, 1 heure 40 du soir :

« J'ai étudié *cette nuit* avec le général Bourbaki toutes les mesures nécessaires pour préparer la bataille *d'aujourd'hui, bataille que l'ennemi doit absolument livrer*, quelles qu'en soient les conditions, s'il a conscience de sa situation par rapport à la nôtre. Toutes les dispositions sont arrêtées entre nous, et notre situation comme force et positions est beaucoup plus belle qu'hier où l'ennemi avait tout avantage. Nous prendrons, s'il y a lieu, l'offensive. »

L'ennemi était en effet très en l'air : il ne lui restait que l'alternative de battre en retraite sur Lure, Luxeuil, Épinal, ou de bousculer Bourbaki pour se frayer la route de la Lisaine. Ce second parti était plus que chanceux : ce qui n'avait pas réussi le 9 à Villersexel n'eût pas mieux réussi à Werder le 10 à Aillevans où il avait réuni ses troupes exténuées, dans l'attente d'une attaque à laquelle il ne croyait pas pouvoir échapper. L'armée de l'Est, très entraînée par son succès de la veille et beaucoup mieux concentrée, eût certainement remporté une victoire décisive.

En effet, le 10 janvier, nos forces sont groupées comme suit :

Sous la main de Bourbaki :

Le 18ᵉ corps à Villersexel. Le 20ᵉ corps à Villers-la-Ville et Villargent. Le 24ᵉ corps à Grange-la-Ville, Secenans, Crevans, Gémonval. La réserve générale à Courchaton. Total 10 divisions.

La brigade Questel du 15ᵉ corps à Montbozon.

En avant de Clerval, menaçant Montbéliard, la 3ᵉ division du 15ᵉ corps (général Peytavin) est arrivée avec son artillerie à Onans. A Clerval, le reste du corps d'armée continue son débarquement.

La division Cremer est à Gray, à deux journées de marche.

De leur côté, les Allemands forment deux groupes ;

En face de Bourbaki, au centre du demi-cercle formé par lui, la division badoise et la brigade von der Goltz sur les hauteurs d'Aillevans, une fraction de la 4ᵉ division de réserve de Longevelle à Athesans.

Vers Montbéliard, le colonel de Bredow était depuis le 5 janvier en observation à Arcey, d'où il protégeait Héricourt avec 5 bataillons, 12 pièces et 300 chevaux. Les forces du 15ᵉ corps parvenues à Onans dès le 10 janvier étaient deux fois supérieures aux siennes et elles étaient suivies de renforts débarquant sans discontinuer.

Un coup d'œil sur la carte permet de constater qu'il suffisait de ne pas perdre contact avec Werder

pour l'empêcher de gagner Héricourt, que les ennemis étaient séparés en deux tronçons, incapables de
combiner une action commune, chacun d'eux ayant
en face de lui une force française très supérieure (1).

Mais Bourbaki reste complètement immobile dans
la journée du 10 janvier. Le 11 et le 12, — alors que
les minutes étaient si précieuses pour le salut national, — il allait rester figé sur place. Les trois journées qui suivirent Villersexel se résument ainsi :
pendant que Werder, obligé de décrire un demi-
cercle pour venir se cramponner aux positions de
la Lisaine, ne se donne pas un moment de répit,
Bourbaki se croise les bras au centre du cercle,
laissant l'ennemi défiler tranquillement... Or, nous
avions vaincu à Villersexel pour le devancer sur ces
positions que nous lui livrons par trois jours d'inaction !

Oh ! les prétextes ne manquent pas ; les causes
abondent : troupes fatiguées par la victoire même,
intendance mal faite, transports défectueux ! Jugeons
ces « défaites » d'après des témoins impartiaux,
d'après même les pessimistes. Le colonel Châtillon,
commandant l'artillerie du 20ᵉ corps, écrivait à la fin
de janvier au général Thoumas à Bordeaux une

(1) « En réalité, dit l'*Historique* du grand État-Major prussien,
dans la matinée du 10 janvier, 3 corps français se trouvaient aussi
rapprochés de Belfort que les 3 divisions allemandes chargées de
couvrir le siège de la place située entièrement sur leur flanc
(2ᵉ partie, p. 1 007). »

longue lettre sur les causes de nos revers (1) :

« On a perdu pas mal de temps lorsqu'il fallait se hâter à tout prix...

« On s'en prend par exemple à l'intendance parce que, dit-on, elle laisse l'armée mourir de faim... Il serait temps cependant d'en finir avec cette odieuse plaisanterie : avec des routes impraticables, c'est presque un tour de force que d'arriver à un résultat à peu près satisfaisant. »

Voici donc comment Werder employa son temps :

Le 10, dans la matinée, après avoir laissé souffler son monde, Werder, n'ayant plus à craindre l'offensive française, commence sa retraite vers le nord-est. La 4ᵉ division de réserve allait à Moffans, la brigade de Goltz à Béverne, la division badoise de Lure à Ronchamp. Bourbaki a laissé l'ennemi se dérober ; en revanche il n'a plus un Prussien devant lui le soir du 10. Il peut être le lendemain soir à Héricourt et à Montbéliard, presque sans coup férir. S'en est-il seulement douté ? S'en est-il informé ?

Werder se dérobe.

Le 11, Werder laisse une brigade de cavalerie, deux mille fantassins et deux batteries sous les ordres du colonel de Willisen en arrière-garde à

Il gagne la Lisaine.

(1) *Tours, Bordeaux*, p. 226.

Lure et Vy-les-Lure (1). Il porte la division badoise
à Frahier, Châlonvillars ; la brigade von der Goltz
à Chagey, Couthenans et Luze ; la 4ᵉ division de
réserve à Tavey et Héricourt. Tous ces mouvements
s'accomplissent sans qu'il ait reçu un coup de fusil
dans le dos.

Le 12 et le 13 sont employés par les Allemands à
se fortifier avec une activité fébrile sur les positions
de la Lisaine (2).

L'armée de l'Est immobilisée. — Préparatifs des Allemands.

« Le temps laissé disponible par l'inaction de l'adversaire était mis à profit, dit l'Historique allemand,
sans perdre un instant, pour accroître la puissance
défensive de la position. Le quartier général de
Brévilliers était relié par une ligne télégraphique,
d'une part, avec l'aile droite à Frahier ; d'autre part
avec le général Treskow I à Bourogne. Des postes

(1) Très préoccupé de la route de Lure à Frahier qu'il qualifie de
« voie de premier ordre », le général Werder ne se contente pas de
laisser la colonne Willisen pour y observer et y retarder notre
marche qu'il ne mettait pas en doute. Sur les ordres venus de Versailles, il faisait détruire au carrefour de Saint-Maurice les communications qui traversent les Vosges plus au nord. Quelques centaines d'hommes partent de Chaux le 12 janvier. A Maleveaux (6 kil.
au-dessus de Giromagny) on laisse les bagages en arrière. Un traî-
neau attelé de 6 bœufs transporte 4 quintaux de poudre. Le Ballon
d'Alsace, dont les pentes dénudées s'élèvent à 1244 mètres, était franchi par 20 degrés de froid ; le 14, on faisait sauter un pont près
de Saint-Maurice et, au retour, on coupait la route auprès de Giromagny. Ces laborieuses précautions donnent la mesure des
craintes que nos troupes inspiraient légitimement aux Prussiens,
mais c'était trop d'honneur pour leur chef Bourbaki.

(2) Voir les détails dans le chapitre suivant.

de correspondance avaient été établis en grand nombre. Des tranchées-abris, des emplacements de batteries se construisaient *sur tous les points importants*, avec l'aide de la presque totalité des pionniers de place. Parmi les ponts établis sur la rivière, les uns étaient détruits, les autres étaient préparés pour pouvoir l'être au premier ordre ; les chemins glissants étaient recouverts de sable et de cendres. »

Enfin, les colonnes de munitions ayant déjà rétrogradé sur Épinal et ne pouvant revenir que par Strasbourg et Dannemarie, le ministre de la guerre badois était invité à envoyer deux mille obus.

Les Allemands, malgré leur souci de grossir les obstacles pour grossir leur mérite, ne peuvent s'empêcher de constater que « rien n'avait été fait pour mettre obstacle à la marche de flanc que les Allemands exécutaient sur le front de l'armée française (1) ».

Remontrances du gouvernement de la Défense.

Enfin, le 12, Bourbaki se réveille. Il se prépare à mettre l'armée en marche le 13 au matin, ou plutôt une partie de l'armée, car le 18ᵉ corps, — celui qui doit faire le mouvement tournant, celui qui a le plus grand parcours à franchir ! — perdra encore une journée : le 18ᵉ corps reste à Villersexel ! On devine les frémissements d'impatience de Gambetta. Le

(1) *Historique* du grand État-Major, p. 1015.

12 janvier, part de Bordeaux, onze heures trente minutes, ce télégramme :

« *Guerre à général Bourbaki, Bournel, et à de Serres. Faire suivre.* — J'ai reçu votre dépêche de cette nuit, une heure et demie. Elle me suggère les réflexions suivantes :

« 1° La prise d'Arcey que vous projetez pour demain ne me paraît pas ajouter beaucoup à l'interception des communications de l'ennemi, telle que vous l'avez déjà obtenue par la prise de Villersexel. Le temps exigé pour cette opération est-il bien en rapport avec le résultat que vous en retirerez ?

« 2° Vous paraissez abandonner, au moins quant à présent, la marche sur Lure. *Ne craignez-vous pas, en inclinant ainsi tout entier vers la droite, de permettre à deux groupes d'ennemis de Belfort et de Vesoul, de se rejoindre par la route de Lure ?* Je crains que vous ne perdiez le bénéfice de cette séparation en deux tronçons que vous aviez si bien entamée...

« 3° Vos mouvements successifs s'accomplissent avec une grande lenteur, puisque trois jours se sont écoulés entre Villersexel et Arcey, points distants de 8 à 9 kilomètres.

« Je ne nie point les difficultés, mais mon devoir est de vous prévenir que, d'après l'ensemble de nos renseignements, des renforts arrivent de divers côtés à l'ennemi, et qu'en ajournant ainsi, même pour les meilleurs motifs, vous trouverez l'ennemi en grande force numérique. Telles sont les réflexions que je vous soumets. Vous apprécierez dans quelle mesure les circonstances permettent d'en tenir compte. J'approuve très fort la marche de Cremer en arrière de Vesoul pour couper la retraite de l'ennemi. — C. DE FREYCINET. »

Cette dépêche était dictée par l'intelligence la plus exacte, par la vue la plus nette de la situation : elle demeura, comme tout le reste, lettre morte.

Nous voici donc au 13. L'armée, enfin remise en marche, peut malgré tout faire un mouvement décisif. Le 15ᵉ corps a déjà en ligne plus de vingt mille hommes et près de cent bouches à feu — le double de ce qu'il engagera le surlendemain contre Montbéliard ; — en quelques heures, il peut faire la marche qu'il fera le surlendemain (10 à 12 kilomètres) ; le 24ᵉ et le 20ᵉ corps, accolés, sont à 12 ou 15 kilomètres de Bussurel, d'Héricourt et de Couthenans, avec de simples avant-postes ennemis sur la route.

L'armée de l'Est reprend sa marche.

Au lieu de marcher dès ce jour sur la Lisaine, on rédige des ordres de mouvement décousus, n'indiquant aucun objectif sérieux. L'armée doit marcher devant elle : « va comme je te pousse ! »

Quant au 18ᵉ corps, il reste autour de Villersexel, négligé dans cette reprise de marche. On cherche pourquoi, sans trouver l'ombre d'un motif. Et, le surlendemain, on sera affolé de ne pas le voir dès

Le 18ᵉ corps laissé en arrière.

l'aube sur les lignes de la Lisaine. On doit remarquer qu'il ne s'agit pas dans ces retards de routes encombrées, de marches mal exécutées : *il n'y a pas d'ordre.* Aucune explication n'efface celle-là.

Combats de Sainte-Marie, Arcey, Gonvillars, Chavanne et Saulnot.

La résistance qu'on prévoyait vers Sainte-Marie et Saulnot devait être détruite par le 24° corps — Bressolles — appuyé à droite par le 15° et à gauche par le 20°. C'est sur cette ligne que l'armée heurta les détachements ennemis envoyés contre elle pour la forcer à se déployer, la fatiguer et donner le temps de perfectionner les travaux de défense sur la Lisaine. Cette rencontre amena un combat général qui fut particulièrement vif à Sainte-Marie, Arcey et Chavanne : nos troupes eurent facilement raison de l'ennemi.

Werder avait confié le soin de nous entraver à deux colonnes : l'une dirigée sur Sainte-Marie, sous le commandement du colonel de Loos, était forte de quatre mille fusils et de douze canons (1); l'autre, opérant vers Saulnot, comprenait deux mille hommes et six pièces sous le lieutenant-colonel Nachtigal (2).

Entre neuf et dix heures, nous heurtons les tirailleurs de ces deux colonnes en avant de Sainte-Marie, Arcey, Gonvillars, Villers-sous-Saulnot, Saulnot et Malval.

(1) 25° d'infanterie (4° division de réserve) et 1er bataillon du 67° (corps de siège).

(2) 2 bataillons du 30° (brigade von der Goltz).

A notre droite, la division Dariès, 1re du 24e corps, réunie à Montenois et Onans, enlève facilement Sainte-Marie et le bois de la Côte, poursuivant très vigoureusement l'ennemi jusqu'à Saint-Julien.

A Arcey, l'ennemi prolonge la résistance jusqu'à midi et demi; il recule alors, serré de près, à Désandans.

La division Dariès avait été appuyée par la division Peytavin, 3e du 15e corps, qui coopéra à la prise d'Arcey avec sa 2e brigade et à la prise de Sainte-Marie avec sa 1re brigade dirigée par Faimbe et Montenois. Le soir, toute la division était à Sainte-Marie et à Saint-Julien.

Après une courte halte à Désandans, la colonne de Loos se réfugie derrière le ruisseau de Rupt, à Issans, Rainans, Semondans et Aibre, occupant la forte position du bois des Épasses et de l'Étang. Vers trois heures, le 24e corps débouche devant cette position que l'ennemi abandonne bientôt. A quatre heures et demie, la colonne de Loos est à Tuvay, tandis que, de notre côté, nous arrêtons notre marche, nous bornant à occuper les bois.

Pendant ce temps, les tirailleurs du 20e corps à l'extrême gauche rencontraient les flanqueurs de la colonne Nachtigal vers Malval et les refoulait.

La division Carré de Busserolles, partie de Crevans à huit heures, traverse Corcelles et marche à l'ennemi en trois colonnes : elle a devant elle le gros du détachement Nachtigal, de Saulnot à Villers-sur-

Saulnot, et une partie du détachement de Loos à Gonvillars.

A droite, le lieutenant-colonel Marchal, avec un bataillon des mobiles du Var et 2 pièces de montagne, aborde Gonvillars par les hauteurs boisées du sud. Au centre, le colonel Valentin, avec 2 compagnies du 21e chasseurs (empruntées à la division Comagny), la première légion du Rhône et 12 pièces de 4, doit suivre la route d'Arcey. A gauche, le général de Busserolles avec la 2e légion du Rhône et 4 pièces Armstrong, marche sur Saulnot.

La 1re légion du Rhône, devançant les autres colonnes, enlève Gouvillars et Villers-sous-Saulnot, puis par un mouvement à travers le bois du Mont, fait tomber rapidement les villages de Chavanne et du Vernois où l'ennemi avait concentré sa résistance.

Pendant que les Prussiens de Gonvillars se retiraient sur Aibre, la colonne Nachtigal gagnait Champey, puis Couthenans où elle arrivait à cinq heures du soir.

Ces deux engagements, où nos soldats avaient montré de l'aplomb et de l'entrain, avaient coûté deux cent cinquante hommes à l'ennemi. Nos pertes étaient pareilles.

Le principal effort et le principal honneur reviennent à la 1re légion du Rhône, qui eut son colonel, deux officiers et soixante-seize légionnaires blessés à l'attaque de Saulnot, de Chavanne et de Gonvillars.

Comme à Nuits, la légion avait eu la tenue d'un
vieux régiment. Les deux compagnies du 21e bataillon de chasseurs de marche avaient été très bril-
lantes. En face de Sainte-Marie et d'Arcey, les
divisions Dariès et Peytavin n'engagèrent que quelques bataillons qui n'eurent même pas besoin de
donner à fond non plus que les troupes de la division
Dastugue dont l'attitude était d'ailleurs excellente.

La journée du 14 fut très calme. Un petit détachement du 15e corps, partant de Présentevillers, fit
une reconnaissance sur les avant-postes prussiens
établis le long du Rupt à Bart et à Dung : tout se
borna à une courte fusillade qui mit hors de combat quelques hommes de part et d'autre.

A l'extrême gauche, Cremer entrait à Lure à la
tombée de la nuit. Willisen avait évacué la ville.
Après avoir réuni sa colonne au Pont-de-l'Ognon, il
envoya dans Lure une petite arrière-garde de cinquante dragons à pied, qui saluèrent d'une courte
fusillade l'avant-garde de Cremer (1). — Quant au peloton d'exploration que Willisen avait envoyé sur la
route de Vesoul, il fut ramené grand train à travers les
rues de Lure par une poignée d'éclaireurs de Cremer.

Le 18e corps n'ayant pas suivi la marche de l'armée

(1) C'est le 14 que le 18e corps quitte Villersexel. Le soir il cantonne à Courmont (1re division), Moffans (2e division), Lomontot
(3e division), Villafans (réserve).

—, qui dira jamais pourquoi ? — la journée du 14 fut encore sacrifiée (1). Il fallait bien donner aux Allemands le temps d'achever leurs préparatifs, de compléter leurs fortifications, de poster chacun de leurs soldats à loisir, en établissant aux meilleurs abris homme par homme !

L'heure déci-
sive.

Et cependant, notre avantage est tel que Werder se sent perdu ; Werder dont l'habileté de manœu-vrier consommé, la ténacité et la hardiesse ne se sont pas démenties dans ces quinze jours si critiques pour lui, Werder qui a pu jusqu'alors chicaner et retarder nos progrès, se voit décidément acculé. Bien qu'il ait eu la fortune inespérée d'atteindre sans encombre des positions idéales, sa vue claire de la situation lui montre la supériorité de nos forces sans compensation possible : ces forces, il les connaît très exactement.

Et le 14 janvier, il adresse à Versailles cette dépêche qu'il faut lire et relire, cette dépêche qui est la glorification de Gambetta, l'éclatante justifica-tion des combattants de l'armée de l'Est, comme elle est la condamnation écrasante de Bourbaki, pièce décisive qui tranche une fois de plus le procès impudent intenté à la Défense nationale par les hommes du parti de la Défaite.

Le télé-
gramme dé-
sespéré
de Werder.

Donc, le 14 janvier, Werder télégraphie d'Héri-court au grand quartier général :

« *Au général, comte de Moltke.* — « De nouvelles forces ennemies marchent du sud et de l'ouest (de Clerval, 15° corps ; de Vesoul, Cremer), contre Lure et Belfort. On a signalé des troupes nombreuses à Port-sur-Saône. Aujourd'hui, sur le front, l'ennemi attaque vainement les avant-postes à Bart et à Dung. En présence des mouvements convergents de forces supérieures, je prie instamment d'examiner s'il y a lieu de continuer à tenir devant Belfort. Je crois pouvoir protéger l'Alsace, mais non en même temps Belfort, à moins de risquer l'existence même du corps. L'obligation de tenir devant Belfort m'enlève toute liberté de mouvement : la gelée permet de franchir les cours d'eau. — DE WERDER. »

Ainsi, le 14 au soir, l'armée prussienne était dans une situation désespérée, ayant à dos Belfort et la frontière suisse, pressée sur le front par l'armée française deux fois victorieuse : la face de la guerre allait être changée.

Et dans Belfort, en même temps, Denfert ordonnait à ses commandants de batterie : « Tirez à blanc jusqu'à la nuit, en signe d'allégresse, cinq coups par pièce. L'armée française s'avance ! »

Hélas ! bien court devait être le découragement de Werder ! Bien courte devait être l'allégresse de Denfert !

6

CHAPITRE V

SOMMAIRE. — Le rempart naturel de la Lisaine. — De Frahier a Chenebier. — De Chenebier à Chagey. — De Chagey à Héricourt. — D'Héricourt à Montbéliard. — Préparation du champ de bataille par les Prussiens. — Résolutions définitives de Werder. — Répartition des forces allemandes. — Les deux points vulnérables. — La marche de l'armée de l'Est. — Combat victorieux de Montbéliard — Le château et le général de Blois. — Simples escarmouches en face de Bussurel, Héricourt. — Combat de Chagey. — Difficultés du terrain. — Mollesse des tentatives. — Le Mont Vaudois. — L'itinéraire de la division Cremer. — Canonnade d'Etobon. — Les télégrammes les généraux en chef. — Encouragements de Gambetta. — Résultat de la journée du 15.

Le rempart naturel de la Lisaine. En avant de la trouée de Belfort, une coupure profonde, avec des escarpements boisés pour parois, trace une ligne défensive dirigée sensiblement du nord au sud, de Chenebier à Montbéliard : c'est la vallée de la Lisaine, barrière solide, interceptant les routes de Franche-Comté en Alsace (1).

(1) La *Lisaine* s'appelle plus communément la *Luzine* dans le langage du pays. C'est même ce dernier nom qu'elle porte sur la carte de l'état-major.

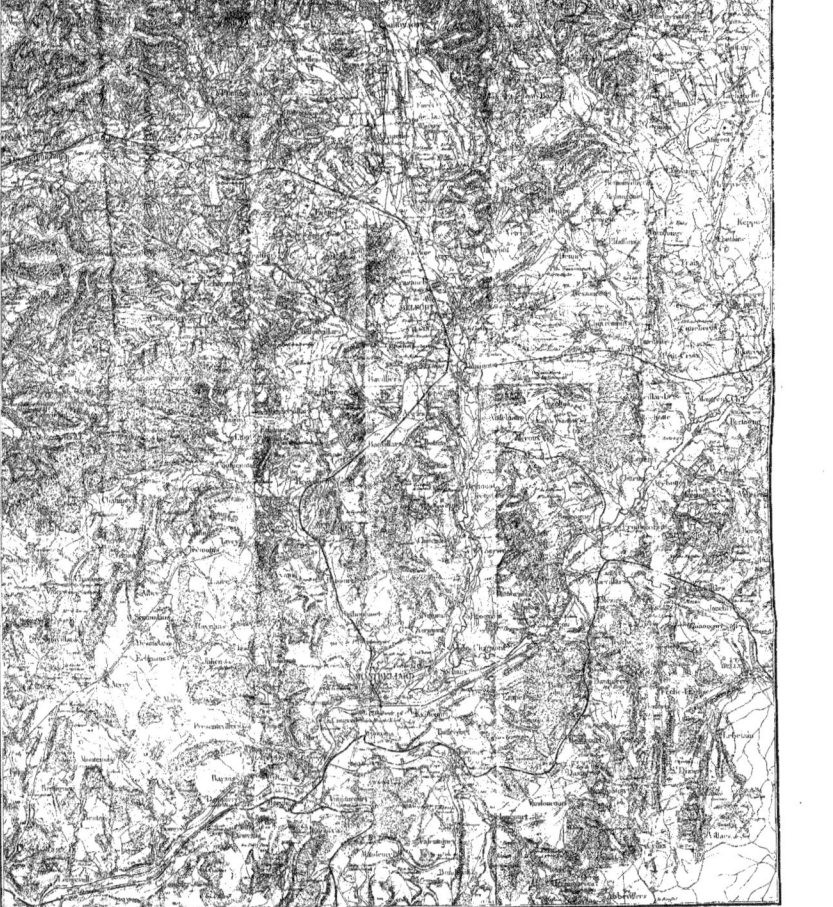

C'est sur ce rempart naturel que Werder se réfugia pour y tenter la résistance suprême en laquelle il n'osait guère espérer.

La Lisaine prend sa source dans les bois au nord de Frahier : jusqu'à Chenebier, c'est un ruisseau insignifiant coulant dans une région très accessible, la vallée n'ayant un profil défensif qu'à la hauteur du hameau de Courchamp. De ce point à Chagey (4 kil.), elle creuse un couloir, sans chemins transversaux, bordé à l'est par le bois de la Thure, à l'ouest par les bois de Lourdon-Brisée et de la Brisée.

De Frahier à Chenebier.

Au sortir de cette tranchée, se trouve Chagey sur la rive gauche avec quelques maisons organisées en tête de pont sur la rive droite.

De Chagey à Luze (2 kilomètres), la vallée s'élargit : cette partie légèrement déprimée offre un passage qui serait facile si le mont Vaudois ne le dominait d'assez près.

De Chagey à Héricourt.

De Luze à Héricourt (3 kilomètres) le mont Vaudois se dresse dans son isolement formidable, avec la Lisaine pour fossé. Hérissé de pièces de gros calibre, il tenait sous son feu Chagey et Luze au nord, Couthenans et Saint-Valbert en face, Héricourt au sud. Il agissait en outre moralement sur nos soldats et sur nos généraux en leur donnant, par sa masse imposante, l'impression de l'inaccessible.

D'Héricourt à Montbéliard (7 kilomètres), les pentes de la rive gauche sont baignées par la Lisaine et

D'Héricourt à Montbéliard.

contournées par la chaussée du chemin de fer, tandis que les prairies aplaties de la rive droite, glacis découvert, constituent une zone très dangereuse pour l'assaillant.

A Montbéliard, la Lisaine rejoint l'Allaine : leurs eaux confondues larges et profondes vont se jeter dans le Doubs à quelques kilomètres de cette ville. La gauche de la position allemande, appuyée sur Montbéliard, est donc à l'abri d'un mouvement tournant à court rayon (1).

Préparation du champ de bataille par les Prussiens.

Les localités baignées par la Lisaine avaient été barricadées et crénelées.

La distance de Montbéliard à Frahier est de 20 kilomètres. La ligne des défenses naturelles — de Montbéliard au nord du bois de la Brisée — compte un peu plus de 16 kilomètres.

Nous avons vu que le colonel de Willisen était chargé d'observer la route Lure-Belfort qui conduit derrière ce système défensif. Nous verrons que le général Debchitz, dont le détachement formait équerre

(1) Ce champ de bataille avait été organisé défensivement à l'avance par le général de Treskow 1, « dans les conditions les plus avantageuses » dit l'Historique du Grand État-Major prussien. Des batteries de position, très fortement protégées, et armées de canons de siège de 9 à 15 centimètres, étaient établies aux points suivants, sans compter de nombreux emplacements préparés pour les batteries mobiles :

7 canons sur le versant du Vaudois, N.-E. d'Héricourt ;

5 sur la hauteur de la Grange-la-Dame, N.-E. de Montbéliard;

6 au château de Montbéliard, balayant le front d'attaque jusqu'au delà de Bethoncourt, avec la même sûreté qu'un bastion enfile un front de courtine.

à Montbéliard, bouchait l'espace compris entre cette dernière ville et Delle.

A la dépêche découragée envoyée le 14 au soir par Werder, M. de Moltke répondait, le 15 janvier, 3 heures du soir, par cet ordre laconique :

« *Au général de Werder à Brévilhers.* — « Attendez l'attaque dans la forte position qui couvre Belfort et acceptez la bataille. Il est donc de la plus grande importance de *rester maître de la route de Lure* à Belfort; détachements d'observation seraient à désirer à Saint-Maurice. L'approche du général de Manteuffel va commencer incessamment à se faire sentir (1). »

Dans l'armée allemande, les chefs exécutaient les ordres : bien plus, ils les devançaient. Dès la matinée du 15, Werder s'était raffermi. Il n'est pas moins vrai que nous constatons une fois de plus la crainte légitime qu'inspirait aux Allemands la route de Lure, cette route que Bourbaki s'est obstiné à ne pas utiliser. L'état-major allemand prévoyait même la possibilité d'une diversion française par Saint-Maurice.

(1) « Au grand quartier-général, on se disait que tout mouvement de recul du 14e corps aurait pour conséquence immédiate la levée du siège et la perte du matériel très considérable qui se trouvait devant la place, qu'on ne savait pas d'avance où s'arrêterait le mouvement de retraite et qu'il ne pourrait que retarder l'action de l'armée du général de Manteuffel s'avançant à marches forcées. » (*La guerre de 1870*, par le maréchal de Moltke, p. 407.)

Répartition des forces allemandes.

Pour garder les 20 kilomètres de cette redoutable position, Werder disposait de 39 bataillons dont il plaça 25 en première ligne, — conservant 14 bataillons en deux groupes de réserve.

L'aile gauche allemande, commandée par le général de Glümer, avait 6 bataillons de landwehr (1) pour défendre le front Montbéliard-Bethoncourt (4 kilomètres) qui allait être assailli par le 15e corps français. La position de Bussurel (2 kilomètres), objectif du 24e corps, était gardée par 2 bataillons de landwehr (2).

La réserve de cette aile gauche, formée des 1er et 2e régiments d'infanterie badoise, était massée à Grand-Charmont, c'est-à-dire à 2 kilomètres en arrière de Montbéliard.

Le centre allemand, sous la direction de Smelling, garnissait avec 3 bataillons du 25e prussien et 4 bataillons de landwehr (3) les 4 kilomètres du front Saint-Valbert-Le Mougnot-Héricourt-Bussurel, devant lequel devaient déboucher le 20e corps et la réserve générale.

En arrière, à Brévilliers, le général de Werder avait concentré sous sa main, une réserve générale de huit et quart bataillons d'infanterie badoise (4e, 5e et 6e régiments, moins 3 compagnies du 6e) et de 5 batteries. Il faut remarquer le choix judicieux des deux em-

(1) Tilsit, Gumbinnen, Intersburg, Marienburg, Lœtzen, Welhau.
(2) Goldap, Dantzig.
(3) Ortelsburg, Osterode, Graudenz, Thorn.

placements de réserve. Nous verrons Werder modifier facilement son dispositif initial en portant ses bataillons sur les points menacés.

La droite allemande, von der Goltz, défendait avec 7 bataillons d'infanterie (30ᵉ et 34ᵉ prussiens, un bataillon du 3ᵉ badois) les 4 kilomètres Saint-Valbert-Mont Vaudois-Luze-Chagey.

L'extrême droite, à Chenebier-Echevanne-Frahier, comptait 2 bataillons du 3ᵉ badois et 1 bataillon de landwehr (Eupen).

Les deux points vulnérables.

L'extrême droite allemande était très en l'air : nullement avantagée par le terrain, séparée du gros de l'armée par le massif compact des bois de Lourdon et de la Brisée, son front mis en péril par des approches favorables à l'attaque.

La position allemande avait deux points vulnérables. D'abord cette extrême droite; ensuite, les derrières de l'aile gauche à la merci d'une attaque partant de la ligne Audincourt-Abbévillers (1).

Le 15 janvier, l'armée de l'Est débouche sur la Lisaine, à la suite d'un ordre de mouvement daté d'Onans, 14 janvier.

La marche de l'armée de l'Est.

Le 15ᵉ corps devra commencer la marche offensive et s'emparer du Mont-Chevis, du Bois-Bourgeois et de Montbéliard.

Le 24ᵉ « se laissant un peu devancer par le 15ᵉ », occupera les bois de Montévillars, du Grand-Bois,

---

(1) Nous consacrons un chapitre aux opérations sur notre extrême droite vers la Suisse.

de Tavey, de Chanois, et s'emparera des points de passage de la Lisaine.

Le 20ᵉ corps marchera par Tavey sur Héricourt, « mais ne s'emparera d'Héricourt qu'après que l'effet voulu aura été produit par le 18ᵉ corps et la division Cremer, comme par les mouvements tournants à plus court rayon qu'il devra exécuter par sa propre gauche » (*sic*). Le 18ᵉ corps « occupera Couthenans, Luze et Chagey ». La division Cremer « exécutera un mouvement tournant à notre extrême gauche, en passant, s'il est possible, la Lisaine à *2 kilomètres en amont de Chagey*. Elle se dirigera sur Mandrevillars et Echenans. Elle observera avec grand soin les routes ou chemins permettant de se porter de Belfort sur notre flanc gauche, notamment par Frahier et Châlonvillars. » La réserve générale s'établira entre Aibre et Trémoins. — Il faut rappeler, pour dégager les généraux Borel et de Rivière, que ces instructions ont été rédigées en dehors d'eux : c'est l'œuvre de M. Leperche.

Les chemins conduisant à travers bois les 14 divisions françaises en face du front de 14 kilomètres qui leur était assigné comme objectif, débouchaient sur quelques points trop rares, sans communications transversales. Tous ces points, soigneusement repérés, servaient de cible aux batteries allemandes. De là : difficulté extrême pour notre artillerie de se mettre en batterie ; impossibilité pour notre infanterie de déployer plus d'un quart de son effectif ;

liaison interrompue entre nos diverses fractions.

Cette première journée doit s'appeler : Combat de Montbéliard. Là seulement on combattit ; là seulement le « plan » reçut un commencement d'exécution.

Au 15e corps, la 3e division, général Peytavin, formant la colonne d'attaque de droite, prend les armes à six heures du matin. Partant de Bart et de Dung vers neuf heures, elle s'engage sous bois, refoule l'ennemi et prend pied sur le plateau de Sainte-Suzanne. Vers deux heures, le bataillon du 33e de marche descend au pas de gymnastique sur Montbéliard : mais son élan vient se briser contre le château. A droite du 33e, un bataillon du Puy-de-Dôme déloge l'ennemi du cimetière de Bart et poursuit sur Montbéliard. Une colonne prussienne s'étant établie, pour fusiller notre flanc, à Courcelles et dans le canal complètement gelé, trois compagnies de Riom franchissent le Doubs sur un pont de bois, la mettent en fuite et lui font des prisonniers. Deux compagnies du 34e de marche contribuent au succès.

La colonne d'attaque de gauche, 1re division, général Dastugue, part de Saint-Julien à neuf heures et demie. A dix heures, on rencontre les avant-postes ennemis qui, très logiquement, ont ordre de commencer la résistance aussi loin que possible de la vraie ligne de défense, afin de harasser nos jeunes troupes. A partir du ruisseau du Rupt, entre Issans et Allondans, nos troupes sont aux prises avec les tirailleurs ennemis inférieurs en nombre, mais sachant

manœuvrer et profiter des avantages d'un terrain
boisé, mamelonné et offrant des replis successifs.

A deux heures, le Bois-Bourgeois est à nous ; la
ferme du Mont-Chevis est brillamment enlevée par le
1er zouaves. A trois heures, les turcos du général
Questel pénètrent dans Montbéliard en poussant l'ennemi la baïonnette dans les reins et y donnent la main
à la colonne de gauche. Les mobiles de la Nièvre, de
la Charente et de la Savoie s'étaient bravement com-
portés.

La brigade Minot inclinait sur Bethoncourt et le
Petit-Bethoncourt : mais les quelques compagnies
lancées vers la Lisaine étaient arrêtées par le feu
d'un adversaire bien abrité.

La 2e division, Rébilliard, restée en réserve, n'eut
pas occasion de donner, ni ce jour-là, ni les jours
suivants : elle ne fut d'ailleurs complète que le 17.

Le château et
le général
de Blois.

Notre succès se trouvait arrêté net par le château
de Montbéliard, assis sur une roche isolée, muni
d'une forte garnison (cinq cents hommes du bataillon de landwehr de Gumbinnen), derrière de solides remparts, et d'une artillerie puissante (six
pièces de siège).

Lorsque le mouvement des troupes est arrêté par
cet obstacle — inattendu, paraît-il ! — les chefs de
l'infanterie se précipitent vers un officier supérieur
du génie du 15e corps pour lui signaler la situation.

— « Comment ! le château de Montbéliard est donc
fortifié ! C'est impossible : je suis sûr qu'il est déclassé. »

Et notre colonel, démuni de toutes indications, ne peut se faire une idée de la forteresse que grâce à une photographie que lui prête un fonctionnaire habitant le faubourg de Sainte-Suzanne.

Cet épisode que nous garantissons (1) se trouve implicitement confirmé par le général de Blois. Après avoir rappelé que le château avait été déclassé, mais que ce déclassement purement théorique et administratif n'avait pas été réalisé par le démantèlement des remparts, le général ajoute :

« Si nous eussions supposé que l'attaque de cette place fût entrée dans le programme de nos travaux, nous n'eussions certainement pas manqué, pendant les courts moments passés à Besançon, de réclamer les plans de la ville... Mais on ne jugea pas nécessaire de communiquer à l'artillerie le projet du général en chef, en sorte que nous arrivâmes devant Montbéliard sans avoir la moindre connaissance du terrain. Le lieutenant-colonel Odier, commandant le génie, n'était pas mieux informé que nous. »

Et le général conclut par cette réflexion qui pourrait servir de refrain à tous les actes de Bourbaki, et de commentaires aux détails secondaires comme aux dispositions capitales : « Les choses se passaient autrement au temps de nos victoires. »

Impossible d'ailleurs de franchir la Lisaine entre

(1) Nous le retrouvons dans des notes prises à Montbéliard même quelques mois plus tard.

Montbéliard et Bethoncourt, le château enfilant la vallée comme un bastion balaie un fossé.

Des habitants proposèrent l'établissement de batteries sur la hauteur de la Petite-Hollande qui plonge sur le château à courte portée; d'autres émirent l'avis qu'en cheminant à la sape, on arriverait assez près de la porte pour la faire sauter : sans discuter la valeur de ces moyens, disons seulement que rien, absolument rien ne fut tenté pendant les trois journées.

A partir de trois heures, le combat est immobilisé. Il se réduit à une canonnade que notre artillerie (une cinquantaine de pièces de 4, de 8 et de 12) soutient avec un grand courage, mais sans succès, contre les batteries de siège du château et de la Grange-la-Dame, appuyées par de nombreuses pièces de campagne.

Les forces opposées aux 2 divisions engagées du 15ᵉ corps consistaient dans la brigade de landwehr de la Prusse Orientale, 8 bataillons (1) et une forte

	Perte tués et blessés.		
(1) *Lœtzen :* Sainte-Suzanne et Mont-Chevis..	216 hommes		3 off.
Marienbourg : Bart et Courcelles	145	—	2 —
Insterburg : Citadelle de Montbéliard..........	41	—	
Gumbinnen : Montbéliard et château..........	14	—	
Welhau : De la Grange-la-Dame à Bethoncourt.	2	—	
2ᵉ bataillon du 1ᵉʳ badois id.....	3	—	
3ᵉ bataillon du 2ᵉ badois id.....	17	—	
Goldap : Mont-Chevis et Bethoncourt.........	10	—	
Ensemble........	448 hommes		5 off.

Plus 25 artilleurs et pionniers, plus 1 officier hors cadres.

Trois seulement de ces bataillons avaient combattu à découvert. Les 5 autres étaient retranchés.

artillerie ; elles perdaient quatre cent soixante-treize hommes et six officiers.

Sur tout le reste de la ligne de la Lisaine, Werder n'a perdu, le 15 janvier, que trois officiers et deux cents hommes environ... C'est qu'en effet, le combat de Montbéliard est l'effort sérieux de la journée.

Au nord et à gauche du 15ᵉ corps, le général Bressolles dirige son 24ᵉ corps, au départ d'Echenans, Désandans et Semondans, à travers les bois de Montévillars et de Tavey.

La 1ʳᵉ division, Dariès, par le bois de Montevillars, arrive en face de Bethoncourt : elle reste à tirailler sans être positivement engagée ;

La 2ᵉ, Comagny-Thibaudin, par le Grand Bois, arrive en réserve vers Vyans ;

La 3ᵉ, Carré de Busserolles, par Aibre et le bois de Tavey, entre Bussurel et le bois de Chanois. Cette division seule fut aux prises avec l'ennemi. Arrivée à Aibre à neuf heures et demie, elle fut déployée par colonnes de demi-bataillon : en première ligne, la 2ᵉ légion du Rhône, le 89ᵉ mobiles, le bataillon de la Loire ; en deuxième ligne, la première légion du Rhône. Elle déboucha dans l'après-midi en avant de Vyans, soutenue par une artillerie « dont le tir trop court était sans effet ». Là moins qu'ailleurs, un déploiement d'artillerie était possible.

« Il eût fallu, dit l'Historique de la première légion

Simples escarmouches en face de Bussurel, Héricourt, Chagey.

du Rhône, dès ce même soir faire traverser la Lisaine à tout le 24ᵉ corps, lui faire occuper les bois en avant de Bussurel et tourner Héricourt. Cette opération eût été facile vers trois heures après-midi, en prononçant l'attaque à 1 kilomètre au sud de Bussurel. » L'officier énergique et expérimenté qui a écrit ces lignes s'en prend « aux retards impardonnables, au manque d'ensemble, de vigueur et de direction dans l'attaque ».

Tout se réduit à d'insignifiantes escarmouches, ainsi relatées par l'Historique allemand (1) :

« La défense avait évacué Bussurel, situé sur la rive droite de la rivière. Les ponts construits aux issues nord et ouest du village avaient été détruits. La 1ʳᵉ compagnie du bataillon de Dantzig était en position avancée dans les bâtiments du moulin, en face de la sortie nord du village. Le capitaine Kossak garnissait la ligne du chemin de fer avec les trois autres compagnies de ce bataillon.

« Quatre bataillons français (2) mettant à profit la supériorité de portée de leurs armes, ouvrent la fusillade à grande distance, se rapprochent graduellement de Bussurel, occupent le village d'où ils font pleuvoir une grêle de balles sur la voie ferrée, puis se portent contre l'aile gauche et ensuite contre le centre de la position de défense. Dans l'une comme

(1) P. 1030, 2ᵉ partie.
(2) Très incomplets d'ailleurs, entièrement découverts et sans direction fixe comme on le voit.

dans l'autre direction, ils sont repoussés avec des pertes sanglantes.

« A quatre heures du soir, une dernière attaque est tentée sur le moulin comme objectif principal. L'artillerie ennemie, déjà précédemment en batterie auprès de Vyans, l'appuie énergiquement. Mais, de sa dernière position auprès de Bethoncourt, la 1re batterie légère badoise était aussi en mesure de prendre part au combat de Bussurel. Le colonel de Sachs était arrivé de Brévilliers avec 2 bataillons badois et 2 batteries (1er et 2e bataillons 5e badois ; 4e batterie lourde et 4e légère) de la réserve principale du général de Werder. Ces batteries détournent aussitôt sur elles le feu des batteries ennemies tandis qu'elles-mêmes, au bout de quelques instants, dirigent le leur contre l'infanterie ennemie, qui marchait à l'attaque, ainsi que contre les colonnes qui se montraient aux débouchés des bois et au milieu desquelles elles semaient un grand désordre. »

Le 20e corps (Clinchant) arrive jusqu'à la Lisaine après d'inexplicables hésitations, sans rencontrer de résistance. La 3e division (Ségard) était en réserve.

La 2e division (Thornton) débouche devant Héricourt par les bois de Tavey, la brigade de Bernard de Seigneurens à cheval sur la route. La 1re division (Polignac) avec la brigade Godefroy à Byans et la brigade Brisac dans les communaux en avant de Coisevaux, face à Saint-Valbert.

L'*Historique* allemand rend compte des dispositions prises pour défendre Héricourt: il en résulte que l'action du 20ᵉ corps fut à peu près nulle :

« Héricourt est situé sur la grande route d'Arcey à Belfort, à un peu moins de 8 kilomètres de cette dernière place. En adoptant une position plus en arrière, le combat pouvait donc s'étendre jusqu'à une proximité inquiétante de la ville assiégée. On était d'ailleurs d'autant plus à l'aise pour renoncer au faible obstacle constitué par la rivière, que la rive droite offrait maints avantages de position.

« Le Mougnot forme là, en avant d'Héricourt, une sorte de tête de pont qui n'est pas sans une certaine solidité propre. Il convient toutefois d'ajouter que des bois considérables, qui permettent à l'ennemi de s'approcher à couvert, descendent de l'ouest et du sud jusqu'à portée de fusil de la position et que les batteries du mont Vaudois ne battent elles-mêmes qu'une étroite zone des approches.

« Les pionniers avaient eu le soin de renforcer le Mougnot, autant que le temps et les forces le permettaient. Le bois qui couvrait en partie la colline avait été rasé, hormis une portion peu praticable située au pied du revers sud. La crête était couronnée de tranchées-abris, doublées sur certains points d'une seconde ligne ; de forts obstacles barraient la grande route, profondément encaissée en cet endroit, et la ferme Marion, construite sur la hauteur, au sud de la route, avait été crénelée. La ville elle-même avait été mise en état de défense. Le cimetière au nord, le moulin Bourangle au sud, ménageaient latéralement de vastes points d'appui. Des plates-formes enterrées étaient préparées en arrière, à droite et à gauche, au pied des hauteurs, pour les batteries de campagne. Le colonel de Knappe avait disposé, tant pour la défense du Mougnot que comme réserve dans la ville, les trois bataillons de Graudenz, d'Ortelsburg et d'Osterode. Ce dernier occupait en même temps Saint-Valbert avec une compagnie. En arrière, derrière la Lisaine, le bataillon de Thorn était au nord de la ville, au cimetière ; le 1er bataillon du 25e au sud, sur la ligne du chemin de fer, bordant le pied des hauteurs, avec une compagnie dans le moulin et une autre sur la lisière sud de la ville. Deux batteries étaient établies sur le plateau de Salamou et deux autres au pied du Vaudois sur la route de Luze, toutes deux sous les ordres du général baron von der Goltz.

« De cette position, la brigade de landwehr tendait la main au nord à la brigade du général von der Goltz.

« Dans cette dernière, le 34e régiment se tenait en arrière de la Lisaine, à gauche et à droite du saillant sud-ouest du mont Vaudois ; mais il avait jeté au delà de la rivière un peloton sur la filature Chevrot, et une compagnie vers le petit bois adjacent. Le 30e régiment avait fait occuper par le 1er bataillon le village de Luze organisé défensivement. Les

7

deux autres bataillons se tenaient disponibles en arrière.

« Dès le matin, avant huit heures, des patrouilles de hussards avaient rencontré de l'infanterie ennemie dans la direction de Champey. Couthenans était évacué une heure plus tard, et le 3ᵉ bataillon du 34ᵉ engageait, sur la rive ouest de la Lisaine, un combat de mousqueterie de pied ferme.

« A neuf heures et demie, l'artillerie française se déployait à la hauteur de Trémoins et de Laire ; des tirailleurs pénétraient dans Byans et poussaient sur le Mougnot. Mais ils étaient contenus par le feu de contingents des bataillons de Graudenz et d'Ortelsburg.

« Sans compter les sept grosses pièces du capitaine Schweder, neuf batteries — soit ensemble soixante et une bouches à feu — garnissaient le front de trois mille mètres compris entre le Salamou et Luze.

« Aux termes des dispositions arrêtées par le commandant en chef de l'armée de l'Est, le général Clinchant, qui marchait sur Héricourt avec le 20ᵉ corps, devait attendre, avant d'agir, les résultats du grand mouvement tournant que le général Billot était chargé d'exécuter avec le 18ᵉ corps et la division Cremer. Il se bornait donc tout d'abord à conserver le terrain gagné sur les hauteurs boisées situées directement en face de la position ennemie, et à entretenir de là une canonnade très vive mais de nul effet et à laquelle les Allemands ne répondaient qu'avec mesure. »

On peut s'en rapporter aux Allemands : ils n'ont aucun intérêt à diminuer leur succès en diminuant nos efforts. Du reste, les Historiques français sont unanimes sur ce point. L'Historique du 3e zouaves (2e division du 20e corps engagée devant Bussurel) s'exprime dans les mêmes termes que celui de la 1re légion du Rhône, du 24e corps : « Les bois rendent le déploiement difficile... limitent à des points déterminés les emplacements d'artillerie... Nous occupons Byans évacué... Le régiment perd deux zouaves tués et cinq blessés. »

Il suffit pour être complet de mentionner le rôle de la réserve générale qui se borne à canonner la rive gauche de la Lisaine, rôle auquel Bourbaki va la condamner pendant trois jours.

Nous arrivons enfin au fameux « mouvement tournant » prescrit au 18e corps et à la division Cremer. Un mouvement n'est tournant que s'il déborde l'aile ennemie. La préparation indispensable d'une telle manœuvre consiste à reconnaître le terminus de la ligne ennemie ; la cavalerie semble être destinée à procurer ces renseignements au général en chef. Or, Bourbaki paraît ignorer qu'il possède d'assez nombreux régiments de cavalerie : il en parle rarement dans ses ordres de marche, ou s'il en parle, c'est pour leur assigner une place à la hauteur des bagages. Aussi, une des caractéristiques de ce général c'est l'ignorance stupéfiante dans laquelle il reste, du premier au dernier jour, des forces, des emplacements et des mouvements de l'adversaire. Grâce à ce superbe dédain des explorations, grâce aussi à cette obsession d'agglomérer ses troupes, au mépris des impossibilités du terrain, il trace pour son mouvement tournant un itinéraire qui conduit « *l'aile tournante* » perpendiculairement à une position bien défendue, solide sur son front, garantie sur ses deux flancs !

Les préliminaires de l'opération avaient été très défectueux. Sans raison aucune, sans que la présence d'un corps ennemi justifiât cette inaction, le 18ᵉ corps était immobilisé autour de Villersexel jusqu'au 14 : dans cette journée, il se porte à Faymont-Courmont. Lomontot-Moffans.

Alors qu'on le destine à un mouvement tournant, sur la réussite duquel doit se régler l'offensive des 24ᵉ et 20ᵉ, on lui donne l'ordre de parcourir deux fois plus de chemin et on le met en route le dernier ! C'est le pivot qui part le premier et c'est « *l'aile marchante* » qui piétine sur place !

Quant à la division Cremer, on s'arrange avec tant de prévoyance que l'ordre de marche lui arrive dans la nuit du 14 au 15. Son itinéraire était d'ailleurs mal conçu : au lieu de laisser Cremer suivre la belle route de Lure à Belfort, par Ronchamp et

Frahier (1), on l'embarque sur des chemins qui le mènent dans le 18ᵉ corps (2).

Enfin, Bourbaki — qui est effrayé des difficultés d'une attaque de front — dirige ces quatre divisions sur une des parties les moins accessibles de ce front. Écoutons le général Billot :

Le mont Vaudois.

— « *Une seule chose* avait échappé dans les prévisions : DERRIÈRE LA LISAINE SE TROUVE UNE HAUTE MONTAGNE qu'on appelle le mont Vaudois et qui domine jusqu'à 1 800 mètres la vallée de la Lisaine.

« Nous devions prendre différents villages qui se trouvent autour : moi, je devais occuper Couthenans, Luze et Chagey qui sont à 1500 mètres du mont Vaudois.

« Or, sur ce mont Vaudois *que j'avais bien remarqué* sur la carte, les Prussiens avaient établi des batteries de gros calibre avec des pièces distraites du siège de Belfort. Ils avaient repéré les distances, prévoyant que nous arriverions de ce côté (3). »

On peut se demander si Bourbaki n'a pas tracé son ordre de mouvement sur une carte plane !

(1) Le général Cremer avait toujours compté attaquer par Ronchamp et Frahier. Il avait porté le 14 au soir son avant-garde à Roye (2 bataillons du 32ᵉ).

(2) Cremer arriva assez à temps à Belverne pour faire prendre à sa première brigade le chemin d'Etobon.

(3) *Enquête sur les actes du gouvernement de la Défense nationale.* T. 6, p. 219, col. 1.

Les instructions de Cremer lui prescrivaient de franchir la Lisaine à deux kilomètres en amont de Chagey vers le bois de la Brisée. Il n'y avait que trois objections à cet itinéraire : l'absence de chemins pour amener sur la vallée ; l'absence d'issue pour en sortir par le bois de la Brisée, et enfin la présence de l'extrême droite ennemie à Chenebier, — sur le flanc et sur les derrières de l'objectif indiqué. En ce qui concerne Cremer, on verra que, par la force des choses, il dut rectifier en partie cet itinéraire invraisemblable.

Revenons à la marche du 18e corps.

La 1re division, Feillet-Pilatrie, amène la brigade Leclaire sur Couthenans, et la brigade Robert sur Luze, à la sortie du bois de la Bouloye.

La 3e division, Bonnet, arrive avec la brigade Brémens à la lisière du bois de la Vacherie, tandis que la brigade Goury cheminant par le bois de Nan amène des têtes de colonnes au-dessus de Chagey (1).

La 2e division, amiral Penhoat, conservée en réserve à Belverne, va bientôt opérer un mouvement très heureux qui lui donnera un rôle des plus importants.

Les divisions Feillet-Pilatrie et Bonnet apparaissaient vers une heure en vue de la Lisaine : elles ne pouvaient guère déployer que trois à quatre mille

(1) La brigade Goury s'était dirigée sur Chagey en suivant trois chemins : celui *des crêtes*, celui *du milieu* et celui *de la prairie*.

hommes. Au fur et à mesure que les têtes de colonnes font leur apparition sur les crêtes, les batteries allemandes les couvrent d'obus : le général Billot les fait rentrer sous bois, et, jusqu'à deux heures, l'artillerie seule — une faible partie de l'artillerie — peut combattre.

Vers deux heures, la brigade Goury dirige trois colonnes d'attaque contre Chagey : ses tirailleurs s'emparent de deux maisons où ils ne peuvent se maintenir. La brigade Brémens cherche à appuyer en lançant quelques compagnies du 82e mobiles.

Combat de Chagey.

La division Feillet-Pilatrie ne parvient pas à prêter un concours efficace à cette attaque. Trois compagnies du 3e bataillon du 73e mobiles (Loiret) développées en tirailleurs ne peuvent pas tenir; leur lieutenant-colonel, M. de Rancourt, est blessé.

Le 9e bataillon de chasseurs arrive au pont de Couthenans à une heure : mais il se heurte à des maisons crénelées et ne peut pousser au delà.

Vers quatre heures, une seconde attaque d'une portion du 4e zouaves de marche nous donne la moitié du village; mais, malgré la valeur des zouaves, l'ennemi embusqué dans des maisons fortifiées ne peut être délogé quand vient la nuit (1).

L'Historique prussien est instructif :

« Cette courte journée d'hiver prenait fin déjà,

(1) L'Historique du 4e de zouaves donne le récit du combat de Chagey dans la journée du 15 janvier (le régiment fut à peine engagé le 16 et ne le fut pas le 17) : — « Le 15 janvier au matin,

avant que les Français eussent été en mesure d'obtenir un résultat sur le front Luze-Héricourt. L'INFANTERIE SURTOUT N'AVAIT TENTÉ AUCUN EFFORT D'ENSEMBLE.

« Par contre, un vif combat de mousqueterie s'engageait devant Chagey, à l'arrivée de la 3ᵉ division du 18ᵉ corps. Le bois de Nan se prolonge, sur ce point, jusqu'aux premières maisons du village ; toutefois, la raideur des pentes en rendait l'approche *extraordinairement difficile de ce côté*. A deux heures et demie, deux bataillons français débouchaient plus au sud, de la vallée de la Goutte-Saint-Saul, et refoulaient les postes avancés du bataillon badois. L'attaque du village lui-même devait être appuyée par l'infanterie de Couthenans ; mais les obus lancés de la rive opposée dispersaient les troupes envoyées dans ce but, et le major Lang (2ᵉ du 3ᵉ bad.) réussis-

le 4ᵉ zouaves est dirigé sur Chagey par le bois de Nan avec une section de montagne. Il forme, avec un bataillon du 81ᵉ mobiles en soutien, une colonne sous les ordres du lieutenant-colonel de Bois-fleury. — 3 compagnies du 2ᵉ bataillon et le 3ᵉ bataillon attaquent le village avec une compagnie du 42ᵉ de marche. — Ils commencent le feu à 300 mètres et s'emparent de quelques maisons. Mais leur élan est brisé devant les murs abritant un ennemi invisible. — Les 2 pièces de montagne mises en batterie sur le chemin qui conduit à Chagey à travers le bois de Nan ne produisent aucun effet. — Une pièce est alors portée sur la ligne des tirailleurs, les servants sont mis hors de combat, la pièce est reportée dans le bois. — L'ennemi tente des sorties qui sont repoussées. — Le régiment reste à 300 mètres jusqu'à la nuit à tirailler contre des murs. — Le 1ᵉʳ bataillon reste en soutien de l'artillerie. — Les pertes des zouaves étaient de huit officiers et cent quatre-vingts hommes ; celles du 81ᵉ mobiles de trente-sept hommes. Il va sans dire que l'ennemi, parfaitement protégé, fut très loin de souffrir autant. »

sait ainsi à repousser le premier effort dirigé contre Chagey. Cependant, à une seconde attaque, exécutée par des troupes fraîches et notablement supérieures, les zouaves pénétraient dans le village, où un combat très vif s'engageait alors dans les maisons.

« Sur ces entrefaites, le 1er bataillon du 6e régiment badois était encore arrivé à Chagey. Ce bataillon était destiné, de fait, à relever le 2e bataillon du 3e régiment pour le laisser à la disposition du général baron de Degenfeld. Conduit par le capitaine de Weinzierl, il attaque sur-le-champ, en traversant et en débordant à la fois le village. Le 2e bataillon du 3e régiment se joint à lui. A trois heures, l'ennemi était rejeté dans les bois (1).

« Plus tard encore, les Français se mettaient en devoir de préparer une nouvelle attaque. Mais la défense disposait alors de renforts. Le bataillon de fusiliers, ainsi que la 7e compagnie du 6e régiment badois, étaient accourus de la réserve avec huit pièces ; le 2e bataillon du 25e arrivait d'Héricourt et le 30e aussi tenait des renforts tout préparés. L'ennemi renonçait donc à sa tentative, et la nuit s'écoulait sans nouvelle entreprise de sa part. »

Le général Billot « voyant que nous attaquions « des positions formidables d'où nous étions séparés « par la Lisaine qui ne pouvait être franchie que sur

(1) Quelques compagnies seulement du 4e zouaves de marche avaient donné : le déploiement des autres troupes était impossible.

« deux ponts défendus par des villages fortifiés et
« transformés en tête de pont (1) », fit savoir au
général Bourbaki qu'il considérait qu'une attaque de
front était très chanceuse et qu'un mouvement tournant par la gauche s'imposait.

Et, sans plus tarder, il se rendit à la division
Penhoat dont le rôle de réserve primitivement
indiqué devenait une superfétation. Il concentre cette
division à Belverne, et dirigea son avant-garde vers
Étobon, où le général Cremer était déjà aux prises
avec l'extrême droite allemande.

Canonnade
d'Étobon.

A l'extrême gauche, la division Cremer arrive à
Étobon, après un trajet allongé par la rencontre du
18ᵉ corps à Lyoffans : frottement qui entraîna des
pourparlers, des arrêts, des encombrements.

Le général Cremer, modifiant partiellement l'itinéraire inexécutable qui lui était tracé, débouche à
Étobon vers midi.

En face de lui, il rencontre le général de Degenfeld
qui occupe Chenebier-Courchamp avec 2 bataillons
du 3ᵉ badois disposés de la Tuilerie au Bois des Evants
et 6 compagnies de landwehr en réserve à Frahier. En
outre, 2 batteries sont établies au nord de Chenebier.

Dès que la 1ʳᵉ brigade de Cremer apparaît, elle est
saluée par un feu violent d'artillerie. Pour y répondre nous établissons une batterie vers les ruines du

(1) Déposition du général Billot à l'Enquête.

château et une seconde au point 395. Sous la protection de ces batteries, la division défile à l'est et au
sud de Courchamp et vient bivouaquer dans le bois
de la Thure, en poussant ses avant-postes sur la
vallée jusqu'aux approches de Chagey.

Une compagnie badoise ayant attaqué nos avant-
postes dans la nuit, la division fut mise sur pied : ce
fut, par ce froid rigoureux, une nuit très pénible
stoïquement supportée.

Voici comment les généraux en chef rendirent
compte de la journée du 15 :

Werder télégraphie à Manteuffel :

Les télégram-
mes des gé-
néraux en
chef.

« L'ennemi m'a aujourd'hui vivement attaqué de
« Chagey à Montbéliard, en apparence avec 4 corps
« et principalement avec de l'artillerie. L'attaque a
« été repoussée partout et ma position n'a été forcée
« sur aucun point. »

Bourbaki télégraphie de son quartier général
d'Aibre au gouvernement :

« L'armée s'est battue toute la journée. Ce soir,
« nous occupons Montbéliard (sans le château),
« Vyans, Tavey, Byans, Coisevaux, Couthenans et
« Chagey. Demain, nous recommencerons au point
« du jour, et quoique nous ayons devant nous beau-
« coup plus de forces qu'on ne s'y attendait, en
« hommes et surtout en puissante artillerie, j'espère

« demain pouvoir occuper Héricourt, Brévilliers,
« enfin la route d'Héricourt à Belfort. »

Encourage-
ments
de Gambetta.
Toujours préoccupé de réconforter le général qui
osa plus tard se plaindre de suspicions et de vexa-
tions imaginaires, Gambetta lui télégraphiait généreusement :

« *Bordeaux, 15 janvier 1871, 2 heures soir. Gam-*
« *betta à général Bourbaki, Onans.* — J'ai envoyé à
« Paris les résultats heureux de vos opérations dans
« l'Est. L'entreprise a été approuvée unanimement
« par tous ; les résultats déjà obtenus les ont remplis
« de confiance. Je leur ai dit combien vous aviez
« déployé de qualités, d'énergie et de brillante
« bravoure, dans les divers combats qui ont eu lieu.
« Je suis personnellement heureux de vous expri-
« mer en mon nom et en celui de tous mes collègues,
« la confiance complète que nous avons mise en votre
« loyauté ; et pour ma part, je me félicite tous les
« jours de n'avoir jamais douté des grandes qualités
« militaires que vous devriez mettre au service de
« la France envahie. Je compte bien recevoir promp-
« tement de vous de plus complètes et plus forti-
« fiantes nouvelles.   LÉON GAMBETTA. »

Résultats de
la journée
du 15.
En résumé, la première journée n'était ni bonne
ni mauvaise. Le succès en avant de Montbéliard était
réconfortant ; — si nous n'avions attaqué à fond nulle

part, nous n'avions en revanche subi aucun échec ; — l'ennemi était acculé à la stricte défensive ; — la possibilité de tourner l'extrême droite par Chenebier apparaissait et, pour ce mouvement décisif, Bourbaki pouvait disposer facilement de 6 divisions restées en seconde ligne parfaitement inutiles en arrière des divisions de première ligne que rien ne menaçait.

Militairement, rien n'était donc perdu ; mais tout était perdu dans le cœur défaillant du général en chef.

CHAPITRE VI

DEVANT BELFORT.

(LA JOURNÉE DU 16 : CHENEBIER)

Simple canonnade sur les trois quarts de la ligne.

La journée du 15 janvier s'était réduite au combat de Montbéliard ; la journée du 16 se réduisit au combat de Chenebier. Sur tout le reste de la Lisaine : canonnade sans résultat comme sans but ; escarmouches épisodiques sans lien entre elles ; tentatives sans vigueur (1).

La journée cependant pouvait être décisive. Les mauvaises directions étaient à demi réparées grâce à Cremer qui avait abouti un peu au nord de l'empla-

(1) Voir à l'Annexe XIV la répartition des pertes des Allemands sur les divers points du champ de bataille, pendant ces trois journées.

cement impossible qui lui avait été assigné; grâce au général Billot qui avait reporté à l'extrême gauche la division Penhoat inutile au milieu des convois. Le moindre effort de volonté, la moindre lueur de compréhension et nous tombions droit sur Belfort!

De Montbéliard à Chagey, c'est-à-dire en avant des 15ᵉ, 24ᵉ, 20ᵉ corps, de la réserve générale et des 1ʳᵉ et 3ᵉ divisions du 18ᵉ corps, la lutte peut être racontée en quelques lignes. Toute la partie se joue devant les divisions Penhoat et Cremer à Courchamp-Chenebier et Echevanne.

Devant Montbéliard et Bethoncourt, le 15ᵉ corps reste l'arme au bras. De trois heures et demie à quatre heures et demie, le 15ᵉ corps fait trois démonstrations devant Bethoncourt avec quelques bataillons. Les Allemands peuvent faire cette constatation : « Quant à l'infanterie française, elle n'avait rien tenté pour rompre les lignes allemandes de Montbéliard. » Hier, l'aile gauche devait attendre les résultats de l'aile droite. Aujourd'hui, l'aile droite attend ce que fera l'aile gauche. Trente hommes tués ou blessés : voilà la perte des bataillons allemands opposés au 15ᵉ corps; voilà la mesure de notre effort du 16 janvier (1)!

Inaction du 15ᵉ corps devant Montbéliard.

(1) « Le combat d'Héricourt, ou plutôt la *canonnade* d'Héricourt. » (Général de Rivière.) — « Du 15 au 18, le régiment *assiste* à la bataille d'Héricourt. » (*Historique du 30ᵉ de marche*, 2ᵉ division du 15ᵉ corps.) — « Le 16, l'action se borna à une lutte entre l'artillerie du châ-

Inaction du 24ᵉ corps devant Bussurel.

Même attitude du 24ᵉ corps devant Bussurel. Il tiraille avec l'ennemi et lui met vingt-cinq hommes hors de combat; il va sans dire que, sur toute la ligne, nos pertes étaient infiniment supérieures, puisque nous débouchions à découvert devant des fortifications à la fois naturelles et créées. « Le 24ᵉ corps, dit l'Historique allemand, fait mine de vouloir passer la Lisaine à Bussurel, *mais sans le tenter sérieusement* (1). »

Inaction du 20ᵉ corps devant Héricourt.

Sur le front du 20ᵉ corps, attaques très molles. On se contente d'entasser vingt-cinq mille hommes pour en contenir huit mille qui n'avaient aucun désir de quitter leurs positions. L'ennemi perd aux environs d'Héricourt, où il avait 10 bataillons, une quarantaine d'hommes (2).

teau et l'artillerie française. » (*Historique du* 33ᵉ *de marche,* 3ᵉ division du 15ᵉ corps.) Si nous ne citons pas tous les Historiques, c'est pour ne pas encombrer le récit : mais tous donnent la même note.

(1) « Le 16 janvier, *cantonnements* près de Vyans. » (*Mobiles de l'Yonne,* 2ᵉ division du 24ᵉ corps.) — « A 2 heures, la légion va occuper le bois du Chanois où elle reste en position jusqu'au 18 à 9 heures du matin. Pendant tout ce temps, il y a échange continuel de coups de fusil avec les postes ennemis placés de l'autre côté de la petite rivière et derrière la chaussée du chemin de fer. Nos pertes ne sont que de dix à douze hommes blessés. » (*Historique de la* 1ʳᵉ *légion du Rhône,* 3ᵉ division du 24ᵉ corps.) — « La bataille d'Héricourt n'est à vrai dire qu'un immense combat d'artillerie, où l'infanterie, constamment tenue masquée, n'a presque pas été engagée. » (*Id.*)

(2) Voici, pour donner une physionomie exacte, les renseignements donnés par l'*Historique du* 3ᵉ *zouaves de marche* (2ᵉ brigade, 2ᵉ division du 20ᵉ corps) : « Le 16, le régiment est massé sur la lisière du bois de Tavey. Le fond de la vallée est couvert d'un impénétrable brouillard qui disparaît entre 11 heures et midi. Malgré ce

La réserve générale continue à ne pas brûler une cartouche. Son artillerie seule est engagée (1).

En face de Luze et de Chagey, les divisions Feillet-Pilatrie et Bonnet restaient en faction (2), empêchées de se déployer par la nature du terrain. Malgré l'abri des bois, l'artillerie ennemie fait du mal à nos troupes.

Les Allemands avaient renforcé ce point. Tandis que Chagey était occupé par douze cents hommes du 6e badois, 1 bataillon du 3e badois gardait le saillant sud-ouest du bois de la Brisée et deux cents hommes du 25e s'établissent au hameau de Genéchier.

Dans ces 12 divisions, les quatre cinquièmes des hommes ne tirèrent pas un coup de fusil. La moitié de ces forces eût suffi à immobiliser l'ennemi, tandis que l'autre moitié aurait pu profiter de la trouée qu'allaient ouvrir Cremer et Penhoat, — pour y entrer comme un coin (3).

Inaction de la réserve générale et du 18e corps devant Couthenans. Luze, Chagey.

brouillard nos batteries n'en ont pas moins ouvert la canonnade dès 9 heures. — Le 3e bataillon du 3e zouaves est seul engagé et *mollement* contre Héricourt (quatre tués et trente-six blessés). — L'attaque manque d'ensemble et demeure infructueuse. Les compagnies sont lancées successivement contre les retranchements de l'ennemi protégés par des abatis et défendus par de puissantes batteries. »

(1) « Nos munitions s'épuisaient par une lutte *stérile* puisqu'elle n'était pas suivie d'une action de l'infanterie. » (Pallu de la Barrière.)

(2) « Des lignes de tirailleurs faisaient mine de pousser sur Luze. L'ennemi n'en venait pas à une attaque véritable. » (*Historique prussien*. 2e partie, p. 1048.)

(3) On ne saurait trop insister sur l'inutilisation de nos forces. Le Journal de marche de la division Feillet-Pilatrie constate que la première brigade arrive le 15 à midi à Couthenans, à travers le bois de la Bouloye, par un chemin à peine large pour un seul homme

Le combat à l'aile gauche.   Le seul effort raisonné de ces journées fut fourni par notre extrême gauche. Nous avons dit que le village de Chenebier était défendu par le général de Degenfeld avec 2 bataillons du 3ᵉ badois et le bataillon de landwehr d'Eupen en réserve à Frahier et Echevanne. Ce groupe Chenebier-Frahier, isolé par un massif boisé et sans routes, constituait une position autonome flanquant la position principale. Degenfeld couvrait — et couvrait mal — le chemin le plus direct de Belfort dont les remparts étaient à 8 kilomètres seulement.

Le général Billot avait fait passer la division Penhoat à Etobon où elle arrive à onze heures, autant pour flanquer notre aile gauche que pour attaquer Courchamp-Chenebier. Le général Cremer devait simultanément attaquer le village par le sud et le sud-est en menaçant les communications avec Belfort. Ce plan était le meilleur : c'était même le seul praticable. La configuration du terrain, la faiblesse des effectifs dont Werder avait pu disposer sur ce point, la proximité de Belfort : tout devait le faire réussir.

Malheureusement, une première faute fut commise. Dans ces courtes journées, il fallait mettre la matinée à profit. Or, jusqu'au milieu de l'après-midi, des hésitations empêchèrent la mise en mouvement des

---

de front ; que la 2ᵉ brigade engagée sur la route de Chagey est accueillie par une canonnade tellement précise qu'elle ne peut mettre ses pièces en batterie ; que la journée du 16 se passe sans qu'on puisse attaquer de vive force ; que ce fut un simple combat d'artillerie, sauf quelque fusillade sur la gauche.

divisions Penhoat et Cremer, qui, cependant, se trouvaient portées sur le terrain.

Degenfeld établit douze pièces sur la hauteur qui va du bois des Evants à la Lisaine, derrière l'extrémité nord de Chenebier. Deux mille fantassins badois sont retranchés dans Courchamp-Chenebier appuyés sur le moulin Colin, la Tuilerie et le bois des Evants.

A deux heures, la division Cremer débouche de la lisière nord du bois de la Thure, après que notre artillerie a préparé l'attaque. A deux heures et demie, les colonnes d'attaque s'élancent du petit ravin au sud de Courchamp. En même temps, la division Penhoat attaque par l'ouest sous la direction supérieure du général Billot.

Prise de Chenebier.

Le dispositif d'attaque français se décrit comme suit :

Aile gauche : — L'amiral Penhoat attaque directement Chenebier avec le 12ᵉ bataillon de marche de chasseurs à pied et le 92ᵉ de ligne, tandis qu'il fait tourner l'ennemi par le 52ᵉ régiment de marche à travers le bois de Montedin.

Centre : — Le colonel Poullet, chef d'état-major de Cremer, attaque directement Courchamp avec le 57ᵉ de marche et le 86ᵉ mobiles (Saône-et-Loire).

Aile droite : — Le général Cremer avec le 1ᵉʳ bataillon du 32ᵉ de marche, le bataillon des mobiles de la Gironde et le 83ᵉ mobiles (Aude et Gers) déborde la gauche ennemie en prenant pour objectif le moulin Colin, le bois Féry et le bois d'Essoyeux.

Le général Degenfeld résiste désespérément à

cette attaque conduite sur tous les points avec autant d'intelligence que de vigueur. Il appelle une partie du bataillon d'Eupen dans le bois des Evants et jette le reste dans la direction du moulin Colin.

Mais toutes nos troupes rivalisent d'entrain. En moins d'une heure Courchamp et Chenebier nous appartiennent (1). A TROIS HEURES, les troupes de Penhoat et de Cremer pénètrent dans Echevanne et nous occupons le bois d'Essoyeux. Degenfeld, refoulé dans Frahier, incapable de résister, *est coupé de Belfort*, DONT LA ROUTE NOUS EST OUVERTE. Et sur cette route, entre nous et le cordon d'investissement, pas un fusil, pas un canon prussien !...

Malgré tant de fautes, nous avons réussi. Nous touchons Belfort du doigt.

Malheureusement, nos chefs ne pouvaient se résigner à croire à la victoire : une fois de plus, et définitivement cette fois, nous lassâmes la fortune.

De trois heures à six heures, la route d'Essert nous reste ouverte.

Que faisons-nous ? — Satisfaits du résultat acquis, croyant qu'une marche à fond serait en désaccord

---

(1) Nos pertes étaient fortes. Le général Carrol-Tévis, Américain, commandant la 2e brigade Cremer, était blessé, et le lieutenant-colonel Reboullet, du 32e, le remplaçait. Le colonel Puech-Testanière, du 83e mobiles, était tué raide d'une balle au front. Les Bordelais du commandant Carayon-Latour avaient montré l'aplomb d'une vieille troupe. Le gouvernement les mit à l'ordre du jour au *Moniteur :* ils l'avaient mérité.

avec le plan général, devant le refus de Bourbaki de profiter du succès, nos généraux reviennent : Penhoat à Chenebier ; Cremer, au bois de la Thure.

Pourquoi ? — L'Historique du 32e de marche dit simplement : « L'ennemi est délogé et poursuivi dans la direction de Frahier ; à la nuit, chacun reprend ses positions de la veille. » Le colonel Poullet n'est pas moins sobre d'explications : « Après le combat, la division Cremer rentre dans les positions qu'elle occupait auparavant. »

Il est difficile de trouver un motif acceptable. Les craintes de Bourbaki avaient leur répercussion sur ses généraux. Ces derniers ignoraient tout de la position de l'ennemi ; ils savaient en outre que Bourbaki ne voulait pas faire de ce côté son principal effort. Une première faute avait déjà été commise : les deux meilleurs bataillons de la division Cremer, 2e et 3e du 32e de marche, avaient été envoyés en observation au nord-ouest de Chagey, alors que le 18e corps avait vers ce point — d'ailleurs inaccessible — dix mille hommes inemployés. Ces 2 bataillons dirigés sur Châlonvillars auraient pu déterminer des résultats incalculables (1).

Dans les armées, comme dans toutes les agglomérations humaines, il existe un état d'esprit collectif

_____

(1) « Bien que, par ailleurs, le 18e corps eût déjà des forces considérables devant Chagey, le général envoyait encore deux bataillons du 32e de marche avec une batterie. » (*Historique* prussien. 2e partie, p. 1049.)

qui modifie — qui *transpose* pour ainsi dire, — les qualités personnelles des individus. La trempe de chacun se trouve exaltée ou déprimée suivant l'esprit qui souffle. Les plus médiocres des lieutenants de Chanzy étaient surchauffés par le souffle qui animait leur général. A l'armée de l'Est, les mieux intentionnés les plus décidés, comme Cremer, Billot, Penhoat, sont retenus par l'accablement du chef : en dehors de l'action proprement dite, leur initiative est paralysée. Du général, ils ne reçoivent que des recommandations décourageantes et des ordres déconcertants ! Ils auraient tiré le parti normal de la victoire de Chenebier si le commandement les eût entraînés ; si, au lieu de leur montrer des difficultés grossies, il eût constamment surexcité leur ardeur et choisi pour mot d'ordre : De l'offensive ! De l'audace !

Sans compter qu'aucun indice ne leur était fourni sur les forces ennemies ; ce qui ressort de leurs dépositions, c'est qu'ils n'avaient aucune appréciation même lointaine des troupes alignées devant eux.

Chanzy répète à ses lieutenants : « Marchez. Vous n'avez rien devant vous ! » — Bourbaki gémit : « Prenez garde ! L'ennemi est formidable ! »

Le général de Degenfeld profite de notre inaction. Laissé tranquille à Frahier, il ramène ses débris exténués au moulin Rougeot, par la grande route, sous le nez de nos troupes victorieuses, — sans recevoir un coup de fusil. Il est à 5500 mètres de Belfort.

A six heures du soir, — ce fut le premier renfort

que Werder put lui envoyer, — il recevait 2 bataillons du 4ᵉ badois et une batterie. Les Français ne
tirant aucune conséquence de leur succès et n'inquiétant nullement les vaincus de Chenebier, la
nuit fut par eux mise à profit, — avec quelle activité, nous le verrons bientôt, — pour atténuer la
perte de Chenebier.

Les Allemands étaient très alarmés :
« La nouvelle de l'évacuation de Frahier arrivait
dans la soirée; *elle était de nature à provoquer de
sérieuses réflexions.* Si l'ennemi continuait dans cette
direction, il ne se trouvait plus qu'à 8 kilomètres de
Belfort. Il était fort possible que ce premier succès
amenât les Français à renoncer à leurs attaques
jusqu'alors assez mollement conduites sur tout le
front de la ligne de bataille, pour se jeter avec tout
leur monde sur la droite allemande... Le général de
Degenfeld se tenait, il est vrai, sur la grande route de
Belfort en avant de Châlonvillars; mais ses troupes,
d'ailleurs épuisées, occupaient une position peu susceptible de défense et facile à tourner vers le sud. »

*Les Alle-
mands alar-
més.*

Bourbaki avait l'esprit ailleurs... Il ne pensait qu'à
s'en aller... Il poussait les hauts cris lorsqu'on lui
parlait de faire appuyer au nord les troupes qui se
morfondaient, l'arme au bras, les pieds dans la neige,
inactifs devant les positions fortifiées de Werder.
— « Et notre base de ravitaillement ! » clamait-il

*Succès sté-
rile.*

à chaque proposition de ce genre... Comme si le ravitaillement eût été compromis parce qu'une vingtaine de mille hommes auraient été reportés de Tavey et de Coisevaux à Chenebier !

On aurait pu d'ailleurs répondre qu'une fois Werder rejeté en Alsace et Belfort débloqué, les moyens de ravitaillement n'auraient manqué ni par la Suisse, ni par Montbéliard.

La vérité est que Bourbaki n'avait pas cessé — au lieu d'avoir l'œil fixé sur Belfort comme sur le salut, — de retourner la tête vers Besançon (1).

(1) Voici d'ailleurs l'entrevue que le général en chef eut, le 16, avec le général Billot. Tout y est étrange. La grosse partie se joue à Chenebier : ce n'est pour Bourbaki qu'un épisode dont il ne parle pas. Il trouve qu'il n'a pas assez de monde, alors que les trois quarts de ses troupes ne peuvent pas trouver de place pour s'aligner. Il est dans une ignorance lamentable des forces ennemies. « J'ai écrit sur le champ de bataille même une lettre au général Bourbaki, dépose le général Billot, t. VII de l'*Enquête*, p. 218. Il vint près de Luze et Couthenans, vit la situation *et me donna l'ordre d'établir des batteries de position!* Dans la nuit du 16 au 17, les batteries furent construites pour canonner le mont Vaudois et combiner notre feu avec celui de M. Pallu de la Barrière qui était sur la droite. Il fut convenu que l'on continuerait l'attaque de Chagey le lendemain et que l'on tâcherait de tourner les positions ennemies après avoir enlevé Chagey. » Le général Billot objecte au surplus qu'on ne pouvait pas « déborder l'ennemi, ce qui était indispensable pour le tourner », — c'était assez judicieux. Bourbaki répond ou plutôt se dérobe : « On me disait que j'aurais cent vingt mille hommes. Je n'en ai que quatre-vingt-dix mille. Ma ligne s'étend de Montbéliard à Étobon : C'est énorme. Je ne puis pas la développer davantage. Je serais obligé de quitter le chemin de fer de Besançon à Montbéliard, et si nous étions coupés par là, comment mangerions-nous ? On m'avait dit qu'il n'y avait que quarante mille hommes autour de Belfort. Je crois qu'il y en a quatre-vingt mille. Il faut essayer d'enlever la position. Demain nous attaquerons de nouveau. »

Au lieu de profiter du succès des divisions de Penhoat et Cremer en poussant des renforts par la porte qu'ils viennent de forcer, Bourbaki, contrairement à l'évidence, s'entête dans le projet déraisonnable de contempler les lignes de la Lisaine, sans d'ailleurs se décider à les attaquer.

Werder rendit compte de la journée du 16 par le télégramme suivant :

« L'ennemi m'a attaqué aujourd'hui sur toute la « ligne avec un redoublement de force et d'énergie, « il a été repoussé partout. Seul, le général de Degen- « feld a été obligé d'évacuer le position de Chene- « bier devant des forces supérieures et s'est replié « jusqu'en avant de Châlonvillars. *Je mets tout en* « *œuvre pour reprendre la position de Chenebier.* »

Les Allemands avaient redoublé le feu contre Belfort : de son côté, le colonel Denfert se tenait prêt à tendre la main à Bourbaki aussitôt que nos troupes seraient en vue. *Dans Belfort.*

Le 15, des reconnaissances dirigées sur la crête de Valdoye, les carrières d'Offémont, les premières maisons de Pérouse, la Tuilerie de Bavilliers tâtent l'ennemi, mais le trouvent partout en armes et en forces.

Le 16, deux démonstrations plus importantes sont tentées. La première, par le commandant Chabaud ayant sous ses ordres le 4ᵉ bataillon de la Haute-

Saône et 3 compagnies du 3ᵉ bataillon du Rhône ;
nos troupes, vigoureusement conduites, arrivent à
proximité des tranchées ennemies et s'y maintiennent pendant trois quarts d'heure. Elles ne reviennent en arrière que lorsque la colonne ennemie
descend du Mont pour les tourner. A l'opposé, le
commandant Chapelot conduisait entre Chèvremont
et Bessoncourt un bataillon du 84ᵉ de ligne. Le
général de Treskow ne put d'ailleurs prêter à Werder
qu'un seul bataillon de la 1ʳᵉ division de réserve.

Dans ses télégrammes, Bourbaki n'avait pas le
ton trop découragé :

« L'armée, télégraphie-t-il d'Aibre, le 16 à dix heures
« du soir, a combattu encore toute la journée d'hier.
« Nous avons gagné du terrain sur toute l'étendue
« de notre front. Aujourd'hui, nous nous sommes
« *maintenus* dans nos positions. Nous ne nous
« sommes avancés que par notre gauche qui occupe
« Chenebier. Une brigade de la division Peytavin
« est dans Montbéliard ; mais le château tient
« encore. Une attaque vigoureuse a été dirigée
« contre l'ennemi par Bethoncourt, elle n'a pas
« réussi. Un instant, nous avons été maîtres de
« quelques maisons d'Héricourt, il n'a pas été pos-
« sible de les conserver.
« Demain matin, *nos efforts* seront renouvelés.
« J'espère que le mouvement tournant par notre

« gauche *pouvant enfin s'accomplir*, ils seront cou-
« ronnés de succès. *S'il en était autrement, il y aurait*
« *lieu d'aviser aux mesures à prendre ultérieurement;*
« MAIS JE NE SONGERAI QUE DEMAIN SOIR A MODIFIER LE
« PLAN ADOPTÉ, APRÈS AVOIR ÉPUISÉ TOUS LES MOYENS
« D'OBTENIR LE SUCCÈS DE CE CÔTÉ. Les forces de l'en-
« nemi sont considérables, etc., etc. »

A travers ces belles résolutions, il est facile de
voir que le projet de retraite se *cristallise* dans
l'esprit de Bourbaki.

CHAPITRE VII

LA JOURNÉE DU 17. — CHENEBIER PRIS ET REPRIS

La journée
suprême.

Ah! quel triste jour que ce 17 janvier! C'était le
dernier répit que le destin accordât à la France.
L'armée, minée par quarante-huit heures d'inaction,
— vaguement maintenue cependant par l'idée qu'on
« allait faire quelque chose » — ne se rendait pas
compte de ce piétinement dans la neige. Est-ce de la
tactique, cette temporisation? Est-ce de la défaillance?

Bourbaki, complètement désemparé, promène au
pas de son cheval, à travers l'armée désorientée par
cette énigme, son hébétude et son angoisse, son œil
vide et sa figure désolée. Ce malheureux homme,
écrasé par le sentiment de son insuffisance, ne trouve

dans l'extrémité du péril ni une inspiration de général, ni même un emballement de colonel.

Sommes-nous donc vaincus pour expliquer une telle prostration? Mais non, puisque aucun effort sérieux n'a été tenté ; puisque dans toutes les rencontres partielles nos troupes ont battu l'ennemi. Et nous avons à notre extrême gauche un gros succès dont un simple coup d'œil permet de mesurer la portée. C'est ce succès qu'il s'agit de rendre définitif... qu'il est facile de rendre définitif. Malheureusement, tandis que les Allemands font des efforts désespérés pour limiter les conséquences de leur grave échec, nous ne faisons rien — absolument rien — pour en profiter.

Cette nuit du 16 au 17 qui fut, avouent les Allemands, « la plus mauvaise de toutes », est utilisée fiévreusement par les vaincus et entièrement perdue par les vainqueurs.

Efforts désespérés de Werder contre notre aile gauche.

Ses dernières réserves et ses dernières ressources, Werder les jette dans la trouée béante. Il reste encore dans le parc de siège quatre canons de 24 court ; on les établit en batterie à Châlonvillars. L'inertie des douze divisions françaises massées de Montbéliard à Chagey permet à Werder de dégarnir sans danger sa droite et son front ; l'insuffisance et l'anarchie qui paralysent les faibles troupes chargées de la diversion de Delle à Montbéliard, donnent à Debchitz le loisir d'envoyer deux de ses bataillons. En effet, dans cette journée du 17, sur

550 hommes que perdit Werder, 500 tombèrent devant Chenebier : le reste du champ de bataille était donc pour lui négligeable.

Surprise de nuit. Le général badois Keller prend le commandement de l'aile gauche. Il emmène les trois bataillons du 4ᵉ badois qu'on peut impunément prendre dans la réserve générale, un bataillon du 5ᵉ et un du 6ᵉ. Le corps de siège de Belfort lui envoie en outre un bataillon du 67ᵉ. Ces six bataillons prennent la première ligne, ayant comme réserve les trois bataillons battus la veille.

Le général de Goltz, qui n'a qu'à se croiser les bras de Luze à Chagey, reçoit ordre d'aider Keller en inquiétant avec deux bataillons la droite de Cremer.

Le temps presse ; le péril menace ; mais le général Keller ne perd pas une minute. En pleine nuit, à 4 heures et demie, il surprend Courchamp mal gardé par des mobiles qui se sont endormis et il y ramasse quelques centaines de prisonniers.

Voici ce qui s'était passé : Keller était parti dès le 16, à onze heures du soir, avec deux bataillons badois et un bataillon du 67ᵉ tiré du corps de siège ; à minuit, il atteignait le moulin Rougeot, puis faisait réoccuper Frahier que les Allemands trouvent évacué. Du moulin Rougeot, il s'était élancé sur Courchamp avec le 4ᵉ badois, conservant deux autres bataillons en réserve. Au même moment, quatre heures et demie du matin, se forme à Frahier une seconde colonne de trois bataillons qui marchent sur le nord de Chenebier (1).

Première colonne ennemie repoussée.

Cette dernière colonne se heurte à nos grand'gardes au sud d'Echevanne : elle rencontre ensuite dans le bois des Evants une résistance qui amène un violent combat, sous bois, dans la nuit. De ce côté, l'ennemi échoue complètement et se retire avec des pertes sérieuses.

Plus heureux, le 4ᵉ badois surprend Courchamp mal gardé par les mobiles et cherche à s'avancer dans Chenebier. Une lutte acharnée s'engage, qui semble d'abord tourner à l'avantage de l'ennemi. Mais ce succès dure peu. A huit heures et demie du matin, n'ayant pu faire de progrès, essuyant d'ailleurs des pertes importantes, la colonne Keller, serrée de près par les troupes de Penhoat et de Cremer, est refoulée sur Frahier. *Comme nous ne l'y poursuivons pas*, elle revient simplement occuper le bois Féry.

La deuxième colonne prend Chenebier et le reperd.

A neuf heures, le général de Degenfeld, renforcé d'un bataillon frais du 6ᵉ badois, renouvelle l'attaque sur le bois des Evants. Mais tous ses efforts viennent se briser contre la partie nord de Chenebier : il ne peut même pas se maintenir sur la lisière du bois.

Deux retours offensifs repoussés.

Vers 10 heures, Keller, qui avait reçu un bataillon par Chatebie, tente un troisième retour offensif du bois Féry et du moulin Colin : il est vigoureusement et rapidement repoussé (2).

(1) Fusiliers du 5ᵉ badois, fusiliers du 67ᵉ, bataillon d'Eupen.
(2) Une mitrailleuse, d'un seul coup, étendit à terre 21 Badois montant à l'assaut. (De Moltke, p. 418.)

Keller battu.   Encore une fois, l'aile droite allemande était compromise ; encore une fois, elle était à la merci d'une offensive vigoureuse. L'*Historique* prussien, dont on connaît l'euphémisme, avoue qu'après « l'insuccès de la surprise tentée le matin, la mission du général Keller ne pouvait plus consister à chasser l'adversaire de ses positions, mais seulement à l'empêcher de marcher sur Belfort ». (2ᵉ partie, p. 1057.)

Les Allemands, peu prodigues de ces sortes d'éloges, proclament la « *vaillance* » de nos troupes dans ces engagements. Ils perdaient d'ailleurs plus de cinq cents hommes sur ce point, tandis que leurs pertes n'atteignaient pas cent hommes sur le reste du champ de bataille.

Inaction.   Il n'était pas midi. Nos jeunes troupes quoique fatiguées sont prêtes à poursuivre le succès. La division Cremer a les deux tiers de ses bataillons à peine engagés : parmi eux, le 32ᵉ de marche, très solide et très bien encadré.

Mais, au lieu de l'offensive que redoutent les Prussiens, les divisions Penhoat et Cremer sont emprisonnées par des ordres supérieurs, dans une défensive craintive. Après avoir battu l'ennemi trois fois en deux jours, on craint encore pour Étobon ! On craint, chose à peine croyable, que l'ennemi débouchant de Chagey ou du bois de la Brisée ne nous enlève le bois de la Thure,.. en franchissant un col inaccessible... et en cheminant par des routes inexistantes. C'est une obsession chez Bourbaki.

L'attaque par Chagey est devenue l'idée fixe, la dernière idée du général en chef; nous allons voir ce qu'elle va durer.

Le général Billot se résigne donc à cette attaque par Chagey et il écrit à Bourbaki (1) : — « La division de l'amiral (Penhoat) se trouvera immobilisée pour garder Etobon, Chenebier et le plateau 395 : je n'aurai donc pour l'attaque de Chagey, Mandrevillars, Echenans, Luze et mont Vaudois, que les divisions Cremer, Pilatrie et Bonnet. A moins d'ordres contraires, je compte commencer l'action vers deux heures par Chagey, avec l'action combinée des divisions Cremer et Bonnet. Si nous réussissons, nous continuerons par Mandrevillars, Echenans et le Vaudois. »

Le général Billot prépare l'attaque de Chagey suivant le plan de Bourbaki.

Attaquer par Chagey, quand on pouvait le faire par Chenebier, était illogique. C'était entasser des difficultés, mais enfin pas des difficultés insurmontables. Il est aujourd'hui certain que le chemin par Genéchier et Mandrevillars était mal gardé, quoique difficilement praticable.

Cette attaque, c'était Bourbaki qui s'y était entêté, ne voulant pas entendre parler d'un mouvement tournant à plus grand rayon. Eh bien ! voici l'heure de l'exécuter : après avoir négligé d'étudier un plan sérieux, va-t-il au moins tenter d'exécuter sérieu-

(1) *Enquête sur les actes du gouvernement de la Défense.* Page 219, tome VI.

sement les parties exécutables de son plan ? Hélas !
non content de repousser les plans de ses lieutenants, il les arrête quand ils veulent exécuter le sien.

Le général en
chef
décommande
l'attaque.

La scène qui se passe alors est lamentable. A la
suite du billet du général Billot, Bourbaki vient le
trouver, en face du mont Vaudois.

— « Que comptez-vous faire ? demande-t-il.

— Je vous l'ai écrit. Je compte attaquer tout de
suite si vous le voulez, ou dans deux heures.

— Réussirez-vous ?

— Je n'en sais rien. Nous sommes dans une position difficile. Il vaudrait mieux tourner la position.

— *Mais vous faites un mouvement tournant* (1) !

— Je vous demande pardon, rectifie le général
Billot. Je fais un mouvement *tourné*, car les positions ennemies débordent mon aile gauche.

— Que voulez-vous ! On m'avait dit que je trou-
verais quarante mille hommes et j'en trouve près de
quatre-vingt mille, répond Bourbaki renouvelant
l'évaluation fantaisiste qu'il s'est mise en tête. Pour
déborder la ligne, je ne puis m'exposer à mourir de
faim ; en m'éloignant du chemin de fer (2) les Prus-

(1) Ainsi le 17, Bourbaki en était encore à son erreur du 15 ! Deux
jours ne l'avaient pas détrompé. Il croyait encore, après Chenebier, que le terminus des lignes prussiennes était au mont Vaudois.
Ou plutôt, il ne croyait rien, son état mental était inquiétant.

(2) Notons qu'il s'agissait de faire appuyer 2 ou 3 divisions à 5 ou
6 kilomètres au nord pour décider sûrement du succès.

siens qui sont à Montbéliard se jetteront sur mes communications et je serai coupé de ma base d'opérations ! »

Le général Billot insista et lui proposa le plan suivant dont le succès n'aurait pas été douteux, c'est indéniable aujourd'hui :

— « Je ne réponds pas de la prise du Vaudois, c'est une position très formidable ; mais nous pouvons faire une chose : masquer notre mouvement et infléchir à gauche vers la trouée de Belfort. »

Sur cette proposition, Bourbaki prend à part le général Billot et le commandant Brugère :

— « Les Prussiens sont à Gray et ils marchent sur Dôle (1). *Si j'étais sûr du succès*, j'attaquerais Werder ; mais si j'échouais, nous serions pris ; les troupes seraient démoralisées et auraient derrière elles les troupes de Manteuffel. »

Le commandant Brugère ayant insisté avec vivacité pour l'offensive, Bourbaki lui dit à peu près :

Son abattement. Incohérence de son langage.

— « Vous êtes un fou ; à votre âge, j'aurais peut-

(1) L'avant-garde de Manteuffel n'entra à Gray que le 19 et à Dôle que le 21.

être pensé comme vous ; mais je suis général en chef et j'ai la responsabilité. »

Puis, après un instant de réflexion, et comme si une lueur perçait le brouillard de son esprit, un cri de remords, un aveu d'impuissance s'échappe :

— « Commandant, les généraux devraient avoir votre âge (1)! »

La retraite décidée.

L'attaque de Chagey fut donc contremandée. Bourbaki quitte Billot après avoir annoncé la retraite. Il rencontre Pallu de la Barrière qui lui promet le succès et lui demande l'autorisation de marcher : même attitude. La journée est finie ! La campagne est terminée !

Inaction sur toute la ligne.

En dehors de Chenebier, la journée du 17 ressemble à celle du 16 : inaction absolue ; canonnade inoffensive au point d'en être ridicule. On tiraille platoniquement sur tout le front des 15° et 24° corps : c'est à peine si les Allemands ont sur toute cette ligne une vingtaine d'hommes hors de combat. A Héricourt, en face du 20° corps, le cours de la matinée avait été marqué par un échange d'obus et par un

(1) Cette scène nous paraîtrait inadmissible si MM. Bourbaki et Leperche, qui ont prodigué les rectifications, n'en avaient pas laissé passer sans protestation le récit imprimé dans l'*Enquête sur les actes du gouvernement de la Défense*, — enquête faite partialement en leur faveur et dirigée contre la Défense nationale.

effort peu vigoureux dirigé contre le chemin de fer.
Une dizaine d'Allemands étaient touchés.

Qu'étaient devenus pendant ces trois journées les
flanqueurs du colonel de Willisen? Le 15, Willisen
reste posté auprès de Ronchamp et de Champagney
avec 3 régiments de cavalerie (1er dragons badois,
1er uhlans de réserve et 2e dragons de réserve), cinq
cents chasseurs à pied de réserve et 6 pièces saxonnes,
se reliant à Belfort par un escadron et à Frahier par
un autre escadron. Il ne fut nullement inquiété. Ne
voyant poindre aucun détachement français, il renvoya la batterie saxonne à Degenfeld, nouvel exemple
de la fraternité d'armes et de la solidarité d'efforts
des officiers allemands.

Le 16, à la suite du combat de Chenebier, il
opéra sa retraite dans la direction de Giromagny,
cantonnant dans Plancher-Bas, Auxelles-Bas et
Giromagny. La route de Lure à Frahier était
libre.

Le 17, remis de cette alarme et apprenant la
réoccupation de Frahier, il revient à Champagney et
Ronchamp, s'apprêtant à harceler notre retraite.

Plus à l'ouest, sur la ligne d'étapes d'Épinal, les
Allemands avaient poussé le 2e bataillon saxon de
garnison et un détachement du 5e hussards de réserve, à Plombières, Aillevillers, Xertigny; le 4e bataillon wurtembergeois de garnison et un escadron

du 4ᵉ hussards de réserve à Luxeuil et Saint-Loup-
sur-Sémouse.

Le 16 janvier au soir, des partisans opérant dans
la zone de Langres délogeaient la compagnie
wurtembergeoise établie à Saint-Loup et la repoussaient au delà de Plombières, ce qui amenait l'évacuation du Luxeuil (1). Après la retraite de la Lisaine,
le commandant de l'étape, colonel de Smieden, ra-
menait ses troupes à Saint-Loup (le 21), puis à Lure
(le 22), où elles donnaient la main au colonel de
Willisen.

Dénouement néfaste. Défaillance inexcusable . « La puissance de l'armée de Bourbaki était
détruite », dit une relation allemande en rapportant
que Keller se maintenait sur la route de Châlonvillars
sans être attaqué. Elle fut détruite surtout lorsque la
retraite fut décidée. L'Histoire ne retiendra à la décharge de Bourbaki aucun des prétextes dont il a
voulu se couvrir.

L'arrivée de Manteuffel ? Moralement et stratégiquement, c'était pour Bourbaki l'obligation plus
stricte de se débarrasser de Werder et de ne pas aller
se jeter dans le piège qui lui était tendu.

Les renforts de l'ennemi ? Ils n'existaient pas.
C'était pure imagination, appréciation chimérique

. (1) « Le 18, le colonel de Smieden poussait de nouveau 2 compagnies vers Aillevillers. Le 19, celles-ci étaient refoulées sur Xertigny par un détachement français. » *Historique prussien*, IIᵉ part.
p. 1288.

d'un homme qui n'avait jamais fait de grande
guerre, — pas même de grandes manœuvres.

Le ravitaillement? Les vivres ne manquaient pas,
sauf à la division Cremer. D'ailleurs, c'est précisément le 18 janvier que le chemin de fer, débarrassé du transport des troupes et du matériel, commence à amener des vivres en abondance (1).

L'insuffisance de ses contingents? Les trois quarts
de ses hommes (et parmi eux les deux meilleures divisions, Pallu et Rebilliard) n'ont pas brûlé une amorce.

Le moral de ses troupes? Pure calomnie : c'est le
propre des mauvais ouvriers de s'en prendre à leur
outil. Si Bourbaki n'avait pas été découragé de lui-
même, aurait-il été découragé de ses soldats qui
avaient battu l'ennemi chaque fois qu'ils avaient pris
contact avec lui : à Arcey, à Montbéliard, à Chenebier? Lorsque Pallu de la Barrière aborde, le
17 janvier, le général dont la figure portait « une
amertume inexprimable » et lui déclare « qu'en lançant l'infanterie de réserve tout céderait devant le
choc », avait-il le droit de douter (2)?

---

1) Lebleu, Rapport du 6 février 1871.

(2) « J'avais sous mes ordres, a déposé l'amiral Pallu, une infanterie intacte, pleine d'ardeur. Il me semblait que nous n'avions pas
épuisé toutes nos chances; que la retraite engendrerait des désastres
et qu'enfin nous étions en face d'une obligation suprême, qu'il fallait vaincre ou périr devant le mont Vaudois.

« Je soumis respectueusement par écrit ces réflexions au général
en chef : je lui proposai d'ouvrir pendant la nuit à travers bois,
avec un demi-régiment, le chemin qui conduisait à un plateau circulaire qui dominait les batteries du mont Vaudois. Je lui exprimai

— « J'avais dix mille hommes de troupes sûres, ajoute l'amiral. L'attitude de l'infanterie était excellente : elle brûlait de s'engager. » Quinze jours plus tard, après une retraite démoralisante et des souffrances sans nom, cette réserve se couvrait de gloire devant le fort de Joux. La division Pilatrie partageait cette gloire. Huit jours après, la division Rebilliard — la mieux composée de l'armée — tenait solidement devant Besançon. Voilà ce que valaient ces troupes dont Bourbaki refuse de se servir dès le 17!...

Tel est le récit de ces trois journées suprêmes qui furent comme l'agonie de la Défense : leur trait commun, c'est la mollesse de la direction, le décousu des ordres, le manque de foi et *l'inutilisation des trois quarts de nos forces.*

Et ce n'est pas une locution approximative.

Oui! Dans cette lutte suprême, dans ce *quitte ou double* dont l'intégrité de la patrie était l'enjeu, trois soldats sur quatre ont gardé leurs fusils vierges! Trois soldats sur quatre ont été laissés inoccupés, sans même l'effet moral de leur présence sur le champ de bataille!

la confiance que je réduirais les batteries ennemies; qu'alors, en lançant l'infanterie de la réserve, tout céderait sous le choc. Je confiai cette lettre à un jeune capitaine du 33e, M. Vignot, alors mon officier d'ordonnance. »

C'est M. Leperche qui répondit laconiquement : « Les ordres sont donnés. Ce parti une fois pris, il est préférable de ne pas en différer l'exécution. »

Dans ces trois jours, Bourbaki n'a eu ni un éclair de chef, ni même, ce qui eût peut-être suffi, un élan de capitaine.

... C'est fini ! La dernière ressource de la Patrie, l'armée de l'Est, dissoute par l'inaction, par les attentes, par les contremarches, par l'influence désastreuse d'une retraite, s'en va par des routes défoncées vers la Suisse.

Et Belfort prêtait toujours l'oreille, mais la voix des canons libérateurs s'était tue et la vaillante cité restait seule, inébranlable sous une pluie de fer et de feu !

CHAPITRE VIII

Sommaire. — Werder adossé à la trouée de Belfort. — Mouvement tournant sur les derrières de l'aile gauche allemande par la trouée. — Les détachements de Besançon gardent la trouée d'Audincourt à Blamont. — Le mouvement tournant prévu dans le plan primitif. — Bourbaki le réduit à une démonstration insignifiante. — Rassemblement de quelques bataillons et du corps franc des Vosges de Bondeval à Abbévillers. — Dispositions prises par Werder. — L'Allaine fortifiée. — Le détachement Debschitz. — Escarmouches. — Les *Vengeurs* à Abbévillers le 2 janvier. — Le colonel Bourras. — Deuxième rencontre d'Abbévillers le 10 janvier. — Inaction pendant les trois journées de la Lisaine. — Engagement de Valentigney le 18 janvier. — Troisième rencontre d'Abbévillers le même jour. — Le général Debschitz se replie sur ses positions primitives. — Résultats négatifs. — Quittes pour la peur.

Werder adossé à la trouée de Belfort.

Werder a couru et appréhendé tous les dangers : l'anarchie dans le commandement, les déplorables dispositions de Bourbaki, le décousu de nos efforts l'ont sauvé des périls qui le menaçaient de toutes parts.

Accroché à la Lisaine, il se sentait vulnérable non seulement sur sa droite, mais aussi sur les derrières de son aile gauche.

Mouvement tournant sur

Il paraissait évident que les Français, maîtres du cours du Doubs, de Besançon à Vougeaucourt,

Audincourt, Bondeval, et des défilés de Blamont, descendraient dans cet espace compris entre Montbéliard et Delle, qui constitue ce qu'on appelle en géographie militaire « la trouée de Belfort ». *les derrières de l'aile gauche allemande par la trouée.*

Cette bande de terrain comprise entre la Lisaine et la Suisse et où viennent se confondre l'Alsace et la Comté, présente une largeur de 10 à 15 kilomètres.

La trouée est partagée longitudinalement par la Savoureuse, dont la vallée est évasée ; elle est traversée de biais par le canal du Rhône au Rhin. De belles routes conduisant sur Belfort et sur Altkirch la sillonnent. Ces routes de liaison entre le Doubs et le Haut-Rhin sont entrelacées par des voies transversales ou diagonales assez nombreuses.

Jusqu'au moment de la campagne de l'Est, le cours du Doubs — admirable fortification naturelle — était défendu contre les incursions allemandes par quelques bataillons dépendant de la 7e division militaire, — prolongement de la garnison de Besançon vers Baume-les-Dames et jusqu'au plateau de Blamont. Le 54e régiment de mobiles (Doubs) tiraillait constamment à Vougeaucourt, à Audincourt, à Seloncourt, avec les troupes d'étapes allemandes chargées d'éclairer le corps de siège. *Les détachements de Besançon gardent la trouée d'Audincourt à Blamont.*

Pendant toute la guerre, Besançon avait été un véritable laboratoire militaire : les bataillons qui s'y formaient et s'y entraînaient ne tardaient pas à être incorporés dans les formations actives.

Lors de la campagne de Bourbaki, les troupes les mieux organisées de Besançon constituèrent la division Dariès (du 24ᵉ corps). Il ne restait plus au général Rolland que les mobilisés de la Haute-Saône ; et, comme ces contingents présentaient déjà une certaine valeur, ils furent en partie dirigés vers Audincourt, pour participer avec le corps de Bourras à la diversion, d'ailleurs à peine ébauchée, dont nous allons parler (1).

Le mouvement tournant prévu dans le plan primitif.

Cette diversion par la trouée de Belfort est une manœuvre tellement naturelle de la part d'une armée attaquant de front la Lisaine, que les Allemand ne la mettaient pas en doute. Ce fut d'ailleurs, au début, une des parties principales du plan français. Le général Rolland en témoigne :

— « Il y a eu plusieurs projets. Bourbaki, que je voyais très souvent, m'en avait parlé. Il fut question de détacher un corps d'armée pour attaquer le plateau de Blamont. Ensuite ce ne fut plus qu'une division. Puis, de la division, on est tombé à la bri-

(1) Le général de division auxiliaire Rolland (capitaine de vaisseau) qui remplaça à Besançon le général de Prémonville, du cadre de réserve, avait été d'abord désigné pour commander la subdivision de la Haute-Saône. L'ennemi occupant Vesoul, il dut se replier à Besançon d'où il fit appel aux mobilisés par des circulaires dont beaucoup ne pouvaient être distribuées que clandestinement. Le général Rolland constate que les mobilisés affluèrent à Besançon « grâce au patriotisme des maires et des habitants, et malgré l'occupation prussienne ». Il ajoute : « Je pris en mains l'organisation des mobilisés de la Haute-Saône que je fis venir à Besançon comme je pus. En très peu de temps, nous eûmes des militaires que j'exerçais et qui marchaient très bien. »

gade. Et finalement il n'y eut qu'une faible partie de l'armée de Bourbaki qui ait donné sur le plateau de Blamont, avec quelques détachements de mobiles et de mobilisés appartenant à la division de Besançon. »

Comme on suit toujours le même travail dans la cervelle du pauvre Bourbaki ! Les visions de son cerveau multiplient les forces ennemies et le conduisent à entasser, à immobiliser devant des positions inabordables, des forces qui ne trouvent pas de terrain de déploiement. Il croit perdues pour lui toutes les troupes qui se meuvent en dehors de sa lunette d'approche. De même qu'il manque, faute de quelques bataillons, d'enlever sans grand'peine Châlonvillars et Essert, de même il perd de vue la trouée de Belfort où s'adosse Werder... Alors que soixante-dix mille de ses soldats ne tirent pas un coup de fusil pendant ces trois journées suprêmes — alors qu'il lui est bien facile de consacrer tout le 24e corps à ce mouvement tournant, il se borne (toujours ce quémandage de renforts !) à harceler le général Rolland de télégrammes lui prescrivant d'envoyer le plus de monde possible vers Blamont.

Le général Rolland disposait, après la formation de la division Dariès, de ressources très restreintes. Malgré ses vives inquiétudes, le commandant de la 7e division militaire — auquel on répétait, d'ailleurs non sans raison, que la défense de Besançon était devant Belfort — porta sur le plateau de Blamont ses derniers bataillons, avec un empressement rare à ce

Bourbaki le réduit à une démonstration insignifiante.

Rassemblement de quelques bataillons et du corps franc des Vosges de Bondeval à Abbévillers.

moment (1). Il faut regretter qu'il n'ait pu les commander en personne. Malgré l'insuffisance de la diversion, un homme de sa trempe en eût tiré parti. En définitive, les forces françaises réunies d'Audincourt à Delle étaient les suivantes, dans les premiers jours de janvier :

Le corps franc des Vosges réunissait, sous les ordres du colonel Bourras, 16 compagnies de francs-tireurs, soit 1,200 fusils, avec quelques cavaliers et deux obusiers de montagne.

Le détachement de la 7ᵉ division militaire comprenait (2) : le 54ᵉ provisoire, formé de 3 bataillons de mobiles du Doubs, lieutenant-colonel de Vézet ; — un régiment improvisé comprenant : un bataillon de mobiles des Vosges, un bataillon de mobiles des Hautes-Alpes, le 4ᵉ bataillon des mobilisés de la Haute-Saône (3) ; quelques compagnies franches et quelques compagnies de mobilisés du Doubs (4). L'artillerie consistait en une batterie de montagne.

C'était peu pour une opération aussi importante, quand on songe aux forces totales consacrées au déblocus de Belfort. Mais, encore une fois, l'absence

---

(1) On lui envoya des mobilisés du Gard, de Vaucluse et de l'Hérault bien équipés et armés de bons sniders, mais dépourvus de cartouches. Le général Rolland s'empressa de les renvoyer à Bourg au général de la Serre.

(2) Sans compter les bataillons postés aux passages du Doubs de Baume à Audincourt.

(3) Lieutenant-colonel Bousson.

(4) Colonel de Jouffroy, ancien officier de marine.

d'initiative chez les chefs de corps, l'absence de direction de la part des chefs supérieurs, devaient rendre cette démonstration absolument dérisoire, malgré les rencontres où des fractions isolées montrèrent de la hardiesse (1).

De son côté, Werder, qui s'attendait à quelque chose de sérieux, utilisa intelligemment ses ressources. Le détachement du général-major de Debschitz, concentré à Strasbourg, était mis à sa disposition au premier indice d'un mouvement offensif des Français dans l'Est. Il arrivait vers la fin de décembre à Belfort, pour renforcer le corps d'investissement et plus spécialement pour le couvrir contre toute attaque dirigée par le sud de la trouée (2). Il comprenait 8 bataillons de landwehr (3), 2 escadrons du 6e uhlans de réserve, 2 batteries légères de réserve et 4 pièces bavaroises. Ses positions principales étaient : Delle, Beaucourt, Exincourt. Il devait défendre résolument la ligne de l'Allaine et tenir ses avant-postes échelonnés à Croix, Vandoncourt, Taillecourt.

Dispositions prises par Werder. L'Allaine fortifiée. — Le détachement Debschitz.

(1) Le colonel de Jouffroy, commandant des mobilisés du Doubs, accompagné de M. Juteau, capitaine de la garde nationale de Paris, venu en ballon avec une mission dans l'Est, se rendirent auprès de Bourbaki au quartier général devant Héricourt. Ils lui firent ressortir l'importance de la position de Bondeval et de Blamont. C'était parler à un sourd.

(2) *Grand état-major allemand*, 11e partie, p. 699-703.

(3) Presque tous ces bataillons étaient commandés par des majors ou des capitaines d'infanterie active.

En outre, la ligne de l'Allaine fut défendue par douze canons de siège répartis aux principaux débouchés sur un demi-cercle de 15 kilomètres : deux au Vieux-Charmont ; deux à Allenjoie ; deux à Grandvillars ; quatre à Joncherey ; deux à Delle.

Les troupes de Debschitz étaient bien insuffisantes pour garnir l'embouchure de la trouée. Pour défendre la partie est contre une attaque qu'on supposait devoir être dirigée de Blamont, 7 bataillons étaient accumulés de Dasle à Croix ; un seul bataillon restait pour protéger les 6 kilomètres qui séparent Sochaux de Dasle. Une entreprise vigoureuse dirigée d'Audincourt sur Exincourt, Étupes et Fesches, aurait mis dans une situation critique le gros du détachement allemand adossé à la Suisse.

Au surplus, les deux détachements opposés se bornèrent à s'observer et à se tâter. Aucune opération militaire digne de ce nom n'ayant été esquissée, il suffit d'une simple chronologie des petites escarmouches engagées sur ce coin si important de l'échiquier :

Escarmouches. — Les *Vengeurs* à Abbévillers le 2 janvier.

Le 2 janvier, les uhlans du général de Debschitz ayant reçu quelques coups de fusil à Abbévillers, les Allemands crurent à une marche offensive sérieuse. Deux compagnies de landwehr, se portant de Croix sur Abbévillers, attaquèrent un bataillon de francs-tireurs recrutés sans choix, un peu partout et pompeusement intitulés « les Vengeurs ». Leur commandant, Malicki, passa la frontière au premier coup de fusil, en n'ayant garde d'oublier la caisse. Il fut suivi par cinq capitaines, quatorze lieutenants et deux cents « Vengeurs », sans qu'aucune résistance ait été tentée. Ce corps, dont les débris regagnèrent Besançon en débandade, fut dissous par le général Rolland, qui qualifia sévèrement cette conduite « honteuse, ridicule et infâme ». Il est juste de dire que de bons chefs auraient pu tirer parti des débris échappés à l'affaire d'Abbévillers.

Le 6 janvier, escarmouche insignifiante auprès de Bondeval.

Pas un coup de fusil, jusqu'au 9. Ce jour-là, les avant-postes allemands furent mis en alerte par des contingents français venus de Seloncourt. Quelques hommes seulement sont touchés. Cela n'empêche pas que deux bataillons de la première division de réserve, colonel de Bredow, furent précipitamment dirigés sur Allenjoie pour appuyer Debschitz, tant était grande chez l'ennemi la crainte d'un mouvement tournant derrière son aile gauche.

Sur ces entrefaites, le colonel Bourras part de Clerval, spontanément et sans instructions précises (1). Il arrive le 7 à Écurey ; le 8, il occupe Bondeval, Roches et Glay.

Le colonel Bourras.

(1) Le corps du colonel Bourras, après avoir rempli un rôle actif et utile, d'abord dans les Vosges, puis en Bourgogne, suivit le mou-

« Les Prussiens, dit Bourras, occupaient les hauteurs en grande partie boisées qui forment la rive droite du Gland, ruisseau qui se jette dans le Doubs en amont d'Audincourt ; à Bondeval, se trouvait une compagnie franche de zouaves ; à Roches des forestiers et mobilisés du Doubs. Leurs sentinelles, postées en face des sentinelles prussiennes, s'observaient et vivaient en assez bonne intelligence. »

Deuxième
rencontre
d'Abbévillers
le 10 janvier.

Bourras décide alors d'aborder la trouée en prenant pied à Abbévillers. Le 10 janvier, il dirige deux compagnies (2ᵉ et 7ᵉ) de Glay sur Abbévillers et un autre détachement (4ᵉ compagnie) de Meslières

vement rétrograde des Prussiens et se porta à Dôle le 20 décembre. — Après quelques jours de séjour, le colonel Bourras franchit l'Ognon à Marnay, le 28 décembre, et lança quelques compagnies dans la direction de Gray. Voici d'ailleurs, extrait du Rapport de Bourras (Ardouin-Dumazet, chez Berger-Levrault, 1892), les opérations du corps jusqu'au moment où il arriva à l'extrême droite des détachements français opérant vers la trouée de Belfort : « Le 30 au matin, la 2ᵉ compagnie rencontre à Cresancey et Velesmes les Prussiens qui eurent quelques hommes hors de combat, dont un prisonnier. — Le même jour, la 10ᵉ eut une escarmouche à Velesmes. Le lendemain, à Cresancey, le capitaine Boulay, aidé du capitaine Godard qui commandait les chasseurs francs-comtois, repoussa de nouveau la reconnaissance prussienne, qui fit quelques pertes. — A Velesmes, le capitaine Ferry avec les 15ᵉ et 16ᵉ compagnies, délogea les Prussiens du bois où ils étaient embusqués. Malheureusement ce brave officier eut le bras fracassé par une balle et sa disparition de la lutte fut très fâcheuse. Ces Prussiens qui formaient l'extrême arrière-garde évacuaient Gray le jour-même. — Le soir, quatre compagnies entrèrent dans la ville, où tout le corps se porta le 1ᵉʳ janvier. — Le commandant Nicolas étant arrivé le 3 avec les mobilisés de la Haute-Saône, le corps franc se mit en route pour occuper l'extrême droite de l'armée de l'Est et arriva à Clerval le 6, en passant par Bucey-les-Gy le 3, par Cirey le 4, Luxiol le 5. »

sur les Fourneaux : c'est un peu moins de deux cents hommes.

Ce mouvement inquiète les Allemands qui dirigent contre nous une forte reconnaissance d'un millier d'hommes et de deux canons.

Dans le combat qui s'engage, nos francs-tireurs font très bonne contenance : ils se retirent lentement sur Glay après avoir mis une cinquantaine d'ennemis hors de combat, sans perdre plus d'une dizaine de tués ou de blessés. Il faut noter que nos hommes se battaient malgré la neige haute de 50 à 60 centimètres, avec des vareuses et des souliers en loques.

Bourbaki télégraphie le 11 janvier à Bourras de « prendre une offensive vigoureuse du côté de Montbéliard » ; — le 13, au colonel de Vézet, de « faire une diversion » ; — le 16, à Bourras, de « se réunir à M. de Vézet, d'attaquer à outrance, de tourner Montbéliard par Sochaux et Exincourt, tandis que le colonel Bousson agira par Valentigney et Audincourt ».

Inaction pendant les trois journées de la Lisaine.

Le 13, une insignifiante démonstration fut tentée par 1 bataillon de mobiles du Doubs et deux obusiers débouchant de Seloncourt : elle vint se heurter à 2 bataillons et six canons en position entre Vandoncourt et le bois de Charbonnière.

Entre Dasle et Croix, une action plus sérieuse s'engage entre 1 bataillon allemand, soutenu à proximité par deux autres, et 7 compagnies de Boùrras. L'ennemi eut hors de combat une cinquantaine d'hommes, dont six officiers (1).

La journée du 15, — journée importante, — se résume ainsi : « Sur le front du général Debschitz les avant-postes de Vandoncourt (1ʳᵉ, 2ᵉ et 3ᵉ compagnies de Liegnitz), soutenues par l'artillerie (huit pièces), repoussaient une attaque après un engagement de courte durée (2). »

Le bilan du 16 janvier — la deuxième journée de la Lisaine — est maigre : quelques coups de fusil sur la ligne Dasle-Vandoncourt-Croix. Une quinzaine d'hommes tués aux Prussiens. Cette inaction tranquillise Werder qui prescrit au général Debschitz, « en face duquel il ne s'était rien produit de sérieux », de diriger deux bataillons sur Sochaux aux ordres du général de Glümer. — Ce dernier put dès lors se priver de deux de ses bataillons, rapidement dirigés à la réserve générale au nord d'Héricourt.

Le 17, sur le front de Debschitz — réduit à six bataillons et à seize pièces, — rien ne se passe.

Pendant ces trois journées de la Lisaine, non seulement on n'aboutit à rien sur cette ligne si in-

(1) Les compagnies engagées sont les 2ᵉ, 4ᵉ, 6ᵉ, 8ᵉ, 10ᵉ, 15ᵉ et 17ᵉ.
(2) Les Allemands perdirent une dizaine d'hommes.

quiétante pour Werder, mais le faible détachement allemand qui la protège peut se dégarnir impunément de 2 bataillons.

Apprenant le 18 janvier la retraite de l'armée de l'Est, le général de Debschitz veut passer à l'offensive et met en marche deux colonnes, l'une sur Bondeval, l'autre sur Abbévillers : il se ménage un double échec.

Engagement de Valentigney le 18 janvier.

L'attaque des Allemands contre les mobiles du Doubs est dirigée simultanément d'Exincourt sur Audincourt, de Dasle sur Bondeval et de Vandoncourt sur Hérimoncourt — de manière à rejeter les détachements de la gauche française sur le Doubs. Ce mouvement exécuté par deux mille cinq cents hommes et dix bouches à feu nous refoule sur Valentigney, dont le pont est détruit. Nous reculons jusqu'à Tulay et l'ennemi prend possession des Roches, — qu'il évacue d'ailleurs dès le lendemain pour regagner sa ligne d'Exincourt-Croix où il se trouve plus en sûreté. Le régiment du colonel Bousson gardait la boucle du Doubs, de Vougeaucourt à Belchamp, Audincourt, Valentigny.

Vers la frontière suisse, Bourras est attaqué par douze cents hommes d'infanterie appuyés par quatre pièces. Quatre des compagnies détachées à Hérimoncourt viennent d'en être repoussées par l'ennemi.

Troisième rencontre d'Abbévillers le même jour.

Bourras résiste vigoureusement avec les 1re, 3e, 14e et 15e compagnies (capitaines de Perpigna, Godard.

Hoffbourg, Cottin), bientôt soutenues par les 5°, 6° et 16° compagnies qui descendent sur Meslières par les Fourneaux. Le colonel ordonne alors une contre-attaque.

« Les compagnies déployées en tirailleurs au son des instruments et de chansons patriotiques se précipitent avec le plus grand entrain sur Abbévillers. Les Prussiens cèdent devant cette attaque, évacuent le village en flammes, et une vive fusillade s'établit par-dessus les maisons de deux hauteurs opposées. »

A la nuit on revient sur Glay sans être inquiété.

« Les six compagnies qui avaient soutenu le choc à Abbévillers avaient montré une grande ténacité et perdu cinquante-trois hommes tués ou blessés. Le capitaine Godard avait eu son lieutenant tué, le brave Ferrier... Les capitaines de Perpigna, Hoffbourg, Cottin, avaient parfaitement dirigé leurs hommes. Le capitaine Grillet nous rendit les plus grands services par la rapidité de sa marche depuis Glay et par la belle attitude de sa compagnie marchant à l'attaque en ligne de tirailleurs. Le lieutenant Marquiset, renversé et contusionné par un obus, se remit bravement derrière sa barricade en fumée et usa ses dernières cartouches. Le capitaine Pistor fut brillant d'entrain et de sang-froid. »

Le corps franc traversa le 19 le Lomont et gagna Saint-Hippolyte par Montécheroux et Chamesol.

Dans la journée du 18, nous avions tué ou blessé cent vingt hommes à l'ennemi et brisé son attaque. C'était bien, mais c'était peu. Si l'unité du commandement, l'esprit d'initiative et de solidarité eussent permis de faire donner toutes nos forces dans un effort commun, Debschitz aurait essuyé le 18 janvier un échec complet, gros de conséquences (1).

Le général Debschitz se replie sur ses positions primitives.

Le soir, il regagne ses positions primitives, et c'est le 23 seulement qu'il se hasarde à les quitter pour se porter en avant et surprendre la ligne du Doubs.

Mais les combats de Roches et de Glay, livrés ce jour-là, appartiennent à l'histoire de la retraite, et non plus aux journées de la Lisaine.

Résultats négatifs.

Après cet exposé d'une diversion qu'ils redoutaient tant — et qui fut, hélas ! épisodique alors qu'elle pouvait avoir une grande portée stratégique — on peut bien reconnaître que les Allemands, sur presque tous les points et à toutes époques de cette guerre, ont vraiment joué de bonheur.

Quittes pour la peur.

Grâce à Bourbaki, les périls les plus menaçants s'évanouissaient d'eux-mêmes. A gauche comme à droite, les voici quittes pour la peur.

(1) Je retrouve une note que m'écrivait, en 1872, une personne très digne de foi, l'honorable maire d'une commune voisine du théâtre des opérations : « C'est le 18 janvier que le colonel Aubert, commandant le corps suisse gardant la frontière, se trouvant près d'une ferme nommée Le Paradis, entre Croix et Bure, et voyant les Prussiens abandonner leurs pièces près de Croix, se retourna vers un groupe de paysans et leur dit : « Il n'y a donc personne pour aller prévenir les Français qui sont à Blamont de ce qui se passe ! »

CHAPITRE IX

SOMMAIRE. — Retraite sans esprit de suite. — Retour sous Besançon. — Prudence craintive de Werder. — Combat de Clairegoutte. — Retraite de la division Cremer. — Propositions du général de Rivière. — Marche de Manteuffel de Châtillon à Gray. — Projet hardi de tourner Bourbaki. — L'Ognon franchi à Pesmes le 20 janvier. — Le Doubs franchi à Dôle le 21. — Besançon sans garnison. — Le Doubs franchi à Baume, Clerval et l'Isle. — Le 24e corps. — Ordres incohérents de Bourbaki. — Négligence de Bressolles. — Démonstrations insignifiantes pour reprendre les défilés. — Le 24e corps en pleine retraite. — Combats de Roches et de Glay. — Évacuation de Blamont.

Retraite sans esprit de suite. La retraite fut dirigée, comme la marche offensive, sans vigueur ni esprit de suite. De Bordeaux, Bourbaki ne reçoit pas un reproche ; on lui prodigue généreusement les consolations et les encouragements. Le 18 janvier au soir, il y répond d'Arcey par un télégramme qui manque un peu de précision :

« Je suis très sensible aux encouragements que vous me donnez et à l'appréciation que vous faites, par votre télégramme de ce jour, des efforts tentés par la première armée. Je regrette vivement l'obligation de battre en retraite.

« Je cherche à le faire dans les meilleures conditions. Le mouvement de Manteuffel rend cette tâche bien difficile. J'attendrai d'être plus complètement renseigné sur l'attitude de l'armée de Belfort, comme sur les projets du II° corps et du corps Zastrow, pour prendre un parti.

« Je craindrais un échec en laissant au 15° corps seul le soin de maintenir l'armée de Belfort, qui est aujourd'hui de quatre-vingt-dix mille hommes. Je ne vous demanderai de faire agir le 25° corps (1) qu'autant que la situation deviendrait assez critique pour rendre cette mesure indispensable. Je ferai tout ce qui dépendra de moi pour que la première armée accomplisse le plus énergiquement possible la tâche qui lui incombe ; après avoir pourvu à sa sécurité, je m'efforcerai de rendre son rôle plus actif.

« J'accepte pour M. de Serres, comme pour moi, les encouragements contenus dans votre dépêche : J'ai déjà eu l'occasion de vous dire combien le concours qu'il me prête en cette circonstance est précieux. — BOURBAKI. »

M. de Freycinet lui répondit sur l'heure en approuvant son projet de se rabattre sur Besançon.

Retour sous Besançon.

L'objectif était donc Besançon. Les 18°, 20° corps, la réserve générale et la division Cremer devaient s'y rendre en repassant à peu près par les étapes de

(1) Le 25° corps était à peu près formé à Nevers : son intervention aurait pu être décisive.

l'offensive : Villersexel, Rougemont ; le 15ᵉ corps, par Baume-les-Dames ; le 24ᵉ corps, dirigé vers l'Isle-sur-le-Doubs et Clerval, paraissait spécialement destiné à garder le Doubs. « Cette retraite, au lieu d'être menée vivement, se fit au contraire à petites journées », dit le général de Rivière (1). Ce qui devait arriver arriva : les maux de la marche en avant doublés, les fatigues matérielles accrues, — avec l'espoir en moins et la démoralisation en plus (2).

Prudence craintive de Werder.

Ce n'est pas que Werder fût bien inquiétant. Pendant toute la journée du 18, l'attitude de quelques bataillons d'arrière-garde suffit à le maintenir blotti derrière la Lisaine.

A Montbéliard, le 15ᵉ corps laisse quelques compagnies au Mont-Chevis, qui poussent leurs petits postes jusqu'à l'ancienne citadelle et reçoivent rudement les Allemands qui nous tâtent (3) : c'en est assez pour que l'ennemi n'ose pas se hasarder dans la ville. En face d'Héricourt, les batteries allemandes se

(1) *Enquête sur les actes de la Défense nationale* (t. VII, § 13 et suiv.).

(2) « Cette marche rétrograde inopinément ordonnée au moment où rien de tout ce qui venait de se passer sous nos yeux ne nous en faisait sentir la raison, nous causa la plus grande surprise, et nous dûmes quitter nos positions comme des fugitifs sans avoir éprouvé de revers. » (*Général de Blois.*) Si telles étaient les impressions d'un chef de la trempe du général de Blois, on peut en inférer ce que devaient éprouver les soldats.

(3) Un détachement de la légion étrangère fit preuve d'une grande solidité.

bornent à mettre — sans motif aucun — le feu à
Vyans : c'est le passe-temps de prédilection de nos
ennemis ! A Saint-Valbert, le général de Goltz, ayant
voulu envoyer quelques centaines d'hommes dans
les bois communaux, voit sa troupe reconduite avec
des pertes sensibles. Plus au nord, l'état-major
allemand constate qu'un parti du 30ᵉ d'infanterie
prussien s'est « hasardé momentanément dans
Couthenans ».

Le seul incident de la journée du 18 fut le petit
combat de Clairegoutte. Le colonel de Willisen
quitte Auxelles et Planches-les-Mines, arrive le 18 à
Ronchamp et y rejoint les 2 compagnies du 6ᵉ badois revenant de leur expédition à Saint-Maurice.
Recologne et Clairegoutte étaient occupés par le
régiment de marche d'infanterie légère d'Afrique
(2 bataillons) attaché à la division de cavalerie de
Brémond d'Ars qui éclairait la retraite. N'osant pas
aborder Recologne, « d'une attaque difficile », le
colonel de Willisen pense arriver à son but en s'em-
parant de Clairegoutte. Il lance contre ce village les
Badois et ses chasseurs à pied de réserve qui s'emparent facilement de la tuilerie située au nord de
Clairegoutte. Mais nos troupes tiennent bon dans le
village et ne l'évacuent — volontairement — qu'à
la nuit tombée.

Combat de Clairegoutte.

Les Allemands ne nous poursuivaient donc pas,

Retraite

ils nous suivaient. La division Cremer elle-même, la plus en l'air et la plus exposée, fut à peine inquiétée.

L'ordre de retraite arrive à cette division dans la nuit du 17 au 18 ; par sa position, elle se trouvait chargée du rôle d'arrière-garde et de flanc-garde. L'ennemi se borne à saluer l'évacuation de Chenebier par une courte et inoffensive canonnade, à laquelle notre artillerie riposte. La division, après une marche pénible, arrive vers minuit à Athesans. Le 19, elle cantonne à Géorfans et le 20 à Rougemont. Dans cette journée du 20, une batterie allemande débouchant de Villersexel ouvre le feu contre le flanc droit : quatre pièces de 4 établies sur le plateau à gauche de Villers-la-Ville éteignent rapidement le tir de l'adversaire et lui démontent une pièce. Le 21, Cremer arrive à Pouligney ; la division n'a ni convois, ni intendance ; elle touche péniblement des vivres tantôt d'un corps, tantôt d'un autre : nos malheureux soldats souffrent cruellement de la faim, du froid et de la fatigue. Le 22, la division campe sur les glacis de Besançon, sans aucune distribution de vivres !

Le 18ᵉ corps arriva autour de Besançon le 21 et le 22 janvier ; la réserve générale et la division Cremer le 22 ; le 20ᵉ corps, le 23 ; le 15ᵉ corps, qui avait pris par Médières, Fontaine et Baume-les-Dames, le 24. Dès le 22, Bourbaki avait donc à Besançon des forces lui permettant de contrarier la marche de Manteuffel; au lieu de cela, c'est l'inaction. L'armée se pelotonne autour de la place. Le général de Rivière a fait une déposition caractéristique :

Propositions du général de Rivière.

« Il existe entre Besançon et la ligne de l'Ognon qui coule parallèlement au Doubs, et qui forme en quelque sorte un avant-fossé des plateaux du Jura, une série de positions très favorables à la défense ; cette ligne avait été défendue avec succès par la garnison de Besançon. Je demandai au général Bourbaki de hâter la marche des troupes du génie, qui se composaient de 10 compagnies de cent cinquante hommes chacune, pour aller mettre cette ligne en état de défense, *notamment aux abords de Quingey.* Le général ne jugea pas à propos d'admettre cette proposition. »

Pendant ce temps, l'armée du Sud, partie des environs de Châtillon-sur-Seine le 13 janvier, prend Vesoul pour direction générale et arrive à Gray le 19 janvier.

Marche de Manteuffel de Châtillon à Gray.

Après avoir destiné les brigades Kettler (du IIe corps) et Dannenberg (brigade indépendante) (1) à observer Dijon, Langres et Auxonne, Manteuffel conserve pour agir directement contre Bourbaki le VIIe corps tout entier et les 3 brigades restantes du IIe corps :

(1) Ces deux détachements remplirent leur mission en masquant Langres, Auxonne et Dijon. Il n'est pas dans notre cadre de raconter leurs opérations. On trouvera cependant à la deuxième partie de ce volume les détails des combats sous Dijon.

44 bataillons, 12 escadrons, 156 bouches à feu.

Cette marche fut très rapide. Dès le 19 janvier, les avant-gardes atteignaient Gray sans coup férir. Manteuffel y établissait son quartier général, le 20 janvier, ne sachant encore s'il continuerait sur Vesoul ou s'il tenterait de marcher au sud pour couper Bourbaki de ses communications avec Lyon. Le peu de résistance qu'il rencontra, les nouvelles de la Lisaine et enfin l'inaction de Bourbaki le décident : il renonce à la direction de Vesoul et ordonne une marche de flanc vers Pesmes et Dôle.

Projet hardi de tourner Bourbaki. Ce plan hardi, fondé sur un profond mépris de son adversaire, aurait dû être expié chèrement. En apprenant la résolution de Manteuffel, M. de Moltke dit à l'empereur Guillaume : « L'opération du général de Manteuffel est extrêmement hardie, mais elle peut amener « les plus grands résultats. S'il subissait un échec, il « ne faudrait pas le blâmer, car il faut bien risquer « quelque chose pour obtenir de grands succès (1). »

Combien lourde apparaît la faute d'avoir détourné le 15e corps et la division Cremer de leur destination primitive ! On peut tenir pour certain que Manteuffel n'aurait ni réussi, ni même tenté une pareille marche avec le 15e corps en queue et la division Cremer en flanc. Et l'absence sur la Lisaine de ces 4 divisions eût été de nul effet, puisque 6 divisions y sont restées inutilisées.

(1) *Historique du grand État-major prussien*, 2e partie, p. 1127.

Le 20 janvier, le II° corps allemand qui formait le pivot de la conversion, concentra le gros de ses forces près de Gray et poussa son avant-garde jusqu'à Pesmes. Le VII° corps passant la Saône vint se placer à Sauvigney-les-Augirey et à Citey, à hauteur du II° corps. L'avant-garde devait s'avancer jusqu'à Gy dans la direction de Besançon et s'éclairer jusqu'à Frasne-le-Château dans celle de Rioz.

L'Ognon franchi à Pesmes.

L'avant-garde du II° corps rencontrait le 21 janvier quelques Français à Pesmes. Environ deux cents mobiles établis sur la rive sud de l'Ognon cherchèrent à contrarier les pontonniers prussiens.

Le Doubs franchi à Dôle.

Le même jour, le général de Koblinski arrivait à deux heures et demie de l'après-midi devant Dôle ; il trouvait la ville occupée par de faibles détachements français, notamment par la compagnie franche de Bombonnel (1). Le combat continue dans les rues, les habitants y prennent part, jusqu'à ce que finalement la résistance soit brisée par la supériorité numérique des Allemands (2).

(1) Bombonnel, nommé lieutenant-colonel auxiliaire, avait une centaine d'hommes sous ses ordres. Il s'était fait une réputation comme chasseur de panthères.

(2) Environ 300 gardes nationaux dôlois, chiffre important pour une petite ville, avaient enfoncé les portes de la mairie — car on les avait désarmés comme à Dijon — avaient repris leurs fusils à piston et s'étaient rendus au combat spontanément, par petits groupes isolés. Ils perdirent une dizaine des leurs. Les Allemands eurent une quarantaine d'hommes hors de combat.

« On trouvait heureusement les ponts du Doubs encore intacts, dit l'*Historique* prussien, et on les utilisait aussitôt pour placer des avant-postes sur la rive gauche. On ramassait quarante-cinq prisonniers. On évaluait à environ mille hommes la force de l'ennemi. Une prise fort agréable fut faite à Dôle : 230 wagons, chargés pour la plupart de vivres ou d'objets nécessaires aux armées, avaient été abandonnés par les Français ; ces approvisionnements, destinés probablement à Besançon, profitèrent à l'armée du Sud (1). »

Le Doubs était forcé !

Besançon sans garnison.

Simultanément la 14ᵉ division, VIIᵉ corps, Osten-Sacken, marchait vers Besançon, à la fois pour reconnaître l'emplacement de l'armée de Bourbaki et pour s'emparer des passages de l'Ognon : l'absence de garnison à Besançon lui permit de s'emparer à peu près sans coup férir des ponts de Pin-l'Emagny, Cussey, Etuz. Le pont de Marnay fut disputé par une poignée de mobilisés de la Haute-Saône qui éprou-

(1) L'intendant en chef Friant dit à ce sujet : — « Il fut parfaitement convenu avec M. Bidermann, directeur du P.-L.-M. — j'ai sa lettre en main — que les 420 wagons de Dôle devaient être remisés entre Franois et Besançon. Seulement comme M. Bidermann s'était réservé pour lui seul la faculté de donner des ordres, un de ses employés à la gare n'a pas laissé passer les trains, et c'est pour cela que les 420 wagons n'ont pas été remisés entre Franois et Besançon ; cela aurait donné 1 200 000 rations de plus. »

vait des pertes sérieuses. Le général Rolland, privé de moyens d'action, cherchait à y suppléer par une poigne de fer. Il télégraphie le 21 janvier à Bourbaki et au ministre de la guerre :

« Vous me placez dans une situation épouvantable. Besançon est défendu aujourd'hui par 5 bataillons qui n'ont pas de cartouches. Je suis menacé par la gauche, Marnay, Pin et Pesmes, et si l'attaque est sérieuse le chemin de fer de Besançon à Dôle et de Dôle à Mouchard peut être coupé. J'ai mis à Marnay et à Pin 2 bataillons des mobilisés de la Haute-Saône ; ils sont insuffisants si ce n'est pas une simple démonstration de l'ennemi ; devant nous, à Voray et à Cussey, je n'ai que trois cents hommes. Aujourd'hui, un régiment de lanciers a pris une panique affreuse ; soixante hommes des grand'gardes sont partis au grand galop jusqu'à Besançon semant l'épouvante.

« Je suis monté à cheval et j'ai brûlé la cervelle au premier que j'ai rencontré ; j'ai cassé en face du régiment un lieutenant qui descendait la grand'garde sur les lieux et qui n'a pas su arrêter les fuyards.

« Demain, cour martiale pour deux.

« J'ai donné 7 bataillons et deux batteries au 24° corps. J'ai envoyé sur le plateau de Blamont, sur la rive gauche du Doubs, 6 bataillons et 9 pièces de montagne pour garder cette position ; il ne me reste

11

que les mobilisés qui ne savent pas tenir un fusil et n'ont pas de cartouches, et parmi eux pas un officier, pas un sous-officier ou un caporal qui sache ce que c'est qu'une consigne et soit capable de la faire respecter. Je saurai me faire tuer, mais cela ne sauvera pas la place qu'il est impossible de défendre dans ces conditions. — *Général* Rolland. »

Le Doubs franchi à Baume, Clerval, l'Isle-sur-le-Doubs, etc.

Le 22 janvier, le VIIe corps occupa quatre ponts intacts à Fraisans, Rans, Orchamps : « Cette circonstance était particulièrement favorable ; en effet, le petit équipage de pont du VIIe corps ne pouvait suffire à jeter des ponts sur une rivière large de 80 à 120 mètres » (*Historique* prussien).

Le même jour, les avant-gardes de cavalerie de Werder, venant de Vesoul, arrivaient à Marnay, établissant la communication directe entre les deux groupes allemands.

La barrière du Doubs, forcée à l'ouest grâce au refus de Bourbaki d'accéder à la proposition du général de Rivière, allait être franchie à l'est.

Pendant que le gros de l'armée se réunissait autour de Besançon, le 24e corps avait mission de garder le cours du Doubs qui est, tout naturellement, le principal objectif de Werder ; dès le 23, ce dernier met tout en œuvre pour s'assurer de la rivière jusqu'alors infranchie : trois colonnes sont dirigées ce jour-là sur Baume, Clerval, l'Isle-sur-le-Doubs.

De Mésandans, le général de Goltz part contre Baume-les-Dames vers trois heures et demie avec 2 bataillons du 34e, 1 escadron et 2 batteries. L'arrière-garde de la 3e division du 15e corps était établie sur les hauteurs au sud d'Autechaux avec 2 pièces au sud-ouest de la Vréville. L'ennemi parvient à enlever la Boussenotte, après un combat très vif qui fut soutenu jusqu'à la nuit avec beaucoup de solidité par 3 compagnies du 16e de ligne, 1 compagnie du 33e de marche et 5 compagnies de mobiles sous les ordres du commandant Mathieu. Notre détachement se replia après que le feu eut cessé, fit sauter le pont de Baume-les-Dames, mais seulement vers quatre heures et demie du matin, et rejoignit Besançon comme c'était l'ordre.

Malheureusement, il n'attendit pas d'être relevé sur cette position. Malgré leur supériorité, les Allemands durent attendre le jour pour entrer dans Baume.

Un détachement de la 4e division de réserve, qui s'avançait pour observer Clerval, se heurtait aussi contre l'infanterie française occupant des tranchées-abris au nord-ouest de la localité. Après une courte fusillade, le détachement battait en retraite en faisant sauter le pont du Doubs.

Enfin, le colonel de Zimmermann entrait à l'Isle-sur-le-Doubs, sans rencontrer de résistance. Uti-

lisant en partie un gué et se servant en partie
de pontons, il faisait aussitôt passer sur la rive
gauche une avant-garde qui établissait ses avant-
postes sur la ligne Rang-Blussans. Mais lorsque les
patrouilles voulurent se porter en avant, elles furent
arrêtées par des forces françaises, établies à peu de
distance des lignes allemandes. « Les deux compagnies de pionniers de campagne réparèrent de suite
le pont détruit (1). »

Sauf devant Baume, la défense était très molle,
car toutes ces rencontres ne coûtent aux Allemands
que trente hommes et deux officiers, dont vingt-quatre
hommes et deux officiers au combat d'Autechaux.

Le plus important de ces trois passages était
celui de Baume-les-Dames : on peut presque dire
que c'était le seul utile, puisque ceux de Clerval et
de l'Isle conduisent aux défilés inaccessibles du
Lomont. Et cependant ce précieux passage n'est pas
défendu ! Le 24 janvier au matin, les Allemands
entrent sans coup férir dans Baume-les-Dames,
évacué par la 3ᵉ division du 15ᵉ corps rappelée à
Besançon.

Le 24ᵉ corps.   A qui doit incomber la responsabilité de ce défilé
livré à l'ennemi ?

— Au général Bressolles, qui avait ordre de le
défendre à tout prix, dit Bourbaki.

(1) Le matériel dont l'ennemi pouvait à ce moment disposer ne
suffisait pas pour la construction d'un pont de campagne.

— Au général Bourbaki, qui m'a impérativement rappelé à Besançon avec le 24ᵉ corps, réplique Bressolles.

Il est certain qu'au début de la retraite, Bourbaki avait l'intention de confier au 24ᵉ corps la garde des défilés du Doubs. Le 19 janvier, il télégraphie de Soye à Bordeaux :

« L'ennemi nous suit, mais très mollement. J'apprends à l'instant l'évacuation de la position de Blamont. Je dirige, cette nuit même, une division du 23ᵉ corps sur Pont-de-Roide ; le reste du corps partira le 21 de Clerval, dans la même direction, de façon à assurer complètement les positions, en occupant le Lomont. J'établirai demain mon quartier général à Baume-les-Dames. »

En conséquence de ces ordres, Bressolles avait ses trois divisions réparties comme suit, le 23 janvier :

Dariès (1ʳᵉ), vers Passavant. — Comagny-Thibaudin (2ᵉ), échelonnée de Valonne à Pont-de-Roide, s'éclairant vers Blamont. — Carré de Busserolles (3ᵉ), entre les deux autres, occupant les défilés du Lomont, couvrant la route de Glainans à Pont-de-Roide, avec avant-postes à Lanthenans.

Le 23 à midi, obéissant toujours à sa tendance funeste d'appeler tout le monde à lui, Bourbaki télégraphie à Bressolles de « prendre ses dispositions pour se porter à Besançon avec son corps d'armée, de laisser aux colonels Bousson et de Vézet le soin de défendre Blamont et Pont-de-Roide, de laisser 2 bataillons à la garde de chacun des ponts de Clerval et de Baume ».

Puis, vers 6 heures, un second télégramme : « Laissez la division Busserolles à Pont-de-Roide, occupant avec des détachements Baume-les-Dames, Anteuil, Glainans, Dambelin et revenez avec les divisions Dariès et Comagny. »

Le général Bressolles ne reçut la seconde dépêche que dans la journée du lendemain, alors que ses divisions étaient toutes en retraite conformément à la première dépêche. L'ordre de retraite était d'ailleurs compris et exécuté d'une façon déplorable. La 3ᵉ division, alarmée subitement à neuf heures du soir, par un temps exécrable, recevait l'ordre de se replier sur Rendevillers : elle marche toute la nuit et n'arrive à l'étape qu'à dix heures du matin, ravagée par les fièvres, les fluxions de poitrine, les dysenteries.

Négligence de Bressolles.   Cet abandon des défilés du Lomont, cette retraite des trois divisions est ordonnée par Bressolles sans prévenir personne et sans être sûr que les passages évacués par ses troupes ne sont pas préalablement gardés par des troupes de relèvement. Blamont et Pont-de-Roide sont évacués sans que les mobiles de MM. Bousson et de Vézet soient prévenus. Le général Dariès reçoit l'ordre d'envoyer 2 bataillons à

Baume et autant à Clerval, mais il doit continuer sa retraite sans s'inquiéter du sort de ses bataillons et sans s'assurer que cette *opération essentielle et préalable à la retraite a réussi :* or, il advient que les 2 bataillons de la 3ᵉ légion du Rhône « arrivant à Baume le 24 janvier, afin de relever les troupes qui devaient s'y trouver et en constituer la garnison permanente, reconnaissent que la ville était déjà occupée par les Allemands et se retirent sans accomplir leur mission » (*Historique prussien*).

Le gros de la division rétrogadait à Servin et à Lanans.

La négligence du général Bressolles était lourde ; mais combien plus grave la faute de Bourbaki ! Ce qui est stupéfiant, c'est que Bourbaki a complètement oublié ses ordres ; qu'il entre dans une colère violente en apprenant que les défilés du Doubs sont au pouvoir de l'ennemi et que Bressolles revient sur Besançon. En effet, le 24 au soir, vers onze heures et demie, M. de Heeckeren, officier d'ordonnance du général Bressolles, vint rendre compte à Besançon des mouvements du 24ᵉ corps.

« Le général Bourbaki se fâcha très sérieusement et, j'ai le regret de le dire, soutint d'abord à M. de Heeckeren qu'il n'avait donné aucun ordre d'abandonner les positions de Blamont et de Pont-de-Roide. M. de Heeckeren lui répondit qu'il avait vu lui-même la dépêche. Alors le général ne se rappelant pas cet ordre, rechercha sur un registre et l'y trouva inscrit. » (Déposition du général Bressolles.)

Et le général Borel dit de son côté :

« Je suis forcé d'avouer que je ne pouvais pas m'expliquer comment le 24ᵉ corps avait évacué des positions aussi formidables et aussi faciles à défendre. Ce n'est qu'à Pontarlier que j'ai eu l'explication de ce fait par une dépêche du général commandant en chef de l'armée qui avait prescrit ce mouvement, *dépêche qui n'avait pas été transmise par mon intermédiaire.* »

Démonstrations insignifiantes pour reprendre les défilés.

Quoi qu'il en soit, le général en chef prescrit à Bressolles, le 25, d'arrêter « son malencontreux mouvement », de se porter le lendemain en deux colonnes sur Vaudrivillers et sur Passavant ; de refouler l'ennemi sur Pont-les-Moulins ; de rappeler Comagny. Il annonce qu'il se mettra à la tête de tout le 18ᵉ corps, qu'il se dirigera sur Côte-Brune par Nancray et Bouclans et sur Vauchamps et Dammartin ».

Ce mouvement du 18ᵉ corps ne devait pas avoir lieu : c'est seulement le 26 que le corps fut concentré et cette concentration s'achevait lorsque Bourbaki attenta à ses jours.

« Le général de Bressolles, vu l'ordre qui venait de lui être donné de reprendre les passages du Doubs et les défilés du Lomont, se dirigeait le 24 janvier sur Baume-les-Dames et portait la division Dariès, appartenant à son corps d'armée, sur Pont-les-Moulins. Mais, seule, la pointe de la division tentait avec mollesse de refouler les avant-gardes prussiennes et renonçait ensuite à toute entreprise ultérieure. La division et la réserve d'artillerie du corps se repliaient sur Vercel. La plus grande partie de la 3e division du 24e corps, sous les ordres du général Carré de Busserolles, s'était, pendant ce temps, avancée dans les défilés du Lomont; elle les trouvait libres et les réoccupait. Mais l'insuccès de Pont-les-Moulins l'amenait à se retirer le 26, de grand matin, sur Landresse et Pierre-Fontaine, tandis que le reste de la division, passant par Fuans, était déjà parti le 24, dans la direction de Morteau. »

Le commandant du 24e corps ne peut pas « remettre la main sur Comagny malgré l'envoi de cavaliers, de piétons, d'estafettes et d'espions ». Il ne songe pas à utiliser la division Carré de Busserolles. Il n'arrive qu'à réunir quinze cents à dix-huit cents hommes de la division Dariès et se porte de Vercel vers Passavant, mais il ne pousse pas plus loin cette démonstration platonique : 1° parce qu'il ne voit pas venir le 18e corps; 2° parce qu'un paysan lui dit que Passavant renferme plus de dix mille hommes avec cent canons! Nous n'inventons rien : l'histoire du paysan est racontée tout au long par le général lui-même dans sa déposition officielle.

— « Je vous en prie! télégraphiait durement Chanzy à un général analogue dans une situation semblable, tâchez de voir les Prussiens par vous-même et ne prenez pas vos renseignements auprès des fuyards ! »

Retraite du 24ᵉ corps.

L'incohérence des ordres de Bourbaki, l'effarement de Bressolles, nous coûtaient la barrière du Doubs. Le 24ᵉ corps, désorganisé par ces contre-marches insensées, continuait sa retraite précipitée : le 28, il couvre les routes de Pontarlier aux Planches.

Combats de Roches et de Glay.

Que se passe-t-il sur la frontière suisse? Le jour même où Werder se décidait à tenter un gros effort sur le Doubs, le 23 janvier, le général de Debschitz se mettait en route, sur trois colonnes, avec 3 bataillons, deux cents chevaux et seize pièces.

Deux de ces colonnes s'avançaient par Bondeval et par Hérimoncourt sur Roches, et occupaient cette localité après avoir tiré quelques coups de canon.

La troisième colonne, qui par la profonde vallée de Meslières s'avançait plus à gauche vers Glay, était moins heureuse. Elle était attaquée, en pleine obscurité, sur ses flancs et sur ses derrières. Ses chefs, ayant été blessés — et, parmi eux, son commandant le comte de Schulembourg frappé mortellement — elle fut repoussée sur Croix.

« Le général de Debschitz apprenait à Roches que de nombreuses fractions du 24ᵉ corps français étaient encore devant lui et y recevait en même temps la nouvelle de l'échec subi par le détachement envoyé sur Glay. Il renonçait par suite à l'offensive projetée pour cette nuit même contre Blamont et se retirait dans ses anciennes positions. Ses pertes s'élevaient à trois officiers et cinquante-trois hommes » (*Historique* prussien).

Ce succès était remporté par quelques compagnies du 60ᵉ de marche, division Comagny, appuyées par la 10ᵉ compagnie de Bourras et de petits détachements isolés.

C'est à ce moment que l'ordre de Bourbaki, d'ailleurs exécuté avec autant de précipitation que d'inintelligence, parvint à la division Comagny.

Or, voici la déposition de Bressolles devant la commission d'enquête sur les actes de la Défense nationale : — « Je donnai l'ordre au général de Busserolles de reprendre les défilés du Lomont, et au général Comagny (Thibaudin) de réoccuper Pont-de-Roide. Le général de Busserolles fit reprendre les positions du Lomont. Quant au général Comagny, il fut introuvable ; on ne put remettre la main dessus : le général Comagny avait reçu l'ordre de ne laisser Blamont que lorsque les troupes de MM. Bousson et de Vézet seraient arrivées. Le général Comagny partit le 24, sans les attendre. Je fis chercher

celte division par des cavaliers, par des piétons, des
eslafettes, des espions; impossible de mettre la main
dessus. Le payeur lui-même, qui avait à lui faire la
solde, alla jusqu'à Pierrefontaine et ne le trouva pas. »

La position capitale de Blamont fut donc évacuée
sans qu'aucune mesure eût été prise pour le relèvement des troupes rappelées (1). Cet incroyable désordre, ce laisser-aller coupable explique et justifie
presque des dépêches tristement incohérentes comme
celle du colonel Bousson se trouvant isolé, le 24, sans
avoir été prévenu :

« *Colonel Bousson, Pont-de-Roide, à général division, Besançon.* — Armée est partie au pas de course
cette nuit avec une célérité curieuse. On a abandonné les corps sans vergogne. Les Prussiens ont
refait le pont de l'Isle, à notre barbe. On m'a or-
donné de venir prendre position en avant de Pont-
de-Roide sur rive gauche. On ne m'a pas dit que
Blamont était abandonné; je suis arrivé après marche de nuit dérobée à l'ennemi. Tout le monde avait
disparu. Je suis éreinté. Je suis ici avec 2 bataillons. Prussiens derrière, Prussiens devant. Mes
hommes et moi sommes éreintés. J'ai envoyé mobilisés et artillerie à Crévisier. J'ai promis au géné-

(1) Le colonel de Vézet se mit en retraite sur Besançon sous prétexte qu'il restait sans ordres — comme si ne pas recevoir l'ordre
de s'en aller n'équivalait pas à recevoir l'ordre de rester! La négli
gence de Bressolles ne suffisait pas à justifier sa retraite.

ral Bressolles partir le dernier ; je tiens parole. Je m'en irai par les montagnes quand je serai reposé. Télégraphe coupé. Je refuse formellement d'être général comme me propose Bressolles. Je ne me sens pas capable de commander à pareille troupe. »

N'est-ce pas caractéristique ?

La panique est contagieuse : tandis que l'ennemi reculait après son échec de Glay, les chefs des mobiles et des mobilisés, livrés à eux-mêmes, prirent peur et décidèrent l'abandon du plateau de Blamont :

« Le capitaine Viette, dit un témoin, jeune homme plein de courage et qui s'était souvent distingué par son intrépidité dans plusieurs escarmouches, pleurait de rage ; quoique le danger fût très grand, l'ardeur de son sang l'emportait sur tout le reste, et il frémissait de voir ces ennemis si près de lui, et de ne pas les attaquer (1). »

Les uns passèrent en Suisse ; les autres revinrent à Besançon par Pierrefontaine. On le sait aujourd'hui, une poignée d'hommes aurait suffi à contenir Debschitz (2).

---

(1) Rapport Juteau.

(2) « Le général de Werder avait fait savoir au quartier général du corps de siège devant Belfort, qu'il supposait que l'évacuation de Baume-les-Dames, par les Français, entraînerait aussi celle de Blamont. Afin d'acquérir une certitude à ce sujet, le général de

La perte du Doubs était très grave, mais pas ir-réparable. A l'extrême-est, en effet, Debschitz recule; en deçà de Baume, la 4ᵉ division, exposée à être rejetée dans le Doubs, a pour instructions de n'avancer qu'avec la plus extrême prudence.

Malheureusement, l'esprit déjà si troublé de Bourbaki en grossit singulièrement la portée; plus malheureusement encore, rien ne fut tenté pour con-jurer ou même pour circonscrire le danger.

Debschitz se portait de nouveau sur cette ville, le 25 janvier, l'occu-pait après une faible résistance, mais retournait ensuite dans son ancienne position d'Exincourt. » (*Historique prussien*, 2ᵉ partie, page 1175.) Ces défilés effrayaient visiblement les Allemands. Deb-schitz ne se remit en marche que deux jours après, le 27, lorsqu'il fut certain de ne rencontrer que des traînards. Le 25, il avait suffi pour le décider à évacuer Blamont que la colonne Bourras établie sur les pentes du Lomont se disposât à la résistance.

CHAPITRE X

SOMMAIRE. — Combat de Dannemarie. — Cremer prépare un coup de main. — Bourbaki s'y oppose. — La débandade de Quingey. — Le conseil de guerre de Château-Farine. — Les dispositions pour la retraite. — Les résistances. — Dangers signalés. — Obstination de Bourbaki. — Cremer envoyé pour garder la ligne de retraite. — Marche interrompue sur Salins. — Combat de Vorges. — Combat de Vorges et de Bussy. — Le cercle se resserre. — Bourbaki prépare la reprise des défilés. — Découragement suprême. — Tentative de suicide.

La première étape de la retraite — du 18 au 23 — avait ramené l'armée de l'Est autour de Besançon ; livré à l'ennemi le cours du Doubs, c'est-à-dire le plateau jurassique, à l'est comme à l'ouest.

La seconde et définitive étape reprendra le 27. Le séjour sous Besançon, du 23 au 26, permet aux Allemands de parfaire leurs manœuvres.

Le gros de l'armée était au nord de Besançon : Cremer appuyé au Doubs formait l'aile gauche de Grand-Fontaine à Chenaudin et à la Félie ; Billot à Franois ; Clinchant de Chalèze à Palente et aux monts Boucons ; Pallu à Saint-Ferjeux. Le 15ᵉ corps,

dont la 1ʳᵉ division était disséminée de Besançon à
Quingey, amenait ses autres troupes — par Morre,
Fontain, Larnod — à Busy, Vorges, Thoraise et Torpes.

Du côté des Allemands, le VIIᵉ corps, chargé de faire
face à Besançon devait porter sa 14ᵉ division vers
Dampierre, sa 13ᵉ vers Quingey, cette dernière s'éclairant le plus loin possible dans la direction d'Ornans
et d'Amancey.

Le IIᵉ corps avait pour mission de gagner du
terrain sur notre flanc et sur notre ligne de retraite.
Il avait ordre de pousser son avant-garde jusqu'à
Mont-sous-Vaudrey, de reconnaître les trois routes
qui, de ce point, se dirigent sur Salins, Arbois et
Poligny, et de détruire le chemin de fer et le télégraphe entre Besançon et Lons-le-Saunier. Afin de
pouvoir être employé en cas de besoin sur les deux
rives du Doubs, le gros du corps devait rester provisoirement à Dôle, où le quartier-général fut transféré
ce même jour; une de ses brigades devait prendre
position en arrière jusqu'à Pesmes et maintenir les
communications avec Gray.

Les avant-gardes du IIᵉ corps atteignirent Mont-
sous-Vaudrey sans autre incident qu'une escarmouche
insignifiante à Parrecey : mais ses patrouilles, —
reçues à coups de fusil vers Villers-Farlay, Arbois et
Poligny, par des détachements de francs-tireurs et
de gardes nationaux qui faisaient bonne contenance,
— ne poussèrent pas plus loin.

Devant le VII° corps : un combat sans importance à Dannemarie et une très grave panique à Quingey.

Comme nous l'avons vu, Cremer était à Chenaudin et Grand-Fontaine, se reliant par la Félie au 18° corps cantonné à Franois. Dans le bois de Dannemarie, nos avant-gardes rencontrèrent les tirailleurs ennemis venus de Saint-Vit et les repoussèrent sur Dannemarie : une assez violente canonnade se poursuivit toute la journée ; nos pièces établies entre le chemin de Dannemarie et le chemin de fer conservèrent l'avantage. Cremer avait formé le projet d'enlever l'artillerie ennemie de Dannemarie par une attaque de nuit à la baïonnette. « Le général, dit le colonel Poullet, avait formé dans ce but une colonne de deux mille volontaires, composés de quatre cents francs-tireurs vendéens commandés par le brave Koziell-Pocleski et de seize cents volontaires pris dans les deux brigades. Le général, en personne, devait prendre le commandement de cette petite troupe ; les officiers n'avaient pas voulu rester en arrière de leur vaillant chef et presque tous avaient demandé à partager ses dangers. Le nombre en était si grand qu'on avait dû s'en remettre au sort pour le choix des élus. Il avait été convenu que l'attaque se ferait uniquement à la baïonnette, et les cartouches furent enlevées aux hommes pour qu'ils ne pussent manquer à leur consigne. » Il est à peine besoin de dire que Bourbaki désapprouva ce projet comme il avait désapprouvé toutes les initiatives et interdit toutes les tentatives vigoureuses. Cremer fut immédiatement rappelé à Saint-Ferjeux.

La débandade de Quingey.

A Quingey, des événements douloureux se passaient. Besançon est relié à Mouchard, nœud très important des chemins de fer qui se dirigent sur Salins, Pontarlier, Arbois, par une belle route qui traverse le pont de Quingey et qui se trouve abritée à l'ouest par la vallée très encaissée de la Loue : on comprend combien il était indispensable de garder Quingey d'où l'ennemi pouvait couper les principales communications de l'armée de l'Est. Dans le langage très significatif du pays, le couloir formé par les cours parallèles de la Loue et du Doubs entre Busy, Vorges, Osselle et Quingey s'appelle : *la Porte des Plateaux*. Aussi, dès le 18, le général de Rivière avait-il demandé au général en chef — infructueusement — l'autorisation de partir en avant pour fortifier divers points, *dont Quingey*. C'est le 21 janvier seulement qu'éclairé par la prise de Dôle, Bourbaki donna ordre à la division Dastugue (1re du 15e corps) de se porter vers Quingey et Mouchard : l'infanterie de la brigade Minot fut même transportée en chemin de fer. Il est douloureux d'avoir à raconter comment fut exécuté un ordre d'où pouvait dépendre le salut de l'armée.

Le 22 janvier à la nuit, le lieutenant-colonel Rey-

naud, chargé du service des reconnaissances de Besançon, quittait la forêt de Chaux, se retirant avec
une escorte d'une vingtaine de cavaliers devant les
colonnes ennemies qui s'établissaient dans cette
forêt. A huit heures du soir, il arrive à Quingey,
très surpris de ne pas rencontrer un seul faction-
naire et d'entrer, avec son peloton, sans être arrêté.
On lui signale la présence du général Minot (commandant la 1re brigade de la division Dastugue). Le
colonel s'empresse d'aller le trouver, lui exprimant
son étonnement de ne pas remonter d'avant-postes à
proximité de l'ennemi. Il le prie en outre de prévenir
Bourbaki de l'approche des Allemands. Ce malheureux général était dans une prostration à faire pitié :

— « Je n'ai pas deux cents hommes... Mes hommes
« ne comprennent rien à cette retraite : ils se croient
« trahis! J'ai envoyé « une ou deux » dépêches à
« Besançon, la gare de Byans est si loin ! Mes
« hommes sont si fatigués ! »

Ce chef anéanti au moral et au physique ne donne
pas un ordre en vingt-quatre heures. Sa brigade
arrive en cinq trains, dont le premier le 22 janvier à
six heures du matin et le cinquième à minuit, —
espacement des trains qui montre le désordre. Ces soldats descendaient à la gare de Byans et n'y trouvaient
aucune indication, aucun service de police : de là,
une affreuse débandade. Toutes les maisons autour

de la gare, tous les fourrés de la route étaient pleins
d'isolés. Le général Minot ne fit même pas placer un
cordon de sentinelles autour du point de débarquement : une batterie ennemie put donc s'établir dans
la nuit à 800 mètres de la gare de Byans. Et voici
que le 23 janvier à 6 h. 18 arrive un train de malades
et de blessés : il est accueilli à coups de canon. Les
deux locomotives coupent les attelages pour se sauver
plus vite et abandonnent sept cents malheureux sans
défense. « Le carnage fut hideux », disent les témoins.
Les plus valides purent en partie échapper à la
mitraille en se réfugiant dans des caves avoisinantes.
Heureusement, une compagnie du 1ᵉʳ zouaves arrivée
par le train précédent protégea par ses feux la
retraite des plus valides. Les traînards et les éclopés
coururent vers Quingey, semant la panique sur leur
passage. Le général Minot, sans avoir seulement un
ennemi en vue, ordonna précipitamment la retraite (1).

La perte de Quingey, c'était presque le blocus de
l'armée de l'Est, — si toutefois on admet qu'une armée
puisse être bloquée par un ennemi inférieur en
nombre. Et c'était le blocus avec la famine à bref
délai : les grands magasins de ravitaillement que
l'intendant en chef Friant était chargé de préparer à
Besançon avaient été retardés par le malencontreux
transport du 15ᵉ corps. Non seulement le matériel et

(1) Rapport du colonel Reynaud. *Enquête*, t. III, p. 171.

la voie avaient à peine suffi à transporter le personnel, le matériel du 15ᵉ corps et la consommation journalière des vivres de l'armée, mais en outre les voies restaient obstruées par d'innombrables wagons.

Des résolutions énergiques et promptes s'imposent : huit jours de vivres à Besançon et autant vers Pontarlier, c'était tout ce qu'il avait été possible d'amener, et cela au prix de difficultés énormes....

.... Bourbaki ne songe qu'à préparer sa justification personnelle. Dans la nuit du 23 au 24, il télégraphie à Bordeaux :

« Les IIᵉ et VIIᵉ corps d'armée prussienne ont commencé à couper communication avec Lyon. Ils passent le Doubs et peut-être la Loue. En me hâtant le plus possible, je ne sais si je parviendrai à les reconquérir. Je prendrai demain un parti, selon les renseignements que je recevrai. Il est au moins étonnant qu'aucun avis de la marche de forces aussi considérables ne me soit parvenu en temps opportun. Intendant Friant, malgré les promesses, n'a pas réuni à Besançon approvisionnement suffisant pour l'armée. — BOURBAKI. »

Il est singulier de voir Bourbaki s'étonner, le 24 janvier, de la marche de Manteuffel, comme d'une révélation, lorsque, dès le 17, il déclare au général Billot que l'entrée de l'armée du Sud à Gray le détermine à la retraite (à ce moment, il avançait de deux jours). De Bordeaux, on relève son manque étrange de mémoire et on cherche à lui donner sur la situation et sur son devoir des impressions exactes :

« *Bordeaux, 24 janvier 1871, 9 h. 40 matin. Guerre à général Bourbaki. Besançon.* — Je reçois votre dépêche de cette nuit 12 h. 05. Vous dites que vous n'avez pas été prévenu du mouvement de l'ennemi sur Dijon, Dôle et Mouchard. Vous n'avez donc pas reçu la dépêche que je vous ai envoyée le 21, à dix heures du soir, par laquelle je vous faisais connaître cette marche de l'ennemi, son intention de vous couper de Lyon, et j'insistais sur l'opportunité pour vous de précipiter (c'était mon expression) votre mouvement vers le midi. D'ailleurs c'était votre souci de vous renseigner par vous-même dans une région si voisine de votre armée.

« Je ne m'explique pas qu'aujourd'hui encore, et en présence de faits significatifs qui s'accomplissent à côté de vous et menaçant si sérieusement vos communications, vous vous borniez à me dire que vous prendrez un parti demain, selon les renseignements que vous recevrez. Votre parti devrait être déjà pris et même exécuté. Vous auriez dû envoyer des forces importantes sur Mouchard et sur Dôle. Je suis convaincu que sur ces deux points, il n'y a pas quinze mille ennemis. Par conséquent, avec deux bonnes divisions, vous auriez pu les déloger et préserver la

voie de Besançon à Lyon. En tout cas, vous auriez
pu leur faire cruellement expier leurs dégâts. Vous
connaissez du reste mon opinion sur l'ensemble de
vos mouvements : autant j'admire votre attitude sur
le champ de bataille, autant je déplore la lenteur
avec laquelle l'armée a manœuvré avant et après les
combats. Le pays n'est pas fait autrement pour les
Prussiens que pour vous, et cependant je vois l'ennemi vous gagner constamment de vitesse et accomplir une entreprise à côté de vous avec une célérité,
une audace et un bonheur incroyables.

« Selon moi, vous n'avez aujourd'hui qu'un parti
à prendre : c'est de reconquérir immédiatement et
sans perdre une minute, les lignes de communication
que vous avez si regrettablement perdues et de prévenir la chute de Dijon, que les tentatives renouvelées de l'ennemi pourraient amener, malgré l'héroïsme de Garibaldi.

« Je vous prie de dire à M. de Serres que, conformément à ma dépêche d'hier, je désire qu'il rentre
le plus tôt possible à Bordeaux. — C. DE FREYCINET. »

Au reçu de cette dépêche, Bourbaki convoque à
Château-Farine une sorte de conseil de guerre. Il est
évident qu'il a voulu, non pas provoquer des résolutions décisives, mais faire couvrir son projet bien
ancré de retraite sur Pontarlier : sa façon d'accueillir
toute proposition différente le démontre pleinement.
Les généraux Billot, Clinchant, Cremer et Pallu y

Conseil de guerre de Château-Farine.

assistaient. Après l'exposé de la situation par Bourbaki et l'affirmation que la route de Pontarlier était
la seule voie de salut, le général Billot prit la
parole pour proposer une marche sur Auxonne,
ajoutant que cette marche pouvait très bien réussir
avec un peu d'audace. Le général Bourbaki, qui
devenait irritable toutes les fois qu'on lui proposait
d'agir, lui répondit :

— Si vous croyez au succès, emparez-vous de Dôle
et du cours inférieur du Doubs : alors, je marcherai
sur Auxonne avec l'armée.

En réponse à cette proposition paradoxale, le
général fit observer que si la tentative offrait des
difficultés pour l'armée tout entière, elle était impossible pour un seul corps.

— Qu'à cela ne tienne, répliqua Bourbaki, s'il
vous faut le commandement de toute l'armée, je
vous le donne immédiatement ; je prendrai, moi, le
commandement du 18° corps et je marcherai sous
vos ordres ; mais je vous le répète, je considère cette
tentative comme une folie (1).

Cette boutade manquait de sérieux : la retraite sur

(1) Était-ce instinct de ruse, était-ce déséquilibre ? Bourbaki re-
procha encore le 26, une heure avant sa tentative de suicide, au général Billot d'avoir voulu marcher sur Auxonne et il lui offrit
encore le commandement.

Pontarlier fut décidée, ou pour être exact, Bourbaki persista dans sa décision antérieure. Les ordres de mouvement furent aussitôt donnés.

A l'issue de ce conseil, Bourbaki s'empressa de télégraphier à Bordeaux ses plaintes, ses récriminations, renouvelant sa tactique « du marché en main », procédé subalterne, attristant chez un homme occupant un tel poste et chargé d'une telle mission. *Les dispositions pour la retraite.*

« *Besançon, 24 janvier 1871, 7 h. 50 s. Général Bourbaki, Besançon, à Guerre Bordeaux.* — Quand vous serez mieux informé, vous regretterez le reproche de lenteur que vous me faites. Les hommes sont exténués de fatigue, les chevaux aussi. Je n'ai jamais perdu une heure, ni pour aller, ni pour revenir.

« Je viens de voir tous les commandants de corps d'armée, ils sont d'avis que nous prenions les routes de Pontarlier ; c'est la seule direction que l'état moral et physique de nos troupes nous permette de prendre. Vous ne vous faites pas une idée des souffrances que l'armée a endurées depuis le commencement de décembre. J'avais envoyé une division en chemin de fer pour s'emparer (1) de Quingey et Mouchard, une autre à Busy, les deux commandées par le général Martineau. Elles se sont repliées (2). Pen-

---

(1) Expression inexacte : il ne s'agissait pas de prendre, mais seulement de conserver Quingey.

(2) Autre inexactitude : nous avons toujours gardé Busy.

dant que j'ai visité aujourd'hui les troupes de la rive
droite du Doubs, le général est allé placer lui-même à
Busy celles du 15ᵉ corps, pour les maintenir sur les
positions et faire occuper les ponts de la Loue les
plus voisins. Entre Dôle, Quingey et Mouchard, il y a
deux corps d'armée ennemis, le IIᵉ et le VIIᵉ. Demain
je compte faire partir le plus vite possible trois divisions pour occuper les positions dont nous avons
besoin à l'entrée de Pontarlier. Si ce plan ne vous
convient pas, je ne sais vraiment que faire. Soyez sûr
que c'est un martyre d'exercer un commandement en
ce moment. J'avais prescrit au général Bressolles de
garder le plateau de Blamont et les hauteurs de
Lomont, de laisser un poste à Clerval pour empêcher
le rétablissement des ponts, et d'affecter une division
avec les mobilisés à cette mission. J'apprends à
l'instant que ces positions sont abandonnées et j'ordonne de les reprendre.

« Si vous croyez qu'un de mes commandants de
corps d'armée puisse faire mieux que moi, n'hé-
sitez pas, comme je vous l'ai déjà dit, à me rem-
placer, soit par Billot, soit par Clinchant ou Martineau. Ne comptez pas sur le service des troupes de
Bressolles. Je n'y ai jamais compté. La tâche est
au-dessus de mes forces. — BOURBAKI. »

Que n'a-t-il fait cet aveu plus tôt ? Autant le refus
de prendre le commandement eût été digne, autant
ces menaces tardives de démission étaient pitoyables.

M. de Freycinet, atterré par cette dépêche, la
transmet le 25 janvier à Gambetta qui était à Laval,
auprès de Chanzy, en l'accompagnant de trop justes
commentaires :

« Je vous envoie en communication une dépêche
de Bourbaki, dont le général Chanzy pourra vous
donner la traduction.

« La situation dans l'Est est très grave, beaucoup
plus grave que je ne pensais. Tous ces jours-ci j'avais
reçu de Bourbaki des dépêches émollientes qui ne
me satisfaisaient pas. Sommé par moi de sortir de
son immobilité et de suivre un plan quelconque, il
me dévoile aujourd'hui une armée profondément
démoralisée, sous un chef plus démoralisé encore.
Ce ne sont que troupes qui se replient, que positions
abandonnées, qu'ordres inexécutés. Qu'a-t-il donc
fait de son commandement? Ah! je retrouve bien
l'homme que je soupçonnais, c'est-à-dire le chef
plein de bravoure sur le champ de bataille, mais
sans énergie, sans suite, sans conviction hors du
combat !

« Il dirige son armée sur Pontarlier, c'est-à-dire
en Suisse! il n'a plus confiance en ses troupes! En
un mot, pour employer une expression vulgaire,
il jette le manche après la cognée.

« Je n'ai point l'autorité suffisante pour résoudre
de telles difficultés; je vous prie de me donner vos
instructions. — C. DE FREYCINET. »

Les dangers signalés. — Les résistances.

Un dernier effort est tenté sur Bourbaki pour ranimer son cœur et éclairer sa raison :

« *Bordeaux, 25 janvier 1871, 2 h. 30 soir. Guerre à général Bourbaki à Besançon.* — Vos dépêches chiffrées d'hier au soir, ne sont arrivées ici que ce matin après dix heures. Elles n'ont été déchiffrées et je n'ai pu en prendre lecture que vers une heure. Je m'empresse d'y répondre.

« Je suis tombé des nues, je l'avoue, à leur lecture. Il y a huit jours à peine, devant Héricourt, vous me parliez de votre ardeur à poursuivre le programme commencé, et aujourd'hui, sans avoir eu à livrer un seul nouveau combat, après avoir fait des mouvements à peine sensibles sur la carte, vous m'annoncez que votre armée est hors d'état de marcher et de combattre, qu'elle ne compte pas trente mille combattants, que la marche que je vous conseille vers l'ouest ou le sud est impossible, et que vous n'avez d'autre solution que de vous diriger vers Pontarlier. Enfin, vous concluez par me demander mes instructions.

« Quelles instructions voulez-vous que je donne à un général en chef qui me déclare qu'il n'y a pas d'autre parti à prendre ?

« Puis-je, je vous le demande, prendre la responsabilité d'un de ces échecs qui suivent trop souvent la détermination qu'on impose à un chef d'armée ?

« Je ne puis que vous manifester énergiquement

mon opinion, mais je n'ai pas le droit de me sub-
stituer à vous-même, et la décision en dernier lieu
vous appartient. Or, mon opinion, c'est que vous
exagérez le mal. Il me paraît impossible que votre
armée soit réduite au point que vous dites. Le commandement d'un bon chef ne peut pas, en si peu
de temps, laisser une telle désorganisation s'accomplir.

« Je crois donc que, sous l'impression de votre
dernier insuccès, vous voyez la situation autrement
qu'elle n'est : en second lieu, je crois fermement que
votre marche sur Pontarlier vous prépare un désastre inévitable. Vous n'en sortirez pas ; vous serez
obligé de capituler ou de vous jeter en Suisse.
Quelle que soit la direction que vous preniez pour
sortir de Pontarlier, l'ennemi aura moins de chemin
à faire que vous pour barrer le passage. Ma conviction bien arrêtée, c'est qu'en réunissant tous vos corps
et vous concertant au besoin avec Garibaldi, vous
seriez pleinement en force pour passer soit par Dôle,
soit par Mouchard, soit par Gray, soit par Pontailler
(sur Saône); vous laisseriez ensuite le 24ᵉ corps et
le corps Cremer en relation avec Garibaldi et vous
continueriez votre mouvement en prenant, autant
que possible, pour objectif les points indiqués dans
mes dépêches précédentes, et si l'état de votre armée
ne permettait réellement pas une marche aussi
longue, vous vous dirigeriez vers Chagny pour y
stationner ou pour vous y embarquer. Remarquez

que dans la position que vous allez prendre, vous ne couvrirez pas même Lyon.

« Telle est, général, mon opinion ; mais, je le répète, vous seul êtes juge en dernier ressort, car vous seul connaissez exactement l'état physique et moral de vos troupes et de leurs chefs. — C. DE FREYCINET. »

Bourbaki, de son côté, s'entêtait :

« *Besançon, 25 janvier 1871, 3 h. 55 s. Général Bourbaki à Guerre, Bordeaux.* — J'éprouve le besoin d'insister auprès de vous sur les dangers que présenteraient toutes opérations de la première armée sur Nevers, Auxerre ou Tonnerre, quelque désirable qu'en soit la réalisation.

« L'état moral de l'armée est très peu solide. Elle ne pourrait enlever Dôle. En outre, il nous faudrait passer entre deux rivières occupées par l'ennemi, exécuter ainsi une double marche de flanc, passer la Saône à Auxonne, et pour peu que l'ennemi, profitant de cette situation, menace nos derrières, accepter le combat, ayant la Saône à dos, avec un seul point de passage.

« L'ennemi ne peut se concentrer aussi rapidement sur une de ses ailes que sur son centre, et plus il me suivra vers le sud, plus il découvrira sa propre ligne de communication.

« Si je puis le devancer à Salins, mon mouvement se trouvera réduit comme distance, comme difficulté des routes que couvre la neige et comme temps.

« J'ai dirigé ce matin trois colonnes : la division Cremer, la réserve générale de l'armée et une division du 20° corps, qui s'arrêteront ce soir sur les bords de la Loue, à Cléron et à Ornans, et qui continueront leur route demain, soit dans la direction de Salins, soit dans celle de Pontarlier, suivant les circonstances.

« Ma grande préoccupation est d'assurer la subsistance des hommes. Elle sera bien réduite si Besançon (ne) possède toutes les ressources que j'avais demandé d'y accumuler.

« L'intendant Friant prétend vous avoir signalé, à plusieurs reprises, l'impossibilité d'atteindre le résultat voulu, à cause de l'encombrement des voies ferrées.

« Il importe peu qu'il soit ou non responsable de cette situation; elle ne m'en cause pas moins une situation extrêmement difficile.

« Quant à présent, je ne puis que chercher à me dégager et non à percer la ligne ennemie. — GÉNÉRAL BOURBAKI. »

Nouvelles objurgations du gouvernement : nouvelles prophéties — que l'événement allait confirmer avant que le mois fût fini :

« *Bordeaux*, 25 *janvier* 1871, 5 *h.* 33 *s. Guerre à général Bourbaki, Besançon.* — Plus je réfléchis à votre projet de marcher sur Pontarlier et moins je le comprends.

« Je viens d'en parler avec les généraux du ministère et leur étonnement égale le mien. N'y a-t-il point erreur de nom? Est-ce bien Pontarlier que vous avez voulu dire? Pontarlier près de la Suisse?

« Si c'est là en effet votre objectif, avez-vous envisagé les conséquences? Avec quoi vivrez-vous?

« Vous mourrez de faim certainement.

« Vous serez obligé de capituler ou d'aller en Suisse; car pour vous en échapper, je n'aperçois aucun moyen.

« Partout vous trouverez l'ennemi devant vous et avant vous.

« Le salut, j'en suis sûr, n'est que dans une des directions que j'ai indiquées, dussiez-vous laisser vos *impedimenta* derrière vous et n'emmener avec vous que vos troupes valides.

« A tout prix, il faut faire une trouée. Hors de là vous vous perdez. — C. DE FREYCINET. »

Quel homme fut jamais mieux averti, plus justement mis en garde (1)?

Ce n'était pas seulement du ministère de la guerre que le cri d'alarme était poussé. Le sage et patriote général de Rivière tente une fois de plus de faire

---

(1) Le 25 à minuit une nouvelle dépêche partait de Bordeaux sans plus de succès que les autres.

prévaloir un avis salutaire. Recevant, le 25, l'ordre de
se porter à Pontarlier avec les troupes du génie du
20ᵉ corps pour préparer les routes et piquer le verglas, le général de Rivière entrevit la résolution de
Bourbaki. Il se rendit auprès du général Borel.

« J'exposai donc mon désir d'entretenir (1) M. le
général Bourbaki à M. le général Borel ; il me répondit que le général en chef étant très occupé, il se
ferait mon interprète auprès de lui.

« Je lui dis alors qu'il me semblait qu'avant de
prendre cette détermination *au bout de laquelle était
probablement un passage en Suisse*, l'armée n'avait
peut-être pas fait tout ce qu'elle pouvait ; qu'une
armée de quatre-vingt-cinq mille hommes avant
d'être soumise à une alternative aussi cruelle, devait tenter le sort des armes ; que si la fortune nous
était contraire, nous succomberions au moins avec
honneur ; que l'armée ne me paraissait pas dans un
état d'affaiblissement physique et moral qui pût
motiver et justifier une semblable détermination.
Dans tous les cas, on avait de bonnes têtes de colonnes, des régiments parfaitement commandés et
d'un moral extrêmement bon, — le combat de la Cluse
l'a surabondamment prouvé, — et qu'il y avait en
outre quinze cents hommes du génie, bien commandés, animés d'un excellent esprit et que l'on pouvait

(1) *Enquête*, t. VII, p. 14.

13

mettre en tête de colonne pour tenter une trouée. »

Cremer en-
voyé pour
garder la
ligne de re-
traite.

Le général Borel voit Bourbaki, qui paraît enfin changer d'avis : on va rester sur le Doubs ; mais ce revirement dure peu.

Les premiers incidents de la retraite ne prenaient pas bonne tournure. A la nouvelle de la surprise de Quingey, Bourbaki avait confié à Cremer le commandement de trois divisions : la sienne, la réserve générale, la divison Ségard (3e du 20e), avec mission d'empêcher l'ennemi de nous déborder, en le devançant sur les routes du sud à Saissenay, Clucy, Cernans, Thésy, Grange-Ganeval, Andelot et Supt.

Le colonel Poullet, nommé commandant de la division Cremer, se porta le 24 à Cléron, tandis que Cremer s'établissait à Ornans avec les deux autres divisions. Dans la nuit du 24 au 25, il expédia au colonel Poullet l'ordre de partir à quatre heures du matin, de marcher par Fertans, Amancey, Deservillers, Salins, et de se saisir des cols de Villeneuve, de Supt et d'Andelot. Pendant ce temps, la division Ségard marchait sur Salins et la division Pallu de la Barrière sur Levier. Malheureusement, le sous-offi-

Marche inter-
rompue sur
Salins.

cier de cavalerie chargé de porter l'ordre s'égara, resta quatre heures et demie en route et n'arriva à Cléron qu'à sept heures du matin, 25 janvier (1). Retard funeste ! La division Poullet, mise en route vers

(1) Il y a 7 kilomètres d'Ornans à Cléron.

huit heures seulement, apprit à Nans-sous-Sainte-Anne que l'ennemi était à Salins depuis le matin, ce qui était faux. L'itinéraire fut malheureusement modifié sans vérification aucune et la division dirigée sur Villeneuve-d'Amont d'où elle gagna Houtaud, le 26. Les divisions Ségard et Pallu de la Barrière étaient dans les villages voisins. Le colonel Poullet a eu grand tort de renoncer si légèrement à sa marche sur Salins. L'occupation de cette ville eût couvert la retraite des colonnes françaises et menacé la marche des colonnes allemandes.

Pendant que nous perdions ainsi, faute de nous renseigner, les cols de Salins, l'ennemi fit deux tentatives pour boucler l'investissement de Besançon : le 25 et le 26, il dirigea deux attaques contre Vorges et Busy, dont la possession lui permettait de s'élever sur le plateau et de cerner complètement l'armée de l'Est. Ces deux attaques furent repoussées par la division Rebilliard, 2ᵉ du 15ᵉ, avec une vigueur qui atteste l'état moral des troupes bien commandées.

Le 25 janvier vers midi, le colonel Odier, commandant le génie du 15ᵉ corps, demande au général Rebilliard de protéger la construction d'ouvrages qu'il juge nécessaire d'élever pour défendre *les Cols* en avant de Busy.

Le 3ᵉ bataillon du 39ᵉ de ligne reçoit l'ordre de s'avancer par l'ancienne route de Quingey ; un bataillon du 25° mobiles (Gironde) gagne par un sentier la crête qui domine cette route et marche parallèlement au 39°. Le reste de la division se tient prêt.

Combats de Vorges et Busy. A la hauteur du Col, les deux bataillons sont assaillis par une violente fusillade : nos troupes ripostent vigoureusement ; après un combat de deux heures l'ennemi recule et nous occupons la ferme des Granges-du-Gros-Bois en avant des Cols. Cet engagement, où l'ennemi avait engagé plus de deux mille hommes tandis que nous n'en avions guère plus de douze cents en ligne, lui coûta quatre officiers et soixante-huit hommes (1).

Le 26 janvier, l'ennemi revient à la charge et aborde avec des forces supérieures les points en avant des Cols de Busy. Il attaque par les deux routes avec plus de quatre mille hommes. A notre gauche, une reculade du 25° mobiles amène le bataillon du 39° à se replier jusque dans les Cols : mais là s'arrête le progrès de l'adversaire.

A Vorges, les efforts de l'ennemi viennent se briser contre le 5° bataillon de chasseurs, un bataillon du 39° et quelques compagnies du 29° mobiles (Maine-

---

(1) Dans une lettre à la commission d'enquête, t. VII, p. 76, le général Rebilliard rend compte de ce combat et proteste contre les appréciations malveillantes émises sur les troupes du 15° corps. Il affirme, ce qui est vrai, que sa division est toujours restée, jusqu'à la fin de la guerre, « à la hauteur de son devoir » ; qu'elle était à l'abri du découragement ; qu'elle a conservé « un moral excellent » ; et « qu'elle n'appréhendait pas la reprise des hostilités ». — Encore une troupe que Bourbaki n'a pas employée devant Belfort.

et-Loire). Une contre-attaque chasse l'ennemi du bois de la Raille.

Le cercle se resserre. — Bourbaki prépare la reprise des défilés.

A la suite de la démarche du général de Rivière, Bourbaki avait eu une courte velléité d'énergie. Il sembla comprendre que la situation aventurée de la 4ᵉ division de réserve lui offrait l'occasion d'un beau fait d'armes. Le 25, il donne l'ordre au 18ᵉ corps de traverser Besançon et de s'élever sur le plateau ; avec ces trois divisions, il se propose de se jeter sur l'ennemi et de le refouler au delà du Doubs. Cette opération appréhendée des Allemands réunissait toutes les chances de succès, puisque nous aurions combattu trois contre un, — l'ennemi ayant en outre une ligne de retraite très précaire.

Le 18ᵉ corps se met en mouvement; mais cette marche par des débouchés rares et resserrés, par ce verglas désolant, s'éternise ; le général en chef devient fébrile; cependant il persiste et il hâte le plus qu'il peut l'interminable défilé. Il pensait être prêt le 26 au matin, et le 26 au soir, le corps arrive à peine sur le plateau. Ces contre-temps ne paraissent pas détruire les résolutions de Bourbaki. Le 26, à 1 h. 45 du soir, il télégraphie à Gambetta :

« Je fais occuper les débouchés de Salins et les passages de la Loue. J'avais chargé le général Bressolles de faire garder les défilés du Lomont. J'apprends que son corps d'armée a fui tout entier, presque sans combattre. Je pars avec le 18° corps pour tâcher de reconquérir les positions perdues.

« Vous me dites de m'entendre avec Garibaldi. Je n'ai aucun moyen de correspondance avec lui. Mais si vous ne faites pas attaquer l'ennemi sur ses communications, je me considère comme perdu.

« Je tiendrai le plus longtemps possible de Salins à Pontarlier et au mont Lomont ; c'est tout ce que je puis faire avec les troupes que j'ai sous moi.

« Donc, par tous les moyens, et aussitôt que je verrai possibilité de me jeter sur Dôle, j'en profiterai, soyez-en bien sûr. »

Quelques heures plus tard, vers cinq heures, le général Billot rencontre Bourbaki surveillant la montée de la rampe de Morre qui conduit au plateau du Jura et veillant lui-même au déblaiement de la route vers le tunnel. Sa conversation dénote un homme peu confiant, mais résolu.

— Que pensez-vous de tout cela ? Pourrez-vous attaquer l'ennemi ce soir ? demande-t-il au général Billot.

— Vous voyez mon corps d'armée : il *trime* depuis douze heures ; il n'arrivera guère que de nuit. Demain il pourra attaquer.

La conversation se termine par ses plaintes habituelles sur l'insuffisance des troupes. Il reproche

encore au général Billot d'avoir voulu tenter une
marche sur Auxonne et il revient à son idée fixe de
lui offrir de prendre sa place (1). Sur ce, il rentre
très abattu à la maison qu'il habitait au coin de la
rue Sainte-Anne. L'énervement de cette attente de
quarante-huit heures avait sans doute atteint le
paroxysme : il se tire un coup de pistolet à la tempe.
La balle s'aplatit sur le crâne et la blessure fut
assez rapidement guérie.

On peut dire d'un tel acte qu'il aggravait la situation de l'armée en interrompant la tentative en cours,
en retardant la marche et en frappant le moral du
soldat. Mais il est impossible de ne pas se sentir
envahi par un sentiment de miséricorde devant un
tel désespoir.

Voici comment l'accident fut connu à Bordeaux :
« *Besançon, 26 janvier 1871, 5 h. 50 soir. Général*

Découragement suprême.

(1) Dans l'apothéose touchante, — extrêmement convaincue d'ailleurs, — qu'un des officiers d'ordonnance de Bourbaki lui a consa-
crée, nous trouvons le journal du colonel Leperche ; et, dans ce
journal, le récit de cette entrevue avec une légère variante de forme.
Nous devons prendre et nous prenons cette attitude — reproduite
par le panégyriste de Bourbaki avec plus de piété aveugle que de
discernement, — comme l'expression des vrais sentiments du
général : — « Le général Billot, dit M. Leperche, présenta encore
des observations : *Eh bien! lui dit le général de Bourbaki, si vous
êtes aussi convaincu, prenez sur-le-champ le commandement, je vous
le cède avec plaisir, surtout si vous pouvez tirer l'armée d'embarras.*
Il récusa énergiquement la proposition. »
Décidément, cette offre dérisoire n'était pas l'effet de l'hébétude :
c'était bien de l'ironie malveillante et pitoyable.

commandant 7° division militaire à Guerre, Bordeaux.
— Bourbaki vient de se tirer un coup de feu dans la
tête ; n'est pas encore mort ; l'impression du jugement porté sur ses opérations paraît avoir été la cause
de cet acte. Généraux convoqués ce soir vont s'entendre. Mais la situation faite à la place est devenue
des plus graves avec une armée qui va manquer de
vivres. Les voies de fer étant depuis un mois employées aux transports des troupes, la ville, qui n'a
pu rien recevoir depuis cette date, a, par le fait, déjà
comme un mois de blocus. Envoyez-moi des ordres
d'urgence. Pour le GÉNÉRAL ROLLAND, — *le chef
d'état-major*, DE BIGOT. »

Cette dépêche se croisait avec les deux télégrammes
suivants. Reculant devant la responsabilité de maintenir plus longtemps un chef anéanti, Gambetta
télégraphiait :

« *Bordeaux*, 26 *janvier* 1871, 5 h. 56 *soir. Guerre
à général Bourbaki, Besançon.* — En face de vos
hésitations et du manque de confiance que vous ma-
nifestez vous-même sur la direction d'une entreprise
dont nous attendions de si grands résultats, je vous
prie de remettre votre commandement au général
Clinchant. Jusqu'à ce que cette remise soit effective
et efficace, vous assurerez sous votre responsabilité
l'exécution des mesures que commande l'intérêt de
l'armée. — LÉON GAMBETTA. »

« *Bordeaux*, 26 *janvier* 1871, 5 h. 50 *soir*. *Guerre à général Clinchant, Besançon*. — A la réception de la présente dépêche, vous prendrez le commandement général de la 1re armée, en remplacement du général Bourbaki, que j'avise à l'instant même. Je suis sûr que la résolution et la confiance qui vous animaient à Bourges ne vous ont pas abandonné et que vous saurez ramener vos forces. Vous nous aviserez de vos dispositions.

« Vous pourvoirez vous-même à votre remplacement à la tête du 20° corps, provisoirement ou d'une manière définitive, avec officier général qui vous agréera le mieux. Vous remplacerez également le général Bressolles à la tête du 24° par le général Commagny qui appartient à ce corps. — LÉON GAMBETTA. »

Nous avons observé que Bourbaki dans sa marche offensive retournait constamment la tête vers Besançon; que dans sa retraite, il n'eut d'autre préoccupation que de pelotonner son monde autour de la ville; qu'enfin, il perdit trois bonnes journées sans raison apparente, mais au fond parce qu'il subissait « l'attraction des places fortes ». Cette fascination nous avait déjà coûté deux armées : Bazaine ayant été attiré par le camp retranché de Metz et Mac-Mahon par la bicoque de Sedan. Il faut souligner ce phénomène psychologique : tout n'est pas chimérique dans les craintes des adversaires des grands camps retranchés. Il faut soigneusement veiller à ce qu'au jour du danger nos lignes militaires n'attachent pas trop nos chefs au pied de leurs glacis ; et qu'en maintenant trop longtemps nos troupes dans une défensive énervante, elles n'amortissent pas leur élan, paralysant ainsi la plus précieuse de nos qualités militaires.

CHAPITRE XI

Le général Clinchant prit le commandement de
l'armée de l'Est le 26 au soir : il était animé des plus
patriotiques intentions; mais la situation n'était
malheureusement plus entière. Le 27, il reçut des
avis très sages; le temps perdu et les dispositions
prises par son prédécesseur les rendaient évidemment tardifs :

*« Bordeaux, 27 janvier 1871, 4 h. 40 s. Guerre à
Général Clinchant, Besançon... J'ai reçu votre dépêche de ce matin 8 h. 15.* Je vous remercie du

*Le général
Clinchant
prend le
commande-
ment.*

dévouement avec lequel vous vous préparez à remplir la mission que je vous ai confiée.

« Vous me dites, général, qu'il vous faudrait actuellement cinq ou six jours pour déboucher par la plaine en avant de Besançon. Ce long délai ne peut s'expliquer que par le fait que le mouvement sur Pontarlier est déjà fortement engagé ; c'est ce qu'indiquent au surplus diverses dépêches desquelles il résulte que le quartier général du 24ᵉ corps était hier à Pierrefontaine et celui du 20ᵉ corps à Ornans. En présence du fait accompli, force nous est donc d'accepter la direction de Pontarlier comme ligne de retraite. Mais je dois attirer de nouveau votre attention sur le danger qu'il y aurait à vous enfermer à Pontarlier. L'ennemi se fortifierait autour de vous et vous succomberiez fatalement. Je vous signale à titre de renseignement une route directe par les plateaux, par Ornans, Levier, Nozeroy, qu'on me dit exister en bon état et dont vous pourriez avoir intérêt à vous servir. Je vous engage à vous méfier des neiges que vous trouverez en plus grande quantité à mesure que vous vous approcherez de la Suisse ; on me dit qu'à Pontarlier les routes ont 50 centimètres de neige. Quelle que soit la direction que vous suiviez, je vous engage bien vivement à utiliser votre génie civil et militaire à barricader et mieux encore à détruire les routes latérales par lesquelles l'ennemi peut vous attaquer. Envoyez des détachements en avant pour opérer ce travail de préservation. Je compte, général, sur votre fermeté et sur le dévouement de tous vos chefs de corps pour tirer meilleur parti d'une situation que vous n'avez point créée, mais où je déplore profondément de voir l'armée irrévocablement engagée. — Léon Gambetta. »

La retraite sur Pontarlier était en effet commencée. Pour défendre Besançon et y retenir Werder, deux solides divisions avaient été désignées : la division Polignac (1re du 20e corps) et la division Rebilliard (2e du 15e).

Emplacements des corps français.

Quant à la répartition des douze autres divisions le 26 au soir, le 15e corps avait la division Dastugue à Ornans ; la division Peytavin et la réserve générale étaient sur la route d'Ornans ; le 18e corps était vers Nancray ; la 2e division du 20e (Thornton) de Saint-Ferjeux à Palente ; la 3e division (Ségard) à Bolandoz ; le 24e corps, à Pierrefontaine, Vercel, Morteau, la division Cremer à Nans-sous-Sainte-Anne, Villeneuve-d'Amont et Levier ; la cavalerie du 15e corps de Frasne à Nozeroy.

Du côté de l'ennemi : Werder sur l'Ognon, de Marnay à Voray ; la 4e division de réserve vers Passavant ; le VIIe corps à Dampierre et Quingey ; le 11e corps à Mouchard et Arbois avec fortes avant-gardes vers Salins et Pont-d'Héry. Les Allemands s'efforçaient donc de nous devancer sur les routes au sud de Pontarlier. Toutes leurs opérations du 27 au 31 janvier vont tendre à nous fermer les issues vers

Emplacements des corps allemands.

Continuation de la retraite.

Saint-Laurent. Dans ce but, ils poussent des têtes
de colonnes sur toutes les routes débouchant sur
le flanc gauche de notre armée, pour nous retarder,
nous mesurer l'espace, augmenter la confusion de
la marche rétrograde et donner aux détachements
extrêmes le temps de nous devancer sur notre unique
voie de retraite.

Médiocrement favorable est d'ailleurs cette ligne
de retraite : pour se diriger (pour se dérober) sur le
sud-est, une armée concentrée à Pontarlier trouve
une route praticable courant le long de la frontière
suisse à une distance de 5 à 10 kilomètres. Entre
cette route et la frontière, de rares sentiers de
traverse permettent d'alléger l'artère principale en
recevant quelques détachements d'infanterie. En
quittant Pontarlier par cette direction on traverse :
la Cluse (bifurcation sur la Suisse par le col des
Verrières-de-Joux) ; la Gauffre (bifurcation sur la
Suisse par les Fourgs) ; Les Hôpitaux-Vieux (bifurcation sur la Suisse par Jougne et les Échampés) ;
Métabief ; les Longevilles ; Rochejean ; La Villedieu ;
Mouthe ; la Petite-Chaux ; La Chaux-Neuve (double
bifurcation, l'une sur la Suisse par les Chalets-
Brûlés vers le Sentier, l'autre sur la France par la
Chapelle-des-Bois et le Mont Risoux) ; Foncine-le-
Haut ; Foncine-le-Bas ; Saint-Laurent. Arrivée à ce
dernier point, l'armée était hors d'atteinte. Pour
couper cette route, les Allemands devaient nous y

devancer : 1° en se hâtant d'Arbois et Pont-d'Héry, sur Bonnevaux, de manière à déboucher par les cols de Vaux et des Granges-Sainte-Marie ; 2° en gagnant Champagnole soit par Arbois soit par Poligny ; afin de déboucher du col des Planches sur Foncine-le-Bas.

Les marches dont nous venons d'exposer les tracés se poursuivirent avec mollesse et confusion du côté français, avec ardeur et précision du côté allemand. Le 29 janvier, au moment où fut annoncé l'armistice, les deux armées étaient en présence autour de Pontarlier après des marches pénibles n'ayant donné lieu qu'à deux incidents notables : le combat de Salins (26 janvier) ; les combats de Chaffois et Sombacourt (29 janvier). *L'armée à Pontarlier.*

Le combat de Salins n'a pas été soutenu par l'armée de l'Est proprement dite, mais par des corps isolés, des mobilisés, des patriotes jurassiens et par les forts de Salins. *Combat de Salins.*

Le 26 au matin, la brigade poméranienne Koblinski, du II⁰ corps (2⁰ et 42⁰, avec deux batteries) rencontre des tirailleurs français au sud-est de Pagnoz à l'endroit où le chemin de Salins se sépare de la grande route. Les batteries allemandes ouvrent le feu, mais sont très vivement éteintes par le fort Saint-André. Les rapports français sont contradictoires et confus : mais, en somme, la relation allemande montre qu'une poignée d'hommes a su donner beaucoup de mal à une force importante.

« Tandis que la 10ᵉ compagnie du bataillon de fusiliers du 2ᵉ régiment de grenadiers suit le chemin de la montagne, les trois autres s'avancent sur la route. Celle-ci, située dans une profonde vallée rocheuse, était balayée par le feu des forts et par celui des tirailleurs ennemis. On ne gagnait du terrain en avant que par petites fractions, par bonds successifs et non sans des pertes sensibles. Peu à peu cependant, on parvenait à gravir les pentes raides qui s'étendent de chaque côté de la route. Ce n'est qu'après que *tout le régiment de grenadiers eut été déployé* pour l'attaque, que l'on réussit, vers 2 heures et demie, à pénétrer, par le nord, dans la gare en suivant la voie ferrée, et par la route, dans le faubourg Saint-Pierre. — Sur ces entrefaites, le général de Koblinski s'était, afin de faciliter cette attaque, avancé par Saint-Thiébaud avec le régiment nᵒ 42 et un escadron. Il laissait un bataillon à Saisenay pour observer Ornans et atteignait Salins, peu après que les grenadiers pénétraient dans la ville (1). »

Les commandants des redoutes Belin et Saint-André refusèrent toutes négociations soit avec l'ennemi, soit avec les autorités municipales (2). L'en-

(1) *Historique* du grand État-major prussien, IIᵉ partie.

(2) Voici la fière réponse du capitaine d'artillerie Brichard, commandant le fort Belin :

« Citoyens municipaux, le chef d'escadron d'artillerie commandant la place me communique une adresse déplorant la continuation des hostilités, laquelle adresse a été signée avec un ensemble édi-

nemi évacua Salins le lendemain (1), l'attitude des forts rendant impraticable le passage de troupes importantes. Cette lutte d'une poignée de conscrits soutenus par deux fortins mal armés contre six mille vieux soldats avait coûté aux Allemands trois officiers et cent neuf hommes.

Nous voulons extraire encore de la relation allemande une anecdote qui révèle la surexcitation patriotique des Jurassiens :

« Le commandant de la division, général de Hart-

fiant par les *notables* de la ville de Salins. — Je vous répète ce que je vous ai déjà dit au moment où la sommation de capituler m'a été faite. Quand même les lois militaires ne m'imposeraient pas d'autre devoir qu'à vous, mon patriotisme et les intérêts de la défense nationale m'indiquent d'une manière fixe et certaine quelle règle de conduite je dois tenir. — Je suis parfaitement résolu à mitrailler toute colonne allemande qui se présentera tant aux approches de la ville que dans les endroits découverts comme la place Aubarade et l'intervalle qui existe entre les deux faubourgs. Déjà, dans la journée du 26, au moment où la municipalité arborait le hideux emblème de la capitulation, j'ai dû faire violence à mes sentiments, en m'abstenant de mitrailler la brigade prussienne qui, rangée sur la place de l'Hôtel-de-Ville, faisait retentir l'air de ses hourras et dont la musique jouait le chant allemand, *la Senti-nelle du Rhin*…. L'ennemi a évacué la ville hier matin : en conservant le drapeau blanc sur l'Hôtel de Ville, vous avez l'air de continuer à fonctionner sous l'autorité prussienne. Je vous invite à arborer immédiatement le drapeau de la République française. — Salut et fraternité. »

Les notables se rendaient compte de la bassesse de leur demande : la peur avait oblitéré chez eux tout sentiment de dignité au point qu'ils ne craignaient pas de demander au commandant des forts…. *de leur rendre leur adresse, après l'avoir lue!*

(1) Les forts tirèrent sur les troupes en retraite et tuèrent aux Prussiens une dizaine d'hommes.

14

mann, s'était rendu à Salins. Le combat étant terminé, un habitant, s'élançant d'une maison, tentait
de le tuer d'un coup de feu à bout portant. Mais
l'aide de camp qui accompagnait le général jeta
cet homme à terre *avant que son arme ne fût dé-
chargée* et des soldats accourus le tuèrent. »

Surprise de Sombacourt.

Le 29 janvier, le VIIe corps, qui avait laissé Besançon sous la surveillance de Werder pour opérer sur
la gauche du IIe corps, forçait la marche de son
avant-garde sur Pontarlier. Arrivé au Souillot, un
bataillon du 77e allemand tourne par les bois et
tombe à Sombacourt sur la 1re division du 15e corps
qui n'était ni éclairée, ni rassemblée : véritable
cohue encombrant les rues et les maisons. Les Allemands n'eurent qu'à cueillir cette foule d'où par-
tirent seulement quelques coups de fusil mal dirigés.
Au prix d'une perte insignifiante, sept hommes tués
ou blessés ! ils ramassèrent deux généraux, MM. Dastugue et Minot (1), deux mille sept cents hommes,
dix canons et sept mitrailleuses.

---

(1) Le général Minot était le même qui à Quingey avait si tristement abandonné un poste capital, — le même aussi dont le général
Thoumas raconte le fait suivant :

« Lorsque les troupes du 15e corps se retirèrent sur Orléans, le
1 décembre 1870, une brigade qui suivait une route à travers la
forêt, croyant voir l'ennemi lui barrer le chemin, abandonna la
route frayée pour se jeter dans le chemin d'exploitation peu praticable à l'artillerie. Deux batteries, l'une de 4 et l'autre de 12, celle-ci
servie par l'artillerie de marine, accompagnaient cette brigade. Le

A l'heure même où les généraux Dastugue et Minot
se faisaient prendre à Sombacourt, le général Thorn-

général donna l'ordre presque incroyable d'abandonner ces deux
batteries, si elles devaient retarder la marche de l'infanterie. La
batterie de 12 éprouvant quelques difficultés, par suite de l'état
boueux des chemins, le capitaine qui la commandait exécuta au
pied de la lettre l'ordre du général de brigade, fit couper les traits,
laissa son matériel dans la boue et s'en alla avec les attelages. La
batterie de 4 qui le suivait s'engagea sous bois et parvint à regagner le corps d'armée.

« En voyant arriver la batterie sans ses pièces, le général de Blois
entra dans une violente colère et ordonna au capitaine d'aller,
coûte que coûte, chercher son matériel, sous la protection d'un
régiment de cuirassiers... Un fait singulier démontra la facilité
avec laquelle il aurait pu ramener sa batterie : un maréchal des
logis de lanciers et un sergent de zouaves revenant par la forêt
avaient ramené à bras une des six pièces abandonnées et avaient
pu la reconduire jusqu'au bivouac de la division.

« Quant au général de brigade qui était responsable de l'accident
par suite de l'ordre qu'il avait donné, ordre non seulement contraire aux vrais principes de la guerre, mais encore intempestif en
lui-même, car aucune troupe ne barrait à la colonne la route d'Orléans, on demanda en vain qu'il fût traduit devant un conseil d'enquête et plus tard, s'il y avait lieu, devant un conseil de guerre.
Je ne sais trop pour quelles raisons cette demande, très nettement
formulée et fortement motivée, fut rejetée presque sans examen,
ou plutôt je ne peux pas trop approfondir cette question qui se
rattache à des rivalités d'armes et à des camaraderies d'école. »
Paris, Tours, Bordeaux, p. 173.

On peut s'étonner qu'un général chargé de pareils antécédents
ait été maintenu. C'est une réponse à ceux qui accusent Gambetta
de procédés trop révolutionnaires. L'expérience a prouvé que
Gambetta n'avait au contraire pas assez généralisé les sévérités
qu'il a si justement déployées contre les Aurelle, les Reyau, les
Martin des Pallières. Il est équitable de rappeler que ce général Minot
était un prisonnier de guerre évadé, ce qui prouve que les intentions patriotiques ne lui manquaient pas au début. C'est le moral
qui faisait défaut : à cette situation nouvelle, c'était trop souvent
la vieille école qui fournissait son vieux personnel.

ton maintenait à Chaffois l'honneur de nos armes avec le 25ᵉ bataillon de marche de chasseurs à pied et les mobiles des Deux-Sèvres. L'avant-garde du VIIᵉ corps, continuant sur Pontarlier, après avoir laissé un détachement sur Sombacourt, surprenait les premières maisons du village de Chaffois, mais ne pouvait les conserver. Malgré le feu intense de deux batteries établies à droite et à gauche de la route, qui couvraient le village de grenades, malgré l'attaque opiniâtre du 53ᵉ d'infanterie et d'un bataillon du 77ᵉ, l'ennemi est arrêté net. Après deux heures d'efforts, il n'avait pas fait le moindre progrès. Les mobiles des Deux-Sèvres allaient recevoir le renfort du 4ᵉ zouaves accouru de Vuillecin et du 3ᵉ zouaves venant de Bulle, lorsqu'un incident déplorable vint subitement mettre fin au combat (1). Une estafette avait apporté au général Thornton là lettre suivante :

L'armistice.   « Un armistice de vingt et un jours a été signé le 27 ; j'en ai reçu ce soir la nouvelle officielle. En conséquence, faites cesser le feu et informez l'ennemi, suivant les formes voulues à la guerre, que l'armistice existe et que vous êtes chargé de le porter à sa connaissance. — CLINCHANT. »

Le général ordonne immédiatement la sonnerie : *Cessez le feu!* puis communique la lettre au colonel allemand de Cosel. Pendant ce temps, les ennemis

(1) Les Allemands avaient déjà perdu une soixantaine d'hommes, dont six officiers.

avançaient toujours, entouraient une fraction de nos troupes — quinze cents hommes et deux pièces — qui déposaient volontairement les armes sur la foi de l'armistice (1).

Disons tout de suite que le 2 février, le général de Manteuffel renvoya mille fusils au gouvernement suisse pour les « restituer à pareil nombre de Français qui, croyant fermement à l'existence d'un armistice, ont cessé de se défendre au combat de Chaffois » (2).

Cette ostentation chevaleresque, — purement platonique le jour où le baron de Manteuffel s'est avisé d'afficher ces scrupules tardifs — nous toucherait si, dans les événements que ce premier malentendu va engendrer, les ennemis n'avaient pas au contraire profité de l'erreur de nos généraux avec une « adresse » étrangère à la chevalerie militaire.

La lettre que le général en chef avait écrite au général Thornton pendant le combat de Chaffois, était motivée par les télégrammes suivants :

« *Bordeaux, le* 29 *janvier* 1871, 12 *h.* 30 (*midi* 30).

---

(1) « L'ennemi profita de ce que le général Thornton avait fait cesser le feu pour se lancer dans le village qu'il occupa, en ne laissant à nos troupes que deux ou trois maisons, et en désarmant nos soldats. On protesta contre cette manière d'agir, contre cette prise de possession abusive. » Général BOREL. *Enquête sur les actes du gouvernement de la Défense nationale*, t. VI, p. 231.

(2) « Il répugne à mes sentiments militaires, écrivait Manteuffel, d'en priver ces braves soldats qui, *sur une supposition erronée*, ont quitté le combat : aussi est-ce pour moi une satisfaction particulière que de les leur rendre, comme signe de l'estime que m'a inspirée l'héroïque résistance de l'armée française. »

Délégation du Gouvernement à préfets et sous-préfets.
Circulaire. — La délégation du gouvernement établie
à Bordeaux, qui n'avait jusqu'ici sur les négociations
entamées à Versailles que des renseignements fournis
par la presse étrangère, a reçu cette nuit le télégramme suivant qu'elle porte à la connaissance du
pays dans sa teneur intégrale : (*Suit le télégramme
qu'on va lire*). »

Pour l'intelligence et l'appréciation des malentendus, *ou plutôt des réticences calculées de l'ennemi*, qui
marqueront l'agonie de l'armée de l'Est, il convient
de placer en regard les télégrammes envoyés res-
pectivement par le gouvernement de Paris et le
quartier général allemand :

« *Versailles, 28 janvier 1871,
11 h. 15 soir.* — Nous si-
gnons aujourd'hui un traité
avec M. le comte de Bismarck.
Un armistice de vingt et un
jours est convenu; une Assemblée est convoquée à Bor-
deaux pour le 15 février.
Faites connaître cette nouvelle à toute la France. Faites
exécuter l'armistice et con-
voquez les électeurs pour le
8 février. Un membre du gouvernement va partir pour
Bordeaux. — JULES FAVRE. »

« *Versailles, 28 janvier,
11 h. 45 soir.* — Des négociations au sujet d'une capitulation et d'une suspension
d'armes viennent d'être con-
clues avec Paris. L'armistice
commence ici de suite, et
pour le reste du pays, le 31
de ce mois à midi. *Les départements de la Côte-d'Or, du
Doubs et du Jura ne seront
compris dans la trêve que
lorsque les opérations commen-
cées de votre côté auront amené
un résultat.* L'investissement
de Belfort doit être aussi continué. — GÉNÉRAL MOLTKE. »

La portée restreinte de l'armistice était connue par Manteuffel dès le 29 à 5 heures du soir, — heure de l'arrivée au quartier général à Arbois (1).

Immédiatement, une proclamation très explicite fut lancée : — « Paris a capitulé ! Un armistice est conclu entre la garnison de la ville et les 1ʳᵉ et 2ᵉ armées. *Seule, celle du Sud doit continuer ses opérations, jusqu'à ce qu'elle ait obtenu un résultat définitif. En avant !* »

Les chefs allemands étaient donc parfaitement renseignés par une proclamation qui leur est parvenue dès le 30 au matin. Ce même jour, dès 9 heures du matin, un ordre fut lancé d'Arbois, qui commençait par ces mots : « La nouvelle d'une suspension d'armes pour l'armée du Sud est fausse », et qui enjoignait aux chefs de corps de continuer vigoureusement les hostilités — et surtout les marches — sans s'arrêter aux négociations que voudraient entamer les Français.

Ruses prussiennes.

Le 30, aux environs de Pont-d'Iléry, Manteuffel avait reçu de Clinchant — toujours dans la croyance

----

(1) *Opérations de l'armée du Sud*, d'après les documents officiels, par le comte H. DE WARTENSLEBEN, chef d'état-major général de ladite armée. L'*Historique* du grand état-major prussien, qui est encombré de documents et télégrammes, — souvent oiseux — ne mentionne ni la dépêche par laquelle Manteuffel apprend l'armistice, ni la proclamation qu'il lance immédiatement. Ces deux documents mettent trop en lumière la ruse, la réticence et l'équivoque employées pour prolonger l'incertitude des Français.

d'un armistice général — une lettre lui offrant de se concerter pour une délimitation. Très pressant pour hâter la marche de ses troupes, Manteuffel devenait subitement temporisateur pour répondre aux pourparlers : ce n'est qu'à Villeneuve-d'Amont qu'il rédige sa réponse. Il pose des conditions très dures, mais se garde bien de donner les clauses exactes de l'armistice : « Votre Excellence me fait savoir qu'elle est chargée de traiter tontes les questions qui se rapportent à la convention signée sous Paris ; je vois dans les pouvoirs dont elle est investie, la possibilité d'arrêter l'effusion du sang, et c'est avec plaisir que je m'emploierai à le faire. Si Votre Excellence partage mes sentiments et projette après l'énergique résistance opposée par l'armée française de me faire des propositions en rapport avec la présente situation militaire, je la prie donc de m'en informer à Levier avant demain matin. »

Cela ne donnait aucune explication à Clinchant et le but de cette rédaction (jésuitique par omission, sinon par affirmation) était évidemment d'épaissir l'obscurité et d'entretenir le malentendu.

Clinchant, on le pense bien, était dans une véritable fièvre : immobilisé par la notification d'un armistice général, constatant que l'ennemi marchait toujours sans vouloir en tenir compte et sans donner d'explication, il envoya le colonel Chevals chercher la réponse si lente de Manteuffel. L'entre-

vue eut lieu à Villeneuve-d'Amont. Le colonel Wartensleben la raconte : « Le colonel Chevals fut écon-
duit poliment sans avoir rien obtenu et repartit à
cinq heures du matin, le 31 janvier, pour Pontarlier.
Il s'était emporté pendant la discussion jusqu'à
menacer de la colère de l'Europe et de la haine éter-
nelle de la France, le général Manteuffel. Lorsque
ce dernier lui fit entendre amicalement qu'il ne
restait à l'armée française qu'à choisir entre un
traité ou la continuation du mouvement de retraite,
le lieutenant-colonel Chevals s'écria : « Ah ! le gé-
« néral Clinchant sera enchanté de voir continuer
« les opérations ! »

Clinchant ayant enfin reçu la lettre de Manteuffel
et continuant à ne rien comprendre au malentendu
funeste, envoya le 31 au matin un nouveau parlementaire, le colonel Varaigne, chargé de conclure une
suspension d'armes de trente-six heures, pour donner le temps de tirer la situation au clair. L'entrevue n'aboutit qu'à un procès-verbal, réclamé avec
énergie par le colonel Varaigne, et où l'ennemi se
décidait enfin, pour la première fois, à expliquer
nettement : 1° Que l'armistice ne s'appliquait pas au
Doubs, au Jura et à la Côte-d'Or ; 2° que l'armée
allemande continuerait les hostilités jusqu'à ce
qu'elles aient abouti à un résultat. La « loyauté
allemande » aurait peut-être gagné à faire ces décla-
rations vingt-quatre heures plus tôt, au lieu de se

retrancher derrière une feinte ignorance et de traîner nos négociateurs à travers des équivoques augmentant leurs perplexités et prolongeant l'immobilisation de notre armée.

En même temps que le colonel Varaigne rapportait le procès-verbal arraché par son insistance, la vérité éclatait comme un coup de foudre :

« *Pontarlier-Dijon, de Bordeaux, 31 janvier* 1871, 11 *h.* 10 *m. Guerre à général Clinchant, Pontarlier, et général Garibaldi, Dijon.* — D'après le texte officiel de l'armistice que nous recevons à l'instant, il est fait une exception que rien ne nous avait fait prévoir. Les opérations militaires sur le terrain des départements du Doubs, du Jura et de la Côte-d'Or se continueront indépendamment de l'armistice, jusqu'au moment où les deux puissances belligérantes se seront mises d'accord sur le tracé d'une ligne de démarcation entre les armées dans lesdits départements. Veuillez, en conséquence, continuer les hostilités à votre appréciation, avec tous les moyens d'action dont vous disposez. — C. DE FREYCINET. »

« *Bordeaux, 31 janvier* 1871, 4 *h. s. Guerre à général Garibaldi, Dijon, à général Clinchant, Pontarlier, et à général Pellissier, Bourg.* — La convention signée par M. J. Favre dit textuellement : « La ligne de démarcation laissera à l'occupation allemande les départements de la Sarthe, de l'Indre-et-Loire, de Loir-et-Cher, du Loiret et de l'Yonne, jusqu'au point où, à l'est de Quarré-les-Tombes, se touchent les départements de la Côte-d'Or, de la Nièvre et de l'Yonne. A partir de ce point, le tracé de la ligne sera réservé à une entente qui aura lieu aussitôt que les parties contractantes seront renseignées sur la situation actuelle des opérations militaires en exécution dans les départements de la Côte-d'Or, du Doubs et du Jura. Dans tous les cas, elle traversera le territoire composé de ces trois départements en laissant à l'occupation allemande les départements situés au nord, à l'armée française ceux situés au midi de territoire. *Les opérations militaires sur le terrain des départements du Doubs, du Jura et de la Côte-d'Or, ainsi que le siège de Belfort, se continueront indépendamment de l'armistice, jusqu'au moment où on se sera mis d'accord sur la ligne de démarcation dont le tracé à travers les trois départements mentionnés a été réservé à une entente ultérieure.* »

« Tel est le texte de la convention. Par conséquent, portez toute votre attention à vous mettre dans la meilleure situation possible pour que l'entente ait lieu au plus tôt et pour que la ligne de démarcation favorise votre ravitaillement. Je vous autorise à traiter directement avec le général Manteuffel pour le règlement de votre propre armistice. — LÉON GAMBETTA. »

L'armistice conclu le 28 janvier avait été, comme

on l'a vu, annoncé en deux mots à la Délégation. Gambetta pressa Jules Favre d'interrogations fiévreuses, auxquelles M. Favre ne répondit que le 2 février, à cinq heures du soir. Dans l'intervalle, M. de Bismarck avait bien communiqué — le 31 janvier seulement — les clauses principales à titre de renseignement.

L'oubli de Jules Favre.

L'imbécillité et le scepticisme du gouvernement parisien avaient fait aboutir les projets des Allemands en leur octroyant l'avance de deux journées de marche, en achevant de désorganiser le commandement de l'armée de l'Est et en donnant le coup suprême au moral des troupes. On leur a reproché à ces malheureux soldats de crier à la trahison... Peut-on leur faire grief de ne pas distinguer entre la trahison calculée et l'oblitération morale, lorsque le résultat est le même ?

« La connaissance exacte de ce texte, après les ordres expédiés par le gouvernement, était un véritable coup de foudre, dit le général Thoumas ; la fureur de Gambetta était à son comble ; il se jeta sur moi, qui n'étais certes pour rien dans ce qui se passait, saisit ma cravate et la tordit, comme s'il eût voulu m'étrangler :

« Je comprends, s'écria-t-il, qu'un avocat hébété
« par la peur ait commis une pareille balourdise et
« une semblable infamie ; mais ce Jules Favre était

« assisté d'un général quand il discutait avec Bis-
« marck les clauses de la convention : que le sang de
« l'armée de l'Est et la honte de la défaite retombent
« sur lui ! »

Que de douleur dans cette exaspération! Quelle
indicible souffrance pour le grand patriote de voir
chacun de ses efforts détruit par l'inertie, l'inca-
pacité, le découragement... Quelles angoisses,
lorsque retombe plus lourdement le rocher qu'une
volonté surhumaine vient à peine de soulever !

Comment Jules Favre avait-il consenti pareille
clause? Comment, l'ayant consentie, avait-il commis
l'oubli monstrueux de la signaler?

C'est que Bismarck osait tout avec son adversaire
abîmé de douleur, — d'une douleur humiliée et
pleurarde qui ne laissait rien de lucide dans ce cerveau, rien de fier dans ce cœur.

N'avait-il pas commencé, l'audacieux chancelier,
par demander à Jules Favre une clause lui livrant
l'armée de Garibaldi? Cette proposition déshono-
rante fut repoussée avec indignation. Elle aurait dû
mettre Jules Favre en éveil, lui révéler le désir des
Allemands et l'empêcher de stipuler la mise des départements de l'Est hors la trêve (1).

(1) M. Jules Favre s'est excusé en disant qu'il manquait de nouvelles, que M. de Bismarck lui affirmait bien que notre armée de
l'Est était en retraite, mais qu'il ne le croyait pas : « Paralyser
l'armée de l'Est qui pouvait être victorieuse et secourir la place
assiégée, était une résolution bien téméraire. »
Un tel raisonnement montre l'état cérébral du malheureux

Mais cette clause monstrueuse une fois arrêtée, ne pas l'avoir télégraphiée à la Délégation, — oubli, négligence ou bêtise, peu importe — c'est là une de ces défaillances qui sont des crimes. Ce n'est pas seulement Jules Favre, ce n'est pas seulement son assistant militaire M. de Valdan, c'est tous ceux qui ont participé à la convention, — le gouvernement de Paris tout entier — qui doivent en porter la peine devant la France (1) !

La marche suspendue. La vérité tardive.

L'armée de l'Est, depuis le 29 au soir jusqu'au 31 à 2 heures, était restée dans la foi d'une trêve et n'avait presque pas bougé : l'ennemi, renseigné dès le 29 à 5 heures, avait « habilement » profité de notre ignorance et accéléré ses mouvements. C'est (on le verra plus loin par des preuves mathématiques) l'incroyable dépêche du gouvernement de Paris qui a consommé la catastrophe.

Les diversions préparées.

Avant de reprendre le récit des opérations militaires postérieures à la nouvelle fausse d'un armistice général, il faut signaler les efforts tentés pour porter secours à l'armée de l'Est, efforts stérilisés par la convention Jules Favre.

négociateur. Laisser une de nos armées isolément aux prises avec toutes les forces allemandes, sous prétexte qu'elle est peut-être victorieuse !

(1) M. Challemel-Lacour télégraphiait de Lyon son indignation : « Ainsi, c'est avéré ! L'armistice n'est pas applicable aux départements du Doubs, du Jura et de la Côte-d'Or. Celui qui a consenti une pareille condition, quel que soit son nom, est un misérable, pardonnez-moi cette expression. »

Tout en conjurant Bourbaki de ne pas engager son armée dans une voie fatale, la Délégation préparait fébrilement trois diversions de nature à compromettre les communications de Manteuffel : l'une d'Auxonne sur Dôle ; l'autre de Seurre sur Dôle, la troisième de Lons-le-Saunier sur Poligny et Arbois.

A Garibaldi incombait la marche de Dijon sur Dôle par Auxonne et par Saint-Jean-de-Losne.

Garibaldi marche sur Dôle.

Le 26 janvier, Garibaldi était chargé de la défense complète du pays jusqu'à Dôle, avec pouvoirs absolus sur toutes les forces et tous les détachements de la région. Cette décision fut notifiée au commandant d'Auxonne, dont les sentiments politiques et religieux étaient notoirement opposés à ceux de Garibaldi. On accompagnait cette notification d'un télégramme que nous reproduisons, parce qu'il montre bien à quelles difficultés on se heurtait, avec quelles susceptibilités on était aux prises :

« *Bordeaux*, 27 *janvier* 1871, 11 *h*. 55 *s*. *Guerre à commandant de place, Auxonne*. — Contrairement à ce qui a pu être fait jusqu'ici, je vous prie, laissant de côté toute question personnelle, de vous mettre à la complète disposition du général Garibaldi. Des raisons de salut public l'exigent en ce moment. Nous vous tiendrons compte de votre abnégation. — C. DE FREYCINET. »

Dans le désir de ne rien compliquer, de ne rien envenimer, de ne pas risquer d'enlever une force à la défense du pays, on négociait presque avec les subordonnés ! Le résultat de cette politique de persuasion a-t-il répondu à l'intention ? Nous croyons que non.

Le 27 au soir, le gouvernement télégraphia à Garibaldi pour lui exposer la situation de l'armée de l'Est et lui soumettre le plan suivant : « S'installer sur les derrières de l'ennemi dans la forêt de Chaux après avoir enlevé Dôle et s'y être solidement établi. »

Avec une louable abnégation, Garibaldi se mit à l'œuvre dans la nuit du 28 au 29. Tandis qu'un rideau important manœuvrait vers Pontailler-sur-Saône pour donner le change à l'ennemi, une avant-garde de quelques compagnies garibaldiennes sous les ordres du commandant Baghino arrivait au Mont-Rolland, position capitale qui menace Dôle. Garibaldi suivait avec le gros de ses forces par Auxonne et par Saint Jean-de-Losne. Il s'apprêtait à surprendre Dôle le 30 lorsqu'il fut cloué sur place par l'armistice. Garibaldi aurait-il pu entrer à Dôle? Cela paraît certain. S'y maintenir? Non, très probablement. Mais il eût, sinon ramené sur lui tout le corps de Manteuffel, du moins arrêté net la marche de ce corps et donné à Clinchant le temps de se mettre en garde dans la région de l'Ain.

Pour coopérer à la diversion de Garibaldi, une bri- La brigade Hue de la Colombe arrive à Beaune. gade composée des 80e et 81e de marche d'infanterie et de douze pièces fut empruntée au 26e corps en formation à Poitiers. Cette brigade, commandée par le général Hue de la Colombe, fut embarquée à Châtellerault pour Beaune. Au moment où fut annoncé l'armistice, son avant-garde arrivait à Seurre : elle se disposait à diriger une attaque sur un point de la ligne de Dôle à Mouchard (1).

La troisième diversion préparée avec des corps en Le général Pellissier forme un corps à Lons-le-Saunier. formation à Lyon fut confiée au général Pellissier : son organisation est décidée dès le 26 janvier :

« *Bordeaux,* 26 *janvier* 1871, 10 *h.* 50 *s. Guerre à général Crouzat, Lyon.* — Vous avez émis l'idée de faire une démonstration sur Lons-le-Saunier et Mouchard. Cette idée me paraît fort bonne. Quelle que soit l'importance du résultat à atteindre, je ne puis vous demander de quitter Lyon, où je comprends

---

(1) Pendant ce temps, la place de Langres faisait des expéditions hardies et heureuses : surprenant, les 23 et 24, les relais de Germaine et de Prauthoy ; délivrant, le 25, près de Prauthoy un convoi de prisonniers. Le 28, un détachement d'un millier d'hommes de la brigade Kettler était surpris par une colonne de Langres qui le mettait en déroute après lui avoir tué ou blessé cinq officiers et soixante-dix-sept hommes.

A la même époque, le bataillon du commandant Bernard exécutait le magnifique coup de main de Fontenoy.

Bref, nos détachements s'aguerrissaient, s'enhardissaient et les diversions organisées par la Défense nationale ne pouvaient manquer d'avoir une grande influence matérielle et morale.

15

toute l'utilité de votre présence. Mais je vous demande, au moyen des mobilisés de l'Ain et du Rhône y compris Sathonay, de former immédiatement une colonne choisie de quinze mille hommes au moins, en prenant pour point de concentration Lons-le-Saunier, à moins qu'on ne vous signale de cette ville l'impossibilité de s'y concentrer sans danger. Vous adjoindrez à cette force le plus que vous pourrez d'artillerie de campagne de Lyon ; vous donnerez le tout à commander au général Pellissier, qui vient de se très bien montrer à Dijon, qui a l'habitude des mobilisés, et qui dans ce commandement verra la preuve que nous lui avons conservé toute notre confiance.

« Vous adjoindrez à Pellissier des officiers d'état-major, que vous choisirez les meilleurs possibles.

« Au moment où, de Lons-le-Saunier, la démonstration s'effectuerait sur Mouchard, toutes nos mesures seraient prises pour que Garibaldi fît un mouvement concordant.

« Je crois inutile d'ajouter, car vous le sentez comme nous, que tout le mérite de cette combinaison est dans la promptitude, qui doit être foudroyante. Vous joindrez une compagnie du génie. La direction de l'artillerie vous télégraphie pour les batteries. — C. DE FREYCINET. »

Le lendemain, le général Pellissier recevait ordre de hâter son rassemblement et de faire sa concentration à Lons-le-Saunier : — « Je vous donne tous pouvoirs sur chemins de fer et tous autres moyens de transport que vous jugerez utile de réquisitionner. Au nom de la Patrie, hâtez-vous ! »

La colonne du général Pellissier, formée de la 4e légion du Rhône, du bataillon des Volontaires du Jura, de quelques corps francs, des mobilisés de l'Ain, de l'Ardèche, des Hautes-Alpes, comptait vingt mille hommes appuyés par trois batteries. Elle allait commencer son mouvement lorsque l'armistice « éclata ».

Les malentendus habituels se produisirent aux avant-postes de la colonne de Lons-le-Saunier. Le colonel Collas, commandant la subdivision du Jura, envoyé par le général Pellissier pour négocier une délimitation, se heurta à la fin de non-recevoir. Ce brave soldat, emporté par son irritation, tint à Manteuffel le langage le plus violent. Le général allemand se retrancha derrière les clauses de l'armistice. Il renouvela par lettre au général Pellissier le refus d'entrer en négociations et lui demanda de se retirer du département du Jura pour éviter une effusion de sang. Lons-le-Saunier fut donc évacué le 6 février et le corps de Pellissier dirigé sur Beaurepaire.

Ainsi se terminèrent les diversions projetées.

CHAPITRE XII

SOMMAIRE. — Les projets de Clinchant. — La perte des défilés des Planches. — La perte des défilés de Bonnevaux. — L'entrée en Suisse décidée. — Le traité avec le général Hans Herzog. — L'arrière-garde. — Le combat victorieux de la Cluse. — Le combat d'Oye. — Héroïsme des troupes. — Notre armée en Suisse. — Accueil admirable.

Les projets de Clinchant. « Pendant la soirée du 29, la journée du 30 et la matinée du 31, la croyance formelle où j'étais de la réalité de l'armistice avait suspendu notre mouvement; sans cette croyance, j'aurais certainement pu accélérer la retraite de mon infanterie de manière à la rendre à peu près assurée. » Telle est la déclaration du général Clinchant.

L'influence désastreuse de la fausse nouvelle s'exerça à la fois par l'indécision qu'elle porta dans les résolutions des officiers, par l'arrêt de marches importantes et par l'atteinte au moral des troupes « qui ne voulaient pas rester seules à se battre »

Clinchant redoutait la détente que produirait l'armistice. Il avait d'abord défendu de l'afficher. La scène est racontée par le sous-préfet de Pontarlier (1) :

« Un instant après, toute réflexion faite, le général nous envoyait dire que nous pouvions publier la dépêche. Les soldats qui encombraient les rues accueillirent cette nouvelle d'une trêve avec les marques de la plus visible satisfaction. Ils se pressaient pour lire le télégramme à la porte de la mairie et le commentaient tout haut, s'applaudissant, de voir enfin un terme prochain à leurs souffrances. Mais, tout à coup surviennent des officiers qui arrachent l'affiche, enlèvent le falot qui éclaire et donnent ordre aux soldats de se porter en avant de la ville. En même temps, la générale fait entendre son lugubre rappel. Mais les soldats, forts de l'affiche qu'ils avaient lue ou dont on leur avait rapporté les termes, refusent d'obéir. Les scènes de la plus déplorable indiscipline se produisent partout (2). »

---

(1) M. Charles Beauquier, alors sous-préfet de Pontarlier, — depuis député du Doubs.

(2) C'est une question d'honneur national : il faut donc y insister et montrer la *fides germanica*. Un chef français, du premier coup, sans réfléchir, aurait répondu aux parlementaires : « L'armistice est inapplicable à notre région : voici la dépêche qui m'en informe. »

Les Allemands — qui font étalage de chevalerie en renvoyant à des soldats internés mille fusils dont ils ne peuvent plus se servir, — ont conservé avec un soin jaloux les positions que nous leur avions livrées sans combat « par suite de suppositions erronées ». Suppositions erronées qu'ils se gardaient bien de dissiper par une explication précise. L'odyssée du colonel de l'Espée est caractéristique. Envoyé de Pontarlier le 1er février par le général Billot pour

Nous avons dit que la dernière route de l'armée de
l'Est pouvait être barrée par un mouvement tournant

demander des éclaircissements, il trouve à Chaffois un général de
division prussien qui lui déclare ne rien savoir !... et l'adresse au
général de Manteuffel à Levier. Le colonel suit lentement la route
encombrée de troupes allemandes :

« Je remarquai avec regret, dit-il (p. 255 et suiv. du t. VII de
l'*Enquête*) la discipline qui régnait dans ses plus petits détails, et
en particulier la docilité avec laquelle les troupes, à chaque halte,
dégageaient la chaussée pour se placer à droite et à gauche dans
la neige, cependant assez profonde partout. Leur chaussure et
leur air de santé faisaient comprendre toutefois que cette peine ne
coûtait guère à chacun.

« La tenue de ces troupes à mon passage était d'ailleurs désagréable, et j'ai dû beaucoup prendre sur moi pour ne pas compromettre mon caractère de parlementaire en relevant les airs de
gaîté insolente qui signalaient mon approche. Des plaisanteries
fort plates ont même été adressées à mon brigadier porte-drapeau,
mais à distance suffisante pour n'être pas comprises d'un homme
qui ignorait la langue allemande.

« J'estime à quinze mille hommes l'effectif que j'ai trouvé entre
Chaffois et Levier : cavalerie, infanterie et artillerie.

« A un kilomètre de Levier, environ, je rencontrai le général de
Manteuffel, qui m'accueillit avec politesse, reçut ma dépêche, mais
se refusa à discuter avec moi l'objet de ma mission. Il était en
marche vers Pontarlier, et je dus me ranger dans son état-major,
pendant qu'il conférait avec les officiers prussiens qui l'entouraient.

« Au bout d'un certain temps, je fus appelé auprès de lui. Il
affecta de me parler allemand, en me faisant d'ailleurs un compli-
ment affecté aussi sur ma connaissance de cette langue, et me remit
une réponse au crayon dont voici la fidèle traduction :

« A la communication qui m'est apportée par l'intermédiaire du
« lieutenant-colonel de l'Espée, sur la route de Levier à Pontarlier,
« je ne puis répondre qu'une chose, c'est que je maintiens les ter-
« mes de ma première réponse aux ouvertures qui m'ont été faites
« par le chef d'état-major de M. le général de Clinchant ; je ne puis
« interrompre la marche des opérations.

« Toutefois, je suis prêt à recevoir à tout moment des proposi-

dirigé soit sur les Hôpitaux-Neufs, par les cols de Bonnevaux, Vaux et Granges-Sainte-Marie, soit, plus

« tions qui soient en harmonie avec la situation militaire récipro-
« que des deux armées. »

« Le sens de cette dernière phrase était si tristement clair que j'insistai, seulement pour la forme, sur le désir que j'avais de rapporter une réponse plus satisfaisante. Après une discussion de quelques minutes, je pris congé ; mais au moment où j'allais m'éloigner le général de Manteuffel feignit de s'apercevoir pour la première fois que j'étais arrivé jusqu'à lui sans avoir les yeux bandés et adressa des reproches à l'officier qui m'avait accompagné.

« Je fis observer qu'un parlementaire ne peut faire vingt kilomètres à cheval les yeux bandés : que, au cas où on ne veut rien lui laisser voir, il faut le retenir aux avant-postes ou le mener en voiture, et je protestai contre cette nouvelle prétention. Toutefois, ce fut sans résultat et sans espoir de ma part, car le but était évidemment de prendre un prétexte pour retarder mon retour et empêcher de me rendre compte des mouvements qui se faisaient vers Pontarlier par tous les chemins de traverse embranchant sur la grande route de Levier à cette ville.

« Aussi quelque temps après avoir pris congé du général de Manteuffel, fus-je prié par l'officier qui me reconduisait de mettre pied à terre et de me laisser bander les yeux. Je dus obéir après une nouvelle protestation, et c'est à pied, bras dessus, bras dessous avec mon désagréable guide, que je fis la route jusqu'à Houtaud.

« Je dus enregistrer, je l'avoue, maint éclat de rire allemand, sot et grossier, à l'adresse de ma démarche incertaine et de mon bandeau.

« Au delà de Houtaud, je pus remonter à cheval, sans bandeau, et j'entendis la fusillade vivement engagée au-dessus de Pontarlier. (C'était le combat de la Cluse.)

« Je requis immédiatement mon guide de prendre acte de ma protestation concernant les hostilités engagées avant la rentrée du parlementaire. Je le prévins en outre que je signalerais le procédé au moyen duquel on avait retardé ma rentrée dans les lignes françaises.

« M. von Driemann, sans me donner une réponse qu'il ne pouvait d'ailleurs fournir lui-même, me mena à Pontarlier au général

au sud, par le col des Planches, sur Foncine-le-Bas.

Deux colonnes allemandes avaient été formées dans ce but : le colonel Liebe avec deux bataillons et six canons devait forcer la marche sur Bonnevaux et les Granges ; le colonel de Wedell avec quatre bataillons et six canons avait pour objectif le col des Planches et Foncine.

Le colonel de Wedell avait quitté le gros de l'armée

Zastrow, déjà établi dans la ville. Cet officier général, d'un extérieur rude, et paraissant être sous l'influence d'une animation extraordinaire, refusa de me parler et me fit conduire à un général de division dont j'ignore le nom, que je trouvai à la sortie de la ville, sur la route de la Cluse.

« J'insistai de nouveau sur ma qualité de parlementaire, en réclamant qu'on fît cesser le feu pour me permettre de rejoindre les lignes françaises, et faisant valoir ce fait que j'avais été officiellement agréé le matin même. Je ne pus l'obtenir, et l'on se borna à m'autoriser à attendre librement les événements à Pontarlier.

« Cette solution ne pouvait me convenir. Ayant à ce moment rencontré M. le capitaine d'état-major Parisot, qui rentrait également d'une mission analogue à la mienne, je me concertai avec lui. Le combat dans la montagne était d'une extrême vivacité; des troupes prussiennes débouchaient de toutes parts, dans les deux divisions du sud et de l'ouest. Le corps entier de Zastrow paraissait arriver par le sud et avait déjà rempli Pontarlier. L'autre corps, qui marchait avec le général Manteuffel, s'entassait sur la route, contre la ville.

« Dans ces conditions, et sachant que la retraite sur la Suisse était décidée, nous prîmes le parti de demander à nous éloigner, pour rejoindre l'armée à nos risques et périls, sans autres explications. Ceci nous fut accordé, et nous nous dirigeâmes aussitôt vers le village « dit Les Allemands », sauf à trouver en chemin un sentier pour regagner la route occupée par l'armée française. Nous n'en pûmes trouver aucun de praticable, et les gens du pays que nous rencontrâmes nous déclarèrent l'entreprise impossible. »

à Pont-du-Navoy le 29 janvier. Il passait par Loule
et la Billaude, arrivait aux Planches occupées par la
cavalerie française qu'y avait postée Cremer, mais
qui ne tint pas devant le 2ᵉ bataillon de chasseurs
poméraniens (1). Le colonel de Wedell jette alors une
avant-garde dans Foncine-le-Bas, c'est-à-dire sur
notre ligne de retraite. L'occupation de Foncine ne
fut contrariée que par une fusillade de tirailleurs de
la 3ᵉ légion du Rhône. La 1ʳᵉ brigade Cremer arrivait le soir à Foncine-le-Haut, mais le colonel Millot
jugeant ses hommes trop fatigués pour un combat
de nuit remettait l'attaque au lendemain. Le général
Comagny avait de son côté ordre de rassembler tout
son monde et de passer sur le ventre du détachement Wedell à Foncine. Arrive la nouvelle du pré-
tendu armistice qui paralyse nos forces : lorsque la
vérité fut connue, les Prussiens s'étaient renfor-
cés, fortifiés, — et nos troupes s'étaient démoralisées.

Le colonel Liebe part de Censeau le 31, sans se
préoccuper de l'armistice, et arrive à Bonnevaux.
Pour donner une idée du désarroi dans lequel les
nouvelles contradictoires avaient jeté nos hommes

(1) Cremer avait reçu l'ordre de Clinchant de prendre trois régiments de cavalerie et de défendre les Planches et Saint-Laurent.
Le régiment de marche de chasseurs d'Afrique posté aux Planches
n'opposa qu'une résistance insignifiante. Cremer s'était porté de sa
personne à Saint-Laurent où il ne fut pas attaqué.

et nos chefs, nous laissons raconter à l'*Historique*
prussien la prise de ce défilé si capital :

« Le 31 janvier, les pointes d'avant-garde du
2ᵉ corps s'avançaient jusqu'à Sainte-Colombe et
Bulle, elles ramassaient environ cinq cents prisonniers et trouvaient la route de Frasne couverte
d'armes et d'ustensiles de toute nature. Un détachement composé de deux bataillons, un peloton de
dragons et une batterie sous les ordres du lieutenant-
colonel Liebe, fut envoyé sur le flanc droit ; il tra-
versait *sans incident, par l'étroit ravin de Bonnevaux*,
la première haute chaîne du Jura et rencontrait l'ennemi à Vaux. Le bataillon de tête se déployait immédiatement et attaquait le village par le nord et par
l'ouest. Il y pénétrait, faisait prisonniers deux officiers et huit cent quatre-vingt-six hommes, et reje-
tait les défenseurs sur les Granges-Sainte-Marie. Le
lieutenant-colonel Liebe les y suivait, sans tenir
compte de la protestation d'un parlementaire. L'ennemi évacuait encore *volontairement* ce défilé et se
retirait sur Saint-Antoine. Le gros du corps gagnait
les environs de Dompierre. »

Tout cela coûtait aux Allemands une trentaine
d'hommes !...

Ce que l'*Historique* ne dit pas, c'est que la diplo-
matie allemande est pour beaucoup dans toutes ces
prouesses. Un extrait du rapport de Clinchant com-

plète, explique — et modifie — le récit qu'on vient
de lire :

« Les bataillons de la division Dastugue échappés
à Sombacourt furent, dans la matinée du 30, dirigés
sur Vaux pour renforcer la garde du défilé. Dans
la soirée, la division Ségard (3ᵉ du 20ᵉ corps) qui se
trouvait à Dompierre et la 2ᵉ brigade de la division
Cremer qui se trouvait à Frasne furent prévenues
par le général prussien Zimmermann d'avoir à évacuer leurs positions ou de s'y défendre, car elles
allaient être attaquées. Le général Ségard ne crut
pas devoir attendre l'attaque. »

Ce général, persuadé de la réalité de l'armistice,
et considérant que l'avantage de garder ses positions
ne valait pas une effusion de sang, se retira sur
Pontarlier et prescrivit à la 2ᵉ brigade Cremer
d'aller à Mouthe. Clinchant lui fit de vifs reproches.

Dans la matinée du 31 janvier, nous avions le
18ᵉ corps au nord-est de Pontarlier ; la réserve à
Pontarlier et aux abords, la division Peytavin répar-
tie de Pontarlier aux environs de Bonnevaux ; la
division Ségard, la 2ᵉ brigade Cremer et les débris
de la division Dastugue gardant Vaux et les Granges-
Sainte-Marie ; le 24ᵉ corps échelonné sur toute la
route depuis le lac de Saint-Point jusqu'à Foncine-
le-Haut.

L'entrée en
Suisse dé-
cidée.

La perte des passages de Bonnevaux et des Planches enleva au général Clinchant ses dernières espérances. Dès 3 heures et demie, il envoya un parlementaire, le lieutenant-colonel Chevals, au commandant en chef de l'armée suisse, Hans Herzog, « pour traiter la question du passage sur le territoire de la Confédération dans le cas où nous en serions réduits à cette extrémité ». Il convoqua ensuite un conseil de guerre qui se réunit à 8 heures du soir.

La pénurie de vivres, l'épuisement des hommes, la difficulté de conserver sous la main à deux pas de la frontière des soldats exaspérés ou découragés par les contradictions de l'armistice : toutes ces raisons développées par les généraux déterminèrent Clinchant à prendre la résolution suprême. A l'issue de ce conseil, il se rendit aux Verrières et signa vers minuit la convention préparée par le lieutenant-colonel Chevals (1). En résumé, l'armée française était autorisée à passer en Suisse, à condition d'y rester internée jusqu'à la paix et d'y déposer les armes ; le matériel et l'armement devaient être restitués à la France, la guerre terminée ; la France s'engageait à rembourser toutes les dépenses d'internement.

Clinchant avait reçu pleins pouvoirs du gouvernement (2).

(1) Voir le texte aux annexes.
(2) Pour les soldats qui ont échappé à l'internement, voir le chapitre suivant.

Le matin du 1er février, cette armée qui avait coûté tant d'efforts et donné tant d'espérances, s'écoula tristement par les routes de Suisse. Les principaux points de passage étaient les Verrières-de-Joux que suivirent le 18e corps, la réserve générale ; les Fourgs désignés au 20e corps et à la division Peytavin ; les Echampés pour une partie du 24e corps, etc.

Le général Clinchant fit part à l'armée de son sort par la proclamation suivante :

« Soldats de l'armée de l'Est ! — Il y a peu d'heures encore, j'avais l'espoir, j'avais même la certitude de vous conserver à la défense nationale. Votre passage jusqu'à Lyon était assuré à travers les montagnes du Jura.

« Une fatale erreur nous a fait une situation dont je ne veux pas vous laisser ignorer la gravité. Tandis que notre croyance en l'armistice, qui nous avait été notifié et confirmé à plusieurs reprises par notre gouvernement, nous commandait l'immobilité, les colonnes ennemies continuaient leur marche, s'emparaient des défilés déjà en nos mains et coupaient ainsi notre ligne de retraite.

« Il est trop tard aujourd'hui pour accomplir l'œuvre interrompue : nous sommes entourés par des forces supérieures ; mais je ne veux livrer à la Prusse ni un homme ni un canon. Nous irons demander à la neutralité suisse l'abri de son pavillon ; mais je compte, dans cette retraite vers la frontière, sur un suprême effort de votre part : défendons pied à pied les derniers échelons de nos montagnes, protégeons les défilés de notre artillerie et ne nous retirons sur un sol hospitalier qu'après avoir sauvé notre matériel, nos munitions et nos canons.

« Soldats, je compte sur votre énergie et sur votre ténacité. Il faut que la patrie sache bien que nous avons tous fait notre devoir jusqu'au bout et que nous ne déposons les armes que devant la fatalité.

« Pontarlier, 31 janvier. »

Les Prussiens étant résolus à ne nous accorder ni trève, ni repos, il ne restait plus qu'à protéger notre retraite. Le 18ᵉ corps et la réserve générale, formant l'arrière-garde de l'armée, reçurent mission de tenir l'ennemi en respect et de lui défendre d'insulter notre entrée en Suisse.

Dans la matinée du 1ᵉʳ février, ordre est donné au général Feillet-Pilatrie d'envoyer sa 1ʳᵉ brigade (colonel Leclaire) à Oye à la disposition du général de Brémond d'Ars, commandant la division de cavalerie du 18ᵉ corps, disposant déjà du régiment d'Afrique. Il s'agit de repousser tout mouvement tournant vers les Fourgs ou les Verrières-de-Joux (1).

Sur la route directe de Pontarlier à la Suisse, la 2ᵉ brigade (général Robert) doit, de concert avec la

_____

(1) Le colonel Leclaire exécuta ponctuellement tous les ordres qu'il reçut, bien qu'atteint de congélations qui nécessitèrent plus tard une amputation.

réserve générale et au besoin avec la division Penhoat, tenir les défilés de la Cluse jusqu'à ce que l'armée se soit écoulée.

Du côté des Allemands, rien ne ralentit la poursuite : ni la certitude de notre désarmement en Suisse, ni l'inutilité du sang qui va être versé.

Le 1er février, l'avant-garde du IIe corps, commandée par le général du Trossel, part de Sainte-Colombe à 11 heures, trouve Les-Granges-Narboz évacué, entre à Pontarlier sans autre incident que quelques coups de fusil tirés vers la gare par des traînards. Le général du Trossel, hâtant la marche, arrive vers midi et demi à la sortie du col de la Cluse.

De Pontarlier, la route de la retraite se dirige sensiblement du nord au sud. A quelques centaines de mètres avant d'arriver au village de la Cluse, le chemin, encaissé entre des escarpements, tourne brusquement, presque à angle droit, vers l'est. Il débouche alors dans un vaste cirque formé par l'élargissement de la vallée du Doubs. En face du défilé et à gauche du village (1), sur une arête isolée, se dresse le château-fort de Joux qui commande la vallée dans toutes les directions et protège le point de bifurcation où la route détache un embranchement vers la Suisse et un autre vers l'Ain.

Le combat victorieux de la Cluse.

(1) *Cluse* veut dire *couloir*. La Cluse veut dire tantôt le défilé qui, de Pontarlier, débouche devant le fort de Joux, tantôt le village situé à quelques centaines de mètres en avant et qui en a tiré son nom. C'est par là qu'arrivèrent, en 1815, les Autrichiens venant de Suisse.

Au nord, pour empêcher les passages de la Cluse et de Joux d'être tournés par les plateaux (d'ailleurs très coupés et peu accessibles), on a construit le Fort-Neuf ou fort de Larmont. C'est devant cette position Joux-La Cluse-Larmont que l'ennemi vint se heurter.

Lorsque le 1er bataillon du 9e prussien (Colberg) apparut au tournant du col, près de la cabane du chemin de fer, il fut assailli par le feu roulant d'une compagnie de 42e de marche et d'une section du génie. La résistance acharnée de cette arrière-garde permit aux troupes en arrière de prendre des dispotions définitives. Le colonel Couston fit rester sur le terrain huit compagnies du 42e qui n'avaient pas encore rejoint la brigade Leclaire à Oye : quatre de ces compagnies furent établies sur la route même ; les quatre autres renforcèrent les barricades du village et occupèrent les pentes escarpées au nord, d'où elles entretinrent un feu meurtrier avec les Prussiens établis sur les crêtes qui surplombent.

En même temps, les généraux Robert et Pallu de la Barrière rebroussaient chemin avec leurs troupes. L'amiral Penhoat, qui se trouvait déjà près de Verrières, se disposa à revenir avec le 92e de ligne et le 77e mobiles.

Les Prussiens poussent vigoureusement l'attaque : sur la route et sur les hauteurs au sud, la moitié du 9e (grenadiers de Colberg) ; sur le plateau du Larmont, point de l'attaque principale, l'autre moitié du 9ᵉ et tout le 49ᵉ. Ces troupes, appuyées de fortes réserves (1), déployèrent un acharnement extraordinaire. Dès le début, l'artillerie du fort de Joux (2) avait fait taire l'artillerie ennemie : l'infanterie eut donc le rôle prépondérant dans le terrible combat qui allait faire retentir les sonorités de ces vallées grandioses du fracas des feux de peloton et marbrer le tapis neigeux des flaques rouges d'un sang répandu « pour l'honneur ».

Le début de l'action fut marqué par une panique. Les conducteurs de charrettes, agents d'ambulance qui encombraient la route, pris d'une terreur folle aux premiers coups de fusil, débouchent du défilé en frappant leurs chevaux et en criant. Tout ce convoi, par une action autant mécanique que morale, entraîne dans sa déroute les premières troupes de la réserve

(1) Trois bataillons du 2ᵉ. Ces troupes avaient gravi péniblement jusqu'au plateau par la côte Jeunet et étaient venues s'établir en avant de l'auberge du Larmont.

(2) Les forts de Joux et du Larmont étaient, depuis le 30 janvier, sous le commandement d'un officier d'artillerie récemment promu chef d'escadron, le commandant Ploton, précédemment chargé de diriger l'équipage de pont du 15ᵉ corps. La garnison des deux forts comprenait cent mobilisés du Doubs, cent sapeurs du génie et quatre-vingt-dix artilleurs pontonniers. Une batterie en neige composée de cinq pièces fut établie à l'entrée du fort de Joux et contribua à faire taire l'artillerie ennemie. Pendant tout le combat du 1ᵉʳ février, l'artillerie des forts aida efficacement notre infanterie. Pendant les jours suivants, jusqu'à la paix, les forts firent dans leur zone une police vigilante, canonnant et fusillant tous les détachements prussiens qui se risquaient à portée. La garnison, dans des pointes nombreuses et hardiment poussées, ramena beaucoup de matériel abandonné et de munitions. Le commandant Ploton ayant menacé de bombarder Pontarlier, les Allemands s'en écartèrent jusqu'à ce que l'armistice fût généralisé.

générale jusqu'à La Cluse. Mais aussitôt, le général Pallu de la Barrière, aidé de vaillants officiers, ramène en avant un bataillon d'infanterie de marine à gauche (commandant Beaupoil de Saint-Aulaire) et le 29ᵉ de marche à droite (lieutenant-colonel Coquet). Le commandant Beaupoil de Saint-Aulaire est mortellement blessé ; mais les Allemands sont rapidement refoulés dans l'entonnoir de la gorge où s'engage un combat corps à corps. Dans l'étroit couloir, trente-huit hommes d'infanterie de marine chargent à la baïonnette, déblaient la route et ramènent cinquante-deux prisonniers.

Le général Robert était accouru avec un bataillon du 44ᵉ de marche, commandant Gorincourt (tué dès le début de l'action) et s'était mêlé à la réserve générale.

Le général Billot conduisait sur les crêtes du Larmont l'autre bataillon du 44ᵉ, avec le lieutenant-colonel Achilli, pour protéger la droite des compagnies du 42ᵉ et de la réserve générale contre le mouvement tournant que les Prussiens tentaient alors avec 7 bataillons. Le 44ᵉ arrive juste à point en avant du Larmont pour renforcer un bataillon du 77ᵉ mobiles (Allier) envoyé par le général Penhoat et 2 compagnies du 73ᵉ mobiles (Loiret) qui commençaient à plier. Sur le plateau, la résistance devint inébranlable à partir de l'entrée en ligne du bataillon du 44ᵉ ; toutes les tentatives des Prussiens sont brisées, et le soir, lorsque arriva une fraction du 92ᵉ envoyée

des Verrières par l'amiral Penhoat, sa seule apparition détermina la retraite définitive des adversaires.
Ce combat très acharné avait coûté la vie au brave
colonel Achilli, qui se battait depuis deux mois avec
des blessures non guéries ; le lieutenant-colonel Couston du 42° était blessé.

Dans la vallée, lutte acharnée sur la route et sur
les pentes : l'épaisseur de la neige et la roideur de
l'escarpement nous empêchèrent d'enlever à l'ennemi
les crêtes qu'il garnissait au sud de la route en face
de Joux.

Vers cinq heures la lutte avait presque cessé : le
général Feillet-Pilatrie, croyant les Allemands en
pleine retraite, fait cesser le feu. Immédiatement, sur
notre front, des parlementaires allemands s'approchent. L'un d'eux — un colonel — est amené au général Robert et lui dit :

— Vous vous êtes très bien battus ; mais vous
savez que Oye a été enlevé ainsi que le village des
Allemands (1) : vous êtes coupés de la Suisse.

— C'est inexact, lui répondit très froidement le
général Robert qui savait que le général de Brémond
d'Ars tenait à Oye et l'amiral Penhoat sur la hauteur ;
quand même cela serait vrai, il nous resterait à mourir. Et maintenant, retirez-vous ; les hostilités re-
prendront dans dix minutes.

(1) Le village *Les Allemands* est à quelques kilomètres au nor
est du plateau de Larmont.

Un autre fit une proposition analogue au lieutenant-colonel Coquet du 29° de marche : il s'attira une réponse pareille.

La nuit mit fin à la fusillade. A partir de dix heures du soir, nos troupes se dirigèrent vers la frontière suisse sans que l'ennemi, qui avait rétrogradé sur Pontarlier, fît mine de les inquiéter (1).

Les pertes des Allemands étaient importantes : près de quatre cents hommes, dont dix-neuf officiers. Les nôtres étaient naturellement beaucoup plus considérables ; les troupes mal exercées offrent toujours à l'ennemi un but plus facile, des rassemblements plus exposés, des déploiements plus lents, moins bien défilés. Les 2 bataillons du 44°, d'un effectif total de sept à huit cents hommes, avaient perdu sept officiers et deux cent vingt-neuf hommes.

Le combat d'Oye. Le général de Fransecky, qui assistait au combat de la Cluse, comprenant que son corps d'armée ne passerait pas, aurait voulu tourner la position en marchant des Granges-Narboz sur Oye et sur les Granges-Sainte-Marie.

Devant la difficulté des chemins, couverts de plus d'un mètre de neige, il dut se contenter de faire une tentative sur Oye avec un détachement de quelques centaines d'hommes. Ce détachement se heurta à

(1) Le général Billot, accompagné d'un aide de camp, le commandant Brugère, suivit la frontière avec des vêtements civils pour se rendre à Bordeaux, muni d'une autorisation écrite du général en chef.

Oye au général de Brémond d'Ars : il débouchait du bois de la Fauconnière et commençait une vive fusillade lorsque deux compagnies du 1er bataillon de « zéphyrs », commandant Rose, de grand'garde aux Petits-Friards, accourut au feu. L'une des compagnies tomba par les crêtes sur le dos des Prussiens, l'autre les prit en flanc sur le revers du coteau : l'ennemi lâcha vite pied et s'enfuit jusqu'à Granges-Dessus en perdant une quarantaine d'hommes, dont trois officiers.

C'étaient les dernières cartouches !

La journée du 1er février suffit à confondre les détracteurs de nos troupes de l'Est et à mettre en lumière la responsabilité de ceux qui n'ont pas même cherché à tirer parti de pareils hommes. A la Cluse, la lutte était entre troupes numériquement égales (cinq mille hommes réellement engagés de chaque côté) et nous avons eu l'avantage sur tous les points. Nos soldats, mourants de faim et de froid, ayant la frontière dans le dos, au moment où le reste de la France avait posé les armes, se sont admirablement battus « pour la gloire ».

Pour la gloire ! c'est-à-dire avec la certitude que leur sacrifice était stérile, que leur succès même n'aurait pas la plus mince influence sur le résultat de la guerre.

Sans de pareils héroïsmes, d'autant plus purs

Héroïsme des troupes.

qu'aucun espoir n'est au bout, que deviendrait le
patrimoine moral de la race? Il leur est dû, à ces
champions *in extremis* du nom français, autant de
reconnaissance que d'admiration. C'est à eux que
nos bataillons doivent d'avoir franchi la frontière en
rang, en armes, dans une attitude digne, au lieu d'y
être poussés comme un troupeau effaré, — le souffle
des chevaux des uhlans dans la nuque !

Et d'ailleurs, au cours de cette retraite déplorable,
cinq divisions ont eu à soutenir des combats violents :
Rebilliard à Vorges et à Busy; Thornton à Chaffois;
Pallu de la Barrière, Feillet-Pilatrie, Penhoat à
Oye et à la Cluse, ces trois dernières divisions après
l'armistice. Cinq fois sur cinq les troupes engagées
ont eu la meilleure attitude et ont infligé des échecs
aux Prussiens. Tant il est vrai que lorsqu'on mène
en avant la troupe française la plus désagrégée, la
masse tout au moins suit les chefs. Qu'on la mène en
retraite, elle ne tarde pas à fondre : le caractère
national est ainsi fait; nous pourrions dire le caractère de presque tous les soldats du monde. Quant
aux Allemands, ce n'est pas au nombre des portes
enfoncées qu'il faut juger leur mérite : *les portes ouvertes ne comptent pas; or, aucune des portes fermées
n'a été forcée par eux.*

Sauf de rares retardataires, l'armée française était
tout entière en Suisse, le soir du 2 février (1) : pendant

(1) Entrèrent en Suisse : 2192 officiers; — 88 381 soldats; — 285

tout son séjour elle s'y fit remarquer par la correction de sa conduite et la dignité de sa tenue.

Dire que la Suisse fut hospitalière, ce n'est pas assez dire. Elle entoura son hospitalité de tant d'attentions empressées, de tant de procédés délicats, qu'il n'est pas, encore aujourd'hui, un seul des internés d'alors qui puisse en parler sans émotion. Les femmes de toutes les classes prodiguèrent à nos malades — et bien rares étaient ceux de nos soldats que la fièvre ne minait pas ou que le catarrhe ne déchirait pas — les soins les plus dévoués et les plus touchantes consolations. C'est l'honneur de ce petit pays d'avoir osé se faire le courtisan du malheur, sans se soucier de l'ombrageuse Allemagne. Et c'est l'honneur de l'humanité qu'il soit permis de terminer le récit d'une lutte sanglante par l'admirable exemple de la fraternité de deux peuples.

Accueil admirable.

canons. Pour être complet rappelons qu'une convention du 15 février généralisa l'armistice et qu'une autre du 16 février traita de l'évacuation de Belfort. Ces documents sont aux annexes.

CHAPITRE XIII

CEUX QUI S'ÉCHAPPENT DU DÉSASTRE

C'est fini ! Voici la quatrième armée perdue par son chef : à Metz, la trahison délibérée ; à Sedan, la politique dynastique ; à Paris, l'idée préconçue d'impuissance ; dans l'Est, l'effondrement moral. Partout d'ailleurs, le scepticisme et l'insuffisance du haut commandement.

Ici, comme à Paris, comme à Metz, les coupables ont voulu se laver en accusant leurs troupes : vaine et misérable justification... Pour en faire justice, il suffit de raconter les efforts de tous ceux qui se sont débattus dans l'agonie de l'armée ; il suffit de retracer les coups de main, les marches fantastiques tentées ou réussies par vingt détachements qui ne voulaient ni renoncer à leurs armes, ni abandonner leur pieux espoir. Après les tristes pages, le Livre d'or.

Au delà de la frontière, c'était la délivrance physique, les souffrances apaisées, le péril écarté,
l'accueil généreux si doux aux cœurs endoloris de
ces soldats presque enfants. En deçà de la frontière,
c'était les routes impossibles, la faim certaine, le
danger continuel, le froid implacable ; mais c'était
la France. Et tous ceux qui le purent optèrent pour
la Patrie : c'est-à-dire pour les épreuves renouvelées
et accrues.

Autorisation générale de ne pas entrer en Suisse.

« Il est bien entendu, dit l'ordre du général en
chef en date du 31 janvier, que tout chef de corps
qui pourra se dispenser d'entrer en Suisse est autorisé à le faire. »

On ne peut rattacher par aucun lien ces évasions
isolément tentées.

La cavalerie du 15ᵉ corps, général de Longueruc,
avait deux jours d'avance, elle échappa donc naturellement au désastre.

La cavalerie du 15ᵉ corps.

Au 24ᵉ corps, la division Dariès, qui se trouvait la
plus avancée au sud, part de Mouthe le 31 janvier
avec son infanterie et arrive à Morez à six heures du
soir. Le 1ᵉʳ février, elle part pour Gex et la Faucille,
avec de la neige jusqu'à la ceinture, en semant sur
sa route d'innombrables malades et éclopés. L'appel du 3 février donne les chiffres suivants : 15ᵉ chasseurs à pieds, 10 officiers, 234 hommes ; 63ᵉ de
marche, 21 officiers, 353 hommes ; bataillon du

Le 24ᵉ corps.

Haut-Rhin, 8 officiers, 185 hommes ; bataillon du Tarn-et-Garonne, 8 officiers, 407 hommes ; bataillon de la Haute-Garonne, 15 officiers, 645 hommes.

Le régiment de marche de cavalerie du colonel Droz comptait 24 officiers, 318 hommes, 49 chevaux. Un escadron du 10ᵉ dragons, 6 officiers, 60 hommes, 11 chevaux.

Le général Carré de Busserolles s'était également échappé, mais avec quelques hommes seulement.

La division Cremer.

Le général Cremer était passé le premier, sans difficulté d'ailleurs, avec sa cavalerie. Sur de fausses indications, le colonel Millot amena sa brigade en Suisse. Mais l'énergique colonel Collavet, commandant le 86ᵉ mobiles (Saône-et-Loire), refusa de suivre et, avec le colonel Poullet, emmena ses jeunes soldats au Bois-d'Amont, par la Chapelle-aux-Bois.

La réserve générale.

Pour la réserve générale, laissons la parole au général Pallu (1) :

« Dans la nuit du 1ᵉʳ au 2 février, les trois régi-

(1) M. le contre-amiral Pallu de la Barrière, commandeur de la Légion d'honneur, est mort en 1892 à Lorient, où il s'était retiré après sa mise dans le cadre de réserve.

M. Pallu de la Barrière était né le 19 août 1828, à Saintes. Il entra à l'École navale et en sortit aspirant de 2ᵉ classe en 1840 ; il devenait enseigne en 1850, lieutenant de vaisseau en 1868, capitaine de frégate le 11 août 1869.

Il avait ce grade au moment de la guerre ; le gouvernement de

ments d'infanterie commencèrent à passer la frontière aux Verrières.

« J'étais à quelques pas de la frontière et je voyais les piles de chassepots qui s'y accumulaient. Quelques soldats versaient des larmes ; quelques autres trahissaient leur agitation par des paroles indignées et des imprécations... L'attitude du plus grand nombre était encore fière... Quelques régiments avaient conservé un aspect imposant.

« A ce moment, il me prit une humiliation ; passant rapidement devant les quelques hommes qui restaient encore en France, je leur proposai à voix basse, car je craignais d'être livré, de me suivre. Il s'en présenta immédiatement une centaine. J'en réduisis le nombre à soixante. »

Après avoir prévenu Clinchant et remis le com-

la Défense nationale l'avait fait général de brigade au titre auxiliaire et l'avait placé à la réserve de l'armée de l'Est.

Après la paix il reprit sa place dans la flotte et devint capitaine de vaisseau en 1873, puis contre-amiral en 1887.

M. Pallu de la Barrière avait pris part aux campagnes de Crimée, de Chine et de Cochinchine. Dans ces deux dernières campagnes, il servait auprès de l'amiral Charner comme aide de camp. Il fut blessé de deux coups de lance à l'attaque des lignes de Ki-Hoa, à la suite de laquelle Saïgon fut débloqué en 1861.

Comme capitaine de vaisseau, M. Pallu de la Barrière avait rempli les fonctions de gouverneur de la Nouvelle-Calédonie.

Dans une allocution aux condamnés, il avait manifesté son intention de les soumettre à un régime très doux.

M. Pallu de la Barrière était un écrivain distingué ; il a publié notamment *les Gens de mer*, scènes de la vie maritime, et le récit de presque toutes les expéditions auxquelles il a pris part.

mandement au lieutenant-colonel Courtot du 38°,
Pallu de la Barrière se mit en route. La petite
troupe marcha de nuit, se cachant le jour, à portée
des sentinelles prussiennes ; huit jours après, elle
déboucha dans la Valserine.

« Sur les soixante, il n'en restait que quarante-
deux à l'arrivée à Gex. »

Le général Goury et le lieutenant-colonel de Bois-
fleury ne voulurent pas suivre le 18e corps. Il faut
laisser la parole au général :

« Deux heures de repos furent accordées aux
hommes pour faire le café et prendre des forces,
car si la route avait été jusqu'alors pénible, les difficultés qui restaient à surmonter devaient encore
s'accroître dans une proportion excessive. Il était
d'ailleurs impossible de s'arrêter, l'ennemi occupait
les villages de Sainte-Marie, Foncine-le-Haut et
Foncine-le-Bas, et n'était séparé de nous que par une
distance de quelques kilomètres. Ses éclaireurs
étaient déjà venus, à plusieurs reprises, dans les
villages que nous traversions. En conséquence, au
jour, la colonne quittait Mouthe et se dirigeait sur
Chaux-Neuve, et là elle commençait à gravir les
montagnes qui séparent ce village de la Chapelle-
des-Bois. Cette ascension fut des plus rudes, car la
neige encombrait la route Néanmoins, les hommes
marchèrent toujours en bon ordre, et montrèrent
une consistance inébranlable au milieu de ces rigou-

Le 4ᵉ zouaves.

reuses épreuves. A trois heures de l'après-midi, on
arrivait à la Chapelle-des-Bois, et là le commandant de la brigade donna l'ordre de s'arrêter jusqu'au lendemain 3 février. L'ennemi, cependant,
était descendu en force à Saint-Laurent, et ses éclaireurs se montraient aux environs de Morez, annonçant l'arrivée d'un corps considérable dans cette
ville. En conséquenec, le 3 février, le commandant
de la brigade se résolut à gravir le mont Risoux,
afin d'aller coucher à Bois-d'Amont. Des douaniers
servirent de guides et conduisirent la colonne par les
sentiers suivis seulement par les préposés. Après des
fatigues inouïes, rendues encore plus grandes par
les rigueurs d'une saison exceptionnelle, on arrivait
à Bois-d'Amont à deux heures. Le même jour, les
cavaliers ennemis venaient à la Chapelle-des-Bois et
cherchaient à se renseigner sur notre nombre, sur
la route que nous suivions, dans le but de nous
poursuivre et de nous couper la retraite. Le 4 février, à la pointe du jour, nous quittions Bois-
d'Amont et, laissant les Rousses à notre droite,
nous venions gagner par un chemin de traverse le
col de la Faucille, pour entrer à sept heures du soir
à Gex. Nous étions donc dans le département de
l'Ain, et désormais couverts par l'armistice.

« Grâce à l'énergie électrisante du lieutenant-
colonel commandement le 4ᵉ régiment de zouaves (1) ;

(1) Lieutenant-colonel Polyron de Boisfleury.

grâce aussi à l'entrain et à la vigueur des officiers qui comprenaient facilement toute l'importance de leur mission, cette marche pénible s'est effectuée avec un ordre complet, sans laisser un seul traînard en arrière. Pas une plainte, pas un murmure ne s'est fait entendre, et cependant ce résultat n'a été obtenu qu'à l'aide de souffrances inouïes et de fatigues écrasantes. Sans doute, l'effectif de cette colonne était restreint (1). Mais, dans les circonstances où l'on se trouvait, cette poignée d'hommes pouvait rendre de grands services, car elle représentait les cadres complets et éprouvés d'un magnifique régiment. »

D'autres furent moins heureux, quoique également décidés.

Une centaine d'hommes du 12ᵉ chasseurs de marche, commandant de Villeneuve, ne purent se résoudre à franchir la frontière. Sous la direction du colonel de l'Espée, chef d'état-major de la 3ᵉ division du 10ᵉ corps, ils gagnèrent par des sentiers extraordinaires deux chalets situés à 2 kilomètres du village des Fourgs, occupé par les Prussiens. Personne ne voulut leur apporter des vivres, par crainte des vengeances prussiennes. Ils restèrent jusqu'au 4 février sans vivres et se décidèrent le 5 seulement à demander un asile à la Suisse.

Bourras.   Corps franc des Vosges. — Arrivé aux Petits-Fourgs,

(1) Trois officiers supérieurs ; quarante-deux officiers ; trois cents sous-officiers et zouaves.

Bourras ne peut se résigner à mettre bas les armes. Apprenant que Mouthe n'est pas occupé, malgré les affirmations des débandés, Bourras rassemble ses hommes à 11 heures du soir. Il leur lit un ordre du jour vigoureux qui va droit au cœur de ces braves gens. On part à la file indienne, des blessés sur les chevaux des officiers. Le 2 février, à l'aube, la colonne atteint Mouthe : après une halte de quelques minutes, continuation sur Chaux-Neuve, d'où l'on déloge quelques éclaireurs allemands. Malgré des fatigues inouïes, on ne s'arrête que deux heures : le corps franc traverse le mont Risoux et arrive au Bois-d'Amont à onze heures du soir, après vingt-quatre heures de marche dans la neige épaisse, par des sentiers périlleux. — « Il nous sera difficile, dit Bourras, d'oublier la profonde joie que reflétaient les figures amaigries de ces braves gens qui paraissent remercier leurs officiers de leur avoir épargné le triste sort de leurs camarades (1). »

(1) *Le corps franc des Vosges*, chez Berger-Levrault, par Ardouin Dumazet. M. Ardouin-Dumazet a en outre donné dans le *Temps*, sur Bourras, une notice intéressante qui se termine ainsi :

« Bourras dut tout organiser, jusqu'à l'établissement des cartes, dont il chargea son sergent secrétaire, aujourd'hui dessinateur à la Compagnie de l'Est, M. Guénon. Il lui fallut équiper, armer, administrer son corps. Il le fit avec tant de rigueur qu'il put rendre des fonds à l'intendance lors du licenciement. L'intendance n'en croyait pas ses yeux.

« Nous ne referons pas le récit de sa campagne, de sa belle retraite sur Gex par les hautes vallées du Jura, ni de la scène émouvante dans laquelle il disait à ses officiers qu'il les laissait libres d'entrer en Suisse ; mais que, pour lui, il s'ouvrirait un passage

Le colonel
Vincent.
L'odyssée
d'un esca-
dron.

Le lieutenant-colonel Vincent, chef d'état-major de la cavalerie du 18° corps, avait été refoulé sur Besançon avec un escadron par les mouvements de l'ennemi (1). Le général Rolland, craignant de manquer de fourrages, l'invita à rallier le sud-ouest comme il pourrait.

Le colonel partit d'abord le 7 février à quatre heures du soir avec tous les officiers de l'état-major de la division et quatre ordonnances, en tout dix cavaliers en tenue et en armes.

« Le 7 au soir, dit-il, nous couchions au village d'Amancey. Les Prussiens nous étaient signalés à un quart d'heure de ce village, à Déservillers, Eternoz, etc. Le 8, après avoir guetté le moment où la route de Bolandoz à Nans était libre, nous l'avons franchie au galop, passé par le village retiré de Montmahoux,

les armes à la main. C'est cet incident que M. Morice a voulu rendre dans sa belle statue.

« Malgré ces services, le général Bourras fut remis chef de bataillon lors de la revision des grades. En 1880, seulement, il fut proposé pour lieutenant-colonel. Il n'était pas passé par l'École polytechnique.

« Ce dédain immérité, l'âpre souvenir de la défaite, toujours vivant chez ce patriote au cœur chaud, le conduisirent à une maladie qui fit de rapides progrès. Son dernier mot, dans son délire, fut :

— « Mes petits francs-tireurs ! »

(1) Il avait été chargé par le général Billot de notifier l'armistice à l'ennemi et d'échelonner des pelotons sur la route de Doubs à Besançon pour constater que nous possédions cette route avant l'armistice. Les Allemands s'arrêtèrent sur quelques points. Sur d'autres ils passèrent outre, forçant le colonel à se replier sur Besançon.

celui du Crouzet, franchi également la route de Levier à Salins, sillonnée par les estafettes prussiennes.

« Nous passions ensuite par Lemuy, Montmarlon en franchissant le chemin de fer de Pontarlier à Arbois, et la route très fréquentée qui lui est un moment parallèle ; puis par Supt, Chappois, villages isolés, à Vers ; là, la route nous est barrée par un camp d'artillerie prussien à Ardon.

« Champagnole et le village de Montrond étaient occupés par plusieurs milliers d'hommes d'infanterie, il était impossible de franchir ces obstacles dans la même journée, nos chevaux étant très fatigués, et nous dûmes aller passer au village de Valempoulière la nuit du 8 au 9.

« Le 9 après avoir envoyé des villageois en éclaireurs, nous quittions la localité précitée, nous franchissions sans encombre la route, suivie à des intervalles inégaux par des colonnes prussiennes d'Ardon à Montrond, et nous entrions dans la forêt de la Faye, où la présence des Prussiens à Crotenay nous forçait d'attendre l'arrivée de la nuit, et de nous passer du concours d'un de nos guides, retenu par eux. Les forces ennemies dans ce village pouvaient s'évaluer à douze cents hommes.

« Après nous être égarés dans la montagne et la forêt, nous pûmes, après de grandes fatigues, arriver au Pont-du-Navoy sur l'Ain, qui fut rapidement franchi.

« Les villages de Mirebel et de Ney, près Cham-

17

pagnole, étaient occupés. Nous couchions à Morigny près du lac de Châlin.

« Une colonne venant de Clairvaux et forte d'environ trois mille hommes avait suivi la route passant par Doucier, Marigny, Montigny, etc., dans la même journée.

« Le 10, nous repassions l'Ain pour éviter Clairvaux, et suivons la rive droite de cette rivière en passant par Blye, Mesnois, en franchissant au galop la route très battue de Lons-le-Saunier à Clairvaux près du Pont-de-Poitte, et prenant les chemins de traverse par la montagne, en passant par Largillay, la Cour-du-Meix, Onoy, Cernon; là, nous étions hors d'atteinte!... »

Le colonel raconte ensuite dans son rapport l'odyssée du gros de l'escadron sous les ordres du commandant Gibert :

« Le 14, au matin, il partit avec cent soixante-dix-huit chevaux et suivit l'itinéraire suivant : Cléron, Amancey, Bolandoz, Sept-Fontaines, Bulle, la Rivière, Bouverans, Bonnevaux ; entre hardiment dans la montagne en passant par Boujeons, les Pontets, le Crouzet, la Chaux-Neuve, la Chapelle-des-Bois.

« Là, il constata la présence de nombreux postes ennemis occupant Saint-Laurent, Mory, Belle-Fontaine, Morbier, et trouvait ainsi la route barrée.

« Un moyen lui restait, c'était de franchir les

monts Risoux dans la nuit du 14 au 15, en faisant reposer ses chevaux pendant cinq heures dans le village de Bois-d'Amont.

« Il avait ainsi tenté une ascension tellement hardie que les gens du pays n'en croyaient point leurs yeux. Dans toute cette route, la neige, souvent d'une épaisseur de plus d'un mètre, avait été un obstacle presque infranchissable pour des hommes et des chevaux harassés de fatigue.

« La route était poursuivie en outre sur les Rousses, Gex, où l'escadron arrivait le 16 à trois heures de l'après-midi, n'ayant perdu que deux chevaux tombés dans un précipice, six autres avaient été laissés en route, faute de pouvoir suivre. »

Le colonel ajoute une constatation que nous reproduisons à la fois pour l'honneur de nos troupes, et pour montrer que les chefs qui savaient faire leur devoir trouvaient toujours dans leurs hommes endurance et dévouement (1) :

« Je profite de la circonstance pour vous signaler

(1) Le lieutenant-colonel Poizat, commandant l'artillerie de la 3e division du 15e corps, tient un langage pareil :

« Dans cette pénible retraite à travers les montagnes du Jura, sur des routes très accidentées et où la neige atteignait 70 centimètres d'épaisseur, tous les hommes ont fait preuve d'une ténacité sans pareille. Chaque batterie est restée compacte et unie : pas un homme n'a manqué aux appels. Plus de la moitié des canonniers étaient en sabots. »

Vingt autres chefs ne parlent pas autrement : Pallu, Rebilliard, etc.

le bon esprit qui n'a cessé d'animer les hommes de troupe de la cavalerie du 18e corps.

« Pas un murmure n'est sorti de la bouche des hommes, qui, dans nos allées et venues de Pontarlier à Besançon, ont passé trois jours et deux nuits sans dormir, et ont parcouru par un froid excessif des distances excessives. »

Ces marches doublement périlleuses ne doivent pas être considérées comme de simples épisodes. Il est bien peu de corps dont les chefs n'aient regardé de tous les côtés avant de franchir la frontière. Mais, sur la plupart des points, l'absence absolue de communications ne permettait même pas de songer à une tentative. Ce qui a été tenté et ce qui a réussi suffit à venger cette armée tant calomniée.

L'esprit de l'armée de l'Est, il n'est pas caractérisé par la défaillance d'un Bourbaki, mais bien par la conduite de tous ces officiers et de ces soldats dont l'ardeur inutilisée, paralysée systématiquement pendant un mois, survivait à tous les écœurements, à toutes les souffrances, à toutes les suggestions déprimantes ; dont nous venons de voir la foi patriotique s'exalter et grandir dans les pires épreuves et dans les extrêmes périls. Ils n'ont pu sauver l'armée, mais ils ont permis de la juger, — et ce jugement met hors d'atteinte l'honneur de la nation.

CHAPITRE XIV

On a inscrit dans nos règlements militaires une phrase que l'expérience de 1870 a dictée : « La solidarité des unités dans le combat est un devoir qui engage l'honneur militaire de ceux qui les commandent. »

Dans l'armée de l'Est, la solidarité n'a jamais été obtenue, parce que jamais Bourbaki ne l'a demandée. Tous les efforts ont été décousus et successifs : jamais, au cours de cette campagne, plus de trois divisions sur quatorze n'ont donné à la fois, si ce n'est à Villersexel où trois divisions ont été engagées à fond et deux légèrement. La mise en œuvre des forces disponibles eût converti les succès nombreux obtenus par nos troupes en victoires décisives. Telle est l'observation dominante que comporte la science tactique de Bourbaki.

Pour apprécier sa stratégie, il suffit de supposer un instant que le 15° corps et la division Cremer aient été maintenus dans le rôle primitivement convenu : il est certain que Manteuffel n'aurait pas pu imaginer le plan téméraire qu'il a risqué et que Bourbaki lui a fait réussir.

A plusieurs reprises, la victoire s'est offerte : chaque fois Bourbaki a refusé de la prendre. Nous ne reviendrons sur cette heure décisive où le chemin de Belfort était ouvert à notre aile gauche que pour citer une autorité irrécusable :

« Si les lignes allemandes eussent été attaquées par le gros des masses françaises, sur la route de Lure, c'est-à-dire à Frahier et Chenebier, puis ensuite à Châlonvillars, il est plus que probable que l'armée de l'Est eût été facilement victorieuse. Sur cette partie de son front de bataille, l'ennemi, gêné par le voisinage de Belfort, se fût trouvé pris entre deux lignes de feux rapprochées, et mis dans l'impossibilité d'effectuer une rapide concentration de forces... *Il n'est pas douteux* que nos colonnes se seraient ouvert le passage, forçant les Prussiens à une retraite désastreuse en défilant devant la forteresse qui aurait causé leur destruction (1). »

A côté des fautes tactiques et stratégiques du général en chef, il faut imputer une part de responsabilité à la constitution de nos grands réseaux — entre-

(1) La *Défense de Belfort*, rédigée sous le contrôle de Denfert-Rochereau, par les capitaines Thiers et de la Laurencie (p. 457).

prises disposant de l'influence impériale et s'en étant servie dans un but étroitement financier sans préoccupation nationale aucune.

De même que l'investissement de Metz a été facilité par l'absence de la ligne Metz-Verdun retardée par la Compagnie de l'Est, de même le sort de l'armée de Bourbaki eût été tout autre si la construction de la ligne Besançon-Morteau n'avait pas été entravée par la Compagnie de Lyon.

La moralité des lenteurs et des désordres qui ont compromis le transport de l'armée de l'Est est dans cette phrase du général Thoumas : « Je suppliai à plusieurs reprises M. de Freycinet de centraliser tout ce qui concernait les transports par chemin de fer dans les mains d'un seul directeur, investi de pouvoirs absolus, et je me permis même de lui indiquer M. Jacqmin comme particulièrement capable de remplir cette importante mission. »

Mais M. de Freycinet recula et Gambetta lui-même « malgré le titre de dictateur ne se crut pas assez fort pour s'en prendre aux puissantes compagnies ».

Sans doute, ces fautes et ces erreurs matérielles proviennent de l'insuffisance technique de Bourbaki : la science de la guerre et la préparation professionnelle étaient non seulement négligées, mais encore ridiculisées dans le monde militaire officiel du second empire. L'officier instruit provoquait les plaisante-

ries et se faisait la réputation d'un bureaucrate
incapable de commander au feu.

Les champs de bataille où la génération de Bourbaki avait gagné ses grades — avec une incomparable bravoure, certes! — n'étaient pas faits pour
habituer aux maniements des grandes masses ;
l'Afrique, le siège de Sébastopol et les sanglantes
rencontres de Crimée, l'inénarrable « débandade en
avant » que fut la guerre d'Italie, ne pouvaient
être des écoles de stratégistes, pas même de tacti-
ciens.

Les camps d'exercice n'étaient pas plus instructifs.
Quand nous assistons aujourd'hui à ces grandes
manœuvres à thèmes variés et que nous lisons les
critiques qui les suivent, nous ne pouvons nous empêcher de penser qu'elles sont tout de même un peu
plus « l'image de la guerre » que les parades du
camp de Châlons. Les manœuvres de Châlons n'é-
taient guère que la répétition sur un champ plus
vaste des mouvements effectués dans la cour de la
caserne.

L'adaptation des dispositifs au terrain pour des
armées de cent mille hommes, la convergence sûre
des divisions sur une ligne donnée en un temps
donné, la préoccupation constante d'entraver les
mouvements de l'ennemi, l'évaluation des forces
adverses : tout cela n'avait pu s'acquérir ni dans les

expéditions militaires du second empire ni dans les
exercices insignifiants de la paix.

Quelle que soit l'utilité de cette haute instruction
militaire, des officiers énergiques et intelligents peuvent y suppléer à force d'ardeur, de sang-froid, de
ressort. Nous avons vu des hommes comme Chanzy,
et, sous ses ordres, des officiers de marine comme
Jauréguiberry, Jaurès, manier avec aisance des divisions dont le grand défaut était d'être peu maniables.
C'est qu'au-dessus de la science, la qualité maîtresse
du commandement restera toujours : la volonté.
Mais ils étaient rares ceux qui n'étaient pas débordés
par une situation entièrement nouvelle pour eux.
Combien n'avaient pas la plus lointaine idée de la
réalité des choses !

C'est ainsi qu'on voit un Bressolles faire des dépositions comme celle-ci : — « P. 417, t. VI. — Au
village d'Héricourt la résistance de l'ennemi fut telle
qu'elle lui permit de recevoir les convois qui devaient le ravitailler en forces considérables. J'ai
entendu dire que quatre-vingt-quinze trains en quarante-huit heures avaient porté cent mille hommes
de renfort à l'armée qui assiégeait Belfort. Les positions d'Héricourt n'ayant pu être enlevées, l'armée
se mit en retraite. »

C'était plusieurs mois après la guerre qu'il faisait

cette extravagante déposition; cet acteur du grand
drame n'avait pas même eu la curiosité de lire les
relations précises publiées dès cette époque! Étonnons-nous donc qu'au moment de reprendre les
défilés du Lomont, le même général ait décampé de
devant Passavant sur le racontar d'un paysan que
« dix mille hommes et cent canons se trouvaient
dans le village »!

Combien étaient-ils de Bressolles qui n'avaient ni
sang-froid, ni volonté? La volonté, résultante de facteurs multiples, se trempe et se retrempe dans le
sentiment élevé de la responsabilité, dans la croyance
en la possibilité de vaincre et dans la vieille
maxime romaine : Le salut de la Patrie est la loi
suprême.

Tel n'était pas, hélas! l'état moral de Bourbaki. Et
sa foi, pour suppléer à la science, ne s'était pas suffisamment haussée à la grandeur du péril. Dès le
25 octobre il écrivait à l'amiral Fourichon : « J'essaierai avec courage et dévouement tout ce que l'on
m'ordonnera de faire; mais, si au lieu d'être un
agent de combat, j'étais un agent de pensée, je
voterais pour un armistice et la paix (1). »

C'est écrit au moment où la France se préparait à

(1) *Enquête* sur les actes de la Défense nationale, t. VI, p. 170.

soutenir une lutte qui allait tenir en échec les armées allemandes *pendant trois mois et demi :* voilà qui donne la mesure de l'homme.

Son Éminence Grise, M. Leperche, très au courant de sa psychologie, a déposé ceci : — « *Bourbaki ne se faisait pas la moindre illusion sur l'issue de l'entreprise dont il se chargeait* (1). »

Et il croit, disant cela, plaider pour Bourbaki!

On a toujours mauvaise grâce à faire de la critique théorique : il faut que des faits d'expérience et des comparaisons viennent en contrôler la valeur. Or, ils ne manquent pas des faits qui prouvent que la défaillance de Bourbaki n'était pas l'état normal de ses collaborateurs. N'avons-nous pas rencontré, en toutes circonstances, dans l'armée de l'Est. des chefs dont l'ardeur aurait produit de grands résultats, si le général en chef n'avait employé le peu de volonté qui lui restait à réprimer et à décourager leurs initiatives?

Une autre comparaison s'impose invinciblement : nous défions qu'on puisse lire les ordres de Chanzy sans que le sang-froid mâle et lucide, la ténacité d'une foi intacte à la dernière minute comme au premier jour, n'arrachent ce regret douloureux : Ah! pourquoi Bourbaki n'était-il pas de cette trempe!

(1) *Enquête*, t. VI, p. 177.

L'un mêle à son noir pessimisme des jérémiades incessantes sur ses troupes : Chanzy ne cesse de glorifier son armée. Est-ce que vous ne pensez pas au mauvais ouvrier se plaignant de son outil?

Quel levier que l'optimisme de Chanzy ! Qui ne tente rien n'obtient rien, — et on ne tente vraiment que ce qu'on croit réussir. Exemple : Dans les derniers jours de décembre, M. Ranc, après avoir terminé une mission au quartier général de la 2ᵉ armée de la Loire, va prendre congé de Chanzy : « Dites à Gambetta que je lui donnerai Vendôme pour cadeau de jour de l'an. » Mot bien français. Vendôme ne fut pas repris, — par la faute d'une des colonnes qui devaient concourir à l'opération : mais l'attaque fut tentée, mais elle montra la vitalité de l'armée, mais la marche de Frédéric-Charles fut ralentie de huit jours. Voilà un fécond optimisme qui, s'il n'atteint pas du premier coup toutes ses espérances, donne tout de même de si précieux résultats.

Bourbaki rabaisse ses troupes. Chanzy les exalte : « Le ministre de la guerre (Gambetta) arrivé ce soir (10 décembre) au quartier général a pu apprécier par lui-même la valeur d'une armée qui a su résister à quelques échecs et sur laquelle le pays peut compter. »
C'est cette armée que Chanzy avait prise en pleine déroute, coupée en deux et maintenue sous le feu de l'ennemi.

Bourbaki exagère les forces prussiennes. Chanzy les rabaisse : « Il n'y a point à alléguer le mauvais temps. Il est le même pour tous et les Prussiens ne s'en préoccupent pas. »

Bourbaki rabroue ses lieutenants qui veulent se battre : il suffit d'être entreprenant et croyant pour encourir sa disgrâce. Chanzy tient tête à ceux qui se découragent : « J'ai eu à lutter contre les demandes instantes de généraux qui voulaient continuer la retraite cette nuit. »

Cherchez donc — cherchez, et vous ne trouverez pas — dans les ordres de Bourbaki des injonctions viriles comme celles-ci :

« Le général en chef rend les généraux et chefs de corps responsables de ces débâcles que rien ne justifie et que de l'énergie et quelques exemples immédiats peuvent arrêter.…

« … Notre cavalerie ne peut rester moins audacieuse que celle de l'ennemi qui sait nous harceler dans tous nos mouvements. Il sera rendu compte au général en chef de tous les coups de main, des noms de ceux qui les auront tentés, et de leurs résultats.…

« … Les fuyards seront ramenés sur les positions et maintenus sur la première ligne de tirailleurs. Ils seront fusillés s'ils cherchent à fuir. Le général en chef n'hésiterait pas, si une débandade venait à se reproduire, à faire couper les ponts en arrière, pour forcer à la défense à outrance. »

Et quand Paris s'est rendu : « *Si le suprême bonheur de sauver Paris nous échappe*, écrit Chanzy à Gambetta, *je n'ai pas oublié qu'après lui, il y a encore la France, dont il faut sauver l'existence et l'honneur.* »

Ces sentiments exprimés dans un tel langage et appuyés d'efforts surhumains, ne sont-ils pas la plus dure condamnation de Bourbaki? Ce malheureux n'a qu'une circonstance atténuante : son coup de pistolet. Oui, son coup de pistolet!... Sans doute des raisonneurs impitoyables auront beau jeu à démontrer qu'un tel acte est interdit à un général en chef ; que le désarroi qui en allait être l'inévitable conséquence nous fit perdre vingt-quatre heures d'un temps irréparable ; que ce coup de désespoir devait avoir une répercussion déplorable sur le moral des troupes... Il faut être plus humain... cette immense détresse morale appelle une immense pitié.

Et c'est dans une auréole d'indulgence et de miséricorde que Bourbaki apparaîtrait définitivement dans l'histoire, et sa grande infortune masquerait peut-être ses grandes fautes, si sa carrière se fût terminée là.

Pour le malheur de cet homme, son coup de pistolet ne fut pas une abdication. La paix signée, nous le retrouvons commandant l'état de siège à

Lyon, — Lyon n'étant d'ailleurs assiégé que par des idées républicaines. Et voilà qu'ayant en face de lui des concitoyens coupables de détester le régime de Sedan, il retrouve contre des comités électoraux l'esprit d'offensive, la haine de l'adversaire qui sommeillaient en lui devant les bataillons ennemis. En présence de cette arrogance et de cette vigueur subitement retrouvées après le péril, on est autorisé à chercher les causes de son accès de désespoir bien plutôt dans ses déboires personnels que dans les malheurs de la France.

CHAPITRE XV

On causait, en 1866, au lendemain de Sadowa, dans une réunion de diplomates et de militaires, de la défaite de l'Autriche. Bismarck, après avoir laissé les officiers commenter les fautes de Bénédeck, vida la question d'un trait, avec la puissance et la lucidité de son esprit généralisateur : « Cherchez les causes de la catastrophe dans les erreurs de l'État. » S'il nous est permis de retoucher légèrement un mot si profond et si vrai, nous dirons : « Cherchez les causes de la catastrophe dans les vices de l'état social. »

Tout à l'heure, en nous plaçant en face des causes immédiatement apparentes, nous ne trouvions à Bourbaki que de faibles circonstances atténuantes : nous lui découvrirons une grande excuse si nous nous élevons jusqu'aux causes vraiment génératrices, — celles que le même Bismarck appelait un jour les *forces impondérables* (1). Cette excuse, c'est que Bourbaki était inconsciemment le produit-type d'un milieu.

Tant de fautes accumulées, des défaillances aussi persistantes, un insuccès aussi général ne sont le résultat exclusif, ni d'une mauvaise organisation matérielle, ni d'une fatalité malheureuse. La malechance, la mauvaise veine, sont des appellations que les esprits superficiels donnent à des événements dont ils n'aperçoivent pas la filière. La répétition des mêmes mécomptes provient, malgré la variété des circonstances secondaires, de la permanence des causes initiales.

Les causes premières et permanentes des événements, il faut les chercher dans l'état des cerveaux et des consciences de ceux qui commandent. Et comme ceux-ci ont le plus souvent le caractère que leur ont fait les mœurs dont ils sont le produit, c'est à cet état social qu'il faut s'en prendre. Plus particulièrement, le moral d'une armée reflète le milieu ambiant. Par moral, il faut entendre l'entrain, la coordination des efforts, la convergence des chefs et des hommes vers un même but, la spontanéité et l'harmonie des volontés qui résultent d'un moteur commun.

Or, le régime de l'empire avait abaissé l'esprit national et réduit la guerre à une sorte de condottié-

(1) Il ajoutait même : « ... qui pèsent dans la balance bien plus que les forces matérielles. »

18

risme dynastique. Les mœurs politiques et sociales créées par le règne avaient pénétré dans l'armée, en proie au favoritisme et aux intrigues de cour.

Pour des raisons politiques et par tendance d'esprit, on y ridiculisait « la nation armée » comme une chimère absurde.

On y pratiquait le culte de la force matérielle — si fragile. On y bafouait la force de l'idée — seule durable, même et surtout à la guerre.

La fidélité dynastique qui fait souvent mauvais ménage avec l'idée de Patrie, — qui, cependant, sous certains régimes, a pu en tenir lieu, — était elle-même ravalée et affectait les allures d'une complicité donnant droit au butin. Il avait fallu, après le succès du coup de Décembre, choisir et récompenser ceux qui avaient collaboré ou adhéré.

Cette poussée des complices et des courtisans vers les sommets de l'armée devait aboutir à la déchéance de l'esprit militaire, au relâchement moral et à l'incurie matérielle. Dans le haut commandement, on était attaché au château ; et cet attachement tenait lieu de tout autre devoir, de tout autre idéal.

— « Ce sont là des subtilités psychologiques qui finiraient par vous faire calomnier des patriotes convaincus », nous disait un jour un officier bonapartiste qui s'est très bravement battu.

Loin de faire une dissertation théorique, nous ne faisons que constater, d'après des faits nombreux et

probants, — par une induction rigoureuse — l'état
d'esprit des chefs supérieurs de l'armée impériale.
La crainte ou la haine de tout ce qui ressemblait à
l'émeute — même l'émeute contre l'étranger —
hantait ces cerveaux façonnés aux conceptions
étroites *d'un militarisme sans esprit militaire*, im-
bus d'un scepticisme incurable et défiant à l'égard
des forces morales. Voyez les tous : brillants dans
le succès, effondrés dans la défaite ! Mac-Mahon, et
plus encore Bourbaki, tombés dans un accablement
sans remède ; Aurelle timoré, méfiant, ombrageux ;
Trochu résolument sceptique et philosophiquement
résigné. Ceux-là seuls se montrent avec de la trempe
et du caractère, qui sont restés loin de la vie si vide
alors des garnisons, ceux qui ont eu l'exercice des
responsabilités : Faidherbe, Chanzy, les marins
avaient conservé leur initiative intacte et un idéal de
devoir impersonnel.

Il n'y a pas à le nier : tous ces hommes que nous
allons passer en revue et qui exhalent, vis-à-vis de
la Défense, des sentiments sceptiques ou hostiles,
sont bien le même produit d'un même milieu social.

Quand le général Lefort fut envoyé en province
pour diriger le ministère de la guerre à Tours, le
général Leflô le munit d'un singulier viatique.
« Quand on nous a fait partir de Paris, raconte le
général Lefort, on n'espérait même pas arriver à pou-

voir créer un corps d'armée. Le général Le Flô, au moment de mon départ, me disait : « Vous n'arriverez « jamais à rien avec les hommes qui nous restent. »

A quoi le général Lefort ajoute tranquillement :

« Aussi ai-je été tout étonné lorsque nous sommes arrivés à créer le 15ᵉ corps et à commencer l'organisation du 16ᵉ (1)... »

Pour lasser une pareille foi, point besoin de bien lourdes montagnes : quand Gambetta débarqua, il était temps.

Le colonel Thoumas, nullement résigné à la défaite, réclamait au contraire, avant de partir pour Tours, des moyens d'action plus considérables. L'intendant général G., « un des gros bonnets du ministère », le prit en pitié : « Vous figurez-vous, par « hasard, que vous allez faire de la besogne là-bas ? « Vous n'aurez qu'à y passer quelques jours dans « l'attente des événements. Ne vous préoccupez donc « de rien (2) ! »

Et le chef d'état-major de la Défense de Paris, le général Schmitz ! Son scepticisme est édifiant : M. de Lareinty raconte comme il fut reçu lorsqu'il proposa d'employer ses mobiles à fortifier le plateau de Châtillon :

«... Je vis ces deux pauvres forts de Vanves et

(1) *Enquête* sur la Défense nationale, t. VI, p. 38.
(3) *Tours, Paris, Bordeaux,* p. 53.

d'Issy qui ont si bien résisté et qui, par leur position, étaient effrayants à voir ainsi dominés par les hauteurs de Châtillon. Il y avait une soixantaine d'ouvriers. Je me rendis auprès du général de Bernis qui vint constater cet état de choses... Nous allâmes chez le gouverneur... Nous ne le rencontrâmes pas, mais nous trouvâmes le général Schmitz :

« — Utilisez donc les bras de nos quarante mille « mobiles, disons-nous, le général de Bernis et « moi... Nous vous en prions, utilisez-les !

« Il nous répliqua :

« — C'est inutile du moment que les entrepreneurs « disent que les forts seront prêts et armés dans quel- « ques jours. »

« Le général de Bernis insistant :

« — C'est inutile, dit le général Schmitz, car nous ne « pouvons pas nous défendre. Nous sommes décidés à « ne pas nous défendre ! »

« Jugez combien nous devions être étonnés, nous qui arrivions de province pour la défense de Paris ! Et c'était un chef d'état-major qui nous disait qu'il ne voulait pas se défendre ! Il nous montra des lettres que le maréchal de Mac-Mahon lui avait adressées et nous dit :

« — Comme il n'y a pas d'armée qui soit capable de « tenir de Châtillon à Versailles, il est inutile de son- « ger à nous défendre (1). »

_____

(1) *Enquête* sur les actes de la Défense nationale, t. V, p. 449.

M. de Larcinty dit que le général de Bernis et lui sortirent stupéfaits d'entendre un pareil langage dans la bouche du chef d'état-major : on le croit sans peine.

Les souvenirs du général Thoumas sont une mine d'anecdotes pareillement caractéristiques.

Nous y voyons le général Le Flô qui, le jour où fut votée la paix, revint au ministère rayonnant de joie. Il se frottait les mains. « Voici le plus beau jour de ma vie. Je suis donc enfin vengé et la France est délivrée de ces maudits Bonaparte. » Pour lui, la révolution du 4 Septembre, dont il avait cependant accepté le portefeuille de la guerre, ne comptait pas : la déchéance des Bonaparte ne date que du vote d'une assemblée ! Quel état d'esprit !

Nous apprenons que « le bon général F... (il faut le nommer, la demi-discrétion du général Thoumas n'est pas due à cet étrange patriote : c'est le général Foltz) avait célébré en buvant du champagne au dessert avec de joyeux convives, la conclusion de l'armistice ». C'est le même Foltz qui plaisantait le patriotisme du général Thoumas en l'appelant : « Vous qui êtes le Sully de la bande ! »

Un sous-intendant, frère d'un officier supérieur de l'armée de Bazaine, né en Lorraine, tient au général Thoumas ce langage édifiant :

« — Mon frère revient navré et découragé.

« — Je conçois cela quand on est de Metz, qu'on y a sa famille et ses propriétés, il est dur de ne rentrer en France que pour voir tout ce qu'on aime aux mains des Allemands.

« — Oh ! s'écria naïvement l'interlocuteur, ce n'est pas cela qui afflige mon frère. Mais, pendant sa captivité, plus de vingt chefs d'escadron lui ont passé sur le dos. »

Avoir fait son devoir sous Gambetta devint et resta pendant de longues années une tare irrémissible dans les bureaux du ministère. Les anecdotes se pressent sous la plume du général Thoumas :

« Le général Vinoy avait été nommé gouverneur de Paris. Les troupes de ligne ayant été désarmées par suite des conditions de l'armistice, le gouvernement résolut de faire venir à Paris un certain nombre de régiments de l'armée de la Loire qui furent amenés par le général de Curten. Ce général fut fort mal reçu par le nouveau gouverneur, qui traita de brigands tous les officiers venant de province, et le général de Curten se vit obligé de relever respectueusement, mais vertement ces paroles. »

Un colonel d'artillerie disait au général que l'armée du général Chanzy était « un ramassis de bandits bons à fuir devant l'ennemi ».

Le général Le Flô, ministre de la guerre, déjà si avantageusement nommé, reparaît avec une troisième anecdote non moins typique que les deux autres contées plus haut :

« Le général Le Flô, arrivant à Bordeaux, ne croyait pas encore à l'existence régulière des armées de la Loire Un jour qu'il avait reçu du gouvernement de Paris l'invitation de désigner un officier pour faire partie d'une importante commission d'enquête, il nous demanda de faire nous-mêmes cette désignation, puis se ravisant, il s'écria tout à coup : « — Non, « je le prendrai à Paris, il faut là un brave homme et « je ne suis entouré ici que de flibustiers. » Il n'avait pas achevé ce mot que déjà nous étions debout tous les trois (le général Haca, le général Véronique et moi) et que nous nous dirigions vers la porte ; il courut à nous, nous prit les mains, nous accabla d'excuses et nous remit à nos places. »

Ces attaques étaient rendues plus acerbes par la jalousie de quelques chefs, furieux de l'avancement donné aux officiers en province, alors qu'ils n'avaient pas marché aussi vite à Paris ou qu'ils étaient en captivité. A Paris, les officiers venus de Bordeaux ou de la Loire étaient mis en quarantaine. Un jour, au mess, le général Susane, directeur de l'artillerie, l'interrompt dans le récit de son existence en province en lui demandant si Bordeaux n'était pas situé sur la Garonne.

Incapables de hausser leur caractère au niveau des

événements, ils ne pardonnaient pas à ceux qui, entraînés par l'objurgation de Gambetta, « avaient élevé leurs cœurs et leurs résolutions à la hauteur des effroyables périls qui fondaient sur la Patrie ! »

Ces haines, avivées au double foyer des rancunes politiques et des jalousies professionnelles, convergèrent à la commission de révision des grades où elles trouvèrent des âmes promptes à se les approprier : de flagrantes injustices furent perpétrées qui portèrent toutes sur les officiers soupçonnés de libéralisme ou simplement coupables d'avoir été de trop ardents collaborateurs du « fou furieux ».

Tous ces gens qui proclamaient l'inutilité de la résistance n'avaient garde d'ailleurs de laisser à d'autres les postes de combat : c'étaient les plus acharnés à s'abattre sur les honneurs et à confisquer les commandements.

On a abusé en manière d'excuse de cette prétendue maxime qu'à « certaines époques troublées, le difficile n'est pas de faire son devoir, mais de savoir où est le devoir ».

Eh bien, non !... Une pareille excuse est haïssable. Lorsque la patrie est en danger, il n'est pas difficile de savoir où est le devoir ; il est devant l'ennemi, quels que soient les chefs qui crient : « En avant ! »

Il est cruel d'avoir à étaler le tableau d'une telle misère morale : mais c'est nécessaire. Il est juste, il est utile qu'on rappelle à la France qu'elle a été livrée par l'insuffisance intellectuelle, par la dépression morale d'un régime qui avait indignement capté sa confiance. A ce régime revient la honte de l'invasion et du démembrement ; au génie de notre race et à la démocratie dirigeante, la gloire de la résistance acharnée.

La Défense nationale a arraché ce cri à un adversaire implacable, à un homme de guerre remarquable, à Colmar de Goltz : « Si jamais mon pays venait à traverser les épreuves qu'a traversées la France, je ne ferais qu'un vœu : qu'il se lève parmi nous un autre Gambetta (1) ! »

Ah ! les hommes sages qui auraient volontiers placé la sagesse à imiter l'Autriche de 1866...

Après un mois de campagne : une victoire dans le sud, à Custozza ; une défaite dans le nord, à Sadowa, c'est-à-dire un bilan à peu près équilibré ; trois armées sur pied, l'une battue, mais non en déroute, l'autre intacte, la troisième victorieuse... et là-dessus, l'Autriche capitule en hâte !

---

(1) Un adversaire ancien et déclaré de la République, M. Jules Richard, a écrit en tête de son *Annuaire des armées de province*, catalogue des efforts de Gambetta : « On commence à comprendre que Gambetta eut raison de continuer la lutte. Si nous avions cédé le lendemain de Sedan, nous tombions au dernier rang des nations civilisées. Or, tout vaincus que nous sommes, on n'ose nous attaquer. » Et il ajoute que les résultats obtenus en 1870 « sont déjà suffisants pour qu'ils restent éternellement l'honneur de la nation française ».

La France, elle, après ses armées livrées à Metz et à Sedan, prolonge la résistance pendant plus de six mois.

Un tel contraste de conduite n'est pas seulement l'indice d'une différence profonde dans l'organisme des deux nations ; par son abdication, l'un des deux pays s'est voué à la dépendance et au démembrement plus ou moins déguisés, plus ou moins ajournés ; — l'autre a reconquis, en dépit des diminutions matérielles et provisoires, la plus longue vitalité qu'un peuple puisse espérer dans les évolutions du monde. C'est un grand et magnifique résultat — résultat impondérable que M. Thiers ne pouvait par conséquent ni peser, ni priser, — lui qui baptisa « fous furieux » les ouvriers de ce grand œuvre.

Pour l'honneur de la race, il s'en est trouvé dans tous les partis des fous de cette folie : Keller, Charette, de Pointe de Gévigny, du Temple. Mais ce qui glorifie le parti républicain, c'est que cette « folie » était sa loi, sa raison d'être et son mot d'ordre ; c'est que dans son programme officiel, dans son dogme et dans son organisme, il a été le seul à affirmer la lutte à outrance et la Patrie intangible.

L'infériorité des autres partis, c'est que, tout en fournissant à la défense des milliers d'individualités, ils ne l'ont pas érigée en article de foi, en dogme de race. Tandis que le parti républicain, — fidèle à son acte de naissance, organe naturel d'une démocratie

obéissant fatalement à la loi impérieuse de vivre et
de vaincre — proclamait que la race française ne
pouvait se résigner à la défaite, les politiciens des
autres partis prêchaient la résignation sous couleur
de sagesse, et au nom des intérêts matériels.

M. Melchior de Vogüé n'écrivait-il pas hier au
colonel de Mongolfier :

« Je crois que dans la nouvelle période de l'histoire de France où nous sommes entrés, la République est la forme nécessaire de notre démocratie. Je
crois qu'en présence des périls qui nous menacent
en dehors, il ne suffit pas de l'accepter comme un
abri provisoire : *on ne défend bien que le foyer où
l'on met tout son cœur, la maison que l'on bâtit pour
ses enfants.* »

C'est bien leur répugnance pour la République qui
a inspiré aux cadres de la réaction le programme de
la paix *quand même*, alors que beaucoup d'individualités réactionnaires se battaient vaillamment. La
magnifique conduite des zouaves pontificaux français efface-t-elle le mot dont Pie IX a payé l'appui que
le gouvernement impérial lui avait donné et que la
France a expié si chèrement ? Notre protégé de Men-
tana, voyant, le 27 août 1870, les troupes françaises
quitter Rome, trouva le remerciement suivant :
*Le coq a été plumé ; il ne peut plus chanter aussi haut
qu'autrefois.* »

Le parti républicain, tout en ayant la belle part

sur les champs de bataille, ne revendique pas le monopole du patriotisme; mais il a eu le monopole de la prédication patriotique.

Non point telle fraction du parti : l'universalité.

Cette attitude qui a fait en 1871 le mot *républicain* synonyme de partisan de la guerre nationale a été une des causes de la défaillance temporaire des élections de février. Mais, par un juste et prompt retour, l'instinct national s'est ressaisi. La reconnaissance des masses pour ceux qui avaient maintenu le drapeau a ramené, dès le mois de juin 1871, toute la France à la République; car la République a été fondée définitivement dans la volonté populaire dès le mois de juin 1871 : à partir de ce moment, rien n'a pu ni affaiblir, ni arrêter la conquête morale de la France par l'idée républicaine.

Cette guerre nationale n'a pas été préconisée seulement par des « apôtres », comme on l'a dit ironiquement : presque tous les généraux qui s'étaient convenablement battus la réclamaient et croyaient au succès final : Chanzy, Rebilliard, Pallu de la Barrière, du Temple, de Pointe de Gévigny, etc., etc. Ce n'était donc pas une utopie.

« Les chiffres qui figurèrent dans le rapport établi par l'amiral Jauréguiberry furent reconnus exacts par la commission. Ils permettaient de constater, dit le général Thoumas, que si la guerre n'était pas

continuée ce n'était pas faute de ressources suffisantes
en matériel, armes et minutions. »

Le réveil de l'initiative militaire, l'aguerrissement
des nouveaux contingents ne se traduisaient-ils pas,
dans la même semaine, par des coups de main heureux à Blois, Briare, Fontenoy, Prauthoy ? Symptô-
mes multiples et significatifs que ces derniers incidents de la fin de janvier 1871 !

Qui peut nier l'influence favorable à nos armes
d'une température de printemps ?

Qui peut prévoir à quelle détresse économique la
prolongation de la guerre eût réduit l'Allemagne ?

Une résolution désespérée, fièrement décrétée par
une assemblée vraiment nationale, aurait jeté la surprise et le trouble dans l'esprit des Allemands.

Cette défense de la France les avait déjà singulièrement déconcertés, eux qui n'ont rien de pareil
dans les fastes de leur nationalité récente : Après les
journées d'Iéna et d'Aüerstaëdt, la Prusse était finie.
Il a fallu que Napoléon la ressuscitât par ses folies.
Sans remonter si haut, les Prussiens, après le seul
succès de Sadowa, avaient cause gagnée. Aussi, au
lendemain de Freschwiller et Forbach, ils commencent à espérer la fin de la lutte ; à Sedan, ils croient
que tout est dit ; après Metz, après la reprise
d'Orléans, ils s'irritent et s'étonnent de trouver en
face de leur meilleure armée les « bandes improvi-

sées » de Chanzy qui obligent Frédéric-Charles à mettre six semaines pour faire le chemin de la Loire au Mans.

Quelle eût été leur stupéfaction, leur déception, s'il avait fallu recommencer en mars, les marches et les combats (1)?

(1) La publication récente de la correspondance de M. de Moltke vient de nous en apporter la confirmation. Dès le mois d'octobre, l'étonnement et la déception se manifestent dans toutes ses lettres : et le vote de la paix par l'Assemblée de Bordeaux ne suffit même pas à le rassurer tout à fait. En octobre, il écrit : « Ce malheureux pays comprendra-t-il enfin qu'il est vaincu et que sa situation s'aggrave tous les jours ?... Que le 9 une grande bataille ait été livrée sous Metz, tu le sauras sans doute avant que ces lignes te parviennent. Les choses ne peuvent guère aller bien loin désormais, là-bas. C'est une grande épreuve pour la patience de ceux qui investissent, et encore plus pour ceux qui sont investis. *Il faut reconnaître la force d'endurance et l'obstination de ces Français. C'est qu'ils ne pouvaient croire à la possibilité de la défaite.* »

Un mois plus tard, après la chute de Metz : — « Depuis la captivité de Babylone, le monde n'a rien vu de pareil. Il nous faut une armée pour surveiller nos trois cent mille prisonniers. *La France n'a plus de soldats. Et, malgré tout, il faut attendre encore pour voir si ces Parisiens enfiévrés renonceront à cette résistance sans issue...* »

Le 28 novembre M. de Moltke se fâche sérieusement et son indignation contre les hommes qui ont l'outrecuidance de ne pas désespérer de la Patrie a réellement quelque chose de comique : « Toute l'armée française est prisonnière en Allemagne, et il y a aujourd'hui plus de belligérants en armes contre nous qu'au début de la campagne ! La Belgique, l'Amérique et l'Angleterre livrent des armes sans relâche. *S'il arrivait demain un million de fusils, nous aurions en quelques jours devant nous un million de Français de plus !...* Le terrorisme des avocats appelle sous les drapeaux tout ce qui a moins de quarante-six ans. *Famille, foyer, pays natal, il faut*

Et quel eût été le résultat d'une lutte où l'esprit de 1792 se serait progressivement développé et aurait fini par dominer la situation ?

tout quitter... Que cette manière d'entendre la guerre soit particulièrement *cruelle, peu importe à des hommes qui veulent avant tou. détenir un pouvoir sur la légalité duquel ils n'osent point consulter la nation !...* »

Le 3 février, la capitulation de Paris n'a pas apaisé toutes ses alarmes :

« Tu auras appris par les journaux la nouvelle de l'armistice. Nous occupons tous les forts. Paris n'est plus qu'une vaste prison où nous tenons en surveillance l'armée capturée. Pas un Français armé n'ose en sortir et pas un de nous n'ose y entrer.

« En attendant, nous tenons toutes les défenses de la place et si l'armistice ne conduit pas à la paix, il est en notre pouvoir de changer en un monceau de décombres la plus orgueilleuse cité de l'univers...

« *Toutes les armées françaises étant battues et un tiers du territoire occupé par nous, on pourrait peut-être attendre de ces gens quelque docilité à subir l'inévitable et à ne pas s'obstiner sans espoir.* Mais . les Français sont à ce point esclaves de la phrase, qu'il ne faut compter sur rien. *Une douzaine d'orateurs passionnés peut entraîner l'Assemblée aux résolutions les plus inattendues.* Déjà, un manifeste de Gambetta réédite son vieux refrain contre les barbares et prêche la guerre à outrance. Si les autres membres de ce gouvernement vagabond désavouent cet appel, nous aurons deux pouvoirs devant nous et bientôt vingt, c'est-à-dire aucun. Le pays est menacé d'anarchie. *Aussi devons-nous nous tenir prêts à reprendre la guerre et, dans ce cas, le mécontentement déjà grand chez nous, deviendra terrible...* »

Nous sommes au 4 mars 1871. Le sacrifice est consommé ; les préliminaires de paix ont été ratifiés par l'Assemblée de Bordeaux ; M. de Moltke va quitter Versailles et il écrit une dernière lettre à son frère. En dépit de tout, il ne peut s'empêcher de conserver et d'exprimer encore quelque inquiétude : « Certes, dit-il, je ne saurais assez remercier Dieu d'avoir vécu pour voir la fin de cette guerre ; mais je n'oserai me réjouir du succès que lorsque tout

Pendant l'invasion, Napoléon sentant mollir ses maréchaux leur jette un cri éloquent, hommage désespéré à la Révolution : « Reprenez vos bottes de 92 ! » C'était facile à dire : mais la chaussure n'allait plus à leur pied.

Ceux-là seuls se sont retrouvés, bien rares, qui avaient conservé dans une retraite fermée l'*esprit civique :* tel Carnot redevenant à Anvers le soldat-citoyen du Comité de Salut public.

Ce beau cri n'était qu'un non-sens. En 1792, ce n'est précisément qu'après l'élimination des chefs légués par le régime mort — même des plus sincères dans leur conversion, — que, peu à peu, la poussée de nouvelles couches a mis à la tête de la nation armée : Kléber, Hoche, Marceau, Championnet et leur grande pléiade.

En 1871, si la France avait eu devant elle quelques mois de plus, la sélection brutale des faits aurait, cette fois encore, produit les chefs nécessaires, — comme l'élimination de d'Aurelle de Paladines avait

---

sera absolument terminé. *Combien de fois, au cours de cette campagne, a-t-on pu croire que le dernier mot était dit !* Nous avons eu Sedan. Nous avons eu Metz. Soudain, un facteur nouveau faisait surgir une situation nouvelle *et remettait tout en question...* »

Cette stupéfaction, cette colère, cette inquiétude de M. de Moltke ne sont-elles pas le plus précieux témoignage pour notre génie national? Notre force et surtout notre volonté de résistance dépassent la compréhension de l'adversaire.

déjà produit Chanzy, comme de l'élimination de
Bourbaki était résulté Faidherbe.

L'effort fut égal en 1870 à l'effort de 1792 : le
temps, facteur essentiel, nous fit défaut. La produc-
tion des moyens matériels commençait à atteindre
son plein lors de l'armistice. Il eût fallu quelques
semaines encore pour que le commandement s'orga-
nisât et se fortifiât par le travail naturel des faits de
guerre. En 1792 aussi, les débuts ont été marqués
par des désordres dans les troupes, par des défaillances chez les chefs : des gens à courte vue s'en
sont emparé pour attaquer ce qu'ils appellent une
légende, — sans voir que les accidents du début
ont été la préparation naturelle des triomphes ulté-
rieurs. Le malheur est une école, l'insuccès est une
leçon — à la seule condition d'espérer et de persé-
vérer.

La continuation de la guerre, — dont on fit malheureusement une question de politique étroite, —
avait pour partisans la plupart de ceux, exaltés ou
modérés, qui possédaient le sentiment des conditions *sine quâ non* de la vie d'un peuple. Ce sentiment s'affirme avec une conviction forte et simple
dans cette déclaration d'un homme jamais encore
accusé d'exaltation, du commissaire civil de la Défense
nationale au Havre, de M. Sadi Carnot. Il avait pris
parti pour Gambetta et pour le décret frappant les
indignes, contre les collaborateurs soumis de Trochu.

Aussi le préfet prussien de Rouen, von Pfuel, empêchait-il l'affichage et la distribution de tous les arrêtés et actes électoraux émanés de M. Carnot dont il menaçait de faire arrêter le délégué s'il ne disparaissait pas sur-le-champ :

« Monsieur le ministre, — télégraphie M. Carnot à M. Arago, le 7 février, — les décrets rendus à Paris le 29 janvier ne m'ont jamais été notifiés. Et j'ai affiché et contresigné ceux du 31, rendus à Bordeaux.

« En publiant aujourd'hui, d'après vos ordres, l'annulation des décrets de Bordeaux, j'ai le devoir de dégager ma responsabilité et de ne pas me déjuger.

« Convaincu de la nécessité de lutter à outrance pour sauver notre pays de l'anéantissement politique et des colères qui en résulteront, j'ai accepté comme une mesure de défense nationale, le deuxième décret du 31 janvier (inéligibilité des complices de l'Empire) bien qu'il fût contraire à mes doctrines politiques, comme je consens aux réquisitions militaires bien qu'elles consacrent une atteinte à la propriété et à la liberté individuelle.

« Dans la crise où nous sommes, en présence d'élections que dénature la pression étrangère et que la discussion n'a pas le temps d'éclairer, j'ai admis une mesure d'exception parce que j'y ai vu, en état de guerre, une nécessité du salut public. Si vous ne redoutez pas une Chambre telle que M. de

Bismarck la désire, je ne puis vous suivre » (1).

Et le commissaire de la Défense termine par sa démission qu'il motive en ces termes :

« En venant ici avec mission d'organiser les forces de la défense, j'acceptais un poste de combat qui n'a de raison *qu'avec la Chambre fière et résolue entrevue par Gambetta, avec l'exclusion des partisans de la paix à tout prix.* — CARNOT. »

Ne jamais se résigner à la défaite : c'est bien en effet la loi supérieure, la condition de l'existence pour les individus et pour les races. Qui sait? Le droit triomphe parfois sans l'emploi de la force : par la justice supérieure qui se dégage des événements, par la seule vertu d'une protestation permanente et irréductible.

(1) M. de Bismarck s'était ingéré de protester contre le décret des inéligibilités.

FIN DE LA PREMIÈRE PARTIE

DEUXIÈME PARTIE

I

LA PREMIÈRE DÉFENSE DE DIJON (1)

ÉVACUATION DE LA VILLE. — Les Dijonnais se sou-
viendront longtemps de la nuit du 28 au 29 octobre 1870. Les bulletins contradictoires annonçant la
marche des Prussiens étaient littéralement dévorés :
commentés en plein air, dénaturés par les nouvel-
listes, amplifiés par les trembleurs, ils livraient la
ville aux angoisses d'une fiévreuse incertitude. Ce
soir-là, pourtant, la ville s'était couchée dans un

(1) Souvenirs publiés dans le *Progrès de la Côte-d'Or* des 14, 15,
16 février 1872.

calme relatif; la panique causée par la déroute de
nos mobilisés avait fait place à une certaine confiance. On annonçait que le colonel de gendarmerie
Fauconnet, nommé général, avait reçu l'ordre de
défendre Dijon ; on savait que sa petite armée avait
été renforcée par deux ou trois mille soldats réguliers
d'infanterie.

Tout à coup les tambours retentissent dans le silence de la nuit : c'est le rappel. En un clin d'œil,
tout Dijon est sur pied ; toute la garde nationale est
réunie. On s'interroge, on fait des conjectures et les
effarés se gardent bien de perdre une aussi belle occasion de semer des paniques : singulier effet de la peur,
qui veut toujours être contagieuse.

Bientôt on apprend la désastreuse nouvelle : c'est
pour la désarmer qu'on réunit la garde nationale ;
si l'on rassemble les troupes, c'est pour leur faire
prendre le chemin de la retraite ; bref, Dijon est évacué sans tentative de défense.

Dépeindre la stupeur, la rage que souleva cette
nouvelle, est impossible. L'exaspération des gardes
nationaux était au comble ; les récriminations, les
cris de désespoir se pressaient, et de cette cohue
d'hommes en armes sortait une immense clameur !
La troupe de ligne ne prenait qu'à contre-cœur la
route de la retraite ; ces braves gens faisaient pitié ;
les vieux soldats obéissaient avec une sourde colère ;
les conscrits poussaient des cris de trahison et dé-
chargeaient leurs armes en l'air. L'exaspération des

troupes surexcitait encore les gardes nationaux dont un grand nombre conservèrent leurs armes!

On ne pouvait se résoudre à admettre cette désespérante réalité; on prêtait l'oreille à toutes les chances de salut!

« — Et Cambriels? Et Garibaldi? Et Langres? Et Auxonne? » criait-on de toutes parts.

Cambriels, terrassé par la maladie, venait de résigner son commandement, — malheureusement entre les mains d'un brave, mais inexpérimenté général de cavalerie.

Garibaldi n'avait à Dôle qu'un embryon d'armée composée d'un millier de francs-tireurs sans un seul canon.

Langres et Auxonne réduites à leur propres forces ne pouvaient rien distraire de leurs garnisons.

Dijon ne devait plus compter que sur son énergie.

Un conseil de guerre présidé par le général Fauconnet et composé exclusivement des chefs de corps fut réuni conformément aux prescriptions du Code militaire.

Le rôle des autorités locales était dès lors annulé par le pouvoir discrétionnaire de ce conseil. C'est donc bien à tort qu'on a voulu rejeter sur le préfet et sur le comité de défense, la responsabilité du désarmement et de l'évacuation.

Le général Fauconnet consentit à entendre — à titre purement officieux — MM. d'Azincourt, préfet, Colot, membre du comité local, Dubois, maire, et un ingénieur, M. Laborie. Ces messieurs devaient se borner à exposer leurs idées sur la défense et sur l'esprit de la population : mais ils n'avaient pas voix délibérative. MM. d'Azincourt et Colot demandèrent chaleureusement le maintien des troupes à Dijon. Si leur généreux patriotisme avait prévalu, Dijon n'aurait, sans doute, jamais vu l'étranger dans ses murs (1).

Mais, intimidé par des évaluations exagérées des forces ennemies, le conseil de guerre décida l'évacuation.

La résistance qui avait paru impraticable avec l'aide des troupes, sembla, à plus forte raison, impossible avec la garde nationale réduite à ses propres forces : le désarmement fut donc la conséquence fatale de l'évacuation de la garnison.

MARCHE DE L'ENNEMI SUR DIJON. — A cette époque, le général Werder ne pouvait envoyer au delà de Gray que la division badoise, forte d'environ vingt mille hommes. Or, dans cette marche aventureuse d'un si petit corps qui devait prêter le flanc à Langres et à Besançon, il y avait une telle imprudence stratégique *qu'il ne fallait rien moins que la certitude d'entrer à Dijon sans coup férir, pour déterminer l'ennemi à cette opération.* Le général de Beyer dit expressé-

---

(1) Ils furent vivement appuyés par le capitaine Mortier, com mandant le détachement du 71e de ligne.

ment, dans son rapport officiel, que l'ordre d'occuper Dijon ne fut donné qu'à la nouvelle de son évacuation. Une bonne contenance aurait donc suffi pour conserver Dijon sans combat (1).

Le 29, au matin, la ville se trouvait sans défense et le général von Beyer quittait Gray avec les brigades Guillaume de Bade et Keller qui vinrent coucher, la première à Mirebeau, la seconde à Talmay.

Voici la composition de ces forces :

1re BRIGADE BADOISE : *Général prince Guillaume de Bade.*

1er régiment des grenadiers, gardes du corps.

2e régiment du roi Guillaume.

1er dragons. — 3 batteries (dix-huit pièces).

3e BRIGADE BADOISE : *Général Keller.*

5e régiment d'infanterie.

6e régiment d'infanterie.

3e dragons. — 3 batteries (dix-huit pièces).

Total : Onze mille fantassins. — Douze cents chevaux. — Trente-six pièces.

Vers deux heures de l'après-midi, douze dragons badois se présentent aux portes de la ville avec la pensée d'y pénétrer sans encombre... La vieille capitale de Jean sans Peur va-t-elle subir une telle ignominie? La Bourgogne, cette terre si féconde en

(1) Dans le livre si intéressant, si bien pensé et si documenté de M. le capitaine Dumas : *La guerre sur les communications allemandes,* cette opinion est établie par des preuves décisives et commentée avec une grande élévation d'esprit.

héros — cette patrie des Carnot et des Prieur — va-t-elle avoir le spectacle de sa capitale prise par douze éclaireurs ?

Le premier moment de torpeur passé, la population avait repris son sang-froid et s'était rendue à la mairie et à la préfecture en poussant des cris de résistance. Le conseil municipal revint de ses tergiversations qui s'expliquent, dans une certaine mesure, par l'étendue de sa responsabilité ; le préfet prononça du balcon du palais des Ducs une harangue qui provoqua le plus vif enthousiasme; bref, la défense est décidée. Pendant que le télégraphe réclame le général Fauconnet, ses troupes et les fusils, les plus ardents des sédentaires — ceux qui avaient gardé leurs armes — et quelques débris des volontaires dijonnais se forment en détachements et partent pour occuper les villages à l'est de Dijon : Arc-sur-Tille, Magny-Saint-Médard, Couternon, etc.

Les dragons badois furent reçus par une décharge de mousqueterie dirigée sur eux par une vingtaine de francs-tireurs et gardes nationaux embusqués dans la ferme de Montmuzard.

Le reste de la journée fut tranquille.

COMBATS EN AVANT DE DIJON (30 octobre). — Dijon, étant dans un bas-fond, n'est pas propice à une défense immédiate; sa véritable ligne défensive contre un ennemi venant de l'est est formée par l'arête de la longue déclivité qui court de la route d'Auxonne à la route de Gray et dont les villages de Mirande et de Saint-Apollinaire sont pour ainsi dire les bastions extrêmes. Cette arête est située de 1500 à 2000 mètres des faubourgs.

Pour retarder l'ennemi et l'empêcher d'attaquer ces positions défensives avant le retour des troupes, tous les détachements disponibles étaient dirigés à 6 et 7 kilomètres à l'est, avec mission de gagner du temps en défendant village par village.

Cent soixante chasseurs à pied du 6e bataillon arrivés d'Auxonne, à cinq heures du matin, furent tout de suite envoyés au-devant de l'ennemi sur la route de Gray, comme renfort aux deux ou trois cents hommes (gardes sédentaires et volontaires de la Côte-d'Or) qui s'y trouvaient déjà.

Les Allemands s'avançaient au nombre de sept mille sous les ordres du prince Guillaume de Bade qui avait quitté Mirebeau à sept heures du matin. Une seconde colonne de pareille force suivait à courte distance, commandée par Keller, sorti de Talmay dès cinq heures.

A neuf heures et demie, le colonel von Wechmar, commandant l'avant-garde, reçut avis de la présence des Français entre Varois et Arc-sur-Tille. C'est alors que le feu commença. Les Badois, déployant 3 compagnies de la garde (sept cent cinquante hommes) et une batterie, enlevèrent rapidement Chaignot, Orgeux et Couternon. Mais, vers dix heures, la résistance s'accentua. Les Français, déployés en tirailleurs, ne reculaient que lentement et en décimant l'ennemi par un feu meurtrier.

Les chasseurs du 6ᵉ furent magnifiques d'adresse et de sang-froid : soutenus par une quarantaine de francs-tireurs de diverses compagnies et volontaires dijonnais et par deux cent cinquante ou trois cents sédentaires, ils tinrent tête aux forces sans cesse croissantes des Badois. Leur retraite s'effectua pas à pas et en bon ordre ; quant je dis en *bon ordre*, je ne fais pas un euphémisme officiel. A midi, ces quatre cents braves n'étaient qu'à Saint-Apollinaire, c'est-à-dire qu'en deux heures, ils avaient à peine reculé de 4 kilomètres; pour les faire fléchir l'ennemi avait dû mettre en ligne 2 bataillons (deux mille hommes) de la garde badoise, une nombreuse cavalerie et deux batteries.

Vers midi, Saint-Apollinaire nous était enlevé. C'est à ce moment que nos braves combattants reçurent le renfort de quatre cent cinquante hommes du 90ᵉ de ligne, de trois cent cinquante du 71ᵉ et de deux ou trois cents sédentaires : ce qui portait le nombre des Français à dix-huit cents environ, dont un millier de troupes d'infanterie, et huit ou neuf cents gardes nationaux et volontaires. La lutte prit de sérieuses proportions et nous résistâmes long-temps avec succès surtout du côté de Mirande, que nous occupions encore à deux heures.

DÉFENSE DE LA VILLE. — Pendant ce temps, que se

passait-il dans Dijon? La ville n'avait pas trop l'air de se douter que l'ennemi fût si près; le rappel qu'on battait avec fureur n'avait plus le don d'émouvoir : on en abusait trop depuis huit jours. Les fusils étaient revenus à la gare, mais disloqués par un double voyage. Ce ne fut guère que vers une heure, quand la fusillade devint distincte, quand les combattants se replièrent définitivement sur la lisière même de la ville, que le gros de la garde nationale entra en ligne. — Outre l'infanterie, il nous était revenu une compagnie de mobilisés, un bataillon de mobiles de la Lozère et un bataillon de l'Yonne. Ce dernier bataillon, fort de onze cents hommes et armé de fusils à tabatière, ne fournit pas cent cinquante hommes à la défense. Malgré les objurgations de la population, son chef restait passif sur la place Darcy, répondant à tout : « Je n'ai pas d'ordre ! »

Le général Fauconnet, revenu à contre-cœur, avec la conviction que la résistance était inutile, cherchait à mettre de l'ordre dans la défense. Il arrêtait quelques mobiles fuyards et entraînait des gardes nationaux, quand il fut frappé mortellement un peu en avant de la barrière de Pouilly, vers deux heures. Cette mort rachète ses tergiversations et commande le respect de sa mémoire !

Vers trois heures, la défense de la ville elle-même commença. Il est impossible de décrire dans ses phases cette lutte multiple : point d'ordre, point d'ensemble, point de cohésion. Ce fut un grand com-

bat composé de cent combats séparés. Chaque maison, chaque enclos, combattait séparément, pour
son compte : c'était une lutte à la Saragosse. La ligne
se battait pêle-mêle avec les sédentaires, les mobiles et les francs-tireurs. Chaque groupe de combattants obéissait spontanément au plus résolu
d'entre eux.

L'armée allemande est une machine admirablement coordonnée et maniée par d'excellents méca-
niciens. Mais, dès que la cohésion perd de son utilité,
dès que le sang-froid, l'adresse, l'initiative devien-
nent les qualités essentielles de la lutte, les Allemands perdent toute leur supériorité. Aussi, le
combat de Dijon les dérouta complètement. Ils
éprouvèrent les plus sanglantes pertes. La rue de
Gray, la place au Foin, le bastion de la Recette générale, le Creux-d'Enfer, furent le théâtre de luttes
acharnées.

La garde nationale fournit environ quinze cents
défenseurs, l'Yonne et la Lòzère, cinq cents. Trois
mille cinq cents Français soutinrent donc pendant
une journée l'effort de douze mille Allemands. —
Dans son rapport officiel, le général badois énumère
ainsi les forces engagées : *Infanterie*, 1er, 2e, 3e régiment ; le 6e en réserve à Saint-Apollinaire ; *cavalerie*,
1er dragons, 3 escadrons du 3e ; *artillerie*, trente-six
pièces.

A la fin de la journée, nous tenions la ligne suivante : Le grand mur qui borde la Plaine aux Roses,

les barrières de Langres, de Ruffey, de Gray, la porte
Neuve, la rue Chancelier-L'Hôpital et la porte Saint-
Pierre.

RETRAITE DES ALLEMANDS. — « J'avais acquis, précisément depuis quatre heures, la conviction que
Dijon, si bien protégé par la nature, et opposant une
énergique résistance, ne pouvait être emporté d'assaut qu'au prix de pertes relativement considérables.
Or, le général en chef m'ayant donné l'ordre de
n'acheter, *en aucun cas, par de grands sacrifices,*
l'occupation de Dijon, je me trouvais forcé de mettre
un terme aux succès (?) de nos braves grenadiers,
d'autant mieux que les forces bien supérieures de
l'artillerie pouvaient reprendre, le lendemain matin,
un bombardement prolongé, et briser ainsi l'énergie
de la résistance.

« L'artillerie reçut en conséquence l'ordre d'agir
avec toute son intensité contre la ville, et l'on donna,
en même temps, aux compagnies l'ordre de se rassembler peu à peu en cessant le combat des rues.
Cet ordre, quelque pénible qu'il dût être pour nos
valeureux soldats, fut brillamment exécuté. Les
troupes se soutenant ainsi mutuellement et empor-
tant, à la fois, nos blessés et nos morts, vidèrent les
parties qu'elles avaient conquises, et les divers régiments allèrent se réunir à l'extrémité orientale du
parc de Montmusard.

« A la nuit tombante, un bataillon français, qui

venait de Langres comme renfort, s'étant heurté contre les 6ᵉ et 7ᵉ compagnies du 2ᵉ régiment de grenadiers, fut à l'instant même attaqué par elles au pas de charge et bientôt mis en pleine déroute.

« Il était déjà nuit quand je fis taire nos batteries, et l'on vit à l'horizon de la ville s'élever sept colonnes de feu. »

Voilà comment le général de Beyer déguise sa retraite sous des exagérations emphatiques. Mais le moyen de dire : Je me suis retiré parce que je n'ai pas pu venir à bout d'une poignée de civils armés! — Ils comptaient sur leur artillerie, leur argument suprême : *Ultima regis ratio*, suivant l'inscription cynique qu'ils ont gravée sur leurs canons! — Oui, c'est bien sept incendies que ces vandales ont allumés à *la main!* le général de Beyer a soigneusement compté : sept incendies! il y avait de quoi rendre jaloux son digne chef Werder, l'incendiaire de Strasbourg !

Le soir, sept maisons étaient en feu : barrière de Ruffey, rue de Gray, place au Foin, allée de la Retraite et rue Saumaise.

Quant au bataillon venu de Langres, tout me porte à croire que c'étaient tout simplement soixante soldats de ligne. Envoyés en reconnaissance l'avant-veille, ils s'étaient égarés et se retrouvaient le lendemain du combat à Norges, d'où ils gagnèrent Langres.

CAPITULATION. — La municipalité comprit que, le

lendemain, les Badois feraient expier l'héroïsme de la ville par un bombardement sans pitié. Nos plus ardents défenseurs étaient tués ; — aucun espoir de secours! Le drapeau blanc fut arboré sur la tour de Bar, et pendant la nuit fut conclue une capitulation relativement honorable, si ce qualificatif ne jurait pas d'être accouplé avec ce mot *capitulation!* Les Allemands exigèrent vingt mille rations quotidiennes et un gage de 500,000 francs destiné à leur garantir la tranquillité de la ville. Du reste, ils rendirent une partie de ce cautionnement! — enregistrons ce fait pour sa rareté! — mais ce fut pour le reprendre au décuple sous une autre forme!

Le lendemain à midi, nous vîmes — la rage dans le cœur et les larmes aux yeux — entrer dans la vieille cité les sombres masses des Germains! La nature semblait partager le deuil de la population dijonnaise : le temps était affreux; une pluie froide et pénétrante tomba toute la journée. La mort était dans tous les cœurs; tous pleuraient l'infortune de la patrie, et beaucoup déploraient la perte d'un ami, d'un parent; le deuil public était encore redoublé par la désolation privée!

IMPORTANCE DE LA DÉFENSE DE DIJON. — Nos pertes étaient considérables : cent cinquante gardes nationaux étaient tués ou blessés.

Les chasseurs avaient été abîmés. Je n'oublierai jamais le spectacle qu'offraient les débris de cette

20

vaillante compagnie : une quarantaine de braves tachés de sang et de boue, la figure noircie de poudre, contractée par la rage, prenaient, après dix heures de lutte, le chemin de la retraite, en prononçant avec désespoir ce mot si poignant dans sa simplicité : « Ils sont trop ! »

La troupe régulière avait perdu près de trois cents hommes. Nous avions donc cinq à six cents hommes hors de combat.

Les pertes de l'ennemi « *n'étaient pas légères* », pour parler comme le rapport des Allemands. Mais le soin extrême avec lequel ils dissimulent leurs blessés et leur morts, rend l'appréciation exacte très difficile (1).

L'honneur de la résistance revient aux troupes de ligne et à la garde nationale : mentionnons aussi les débris clairsemés des volontaires de la Côte-d'Or.

Le préfet de la République, **M.** d'Azincourt, qu'on a essayé de perdre dans l'esprit de ses concitoyens, s'était parfaitement comporté. Il arrêta des mobiles fuyards, se mit à leur tête et, sous une pluie de mitraille, il s'efforça à plusieurs reprises de les porter en avant. Il fût secondé dans ses courageux efforts par un prêtre dont nous regrettons de ne pas savoir le nom, et qui partagea son péril et sa gloire !

Après la bataille, il partit pour Beaune sur l'avis

---

(1) L'État-major allemand accuse une perte de onze officiers, deux cent quarante-neuf hommes et treize chevaux.

de la municipalité, rendre compte de la défense, puis revint à Dijon et se présenta aux Prussiens, qui l'envoyèrent en captivité. Voilà comment agissaient les préfets, tant calomniés, de Gambetta. Son nom mérite d'être inscrit à côté de celui de Valentin !

Outre les pertes matérielles qui entravèrent la marche de l'ennemi, outre l'impression morale que fit cet exemple d'héroïque résistance, la défense de Dijon eut les conséquences stratégiques les plus importantes. S'ils fussent entrés à Dijon sans coup férir, les Allemands se seraient immédiatement portés sur Chagny et le Creusot : ils se seraient certainement emparés d'un de ces deux points — peut-être de tous deux — par un de ces coups d'audace qui leur étaient familiers, et qui déconcertaient par leur rapidité. La journée du 30 octobre ralentit la marche des Badois, les rendit plus circonspects, permit à la délégation de fortifier Chagny, clef du Centre et du Midi, et donna le temps à Garibaldi de se porter à Autun pour couvrir le Creusot.

La capitale bourguignonne peut être fière, et la vue des maisons labourées de mitraille peut inspirer aux enfants de Dijon un légitime orgueil ! — HENRI GENEVOIS.

GARIBALDI ET L'ARMÉE DE L'EST

Dans le déchaînement de rage que souleva le gouvernement de la Défense nationale, Garibaldi eut sa large part d'insultes, de moqueries et de calomnies. Tout a été mis en œuvre pour diminuer et noircir cette grande figure. Nous l'avions vu à l'œuvre, et dans les numéros du *Progrès de la Côte-d'Or* des 22 et 23 janvier 1872, nous l'avions, avec toute notre indignation, défendu contre des attaques impudentes. Après plus de vingt années, après avoir mûrement étudié nos revers de 1870-71 — et apporté dans notre étude une profonde passion de justice et un contrôle méthodique — notre avis est le même. Nous sommes heureux, aujourd'hui comme il y a vingt ans, d'avoir chaleureusement défendu le noble et doux patriote, qui nous en remerciait dans ces termes :

A M. HENRI GENEVOIS, 36, *rue des Godrans*, DIJON.

Caprera, 6 février 1872.

« Mon cher Genevois,

« Merci pour votre lettre gentille, pour les deux

numéros du *Progrès de la Côte-d'Or* et pour votre
généreux patronage de la vérité.

« Votre dévoué,

« G. GARIBALDI. »

Comme préface à notre courte étude, nous croyons
faire œuvre de justice en reproduisant deux articles
qui méritent mieux que la passagère publicité d'un
journal oublié le lendemain. C'est d'abord un article
que M. Ranc a consacré à Bordone dans le *Paris* en
1891, lorsque mourut le chef d'état-major de Garibaldi :

« Une curieuse figure que celle de ce pauvre
Bordone qui vient de s'éteindre après une cruelle
maladie. D'un tempérament de fer, d'un courage à
toute épreuve, d'une intelligence vive et ouverte,
d'une activité prodigieuse, son défaut c'était une
sorte de méridionalisme bruyant par où quelquefois
il se faisait mal juger.

« Sa vie a été singulièrement mouvementée. Chi-
rurgien de marine, industriel, inventeur, officier du
génie, chef d'état-major, écrivain militaire, auteur
dramatique même ! Son esprit toujours en action,
toujours en quête de nouveau, le portait vers les
inventions ; entre les expéditions de Crimée et les
Mille, entre les Mille et l'armée des Vosges, il en fit
plusieurs très ingénieuses, très originales, mais

comme à beaucoup d'inventeurs, il lui manquait quelque chose pour mettre ses idées au point ; il y mangea de l'argent, non pas celui des autres, mais le sien ; mais c'est par là qu'il donna prise aux ignobles attaques dont il fut assailli pendant la guerre.

« En 1870, sur l'ordre de Garibaldi qu'il était allé chercher en Italie, il s'improvisa chef d'état-major et il fit preuve des qualités sérieuses, nécessaires dans cette fonction. Il avait une incroyable fécondité de ressources et ne doutait jamais de lui. Déjà en Sicile, sous les yeux de Garibaldi, il s'était improvisé chef de pontonniers et c'est ce jour-là qu'il l'avait conquis.

« Il eut à l'armée des Vosges de graves difficultés. Les officiers italiens de l'entourage de Garibaldi souffraient malaisément d'être placés sous les ordres d'un Français, et parmi ses compatriotes plusieurs faisaient cause commune avec eux, trouvant à Bordone le commandement un peu brusque, la main un peu rude. Le service en souffrait. Gambetta recevait lettres sur lettres où on lui disait que, par faiblesse, Garibaldi hésitait à exécuter lui-même Bordone, mais qu'il serait enchanté si le gouvernement de la Défense l'en débarrassait.

« Il fallait en finir. Gambetta envoya à Garibaldi un de ses amis personnels, pour demander au général quelle était sa pensée de derrière la tête. Tenait-il ou non à Bordone ? Entendait-il le garder comme

chef d'état-major ? Garibaldi répondit textuellement :
« Vous direz au ministre que je veux Bordone et que
je n'en veux pas d'autre. Je me lève au jour et, sauf
le cas d'absolue nécessité, je me couche de bonne
heure après avoir donné mes ordres. Avec Bordone,
je suis sûr que ces ordres ont été ponctuellement
transmis, qu'il en a assuré l'exécution, qu'il a veillé
à tout, que je n'ai pas à craindre une surprise ; je
dors tranquille. »

« Cette résolution de Garibaldi ne laissa pas d'ir-
riter les officiers de l'état-major qui allèrent jusqu'à
offrir leur démission. Lobbia, qui faisait fonction de
sous-chef, se chargea de la porter au général.
Alors se passa une scène bien curieuse et que j'ai
sue de première main. Garibaldi manda devant lui
les officiers démissionnaires, et voici la petite allocution qu'il leur adressa :

« Messieurs les Français, veuillez passer à droite ;
« messieurs les Italiens, à gauche. Messieurs les
« Français, vous avez oublié qu'on ne donne pas sa
« démission devant l'ennemi. Si vous persistez, vous
« vous expliquerez devant la Cour martiale. Quant
« à vous, messieurs les Italiens, votre situation n'est
« pas la même ; donc vous êtes libres ; vous partirez
« demain matin pour l'Italie sous la conduite du pré-
« vôt de l'armée, avec ordre absolu de ne vous arrêter
« nulle part. Mais auparavant vous aurez l'obligeance
« de restituer vos entrées en campagne. Allez, mes-
« sieurs ! »

« Inutile de dire que cinq minutes après toutes les démissions étaient retirées. Quelques jours plus tard, d'ailleurs, la bonne intelligence était rétablie dans l'état-major de l'armée des Vosges.

« On sait qu'après la paix, les attaques contre Garibaldi et aussi contre Bordone redoublèrent de violence. Basses injures, outrages, calomnies, on ne recula devant rien. Et puis la commission d'enquête commença son travail. On peut croire qu'elle ne s'y épargna pas. Quelle joie si les enquêteurs avaient réussi à déshonorer Garibaldi ! Mais là encore Bordane avait veillé à tout, tout était en règle et il fallut bien approuver les comptes de l'armée des Vosges.

« Les soldats glorieux de la Défense disparaissent les uns après les autres. Depuis plus d'un an. Bordone était condamné ; il se survivait à lui-même. Sa dernière douleur, peut-être, aura été de ne pouvoir assister à l'inauguration à Nice de la statue de Garibaldi.   RANC. »

Lorsque la ville de Nice éleva, en 1892, une statue à Garibaldi, le *Temps*, peu susceptible d'exagérations chauvines et peu suspect de tendances cosmopolites, publia l'article que voici :

« On annonce que le gouvernement français se fera représenter par l'un de ses membres aux fêtes qui se préparent à Nice en l'honneur de Garibaldi. C'est une heureuse pensée comme celle du monument lui-même. Comment oublier en effet qu'en 1870, alors que la France, vaincue, abandonnée par les rois et les peuples, soutenait avec l'énergie du désespoir une lutte inégale, seul, Garibaldi se leva avec ses compagnons et vint à son secours ? Il importe peu de savoir avec quel succès ; ce qui importe, c'est qu'il soit venu, c'est qu'il ait combattu à nos côtés et que plusieurs de ses fidèles soient tombés avec nos soldats et pour notre cause. Ce que la France veut reconnaître et honorer, c'est cette démonstration de sympathie d'autant plus précieuse qu'elle fut plus rare alors, pour ne pas dire unique. Elle donne ainsi au monde un exemple de gratitude dont plusieurs gouvernements, sinon plusieurs peuples, pourront faire leur profit.

« Sans doute, Garibaldi n'aimait pas la France impériale ; sans doute, en 1870, il entendait combattre pour la liberté et pour la république en Europe, encore plus que pour une nationalité particulière. Mais cette raison ne peut diminuer notre sympathie. Si Garibaldi combattait pour la république et pour la liberté, la France, devenue républicaine et libre, a deux fois le devoir de lui marquer sa reconnaissance et de lui donner en quelque sorte sur son sol et dans son histoire droit de bourgeoisie.

« Il n'est pas mauvais non plus que cet hommage lui soit rendu à Nice, sa patrie particulière. En l'honorant ainsi publiquement, la France honore du même coup une cité et une population qui se sont

volontairement données à elle il y a trente ans et
qui pas une fois, même au jour du malheur, n'en
ont montré aucun regret. Garibaldi étant avec nous
dans nos affreux revers, les Niçois y furent aussi et
leurs enfants se battirent et moururent comme les
nôtres. Ces épreuves douloureuses supportées et
surmontées en commun après vingt ans d'efforts,
sont un lien qui vient s'ajouter à celui d'un plébis-
cite dont d'autres conquérants ont pu contester la
validité, mais qu'ils n'ont jamais eu la pensée d'imiter dans leurs annexions violentes. Voilà pourquoi
la France à Nice se sent chez elle, y agit en toute
liberté et simplicité, et songe bien plutôt à consacrer
les gloires locales qu'à les amoindrir.

« Ce n'est pas notre faute, enfin, si l'Italie, dont on
va honorer non seulement un de ses plus illustres
enfants, mais encore l'un des fondateurs, a paru
tout d'abord en éprouver plus d'embarras que de
satisfaction. N'est-il pas étrange que les honneurs
rendus à son héros national, sans aucune arrière-
pensée d'intérêt politique, mais par simple entraînement de cœur, la gênent plus que nous? Il est bien
vrai que Garibaldi n'aurait pas approuvé la triple
alliance ; qu'il n'aurait pas vu avec plaisir son pays
s'unir à la Prusse pour garantir à celle-ci une
annexion qu'il avait essayé d'empêcher en combat-
tant jusqu'au dernier jour les armes allemandes. Il
y a là, entre la pensée inspiratrice de Garibaldi et la
politique de M. Crispi, une contradiction trop pro-

fonde pour que les fêtes de Nice ne la mettent pas quelque peu en lumière. Mais puisque cette contradiction n'empêche pas la France de manifester ses sentiments de reconnaissance et d'admiration, l'Italie, nous entendons l'Italie officielle elle-même, se montrerait habile en participant à l'hommage rendu au plus populaire de ses héros par la France. »

On ne saurait plus exactement caractériser, ni dans un meilleur langage, le rôle de Garibaldi et les sentiments que son intervention doit inspirer aux patriotes sans parti pris. Et maintenant, voyons quel a été son rôle à Dijon.

L'ARMÉE DES VOSGES A DIJON (1)

MOUVEMENTS DE MANTEUFFEL DANS L'EST. — Les opérations de Bourbaki dans l'Est inspirèrent de vives inquiétudes aux stratégistes prussiens, qui voyaient leur ligne de retraite menacée. Avec la promptitude et l'habileté de conception dont nos adversaires ont tant de fois fait preuve à nos dépens, ils résolurent d'arrêter Bourbaki par un double effort. Werder renforcé, reçut l'ordre de tenir à outrance dans ses positions et d'arrêter de front l'armée française, tandis que Manteuffel, investi du commandement

(1) Souvenirs publiés dans le *Progrès de la Côte-d'Or*, numéros des 22 et 23 janvier 1872.

des 2ᵉ et 7ᵉ corps, devait nous prendre de flanc et nous acculer à la Suisse. Ce plan ne réussit que trop. Mais peut-on, comme l'ont fait certains écrivains mal renseignés ou de mauvaise foi, en faire peser la responsabilité sur Garibaldi ?

IMPORTANCE DE DIJON, DONT LA DÉFENSE EST CONFIÉE A GARIBALDI. — Ce général avait été placé à Dijon avec mission de défendre cette ville, dont l'importance stratégique se comprend facilement. Le Midi de la France est protégé par une forte ligne défensive qui commence à la frontière suisse, à Croix et Abbévillers, pour se continuer par le Doubs, qui sert pour ainsi dire de fossé à la chaîne escarpée et boisée du Lomont ; à partir de Besançon, l'Ognon continue cette ligne jusqu'à la Saône, dont le cours est commandé par la place d'Auxonne ; Dijon forme l'extrême gauche de cette vaste défense. Indépendamment de ses ressources matérielles propres, les lignes qui y aboutissent, venant du Midi, permettent d'y former en peu de temps une armée considérable ; Dijon couvre le Creusot et Chagny, villes d'une extrême importance, la première comme établissement industriel, la seconde comme tête de ligne.

La défense de Dijon était d'une importance capitale : elle avait été confiée à Garibaldi. Pouvait-il, outre cette défense, arrêter Manteuffel ? Pour répondre, il faut se rendre compte de l'itinéraire des Prussiens, de leurs forces et des nôtres.

FORCES DES PRUSSIENS, LEUR ITINÉRAIRE. — Les forces commandées par Manteuffel comprenaient 4 divisions d'infanterie (quarante-huit mille hommes au minimum), 2 divisions de cavalerie (cinq mille chevaux) et plus de 180 bouches à feu. Ces forces arrivaient en Côte-d'Or vers le 10 janvier ; un détachement d'une dizaine de mille hommes de toutes armes, commandé par le général Kettler, reçut mission d'opérer dans les cantons de Flavigny, Vitteaux, Saint-Seine, et de tenter une attaque sur Dijon quand l'occasion semblerait favorable.

Le reste des troupes fila par Chanceaux, Lamargelle, Is-sur-Tille, Velours, Gray, c'est-à-dire à une distance moyenne de 25 à 30 kilomètres au nord de Dijon.

Un point important à noter, c'est que ces troupes défilèrent consécutivement et sans intervalle du 15 au 20, et non point, comme le prétend faussement M. Middleton (1), par petits détachements. Quiconque aurait voulu se porter à Is-sur-Tille pour attaquer Manteuffel aurait eu sur les bras toute l'armée prussienne en moins de trente heures.

FORCES DES FRANÇAIS. — Quelles étaient les forces dont Garibaldi et Pellissier (2) pouvaient disposer à la date du 18 janvier ?

---

(1) Robert Middleton, un des détracteurs les plus audacieux de Garibaldi.

(2) Le général auxiliaire Pellissier, commandant la place de Dijon et un corps de mobilisés. Mort sénateur de Saône-et-Loire.

Six mille mobilisés du Jura, six mille de Saône-et-Loire, quatre mille de l'Isère et de l'Ain, dont les bataillons commençaient seulement à arriver. — Ces seize mille conscrits n'avaient ni capotes, ni effets de campement, « la Saône-et-Loire » était *chaussée de sabots*, et — sauf douze cents de ces mobilisés, armés de remingtons, sans baïonnettes, — ils avaient pour toute arme le simple fusil à piston ; en outre, pas un n'avait vu le feu ; somme toute, il aurait été de la dernière imprudence de hasarder hors de Dijon ces bataillons novices ; c'eût été les exposer à la débandade et à une destruction inévitable.

D'ailleurs ne fallait-il pas garder Dijon contre la division d'observation opérant à l'ouest de la ville, et certes, ces vingt mille hommes n'eussent pas été de trop pour défendre contre un ennemi organisé, mobile, excellent manœuvrier, les positions de Bel-Air, Talant, Fontaine, Pouilly et Saint-Apollinaire.

Garibaldi devait donc laisser dans Dijon tous les mobilisés. Restait l'armée des Vosges proprement dite : quatre mille mobiles (Aveyron, Basses-Alpes, Alpes-Maritimes), mille Italiens ; mille étrangers et trois à quatre mille francs-tireurs français, formaient son effectif, atteignant un maximum de neuf mille fantassins. Ces troupes réunies à la hâte, mal exercées, mal équipées, armées avec des armes des calibres les plus divers, étaient en outre fractionnées en compagnies de quatre-vingts à cent hommes ou au

plus en petits bataillons de quatre à cinq cents
hommes.

En un mot, braves, mais désagrégées, elles étaient
dépourvues de cohésion, d'unité et de centralisation ;
elles étaient difficiles à manier et il était impossible
d'exécuter un mouvement stratégique demandant de
l'ensemble, de la précision et de la rapidité.

IMPOSSIBILITÉ DE SE HASARDER HORS DE DIJON. — A côté
de cette infanterie, peu ou point de cavalerie et
4 ou 5 batteries en état de marcher. — Avec ce
corps, Garibaldi pouvait-il s'aventurer à 25 kilomètres de Dijon, sa base d'opérations ? Mais à peine ses
neuf mille hommes auraient-ils suffi à relier les corps
opérant à la ville de Dijon ! Il faut ou être faussement
renseigné ou faire preuve de la mauvaise foi la plus
insigne pour faire un grief à Garibaldi de n'être pas
allé avec neuf mille hommes attaquer à Is-sur-Tille
trente-cinq à quarante mille Prussiens, pendant que
dix mille autres auraient attaqué Dijon mal défendu
et l'auraient pris en flanc ! Il n'est pas besoin de
posséder beaucoup de science militaire pour voir
qu'une semblable opération aurait été la destruction
inévitable de l'armée des Vosges tout entière !

Garibaldi resta donc dans Dijon et il fit bien, quoi
qu'aient pu dire ses calomniateurs, dont les assertions
sont parfaitement absurdes.

ATTAQUE DE DIJON REPOUSSÉE LE 21 JANVIER. — Voyant

que le commandant en chef de l'armée des Vosges ne commettait pas l'imprudence de quitter Dijon, la colonne d'observation se mit en marche contre lui. Le défilé de la *Casquette*, gardé par des mobiles de l'Aveyron, fut rapidement enlevé par l'ennemi le 21 janvier au matin. Ici, il faut rectifier une assertion mensongère de M. Middleton : il prétend que la canonnade était déjà fortement engagée quand l'armée de Garibaldi entra en ligne.

1° Cela est absurde; 2° cela est faux. Absurde, car une artillerie qui se battrait seule contre un ennemi composé de cavalerie, d'infanterie et d'artillerie serait bien vite enlevée ! Faux, car j'affirme et tout Dijon affirmera qu'à midi précis Menotti était sur la route de Talant avec douze cents hommes (mobiles Basses-Alpes et Italiens), et qu'il était en bataille sous Talant à midi et demi au plus tard : or, le premier coup de canon sur la ligne de bataille a été tiré vers une heure et quart.

La bataille engagée à une heure et quart se prolongea jusqu'à cinq heures du soir. Talant, Fontaine et Messigny furent l'objectif des Prussiens; le combat occupait un espace de 10 kilomètres.

L'ennemi fut repoussé avec pertes, et il ne put nous enlever une seule position, malgré les retours offensifs qu'il tenta pendant la nuit. Sur notre extrême droite, Ricciotti Garibaldi avec sa brigade composée d'un millier de francs-tireurs enleva brillamment Messigny ; les mobilisés du Jura, de Saône-et-Loire et de l'Isère, engagés dans ce combat au nombre de cinq à six mille, se sont montrés pleins d'entrain; un bataillon d'Italiens engagé au-dessous de Talant, objectif principal de l'ennemi, ne put conserver sa position qu'au prix des plus héroïques efforts et des pertes les plus douloureuses.

Sur notre extrême gauche, le bataillon du commandant Braun et la légion Lhoste firent subir des pertes aux Allemands qui s'étaient engagés dans les carrières qui dominent la route de Plombières; un bataillon des Alpes-Maritimes et un des Basses-Alpes firent très bonne contenance; enfin, pour n'oublier personne, l'artillerie française fut magnifique et causa beaucoup de mal aux Allemands.

La nuit suivante, l'armée des Vosges reçut en renfort quelques bataillons de mobilisés; un escadron du 3ᵉ hussards; une compagnie de marins et six mitrailleuses qui ne purent pas être immédiatement employées, faute de munitions.

2° JOURNÉE DE DIJON (22 JANVIER). — Le lendemain, dimanche 22, l'action commença à une heure et se continua jusqu'à cinq heures de l'après-midi. Elle se borna à une violente canonnade; chacun fit son devoir et les Allemands furent repoussés par les mobilisés et les garibaldiens qui firent une cinquantaine de prisonniers et s'emparèrent de plusieurs caissons.

Le matin de ce jour, les Prussiens avaient assas-

21

siné, à Hauteville, deux médecins et sept infirmiers
de l'ambulance de Saône-et-Loire! Le rapport officiel du lieutenant-colonel Fornel, des mobilisés de
Saône-et-Loire, donne des détails de cet inqualifiable
forfait.

L'armée des Vosges avait perdu, le samedi matin,
près d'Hauteville, le brave général de brigade Bosak-
Hauké (refugié polonais), commandant la première
brigade. Cet intrépide soldat voulait rallier les mobiles de l'Aveyron, lorsqu'il se vit face à face avec
les Prussiens : il n'hésita pas à charger avec les
quelques officiers qui l'entouraient. Une mort glorieuse l'enleva à l'armée.

COMBAT VICTORIEUX DE POUILLY (23 JANVIER). — Le
lundi 23, les Allemands changèrent leur front d'attaque et assaillirent les positions françaises de Fontaine, Pouilly et Saint-Apollinaire. Pouilly fut enlevé
par une attaque soudaine, et malgré l'artillerie de
Fontaine et de Mont-Chapet les Prussiens purent
installer leurs batteries à 1500 mètres au nord de
Dijon et envoyer quelques obus sur le faubourg
Saint-Nicolas et sur le quartier Saint-Bernard. Une
panique indescriptible se produisit dans la ville ; les
nombreux curieux prirent la fuite en débandant les
mobilisés qui se rendaient au combat ; enfin l'ordre
fut rétabli, grâce aux sabres nus d'un peloton de
cavaliers italiens et de quelques hussards qui dis-
pèrent la foule inutile et rallièrent les fuyards.

Pendant ce temps, nos lignes fléchissaient : Ricciotti, enfermé dans la fabrique de noir animal, située à neuf cents mètres de Dijon, était cerné, et les Prussiens excités par la promesse du pillage gagnaient visiblement du terrain. Le centre fut enfin renforcé par des mobilisés de Saône-et-Loire qui, par leur entrain, rétablirent le combat, dégagèrent Ricciotti, reprirent Pouilly et culbutèrent les Prussiens.

Les hussards français du 3ᵉ régiment au nombre de cent vingt et une trentaine d'Italiens se couvrirent de gloire sous la conduite de Canzio, par une charge intrépide qui ne contribua pas peu à dégager Ricciotti.

Ce dernier avait jonché le sol de cadavres allemands et s'était emparé du drapeau du 61ᵉ régiment prussien ! C'est ce que le patriote Middleton appelle ramasser un chiffon sous un tas de cadavres... Un Prussien ne dirait pas mieux (1) !

---

(1) *L'Historique du grand État-major allemand* raconte en effet en ces termes cet épisode (2ᵉ partie, p. 1143) :

« Entre Pouilly et Saint-Martin s'élève, à l'ouest de la route, une fabrique massive, précédée d'une cour entourée de murs. On reconnaissait que celle-ci, ainsi que la Fillotte au pied de la hauteur de Talant et les tranchées-abris établies pour servir de communications étaient fortement occupées par l'ennemi. Malgré cela, les fusiliers et des fractions du 1ᵉʳ bataillon du régiment n° 21 débouchent de Pouilly et soutenus par le feu des batteries qui les avaient suivis jusqu'à cette localité, s'avancent jusqu'à 500 pas des lignes françaises. L'adversaire, ayant réussi à mettre de l'artillerie en position à l'est de la route de Langres, forçait l'assaillant à s'arrêter, devant un feu concentrique.

Les régiments d'infanterie engagés par les Allemands portaient les numéros 24 et 61. C'étaient les

« Le général de Kettler fait alors venir encore deux bataillons du régiment n° 61 de la ferme de Valmy. Le 1er bataillon se déploie entre la vallée du Suzon et la route, le 2e suit la vallée même, chasse l'ennemi des positions qu'il occupe entre la fabrique et la Fillotte et le rejette jusques contre les faubourgs. Un peloton de la 6e compagnie s'embusque près de Suzon, afin de couvrir le flanc droit contre les tirailleurs français déployés à l'est de Fontaine. Le lieutenant en 1er Luchs, à la tête de la 7e compagnie, s'avance en subissant des pertes sensibles, mais sans arrêt, le long de la voie ferrée nouvellement établie, qui se terminait dans une excavation située à peine à 200 pas au nord-ouest de la fabrique. La 5e compagnie et 2 pelotons de la 6e suivent ce mouvement. Cependant le feu de flanc partant du bâtiment empêche de pousser plus loin et plusieurs tentatives faites dans le but d'y pénétrer, échouent.

« Un feu violent était dirigé de trois côtés sur le 61e. Le commandant du 2e bataillon, capitaine Kumme, et celui de la 6e compagnie, lieutenant Straube, sont bientôt hors de combat par suite de blessures. Le lieutenant en 1er Luchs (*) prend le commandement du bataillon. La 7e compagnie est réduite à 70 fusils ; seule, la 5e venant de la réserve est à peu près intacte ; la nuit commence à tomber, le brouillard et la fumée cachent les vues, le nombre des ennemis augmente encore, ainsi que l'indique son feu. Malgré cela, le lieutenant Luchs se décide à tenter une nouvelle attaque. Tandis qu'il fait lui-même front contre Saint Martin, avec la 6e et la 7e compagnie, afin d'empêcher l'ennemi d'entrer en action de ce côté, il donne l'ordre au lieutenant en 1er Weise de se lancer encore une fois contre la fabrique, avec la 5e compagnie. Cet officier communique à ses hommes la mission qu'ils ont à remplir et marche ensuite en avant d'eux sous une grêle de balles. A côté de lui se tient le porte-drapeau du bataillon, le sergent Pionke, qui, ayant à peine fait quelques pas, tombe mortellement frappé. Le lieutenant Weise, blessé aussi, est ramené vers l'arrière. Le bord de l'excavation, situé dans la direction de l'attaque, étant très escarpé et très glissant, 40 hommes seulement ont suivi le mouvement. Le lieutenant en 2e Schulze, relevant le drapeau, les conduit plus loin, mais il s'af-

(*) « Le lieutenant en 1er Luchs fut également blessé et perdit son cheval. »

grenadiers poméraniens de M. de Moltke, les meilleurs soldats de la Prusse (1).

Ces bandits indignes du nom de soldats avaient brûlé vif un officier garibaldien blessé! Ce fait est

faisse aussi, traversé par deux balles. Plusieurs hommes (*), qui l'un après l'autre ramassent le drapeau, trouvent là une mort glorieuse; il en est de même de l'adjudant-major du bataillon, le lieutenant de Puttkamer, accouru au danger et qui est tué tout à proximité de la fabrique.

« On n'avait pu remarquer de l'excavation (**), qu'il n'existait aucune entrée sur la face ouest des bâtiments. Les hommes, qui malgré ce feu meurtrier, arrivent jusque près de cette construction, ne peuvent rien faire et tombent presque tous sous les projectiles ennemis. Le sergent-major de la compagnie ramène les survivants dans l'excavation. Ce n'est qu'ici que l'on s'aperçoit que le drapeau a disparu; malgré l'obscurité et le feu toujours violent, des volontaires partent à sa recherche. Un seul d'entre eux, le fusilier Schumacher, revient blessé, les autres payent de leur vie cette vaine tentative. Tous les hommes qui combattaient à côté du lieutenant de Puttkamer ayant été tués, on ne savait pas avec certitude si le drapeau n'avait pas été conduit à une autre troupe par son dernier porteur.

« En réalité, le seul drapeau que l'armée allemande a perdu dans cette guerre a été retrouvé par des hommes de la brigade Ricciotti Garibaldi, inondé de sang, déchiré par les balles et sous un monceau de cadavres. »

(1) Les pertes accusées officiellement par les Allemands sont les suivantes :

		officiers		hommes	
21 janvier.		19 officiers		322 hommes.	
22	—	1	—	40	—
23	—	16	—	362	—
Ensemble		36	—	724	—

(*) « Ceux-ci ne peuvent être désignés nominativement, tous les hommes qui se trouvaient près du drapeau ayant été tués. »
(**) « Le bâtiment principal de la fabrique forme la face ouest de cet établissement, entouré partout de constructions massives et de hautes murailles. Les fenêtres les plus basses de cette construction à deux étages étant à double hauteur d'homme de distance du sol, la face ouest n'offrait aucune ouverture. »

attesté par le gardien du château de Pouilly, théâtre
de l'attentat, et par des constatations officielles.

ORGANISATION RAPIDE D'UNE ARMÉE SÉRIEUSE. — Garibaldi avait trois fois battu l'ennemi. Il s'agissait
maintenant de sauver l'armée de l'Est. Le seul
moyen pour réussir était de former à Dijon une
armée sérieuse qui pût se transporter rapidement
sur Dôle et donner la main à Bourbaki tout en prenant Manteuffel à revers ; ce plan fut adopté et
aurait réussi sans l'armistice.

Garibaldi secondé par l'incroyable activité de
Gambetta, se mit à l'œuvre pour transformer en
armée sérieuse le rassemblement d'hommes dont il
disposait. Les mobilisés du Jura, de Saône-et-Loire,
de l'Ain et de l'Isère, portés à trente mille hommes,
furent mis à sa disposition ; près de dix mille
avaient déjà reçu le baptême du feu aux journées de
Dijon et les autres étaient animés des meilleures
dispositions.

Ces conscrits de la veille étaient devenus, je ne
dirai pas de vieux soldats, mais des troupes respec-
tables ; une bonne partie reçut des fusils perfection-
nés : — quatre escadrons de cavalerie, deux compagnies du génie, plus de dix batteries d'artillerie
vinrent augmenter la puissance de l'armée des Vosges, et la mettre en état d'agir efficacement.

MOUVEMENT SUR DOLE POUR DÉGAGER L'ARMÉE DE

L'Est. — Garibaldi dirigea sur Dôle par Auxonne la
meilleure partie de ses troupes. La veille de l'armistice, sept cents hommes d'élite conduits par le colonel Baghino s'emparaient du Mont-Rolland, position
qui commande Dôle. Le reste de l'armée des Vosges
suivait cette avant-garde. Encore quelques jours et
vingt-cinq mille Français vont s'emparer de Dôle,
prendre toute la position de l'armée allemande qui
se trouvait au sud de cette ville, et faire tomber les
Prussiens dans leur propre piège.

L'ARMISTICE FAIT AVORTER LE PLAN DE GARIBALDI. —
Hélas! il était dit que la France succomberait; l'armistice vient; Garibaldi arrête son mouvement qui
était le salut de la France; les Prussiens mieux
renseignés continuent à marcher et n'opposent à
nos réclamations que des échappatoires jésuitiques.

Quand nous fûmes désabusés et que nous apprîmes
que l'armistice n'était que partiel, il était trop tard!
L'armée de l'Est était cernée; Dôle fortement occupé;
Dijon menacé par trente mille hommes! Il fallut, la
rage dans le cœur, se *replier* une fois de plus et
abandonner un plan dont la réussite avait tenu à
un fil.

CONCLUSION. — De tous ces faits ressort inévita-
blement la conclusion suivante :

1. Garibaldi n'a pas pu quitter Dijon pour arrêter
Manteuffel;

2. Il aurait contribué à sauver l'armée de l'Est, sans l'erreur fatale qui nous trompa sur l'étendue de l'armistice.

Cette conclusion basée sur des faits ne saurait nullement être atteinte par les mauvais calembours devant lesquels ne recule pas M. Middleton.

La Côte-d'Or reconnaissante a élu député le vainqueur de Dijon, malgré la présence des Prussiens ; les cinquante mille électeurs qui lui ont donné leurs voix étaient aux premières loges pour juger sa conduite en connaissance de cause. Ce témoignage spontané et imposant est la justification la plus significative de la conduite du général italien ; c'est la plus belle réponse qu'on puisse faire aux attaques dirigées contre lui.

HENRI GENEVOIS.

III

HISTORIQUE DU 32ᵉ RÉGIMENT DE MARCHE

D'INFANTERIE

LA BOURGONCE. — NUITS. — CHENEBIER

Les Historiques résumés des régiments sont très laconiques sur le rôle des régiments de marche pendant la guerre en province. Et cependant, ce serait la partie la plus instructive : en effet, nos magnifiques régiments réguliers se ressemblent tous; à Reischoffen ou sous Metz, ils sont nivelés par une bravoure pareille et une force de résistance égale chez tous.

Les régiments composites, improvisés en province par des détachements hâtivement rassemblés, fournissent des observations variées et des documents plus caractéristiques. Étudier leur formation, examiner leur conduite en campagne, apprécier en un mot la puissance de ces instruments créés à l'improviste : autant de questions passionnantes.

Un des meilleurs parmi ces régiments de marche fut le 32ᵉ : il a fait la première campagne des Vosges, celle de Bourgogne, l'expédition de l'Est, la retraite en Suisse. En publiant son *Historique* authentique, nous croyons fournir un document utile à notre histoire de 1870-71; nous croyons rendre un pieux hommage aux excellents officiers et aux solides combattants qui composaient ce régiment, — et particulièrement à l'ami pleuré, au vaillant officier qui a confié le document à notre amitié. — H. G.

32ᵉ RÉGIMENT D'INFANTERIE DE MARCHE

17 *septembre* 1870. — *Organisation*. — Le 32ᵉ de marche a été créé à Limoges par décret du gouvernement de la Défense nationale, en date du 17 septembre 1870, au moyen de 18 compagnies (8ᵉˢ du 3ᵉ bataillon) prises dans 18 régiments différents.

L'organisation dura du 19 au 25 septembre; le tableau suivant (1) indique la formation du régiment à l'effectif de trois mille huit cent quatre-vingt-six hommes.

Les hommes appartenaient, en général, à la catégorie des anciens militaires célibataires de vingt-cinq à trente-cinq ans, rappelés après libération en vertu de la loi du 10 août 1870.

Le régiment fut complété par la création de trois emplois d'adjudants-majors, d'un emploi d'officier payeur, de trois emplois d'adjudants sous-officiers, de trois emplois de caporaux-tambours, etc.

(1) Voir ce tableau à la page ci-contre.

M. HOCÉDÉ

Lieutenant-colonel, commandant le régiment.

	1ᵉʳ Bataillon. M. VITRE, chef de bataillon.				2ᵉ Bataillon. M. GRAZIANI, chef de bataillon.				3ᵉ Bataillon. M. MAFFRE-LACAN, chef de bataillon.		
COMPAGNIES.	RÉGIMENTS d'où proviennent les compagnies.	GARNISONS des dépôts.	EFFECTIF en hommes.	COMPAGNIES.	RÉGIMENTS d'où proviennent les compagnies.	GARNISONS des dépôts.	EFFECTIF en hommes.	COMPAGNIES.	RÉGIMENTS d'où proviennent les compagnies.	GARNISONS des dépôts.	EFFECTIF en hommes.
1ʳᵉ	23ᵉ de ligne	Dijon.	214	1ʳᵉ	30ᵉ de ligne.	Montauban.	210	1ʳᵉ	39ᵉ de ligne.	Alby.	217
2ᵉ	27ᵉ —	Bourg.	216	2ᵉ	31ᵉ —	Bordeaux.	209	2ᵉ	35ᵉ —	Tarbes.	216
3ᵉ	95ᵉ —	Auxerre.	215	3ᵉ	66ᵉ —	Privas.	216	3ᵉ	36ᵉ —	Salon.	215
4ᵉ	85ᵉ —	Gray.	215	4ᵉ	81ᵉ —	Limoges.	212	4ᵉ	37ᵉ —	Villefranche.	219
5ᵉ	84ᵉ —	Lons-le-Saunier.	218	5ᵉ	82ᵉ —	La Rochelle.	209	5ᵉ	34ᵉ —	Mirande.	219
6ᵉ	78ᵉ —	Besançon.	221	6ᵉ	87ᵉ —	Montpellier.	218	6ᵉ	78ᵉ —	Ajaccio.	216
	EFFECTIF...		1299		EFFECTIF...		1274		EFFECTIF...		1293

Le 32ᵉ de marche a fait successivement partie des quatre armées de la Loire, des Vosges, de Lyon et de l'Est.

17 septembre. — A dater du 17 septembre 1870, jour de son organisation, il fait partie de l'armée de la Loire.

25 septembre. — Départ de Limoges pour Vierzon, par les voies ferrées, en trois colonnes.

26 septembre. — En arrivant à Vierzon, le régiment campe aux Genets, sur la rive gauche du Cher.

Il fait partie du 15ᵉ corps (général de la Motte-rouge), 3ᵉ division (général Peytavin), 2ᵉ brigade (général Dupré).

Il séjourne dans cette position jusqu'au 2 octobre, jour de son départ pour l'armée des Vosges.

2 octobre. — La brigade Dupré (32ᵉ de marche et 34ᵉ régiment de mobiles, Deux-Sèvres) est dirigée sur Épinal par les voies ferrées. Strasbourg venait de capituler.

3 octobre. — Le régiment arrive à Épinal dans la nuit du 3 au 4 octobre, en trois colonnes; on le prévient qu'il va être embarqué de nouveau.

La brigade Dupré n'est rattachée à aucune division, elle s'adjoint les francs-tireurs et les bataillons de mobiles qu'elle rencontre à Épinal et elle opère isolément jusqu'au 8 octobre.

4 octobre. — Le régiment part d'Épinal par les voies ferrées en 3 colonnes; chaque bataillon débarque successivement à la station de Bruyères et se rend à pied à Corcieux ; le 2ᵉ bataillon est campé sur la route d'Anould ; le 3ᵉ sur celle de Géradmer ; le 1ᵉʳ bataillon, par suite de retards éprouvés en chemin de fer, n'arrive qu'à deux heures du matin et campe à Corcieux.

5 *octobre*. — A midi, premier changement de positions; le 1ᵉʳ bataillon va à 1 kilomètre en avant de Bruyères sur les routes de Rambervilliers et de Saint-Dié, le 2ᵉ avance de quelques kilomètres sur la route d'Anould, le 3ᵉ prend la place du 2ᵉ. A cinq heures du soir, le 1ᵉʳ bataillon est rappelé sur le village de la Bourgonce, où il arrive le 6 à une heure du matin ; le 2ᵉ et le 3ᵉ bataillons partent pour le col du Haut-Jacques où ils arrivent le 6 à trois heures du matin.

6 *octobre*. — *Bataille de la Bourgonce*. — L'ennemi est établi, la droite à Saint-Rémy, le centre à Nompatelize, la gauche à Saint-Michel ; ses tirailleurs couvrent les trois villages.

Dès le matin les troupes détachées sont rappelées et prennent en arrivant des positions de combat.

Notre première ligne est formée comme il suit : à gauche, en face de Saint-Rémy, 2 bataillons du 34ᵉ mobiles; au centre, en face de Nompatelize, les mobiles des Vosges; à droite, en face de Saint-Michel, les mobiles du Jura. Le 32ᵉ de marche est en 2ᵉ ligne; le 1ᵉʳ bataillon, arrivé dans la nuit, se place en arrière de la droite ; le 2ᵉ bataillon, qui arrive, avec le 3ᵉ à neuf heures, se place un peu en arrière du 1er et à sa gauche ; le 3e est mis en réserve à la sortie de la Bourgonce ; il a derrière lui, dans les premières maisons du village, le 3e bataillon du 34e mobiles ; ces deux bataillons de réserve se forment en colonne serrée par peloton.

La troupe n'avait pas mangé depuis la veille ; à dix heures on envoie des corvées à la Bourgonce recevoir les vivres qu'avait fait préparer l'état-major.

A peine les corvées étaient-elles parties, que l'ennemi, qui avait fait prévenir par des espions qu'il n'avait pas d'artillerie, démasque ses batteries et ouvre un feu très violent ; les obus atteignent la 1re et la 2e ligne ainsi que la réserve.

Dès les premiers coups de canon, les mobiles des Vosges et du Jura, qui étaient au centre et à la droite de la 1re ligne, abandonnent leurs positions en portant le désordre dans la 2e ligne.

Aussitôt les 3 bataillons du 32e de marche se portent en avant en se couvrant de tirailleurs et s'emparent des villages de Nompatelize et de Saint-Michel.

Bientôt après, l'ennemi fait un retour offensif et menace de tourner la droite du 1er bataillon qui est à Saint-Michel.

Le général Dupré y envoie les 2 compagnies du 3e bataillon qui étaient demeurées à la Bourgonce et qui constituaient les seules réserves de l'armée.

Le 3e bataillon (commandant Maffre-Lacan) résiste

pendant une heure dans Nompatelize ; attaqué de
front et de flanc, aucun renfort ne pouvant lui être
envoyé pour lui permettre de déboucher en avant et
la position étant, de toutes parts, ouverte aux projectiles, il évacue le village et va s'abriter derrière un
pli de terrain. A midi on le renforce de quelques
isolés du 2ᵉ bataillon qui se trouvaient égarés ; prenant alors l'offensive, il s'empare de nouveau de
Nompatelize dont l'ennemi incendie tout le côté par
lequel il se retire.

L'ennemi concentre alors un feu terrible sur le
village, le 3ᵉ bataillon l'évacue une deuxième fois et
va s'abriter derrière le même pli de terrain que
précédemment ; enfin, vers quatre heures, il marche
de nouveau en avant et rentre pour la troisième fois
dans Nompatelize. Le 1ᵉʳ et le 2ᵉ bataillon (commandant Graziani), attaqués de front à Saint-Michel et
débordés à droite par des forces supérieures, tiennent
vigoureusement jusqu'au signal de la retraite.

A quatre heures, ordre est donné à toute la ligne
de battre en retraite sur la Bourgonce ; on abandonne
les blessés dans ce village faute de moyens de
transport, puis, à sept heures du soir, on part pour
Bruyères où l'on arrive pendant la nuit.

Les pertes du corps dans ce combat très meurtrier
sont de :

Un officier tué : (M. Cogneux, sous-lieutenant) ;
douze officiers blessés : M. Hocédé, lieutenant-colonel
commandant le régiment, mort trois jours après de

ses blessures ; M. Vitre, chef du 1er bataillon, mort un mois après de ses blessures ; MM. Guérin et Ancelle, capitaines ; Leymarie, Delaporte, Savières, Baty, Sacreste, Merlin, Villedieu, lieutenants, et Ménestrel, sous-lieutenant ; enfin cinq cents hommes disparus, tués, blessés ou faits prisonniers.

7 *octobre*. — Le 32e campe à Bruyères dans le parc du château Merlin ; il a perdu tous ses havre-sacs et son matériel de campement à la Bourgonce, où on lui avait fait déposer les effets pour aller au combat.

Le commandant Graziani, du 2e bataillon, nommé lieutenant-colonel, prend le commandement du régiment.

8 *octobre*. — Le corps d'armée est organisé en 2 brigades ; le 1er et le 2e bataillons du 32e font partie de la 1re brigade (lieutenant-colonel auxiliaire Perrin), ainsi que le 58e de marche et les mobiles des Vosges ; le 3e bataillon fait partie de la 2e brigade avec le 34e mobiles et 4 compagnies du 85e de ligne.

A huit heures du matin toute la division, par une marche en retraite, prend position en demi-cercle derrière la Meurthe. Le 2e bataillon est à Gerbépal, le 1er en face de Barbey et de Séroux ; le 3e à Herpelmont avec le 34e mobiles à gauche.

9 *octobre*. — Modifications des dispositions précédentes : le 1er bataillon occupe la gorge des Granges, le 2e est à Plafond, le 3e reste à Herpelmont.

10 *octobre*. — Le 2e bataillon porte ses 3 compagnies de droite au col de Martimprey et ses 3 compa-

gnies de gauche à Gerbépal. On se procure quelques vivres à Géradmer, par des réquisitions.

11 octobre. — La 2ᵉ brigade bat en retraite à midi sur Neuveville; à six heures du soir elle fait sauter le pont de Vologne et elle se retire sur Laveline-du-Hioux sans prévenir de ce mouvement la 1ʳᵉ brigade qui conserve ses positions et se fortifie.

12 octobre. — *Combat de Barbey.* — A midi la 1ʳᵉ brigade est attaquée, le 1ᵉʳ bataillon du 32ᵉ, assailli à Granges, à Barbey et à Séroux, se replie en tiraillant; la retraite n'est pas inquiétée. On apprend alors que la 2ᵉ brigade est partie depuis la veille en faisant sauter les ponts. On se décide à battre en retraite par la route du Thillot. Le 1ᵉʳ bataillon arrive à Saint-Amé le 13 à deux heures du matin, le 2ᵉ au Thillot le 12 à neuf heures du matin.

Le 3ᵉ bataillon qui fait partie de la 2ᵉ brigade et qui a marché toute la nuit, arrive à Remiremont le 12 à huit heures du matin; il campe d'abord à la Madeleine, puis à sept heures du soir on l'envoie bivouaquer sur la route de Rupt.

Le général Cambriels prend le commandement du corps d'armée. Le général Thornton arrive à Remiremont, prend le commandement de la division et en même temps celui de la 2ᵉ brigade.

13 octobre. — Le 1ᵉʳ bataillon, arrivé à Saint-Amé à deux heures du matin, part à six heures et demie, arrive à Remiremont à neuf heures, demeure une heure dans cette ville pour recevoir du campement en remplacement de celui perdu à la Bourgonce, et se dirige ensuite sur Faucogney, où il arrive à sept heures du soir.

Le 2ᵉ bataillon, parti du Thillot à sept heures du matin, arrive à Lure à neuf heures du soir.

Le 3ᵉ bataillon, parti de Rupt à quatre heures, arrive également à Lure à deux heures.

14 *octobre*. — Le 1ᵉʳ bataillon part à minuit de Faucogney ; il est envoyé successivement à Melisey, à Malbouhans, à Moffans, à Saint-Fergeux et enfin à Grammont, où il s'arrête à huit heures, épuisé de fatigue.

Le 2ᵉ et le 3ᵉ bataillon partent de Lure à quatre heures et sont cantonnés : le 2ᵉ à Montbozon, le 3ᵉ à Rougemont avec le 34ᵉ mobiles.

15 *octobre*. — Départ à dix heures, le 1ᵉʳ bataillon arrive à Baume-les-Dames à six heures, le 2ᵉ est cantonné au polygone de Besançon, le 3ᵉ à Marchaux avec l'artillerie de la 2ᵉ brigade.

16 *octobre*. — Le 1ᵉʳ bataillon part de Baume à dix heures et arrive au polygone de Besançon à cinq heures.

18 *octobre*. — Le 3ᵉ bataillon rejoint le régiment au polygone de Besançon et cesse de faire partie de la 2ᵉ brigade.

L'adjudant Bastien qui avait reçu mission, le 12, avec une section, de ramener, comme il le pourrait, une pièce d'artillerie abandonnée par le 1ʳᵉ brigade, rejoint le régiment avec cette pièce de canon.

L'armée des Vosges est toute concentrée à Besançon, elle est réorganisée; le 32ᵉ de marche reste au polygone, il fait partie, avec le 34ᵉ mobiles, de la 2ᵉ brigade (capitaine de vaisseau Aube) de la 2ᵉ division (général Thornton) de l'armée des Vosges (général Cambriels).

20 *octobre*. — La division va prendre position sur les hauteurs de Saint-Claude.

22 *octobre*. — *Combat de Châtillon*. — La division se porte en avant par la route d'Audeux et rencontre l'ennemi établi à Châtillon.

La 1ʳᵉ brigade forme la 1ʳᵉ ligne, elle prend seule part au combat; le 32ᵉ placé en 2ᵉ ligne n'est pas engagé.

A la nuit, le 1ᵉʳ bataillon est envoyé à Saint-Claude, le 2ᵉ à Besançon et le 3ᵉ à Serre-les-Sapins où il campe à la gauche des mobiles du Haut-Rhin.

23 *octobre*. — Le 1ᵉʳ et le 2ᵉ bataillons rejoignent le 3ᵉ; le 1ᵉʳ se place à gauche et le 2ᵉ à droite de Tilleroys.

28 *octobre*. — Le 3ᵉ bataillon s'établit à la ferme Saint-Esprit, avec mission de garder tout l'espace compris entre Magny et le Château-Farine.

M. le général Michel succède au général Cambriels dans le commandement de l'armée.

7 *novembre*. — Le général Crouzat succède au général Michel dans le commandement de l'armée.

8 *novembre*. — Départ de la division à quatre heures et demie du matin pour Quingey; le 32ᵉ est cantonné à Montfort.

9 *novembre*. — Départ de la division pour Villers-Farlay, le 1er et le 2e bataillons sont campés à la sortie du village, le 3e est envoyé à Écleux-sur-la-Lône.

10 *novembre*. — La division va camper à Deschaux.

11 *novembre*. — La brigade va cantonner à Pierre.

12 *novembre*. — La division se rend à Verdun-sur-Saône, où elle cantonne. Chaque chef de corps reçoit l'ordre de nourrir sa troupe comme il le pourra, l'intendance ne pouvant fournir les distributions.

13 *novembre*. — A neuf heures du matin, le 32e exécute une reconnaissance dans la forêt de Saint-Martin et va ensuite camper à Neuvelle.

14 *novembre*. — Départ de l'armée à sept heures du matin, on prend position entre Vaublanc et Chaulenay en arrière du château Mirande ; le 32e, placé au centre de la 2e ligne, entre le 34e mobiles à droite et le 3e zouaves à gauche, a devant lui les mobiles des Vosges en 1re ligne.

16 *novembre*. — Départ de l'armée pour Chagny.

17 *novembre*. — A deux heures et à sept heures du matin, le 32e prend à Chagny le chemin de fer et se rend à Gien (Loiret), où il arrive en deux colonnes, le même jour ; il campe sur les bords de la Loire ayant à sa gauche le 34e mobiles et à droite un bataillon d'infanterie légère d'Afrique. Il fait partie du 18e corps.

20 *novembre*. — Départ de Gien pour Lyon en

chemin de fer, à six heures et à dix heures du soir.

21 *novembre*. — Le régiment arrive à Lyon à six heures et à dix heures du soir en deux colonnes, il est de suite caserné, il fait partie de la 1ʳᵉ brigade (lieutenant-colonel Graziani du 32ᵉ) de la 1ʳᵉ division (général comte de la Serre) de l'armée de Lyon (général Bressolles). Il conserve cette garnison jusqu'au 10 décembre.

10 *décembre*. — Départ du régiment de Lyon pour Beaune en chemin de fer à trois heures, à sept heures et à dix heures du matin. En arrivant à Beaune, le régiment va cantonner à Serrigny, Ladoix, Nievelle et Magny, sur la route de Dijon.

Le 32ᵉ est placé sous les ordres du général Cremer qui commande une brigade du 24ᵉ corps, en voie d'organisation. Le général Bressolles commande le 24ᵉ corps, mais les divisions et les brigades ne sont pas encore constituées.

12 *décembre*. — Départ à quatre heures du soir dans la direction des Nuits; le 1ᵉʳ bataillon est cantonné à Prémeaux, le 2ᵉ à Comblanchien, le 3ᵉ à Ladoix.

13 *décembre*. — Le 1ᵉʳ bataillon va cantonner à Nuits, le 2ᵉ à Prémeaux, le 3ᵉ à Prissey.

14 *décembre*. — Tout le régiment est cantonné à Nuits.

15 *décembre*. — Le 1ᵉʳ bataillon est détaché à Chaux avec 2 pièces d'artillerie.

16 *décembre.* — Le 2ᵉ bataillon est détaché à Boncourt et au château de la Berchère.

18 *décembre.* — *Bataille de Nuits* — Le 1ᵉʳ bataillon (commandant Maffre-Lacan) occupe à gauche le plateau de Chaux, avec 2 pièces d'artillerie de 4 ; à dix heures, 2 compagnies envoyées en reconnaissance à Villars-Fontaine y rencontrent l'ennemi et se retirent en tiraillant ; arrivées à hauteur des grand'-gardes, elles prennent position ; à midi, le général envoie sur le plateau comme renfort 2 pièces de 4, 1 bataillon de la 2ᵉ légion du Rhône et le 3ᵉ bataillon du 32ᵉ qui rentre d'une reconnaissance opérée sur Gevrey, sans sacs ; alors commence une vive canonnade qui dure jusqu'à la nuit et qui contient l'ennemi à Villars-Fontaine. A droite, 3 compagnies du 2ᵉ bataillon (commandant Cognès), attaquées à midi à Boncourt et la Berchère par une colonne de dix mille Allemands, se maintiennent dans leurs positions pendant deux heures. L'ennemi éprouve de grandes pertes et ne parvient pas à se déployer. Ces trois compagnies appuient ensuite fortement à droite derrière la levée du chemin de fer pour arrêter un mouvement tournant que l'ennemi entreprend avec des forces considérables.

Le lieutenant-colonel Graziani, qui commande l'aile droite, tient avec les 3 autres compagnies du 2ᵉ bataillon en avant de Nuits ; quoique blessé mortellement, il conserve son commandement jusqu'au soir.

Le bataillon des mobiles de la Gironde du commandant Carayon-Latour et la 1ʳᵉ légion du Rhône (colonel Celler) sont à gauche du 2ᵉ bataillon dans Nuits et sur la route de Dijon.

La 2ᵉ légion du Rhône est à droite du 2ᵉ bataillon ; mais elle abandonne ses positions en désordre dès le commencement de l'action, ce qui oblige les 3 compagnies qui étaient à Boncourt d'appuyer à droite pour ne pas être enveloppées.

A cinq heures, la retraite s'opère d'abord sur le plateau de Chaux, puis à sept heures on part pour Beaune, le 3ᵉ bataillon formant l'avant-garde et le 1ᵉʳ l'arrière-garde ; on arrive à Beaune dans la nuit.

Les pertes du régiment dans cette journée sont :

M. le lieutenant-colonel Graziani, commandant le régiment, blessé mortellement ; MM. Lemaire et Sodadier, lieutenants (morts des suites de leurs blessures) ; Joannès et Delhaye, lieutenants, faits prisonniers, et cent vingt hommes disparus, tués, blessés ou faits prisonniers.

19 *décembre*. — Le régiment part de Beaune à neuf heures du matin et se rend à Chagny.

20 *décembre*. — Le 2ᵉ et le 3ᵉ bataillons sont cantonnés à Remigny, le 1ᵉʳ reste à Chagny.

23 *décembre*. — Le 1ᵉʳ bataillon part de Chagny à quatre heures du soir pour Beaune. M. le lieutenant-colonel Reboulet prend le commandement du régiment.

24 *décembre.* — Le 2ᵉ et le 3ᵉ bataillons partent de Remigny à sept heures pour Beaune.

Le 24ᵉ corps part en chemin de fer pour Besançon; les troupes qui restent à Beaune forment une division dénommée division Cremer, qui n'a pas de numéro et qui n'est attachée à aucun corps d'armée ; elle est organisée de 2 brigades : 1ʳᵉ brigade (colonel Millot), bataillon de la Gironde, 32ᵉ de marche et 57ᵉ de marche ; 2ᵉ brigade (général Téwis), 83ᵉ et 86ᵉ régiments de mobiles (le 1ᵉʳ formé de 2 bataillons de l'Aude et de 1 bataillon de l'Ariège, le 2ᵉ de 3 bataillons de Saône-et-Loire).

28 *décembre.* — Départ de Beaune à neuf heures pour Dijon évacué depuis la veille par l'ennemi, qui se concentre à Belfort ; en arrivant à Dijon, le 1ᵉʳ bataillon est envoyé à Talant, le 2ᵉ à la gare du chemin de fer et le 3ᵉ à Fontaine.

30 *décembre.* — Départ de Dijon à midi, le 1ᵉʳ bataillon est cantonné à Couternon, le 2ᵉ et le 3ᵉ à Varrois, sur la route de Gray.

1871. 1ᵉʳ *janvier.* — Le 32ᵉ reçoit à Varois un refort de quatre cents hommes fourni : deux cents hommes par le 4ᵉ de ligne et deux cents hommes par le 93ᵉ de ligne ; il se compose presque en entier de jeunes soldats de la classe 1870 ; il est de suite réparti, ainsi que le cadre de conduite, dans les diverses compagnies pour niveler les effectifs.

2 *janvier.* — Départ de la division à huit heures du matin, le 32ᵉ cantonne à Fontaine-Française à six heures.

3 janvier. — Départ à quatre heures du matin pour retourner vers Dijon ; le 32° est cantonné à Orgeux vers quatre heures du soir.

La division Cremer, qui devait couvrir Dôle et garder l'espace compris entre Dijon et la Saône, reçoit l'ordre de former l'aile gauche de l'armée de l'Est, en marche sur Belfort.

9 janvier. — Départ d'Orgeux à huit heures du matin ; le 1er et le 2° bataillons sont casernés à Mirebeau ; le 3° va à Cheages et à Charmes.

10 janvier. — Départ pour Gray où tout le régiment est cantonné à deux heures.

11 janvier. — Départ pour Dampierre à sept heures ; à 12 kilomètres, on reçoit l'ordre de rentrer à Gray ; le général s'est laissé induire en erreur, on lui a dit que le pont sur lequel nous devions passer est détruit, tandis qu'il est intact et que la tête de colonne l'a même dépassé ; en rentrant à Gray, on reprend les logements de la veille.

12 janvier. — De Gray à Vellexon.

13 janvier. — De Vellexon à Vesoul.

14 janvier. — De Vesoul à Lure ; on arrive à Lure à huit heures du soir ; l'ennemi avait quitté cette ville à quatre heures ; le 3° bataillon reste à Lure, le 1er et le 2° bataillons poursuivent leur route avec une batterie de montagne jusqu'à Roye, où ils arrivent à dix heures du soir.

15 janvier. — *Bataille de Belfort.* — *Combat d'Etobon.* — La division part de Lure à sept heures

du matin, le 32ᵉ en tête ; elle arrive à Belverne à midi
et elle se dirige sur Etobon, que l'ennemi évacue à
notre approche ; le 1ᵉʳ bataillon est arrêté pendant
deux heures dans ce village par le feu de deux batteries placées à Chenebier et que contre-battent
sans succès une batterie de montagne et une section
de la batterie Armstrong. A quatre heures on opère
sous le canon de l'ennemi une marche de flanc à
travers un marais gelé, et à huit heures du soir,
toute la division prend position à l'entrée d'une
gorge entre Chenebier et Chagey ; le 32ᵉ, placé à
la droite de la division, bivouaque dans un bois ; la
terre est couverte de neige. Les grand'gardes du
32ᵉ se relient à droite avec celles du 18ᵉ corps (général Billot) qui attaque le mont Vaudois. Une section du 32ᵉ, envoyée en reconnaissance à Chagey,
trouve ce village occupé par l'ennemi.

16 *janvier*. — *Combat de Chenebier*. — A midi
la division est formée pour marcher à l'assaut de
Chenebier, elle attaque en échelons par la gauche ;
le 3ᵉ bataillon marche avec la colonne du centre, les
1ᵉʳ et 2ᵉ bataillons avec celle de droite. L'ennemi
est délogé et poursuivi dans la direction de Frahier ;
à la nuit chacun reprend ses positions de la veille.

Le général Tewis, commandant la 2ᵉ brigade, est
blessé. Le lieutenant-colonel Reboulet est désigné
pour commander la 2ᵉ brigade.

17 *janvier*. — *Combat de Chagey*. — A deux
heures du matin, trois compagnies du 3ᵉ bataillon

(commandant Pardieu), de grand'garde à gauche de la division entre Chenebier et le camp, sont attaquées, deux bataillons du 57ᵉ arrivent à leur secours; après deux heures d'une lutte très meurtrière, l'ennemi est repoussé; le commandant Pardieu, blessé mortellement, conserve son commandement jusqu'à la fin du combat.

A une heure du soir, le 1ᵉʳ bataillon du 32ᵉ, de grand'garde à droite dans le bois de Chagey, est attaqué; deux batteries ennemies s'établissent en même temps en face du 2ᵉ bataillon et cherchent à l'empêcher d'aller au secours du 1ᵉʳ bataillon, en balayant la route par laquelle il faut passer. Le lieutenant-colonel Reboulet est envoyé au secours du 1ᵉʳ bataillon, avec le 2ᵉ bataillon du 32ᵉ, un bataillon du 86ᵉ mobiles (Saône-et-Loire) et la batterie Armstrong; les têtes de colonnes de l'ennemi sont partout arrêtées dès qu'elles se montrent, et à trois heures l'ennemi se retire accompagné par nos obus.

A dix heures du soir l'ennemi essaye de surprendre le 3ᵉ bataillon de grand'garde à droite vers Chagey; ce bataillon (capitaine Constant) le reçoit à la baïonnette et le repousse après une heure de combat.

Les pertes du régiment pendant ces trois jours sont :

M. le commandant Pardieu, blessé mortellement; MM. Ménestrel, capitaine; Ruams et Dubois, lieutenants, blessés; 150 hommes tués ou blessés.

Pendant ces trois jours de combats incessants, la troupe a bivouaqué dans la neige, sans vivres ; depuis le 13 on n'a plus reçu de viande, le pain manque depuis le 15 ; l'espoir de trouver des vivres en arrière est bien faible ; la division Cremer, organisée à la légère, ne traîne pas de convoi à sa suite et le pays est épuisé par le passage des colonnes.

18 *janvier*. — Toute l'armée bat en retraite sur Besançon ; la division Cremer, qui a le plus de chemin à parcourir, forme l'arrière-garde.

Le 32ᵉ, d'extrême arrière-garde, part à sept heures du matin et passe par Etobon, Belverne, Lyoffans et Moffans ; le 3ᵉ bataillon va cantonner avec la division à Athesans, le 2ᵉ bataillon est arrêté à Lyoffans et le 1ᵉʳ à Moffans, pour protéger la retraite de la division du 18ᵉ corps ; à minuit ces deux bataillons se retirent et arrivent à une heure du matin à Vergenne, où ils sont cantonnés.

19 *janvier*. — La division part à sept heures du matin pour Saint-Fergeux et Géorfans, le 32ᵉ reste à Saint-Fergeux, le 3ᵉ bataillon est de grand'garde sur la route que l'on vient de suivre.

20 *janvier*. — Départ pour Rougemont à sept heures. A Villers-la-Ville, à dix heures, a lieu un combat d'artillerie qui ne nous fait aucun mal ; les compagnies sont successivement détachées pour occuper, jusqu'à l'arrivée de la 2ᵉ brigade, les positions qui commandent la route sur la droite. L'ennemi nous ayant devancé sur Pont-sur-l'Ognon, on

prend par Cuse où l'on reste plusieurs heures. On arrive à Rougemont à sept heures; le 32° en entier passe la nuit sous les armes et en position, sur la route de Villersexel.

21 *janvier*. — De Rougemont à Pouligney. Par commisération, l'intendance du 18° corps donne aux hommes une demi-ration de pain; il leur faudra attendre ensuite jusqu'au 24 pour recevoir une nouvelle distribution de vivres. Le général prescrit de se procurer de la viande par réquisition; M. le capitaine Kentzler du 32° achète quelques bœufs et parvient à fournir de la viande à la 1ʳᵉ brigade.

22 *janvier*. — De Pouligney à Besançon par Marchaux. Le 32°, qui devait être cantonné dans un faubourg, reçoit l'ordre de se transporter à la gare en entier et d'y rester jusqu'à ce que les distributions soient reçues; on passe la nuit inutilement dans la boue sur la voie et l'on part le lendemain sans avoir rien reçu. Cette situation anormale dure depuis le 13, les hommes sont exténués de fatigue et de faim.

23 *janvier*. — La division part à sept heures du matin pour aller arrêter l'ennemi à Dannemarie; le 3° bataillon reste en réserve à Franois; le 1ᵉʳ bataillon occupe Chenaudin, ayant à sa droite, dans les champs, le 2° bataillon qui se relie avec la Félie, occupée par le 18° corps, et à sa gauche le 57° qui se relie avec la 2° brigade. La 2° brigade engage, pendant deux heures, un combat d'artillerie et de

tirailleurs avec l'ennemi placé à Dannemarie, la 1re brigade ne prend aucune part au combat.

24 *janvier*. — A une heure du matin, on quitte ces positions et l'on rentre à Besançon dans le but de recevoir enfin des vivres ; le 32e est cantonné à la butte du Polygone et la 2e brigade à Saint-Ferjeux.

25 *janvier*. — La division part à sept heures du matin de Besançon et campe à sept heures du soir à Cléron.

26 *janvier*. — La division, partie à sept heures, se dirige sur Salins ; à Nans-sous-Sainte-Anne on apprend que Salins est au pouvoir de l'ennemi ; la 1re brigade marche sur Villeneuve où elle arrive à onze heures du soir ; la 2e arrive à Crouzet à deux heures du matin ; toutes les positions sur la droite de la route sont successivement occupées par les troupes de la 1re brigade que relèvent celles de la 2e brigade. Pendant la nuit, trois compagnies du 32e, qui gardaient à Villeneuve une batterie en position, sont attaquées ; cinq canonniers sont blessés, l'ennemi est repoussé.

La neige, qui ne nous a pas quittés depuis Belfort, devient plus abondante encore ; la marche est très difficile, les attelages sont harassés, beaucoup de chevaux sont abandonnés et meurent sur la route.

27 *janvier*. — La division part pour Pontarlier, elle s'arrête vers cinq heures à quelques kilomètres de la ville ; le 32e est cantonné à Houtaud, le 57e à Danmartin et la 2e brigade à Chaffois.

28 *janvier*. — La 1ʳᵉ brigade, dirigée en toute hâte sur le col des Planches, s'arrête pendant trois heures à Pontarlier pour recevoir des vivres, car elle en manquait absolument ; on ne reçoit que vingt-cinq gros pains par régiment. A midi elle s'engage d'abord sur la route de la Rivière, puis à la suite d'un nouvel ordre, elle revient sur ses pas et prend la route de Mouthe.

On s'arrête à Chaudron à neuf heures du soir, où l'on bivouaque.

29 *janvier*. — La 1ʳᵉ brigade, partie de Chaudron à six heures du matin, arrive à Foncine-le-Haut à neuf heures du soir, par des chemins très difficiles ; on fait à peine 2 kilomètres à l'heure. Elle arrive six heures trop tard pour atteindre le but qui lui était assigné.

Les deux régiments de cavalerie qui occupaient le col des Planches, se voyant attaqués et tournés et ne recevant pas de renforts, ont abandonné le col à trois heures. L'ennemi occupe également Foncine-le-Bas. Le commandant de la brigade ne juge pas ses troupes en état d'attaquer ce dernier village. Le 1ᵉʳ et le 2ᵉ bataillons cantonnent à Foncine-le-Haut, le 3ᵉ bataillon est de grand'garde vers Foncine-le-Bas.

A dix heures du soir, on apprend la conclusion d'un armistice. M. le lieutenant Legros du 32ᵉ est envoyé en parlementaire à Foncine-le-Bas, d'où il est dirigé sur le quartier général allemand. Il rentre le lendemain à cinq heures du soir, porteur de la nouvelle que l'armistice ne concerne pas notre armée.

30 janvier. — A sept heures du soir, on envoie un nouveau parlementaire qui rapporte la même réponse.

31 janvier. — Mêmes positions.

1ᵉʳ février. — La 1ʳᵉ brigade part de Foncine-le-Haut à une heure du matin, se dirigeant vers Jougne pour entrer en Suisse, conformément à la convention conclue par le général Clinchant avec le général fédéral Hans Herzog. Il fait 15 degrés de froid, la marche sur la neige durcie est très lente et très périlleuse. Les hommes font des chutes fréquentes et conservent difficilement l'équilibre ; on fait moins de 2 kilomètres à l'heure.

A Chaux-Neuve on espère pouvoir se sauver par un sentier qui conduit au fort des Rousses, à travers le bois d'Amont, et l'on prend cette direction ; mais bientôt l'on apprend de toutes parts que ce sentier, très difficile pendant l'été, est absolument impraticable dans cette saison pour les hommes comme pour les chevaux et que tous ceux qui s'y engageront périront. Mieux éclairée, la division pouvait passer par Morez dont le chemin était en réalité libre ; malheureusement la division n'avait pas avec elle un seul cavalier ; les habitants s'accordaient à dire que la route de Morez était au pouvoir de l'ennemi et, conformément à l'ordre donné, toutes les pièces d'artillerie avaient été enterrées avant le départ. Il était impossible de songer à se frayer un passage de vive force. Dans cette triste situation la division prit le chemin qui conduit en Suisse par le mont Risoux et arriva à Sentier sur le lac de Joux (canton de Vaud) à une heure du soir. Les hommes déposèrent les armes et furent dispersés dans plusieurs localités du canton où on les accueillit avec une sympathie parfaite ; les officiers furent internés à Interlaken, à Baden et à Zurich.

1er *mars*. — Incendie de l'arsenal de Morges (canton de Vaud), trente-deux soldats du 32e sont tués, quatorze sont blessés. Dix hommes du 32e sont cités à l'ordre pour leur dévouement pendant le dangereux sauvetage des caissons de munitions.

Les troupes de l'armée de l'Est internées en Suisse sont rapatriées du 10 au 30 mars.

6 *mars*. — Selon décision ministérielle du 6 mars 1871, le 32e de marche cesse d'exister et est fusionné avec le 32e de ligne à Saint-Maixent (Deux-Sèvres).

Saint-Maixent, le 15 septembre 1871.

Le lieutenant-colonel commandant le 32e de marche,

Signé : Reboulet.

FIN DE LA DEUXIÈME PARTIE.

ANNEXE I

COMPOSITION DE L'ARMÉE DE L'EST
EN JANVIER 1871

COMMANDANT EN CHEF : *général de division* **BOURBAKI.**
Chef d'état-major général : général de division **Borel.**
1er *aide de camp : colonel d'état-major* LEPERCHE.
Commandant de l'artillerie : général de brigade DE BLOIS DE LA CALANDE (1).
Commandant du génie : général de brigade SÉRÉ DE RIVIÈRE (2).
Intendant en chef : intendant général FRIANT.

15e CORPS.

COMMANDANT EN CHEF : *général de division* **MARTINEAU DES CHENEZ.**
Chef d'état major : lieutenant-colonel d'état-major **Des Plas.**
Commandant l'artillerie : général DE BLOIS, *puis colonel* HUGON.
Chef d'état-major : colonel GOBERT.
Commandant le parc : colonel HUGON.
Commandant le génie : lieutenant-colonel ODIER.

(1) Le général de Blois, du cadre de réserve, très fatigué, mais très patriote et très ardent, se retira le 20 janvier pour prendre le commandement des lignes de Carentan. Le colonel Barbary de Langlade, nommé général de brigade et commandant de l'artillerie, n'arriva à Besançon qu'après la retraite.

(2) Le général de Rivière conduisit avec un merveilleux tact et un patriotisme élevé l'instruction de l'affaire Bazaine.

1re DIVISION : *général* **DASTUGUE.**

1re *brigade :* *général* **Minot.**

1er zouaves de marche : *lieutenant-colonel* PARRAN.
12e mobiles (Nièvre) : *lieutenant colonel* VÉNY.
Bataillon de la Savoie : *commandant* COSTA DE BEAUREGARD.

2e *brigade :* *général* **Questel.**

Chasseurs à pied : 4e bataillon de marche.
Régiment de turcos : *lieutenant-colonel* CAPDEPONT.
18e mobiles (Charente) : *lieutenant-colonel* D'ANGÉLYS.
3 batteries de 4. 1 batterie de mitrailleuses. 1 batterie de montagne.

2e DIVISION : *général* **REBILLIARD.**

1re *brigade :* *général auxiliaire* **Lecamus** (1).

5e bataillon de chasseurs : *commandant* CHAMARD-BOUDET.
39e de ligne : *colonel* MESNY.
Légion étrangère : *lieutenant-colonel* CANAT.
25e mobiles (Gironde) : *lieutenant-colonel* D'ARTIGOLLES.

2e *brigade :* *général auxiliaire* **Choppin-Mérey** (2).

2e zouaves de marche : *lieutenant-colonel* CHEVALIER.
30e de marche : *lieutenant-colonel* GODIN.
29e mobiles (Maine-et-Loire) : *lieutenant-colonel* ARNOUS-RIVIÈRE.
2 batteries de 4. 1 batterie de mitrailleuses.

(1) Colonel d'infanterie de marine.
(2) Lieutenant-colonel d'infanterie.

3e DIVISION : *général* **PEYTAVIN**.

1re *brigade* : *général* **Jacob de la Cottière**.

6e bataillon de chasseurs : *commandant* REGAIN.

16e de ligne : *lieutenant-colonel* BÉHAGUE.

33e de marche formant un seul bataillon de douze cents hommes.

32e mobiles (Puy-de-Dôme) : *lieutenant-colonel* SERSIRON.

2e *brigade* : *général* **Martinez**.

27e de marche : *lieutenant-colonel* PÉRAGALLO.

34e de marche : *lieutenant-colonel* AUDOUARD.

69e mobiles (Ariège) : *lieutenant-colonel* ACLOCQUE.

2 batteries de 4. 1 batterie de mitrailleuses.

DIVISION DE CAVALERIE : *général* **GALAND DE LONGUERUE**.

1re *brigade* : N...

11e chasseurs : *colonel* BAILLANCOURT.

6e dragons : *colonel* FOMBERT DE VILLERS.

6e hussards : *colonel* POLINIÈRE.

2e *brigade* : *général* de **Boërio**.

1er chasseurs de marche : *colonel* ROUHER.

9e cuirassiers : *colonel* DE VOUGES DE CHANTECLAIR.

3e *brigade* : *général* **Tillon**.

5e lanciers : *colonel* GAYRAUD.

1er cuirassiers de marche : *colonel* RENUSSON D'HAUTEVILLE.

Réserve d'artillerie : lieutenant-colonel TESSIER.

4 batteries de 8.
4 batteries à cheval.
2 batteries de mitrailleuses.
2 batteries de montagne.

Total du 15ᵉ corps : 114 bouches à feu ; 27 escadrons ; 48 bataillons.

18e CORPS.

Général de division auxiliaire **BILLOT** (1).

Chef d'état-major : colonel **Gallot**.
Commandant l'artillerie : colonel CHARLES.
Chef d'état-major : colonel D'ARTIGUELONGUE.
Commandant le parc: colonel DELHERBE.
Commandant le génie : colonel DE LA BERGE.

Chef de bureau topographique : capitaine BORIUS.

1re DIVISION : *général* **FEILLET-PILATRIE.**

1re *brigade: colonel* **Leclaire.**

9e de marche de chasseurs : *commandant* DE BOISFLEURY.
42e de marche : *lieutenant-colonel* COUSTON.
19e mobiles (Cher) : *lieutenant-colonel* LAVENNE DE CHOULOT.

2e *brigade: général auxiliaire* **Robert** (2).

44e de marche : *lieutenant-colonel* ACHILLI (3).
73e mobiles (Loiret et Isère) : *lieutenant-colonel* DE RAU-
COURT (4).
2 batteries.

2e DIVISION : *contre-amiral* **DU PENHOAT.**

1re *brigade : colonel auxiliaire* **Perrin** (5).

(1) Échappé de Metz comme lieutenant-colonel d'état-major.
(2) Lieutenant-colonel d'infanterie.
(3) Tué à La Cluse.
(4) Blessé devant Chagey.
(5) Capitaine d'artillerie au début de la guerre.

12ᵉ de marche de chasseurs : *commandant* VILLENEUVE.

52ᵉ de marche : *lieutenant-colonel* QUÉNOT.

77ᵉ mobiles (Tarn, Allier, Maine-et-Loire) : *lieutenant-colonel* LOBRO.

2ᵉ *brigade : général auxiliaire* **Perreaux** (1).

92ᵉ de ligne : *lieutenant-colonel* TRINITÉ.

Régiment d'infanterie légère d'Afrique (2 bataillons) : *lieutenant-colonel* GRATREAUD (2).

Artillerie : 3 batteries.

3ᵉ DIVISION : *général de brigade* **BONNET**.

1ʳᵉ *brigade : colonel du génie* **Goury**.

4ᵉ zouaves de marche : *lieutenant-colonel* POTYRON DE BOIS-FLEURY.

81ᵉ mobiles (Charente-Inférieure ; Cher ; Indre) : *lieutenant-colonel* RENAUD.

2ᵉ *brigade : lieutenant-colonel* **Brémens**.

14ᵉ de marche de chasseurs : *commandant* BONNET.

53ᵉ de marche : *lieutenant-colonel* BRENIÈRES.

82ᵉ mobiles (Charente ; Vaucluse ; Var) : *lieutenant-colonel* HOMEY.

Artillerie : 3 batteries de 4.

DIVISION DE CAVALERIE : *général de division de* **BRÉMOND D'ARS.**

1ʳᵉ *brigade : général* **Charlemagne**.

(1) Ancien colonel d'infanterie.
(2) Les « Zéphyrs » furent remplacés après Etobon par le 49ᵉ de marche. Attachés à la cavalerie, ils soutinrent les combats de Claire-goutte et d'Oye.

2ᵉ hussards de marche : *lieutenant-colonel* DE POINTIS.

3ᵉ lanciers de marche : *lieutenant-colonel* PIERRE.

2ᵉ *brigade :* N...

5ᵉ dragons de marche : *lieutenant-colonel* D'USSEL.

5ᵉ cuirassiers de marche : *lieutenant-colonel* DE BRÉCOURT.

RÉSERVE D'ARTILLERIE : *colonel auxiliaire* **de Miribel.**

2 batteries de 12.

2 batteries de 4.

2 batteries de mitrailleuses.

1 batterie de montagne.

Total du 18ᵉ corps : 90 canons ; 38 bataillons ; 12 escadrons.

20ᵉ CORPS.

Général **CLINCHANT** (1).

Chef d'état-major : colonel auxiliaire **Varaigne** (2).
Commandant l'artillerie : colonel Chatillon.
Chef d'état-major de l'artillerie : colonel d'Auvergne.
Commandant le parc : commandant Delahaye.
Commandant le génie : colonel Picolet.

———

1ʳᵉ division : *général de* **POLIGNAC** (3).

1ʳᵉ *brigade : lieutenant-colonel* **Godefroy.**

85ᵉ de ligne : *lieutenant-colonel* Godefroy (2 bat.).
55ᵉ mobiles (Jura) : *lieutenant-colonel* de Montravel (2 bat.).
11ᵉ mobiles (Loire) : *lieutenant-colonel* Poyeton (2 bat.).

2ᵉ *brigade : colonel auxiliaire* **Brisac** (4).

67ᵉ mobiles (Haute-Loire) :
4ᵉ bataillon de mobiles de Saône-et-Loire : *commandant* Berthod.
24 mobiles (Haute-Garonne) : *lieutenant-colonel* de Sarmejane (2 bat.).
Francs-tireurs du Haut-Rhin : *commandant* Mayol de Luppé (formé par M. Keller).
Artillerie : 2 batteries.
Cavalerie : 2ᵉ lanciers de marche.
1 *compagnie du génie.*

(1) Évadé d'Allemagne. Général de brigade au début de la guerre.
(2) Capitaine du génie au début de la guerre.
(3) Général auxiliaire. Ancien capitaine d'état-major ayant fait la guerre de Sécession.
(4) Ancien capitaine d'artillerie. Commandant un bataillon de mobiles de la Meurthe au début de la guerre.

RÉSERVE D'ARTILLERIE : 3 batteries de 12.

2e DIVISION : *général de brigade* **THORNTON.**

1re *brigade : général auxiliaire* **Debernard de Seigneurens**.

25e chasseurs de marche : *commandant* BAILLY.
34e mobiles (Deux-Sèvres) : *lieutenant-colonel* ROUGET.
2e bat. de mobiles de la Savoie : *commandant* DUBOIS.

2e *brigade : colonel auxiliaire* **Vivenot** (1).

3e zouaves de marche : *lieutenant-colonel* BERNARD.
68e mobiles (Haut-Rhin) (2 bat.) : *lieutenant-colonel* CH. DOLFFUS.
Artillerie : 2 batteries de 4.
Génie : une compagnie.
Cavalerie : 7e chasseurs, *lieutenant-colonel* MIEULET DE RICAUMONT.

3e DIVISION : *général auxiliaire* **SÉGARD** (2).

1re *brigade : colonel* **Durochat.**

47e de marche : N... (3).
Mobiles de la Corse : *lieutenant-colonel* PARRAN.

2e *brigade : colonel auxiliaire* **Simonin.**

78e de ligne, 1 bataillon : *lieutenant-colonel* BARRIER.
58e mobiles (Vosges) : *lieutenant-colonel* MULLER (2 bat.).

(1) Capitaine de zouaves.
(2) Chef de bataillon de la légion d'Antibes au début de la guerre.
(3) Composé du bataillon de la légion d'Antibes et de dépôts de ligne et de mobiles.

2 bataillons desPyrénées-Orientales.

1 bataillon de la Meurthe.

Troupes indépendantes : Francs-tireurs comtois, de l'Allier, du Puy-de-Dôme, de Cannes, de Nice.

Artillerie : 2 batteries de 4.

Cavalerie : 6ᵉ de marche de cuirassiers.

Génie : 1 compagnie des ouvriers volontaires de Tours.

Total du 20ᵉ corps : 54 pièces, 33 bataillons, 12 escadrons.

24ᵉ CORPS.

Général **BRESSOLLES.**

Chef d'état-major : lieutenant-colonel d'état-major **Tissier.**
Commandant l'artillerie : lieutenant-colonel BÉZARD.
Commandant le génie : colonel BARRABÉ.

1ʳᵉ DIVISION : *général* **DARIÈS.**

1ʳᵉ *brigade : lieutenant-colonel* **Desveaux du Lyf.**

15ᵉ bataillon de marche de chasseurs.
63ᵉ de marche.

2ᵉ *brigade : lieutenant-colonel* **d'Ollonne.**

1 bataillon de mobiles du Haut-Rhin.
1 — — — Haute-Garonne.
1 — — — Tarn-et-Garonne.
3ᵉ légion du Rhône : *colonel* BARBECÉROUX (a rejoint après la retraite).
2 batteries de 4.

2ᵉ DIVISION : *général* **COMAGNY (THIBAUDIN)** (1).

1ʳᵉ *brigade : lieutenant-colonel* **Irlande.**

21ᵉ bataillon de marche de chasseurs, *commandant* HERMIEU.
60ᵉ de marche : *lieutenant-colonel* JOUNEAU.
61ᵉ de marche : *lieutenant-colonel* DAURIAC.

2ᵉ *brigade : lieutenant-colonel* **Bramas.**

14ᵉ mobiles (Yonne) : *lieutenant-colonel* BRAMAS.
87ᵉ mobiles (Lozère et Tarn-et-Garonne) : *lieutenant-colonel* BORDIER.
2 batteries de 4. 1 batterie de montagne.

3ᵉ ᴅɪᴠɪsɪᴏɴ : *général* **CARRÉ DE BUSSEROLLES.**

1ʳᵉ légion du Rhône : *lieutenant-colonel* Vᴀʟᴇɴᴛɪɴ.
2ᵉ légion du Rhône : *lieutenant-colonel* Cʜᴀʙᴇʀᴛ.
89ᵉ mobiles (Var et Gironde) : *lieutenant-colonel* Mᴀʀᴇ́ᴄʜᴀʟ.
4ᵉ bataillon de mobiles de la Loire : *commandant* Cʜᴀʟᴜs.
2 batteries de 4. 1 batterie de montagne.

———

Cᴀᴠᴀʟᴇʀɪᴇ.
7ᵉ mixte : *lieutenant-colonel* Dʀᴏᴢ.

Rᴇ́sᴇʀᴠᴇ ᴅ'ᴀʀᴛɪʟʟᴇʀɪᴇ : *colonel* **Wartelle.**

4 batteries de 12.
1 batterie de 4 à cheval.
1 batterie de montagne.

Total pour le 24ᵉ corps : 90 bouches à feu, 4 escadrons, 30 bataillons.

———

RÉSERVE GÉNÉRALE DE L'ARMÉE DE L'EST.

PALLU DE LA BARRIÈRE, *capitaine de frégate, gé-néral de brigade auxiliaire.*

Brigade d'infanterie : N...

38ᵉ de ligne : *lieutenant-colonel* COURTOT.
29ᵉ de marche : *lieutenant-colonel* CARRÉ.
Régiment de marche d'infanterie de marine : *lieutenant-colonel* COQUET.

Brigade de cavalerie : général BOERIO.

2ᵉ chasseurs d'Afrique de marche : *lieutenant-colonel* GAUME.
3ᵉ dragons de marche : *lieutenant-colonel* DURDILLY.

Artillerie : lieutenant-colonel TRICOCHE.
3 batteries de 8.
Section du génie.

Total : 9 bataillons, 8 escadrons, 18 pièces.

———

DIVISION INDÉPENDANTE

CREMER, *capitaine d'état-major, général de division auxiliaire.*

1re *brigade : colonel* **Millot** (1).

Bataillon de mobiles de la Gironde : *commandant* DE CA-RAYON-LATOUR.

32e de marche : *lieutenant-colonel* REBOULET.

57e de marche : *lieutenant-colonel* CHAMPCOMMUNAL.

2e *brigade : général* **Carol-Tewis** (2), puis *lieutenant-colonel* **Reboulet.**

Francs-tireurs vendéens : *commandant* KOZIEL.

83e mobiles (Aude et Gers) : *lieutenant-colonel* PUECH-TESTA-NIÈRE (3), puis MARTY.

86e mobiles (Saône-et-Loire) : *lieutenant-colonel* COLLAVET.

Artillerie : commandant GAMPS.

2 batteries de 4.

2 batteries de montagne.

1 batterie Armstrong.

1 *compagnie du génie.*

Un détachement d'éclaireurs à cheval.

Total de la division Cremer : 14 bataillons, 30 pièces.

(1) Qui fut depuis commandant en chef au Tonkin.

(2) Américain. Blessé à Chenebier.

(3) Tué à Chenebier.

RÉCAPITULATION

DES FORCES MISES A LA DISPOSITION DE BOURBAKI

	Bataillons.	Escadrons.	Bouches à feu.
15ᵉ corps...............	48	27	114
18ᵉ —	38	12	90
20ᵉ —	33	12	54
21ᵉ —	30	4	90
Réserve générale...:.....	9	8	18
Division Cremer..........	14	»	30
Totaux..................	174	63	396

OBSERVATION

Infanterie : Le bataillon français ne comptait guère que six cents hommes utiles jusqu'à Héricourt. Et quatre cents au moment de l'entrée en Suisse.

Cavalerie : L'escadron ne comptait guère que cent dix chevaux jusqu'à Héricourt. Et soixante-dix au moment de l'entrée en Suisse.

Artillerie : Il faut compter trois cents pièces utiles, les canons de montagne ayant rendu des services négatifs.

Génie : Le génie comptait dix-huit cents hommes de troupes solides et bien disciplinées qui n'ont jamais été utilisées.

DÉTACHEMENT DU PLATEAU DE BLAMONT.

Corps franc des Vosges : *colonel* BOURRAS.

Régiment de marche : *lieutenant-colonel* BOUSSON (1).

3 bataillons de mobiles du Doubs : *colonel* de VÉZET.

(Non compris les bataillons de mobilisés échelonnés sur le Doubs de Baume à l'Isle-sur-le-Doubs et à Blamont), et quelques compagnies franches.

Artillerie : 2 obusiers de Bourras; 9 obusiers du colonel de Vézet.

(1) Comprenant : le 4ᵉ bataillon des mobilisés de la Haute-Saône un bataillon de mobiles des Hautes-Alpes ; un bataillon de mobiles des Vosges.

ANNEXE II

XIVᵉ CORPS.

Général d'infanterie **DE WERDER.**

DIVISION BADOISE : GÉNÉRAL DE GLUMER.

	Bataillons.	Escadrons.	Bouches à feu.
1ʳᵉ *brigade*. — *Colonel* DE WECHMAR.			
1ʳᵉ, 2ᵉ d'infanterie...............	6	»	»
2ᵉ *brigade*. — *Général* DE DEGENFELD.			
3ᵉ, 4ᵉ d'infanterie...............	6	»	
3ᵉ *brigade*. — *Général* KELLER.			
5ᵉ, 6ᵉ d'infanterie...............	6	»	»
Cavalerie. — *Colonel* DE WILLISEN.			
1ᵉʳ, 2ᵉ, 3ᵉ dragons..............	«	12	
Artillerie. — *Colonel* DE SPONECK.			
9 batteries....................,	»	»	54
BRIGADE DE GOLTZ.			
30ᵉ et 34ᵉ d'infanterie prussiens......	6	»	»
Cavalerie. — *Général* KRUG VON NIDDA.			
2ᵉ hussards et 2ᵉ dragons (de réserve).	»	8	»
Artillerie : 1 batterie...............	»	»	6
DÉTACHEMENTS D'INFANTERIE.			
(Troupes d'étapes).			
Landwehr d'Eupen. 6 compagnies ⎫ Chasseurs saxons de réserve 2 comp. ⎰	2	»	»
Totaux......................	26 bat.	20 esc.	60 can.

4e DIVISION DE RÉSERVE : *Général-major* **DE SMELLING.**

	Bataillons	Escadrons	Bouches à feu
1re *brigade*. — *Colonel* DE KNOPPSTADT.			
25e d'infanterie...................	3	»	»
2e régiment de landwehr de la Prusse orientale........................	4	»	»
2e *brigade*. — *Colonel* DE ZIMMERMANN.			
1er et 3e régiments de landwehr de la Prusse orientale...................	8	»	»
Brigade de cavalerie. — *Général* DE TRESKOW II.			
1er et 3e uhlans de réserve............	»	8	»
Artillerie. — 6 batteries...........	»	»	36
Totaux.....................	15	8	36

1re DIVISION DE RÉSERVE : *lieutenant-général* **DE TRESKOWI** (1)

	Bataillons (2)	Escadrons	Canons (3.
1re *brigade*. — *Général* DE BUDDENBROCK.			
1er et 2e régiments landwehr de Poméranie.........................	6	»	»
2e *brigade*. — *Général* D'AVEMANN.			
3e et 4e régiments landwehr de Poméranie.........................	6	»	»
67e d'infanterie prussien.............	3	»	»
Cavalerie. — 2e uhlans de réserve. — *Colonel* de BRÉDOW................	»	4	»
Artillerie. — *Major* WEIGELT.			
3 batteries.........................	»	»	18
Totaux.....................	15	4	18

(1) Constitue le corps de siège de Belfort.

(2) Aux journées d'Héricourt, un bataillon du 67e d'infanterie et l'artillerie de la 1re division de réserve ont été détachés sur la Lisaine.

(3) Sans compter l'artillerie de siège.

Détachement du *général-major* **DE DEBSCHITZ.**

	Bataillons	Escadrons	Canons
Bataillons de landwehr............	8	»	»
2e et 3e escadrons du 6e ulhans de ré-serve........................	»	2	»
3 batteries......................	»	»	16
Totaux....................	8	2	16

RÉCAPITULATION.

	Bataillons.	Escadrons.	Canons
Forces mises en œuvre par Werder sur la Lisaine.			
XIVe corps et troupes d'étapes....:.	26	20	60
4e division de réserve... ....:.....	15	8	36
1re division de réserve............	1	»	18
Détachement Debschitz............	8	2	14
Totaux....................	50	30	128 (1).

(1) Non compris les pièces de position.

ANNEXE III

ARMÉE DU SUD (non compris les troupes de Werder).

GÉNÉRAL EN CHEF : *le général de cavalerie* baron DE MAN-
TEUFFEL.

CHEF D'ÉTAT-MAJOR : *le colonel* comte de Wartensleben.

IIᵉ CORPS D'ARMÉE.

Général d'infanterie DE FRANSECKY.

3ᵉ DIVISION : *général major* de Hartmann.

5ᵉ brigade : *général major* DE KOBLINSKI.

42ᵉ régiment : *colonel* DE KNESEBECK.

2ᵉ régiment : *colonel* DE ZIEMIETZKY.

Une compagnie de pontonniers de campagne.

Un équipage de ponts volants.

6ᵉ brigade : *colonel* DE WEDELL.

54ᵉ régiment : *major* LIEBE.

14ᵉ régiment : *major* DE SCHORLEMMER.

2ᵉ bataillon de chasseurs : *capitaine* SCHULTZ.

3ᵉ régiment de dragons : *major* DE WEDELL.

24 canons.

4ᵉ DIVISION : *lieutenant général* Hann de Weyhern.

7ᵉ brigade : *major général* DU TROSSEL.

49ᵉ régiment : *lieutenant-colonel* LAURIN.

9ᵉ régiment : *colonel* DE FERENTHEIL.

8ᵉ brigade : *major général* DE KETTLER.

61ᵉ régiment : *lieutenant-colonel* WEYRACH.

21ᵉ régiment : *lieutenant-colonel* DE LOBENSTHAL.

2ᵉ et 3ᵉ colonnes de pionniers de campagne, avec une colonne
de terrassiers.

11ᵉ régiment de dragons : *lieutenant-colonel* DEGURETZKI.

24 canons.

Artillerie de réserve, 36 canons.

VIIe CORPS D'ARMÉE.

Général d'infanterie de **ZASTROW.**

13e DIVISION : *Lieutenant général* **DE Bothmer.**

25e brigade : *major général* VON DER OSTEN (dit SACKEN).

13e régiment : *lieutenant-colonel* baron DE HUSCHE-HADDENHAU-SEN.

73e régiment : *lieutenant-colonel* DE LOEBELL.

26e brigade : *colonel* DE BARBY.

15e régiment : *colonel* DE DELITZ.

55e régiment : *colonel* DE BISCHOFHAUSEN.

7e bataillon de chasseurs : *major* DE KAMEKE.

2e et 3e compagnies de pionniers (sapeurs). — 7e compagnie de pionniers, avec une colonne de terrassiers.

8e régiment de hussards : *lieutenant-colonel* ARENT.

24 canons.

14e DIVISION : *lieutenant-général* baron **Schuler von Senden.**

27e brigade : *colonel* DE PANNWITZ.

39e régiment : *major* HERMANN.

74° régiment : *lieutenant-colonel* DE KAMEKE.

28e brigade : *major général* DE WOYNA.

53e régiment : *lieutenant-colonel* DE GRABOW.

77e régiment : *major* DE KOPPEN.

1re compagnie de pionniers-pontonniers.

7e bataillon de pionniers avec un équipage de ponts volants.

15° régiment de hussards : *colonel* DE COSEL.

24 canons.

Réserve d'artillerie : 36 canons.

Brigade indépendante **Dannenberg** (commandée ensuite par KNESEBECK).

60e régiment : *colonel* DE DANNENBERG.

72e régiment : *lieutenant-colonel* LOWENBERGER VON SCHON-HOLTZ.

5e régiment de uhlans (réserve) : *colonel* DE BODE.

TOTAL : 56 bataillons (dont 12 immobilisés par Langres et Dijon); 20 escadrons (dont 8 immobilisés par Langres et Dijon); 186 canons (dont 24 immobilisés par Langres et Dijon).

ANNEXE IV

MOUVEMENT TOURNANT DE MANTEUFFEL.

Au quartier général de Gray, le 20 juillet 1871, 5 heures du soir.

Ordre de l'armée.

L'armée continuera demain sa marche vers le Doubs, le 2ᵉ corps d'armée dans la direction générale de Dôle, le 7ᵉ sur Dampierre.

Le 2ᵉ corps concentrera son gros sur l'Ognon, dans les environs de Pesmes et de Montmirey. L'avant-garde, qui sera poussée vers Dôle, essaiera de détruire la voie ferrée, à la bifurcation, si cela peut se faire, et de couper les fils télégraphiques, afin d'interrompre les communications de l'ennemi avec Lyon. On fera rentrer le détachement du lieutenant général de Hann, qui sera alors chargé, le cas échéant, de surveiller la place d'Auxonne. Le corps ne devra également pas perdre de vue qu'il faut continuer à observer Dijon et à se maintenir en communication avec le général de Kettler, qui a été invité à s'avancer demain sur cette ville.

Gray restera occupé, afin de nous assurer le passage de la Saône.

Le 7ᵉ corps d'armée s'avancera dans la région Marnay-Audeux ; il se gardera vers Besançon et poussera une avant-garde sur Dampierre. Les pointes devront, si cela est possible, atteindre le Doubs, faire la reconnaissance de cette rivière principalement sous le rapport des points de passage, et si faire se peut, s'assurer de ceux-ci. Une arrière-garde restera face à Rioz et opérera la liaison avec le général de Werder.

La voie ferrée Gray-Dampierre formera la ligne de démarcation entre le 2ᵉ et le 7ᵉ corps. Il est laissé à la disposition des corps de faire rejoindre leurs convois.

Mon quartier général sera transféré demain à Pesmes.

Signé : BARON DE MANTEUFFEL,
commandant en chef.

ANNEXE V

Commandement en chef
de l'armée du Sud.

Quartier général de la Barre, le 24 janvier 1871,

D'après les rapports reçus, la situation est aujourd'hui telle que suit :

Le 14e corps d'armée (y compris 11 bataillons de la 4e division de réserve) devait atteindre hier la ligne Montbozon-Glainans ; d'après l'intention, dont fait part son chef, il sera aujourd'hui sur les deux rives du Doubs, environ à hauteur de Baume-les-Dames. La division badoise, qui marche à l'aile droite, cherche à se relier au 7e corps, par Rioz.

Devant Belfort et dans cette région, se trouvent la 1re division de réserve, le détachement Debschitz et une partie de la 4e division de réserve. Les tranchées sont ouvertes contre le fort des Perches, sur la ligne Danjoutin-Pérouse.

Après un combat de courte durée, le 7e corps d'armée s'est emparé hier du nœud de routes de Quingey ; il s'assurera la possession de ce point, par des travaux de fortification dont le front sera tourné vers Besançon. Le corps est établi sur la ligne Quingey-Dampierre ; sur la rive droite du Doubs sa ligne d'avant-postes Dannemarie-Routelle fait face à Besançon. Un détachement, placé près de l'Ognon, surveille les routes de Besançon à Gray et assure la liaison avec le 14e corps.

Le 2e corps d'armée marche avec trois brigades, de Dôle sur Villers-Farlay, et s'échelonnera aujourd'hui de cette dernière localité jusqu'à Nevy-les-Dôle. Une quatrième brigade (colonel Knesebeck) couvre dans la direction d'Auxonne, éventuellement dans celle de Besançon, la ligne Dôle-Gray sur laquelle elle est échelonnée.

La brigade de cavalerie Willisen, détachée du 14° corps d'armée, entre aussi dans ce rayon ; elle est aujourd'hui en marche de Frasne sur Pesmes en passant par Bonboillon.

Plus en arrière se trouve la brigade combinée du général-major de Kettler ; elle a une mission indépendante et opère entre Montbard et Dijon de façon à couvrir les communications.

L'armée de Bourbaki (15°, 18°, 20° 24° et peut-être aussi 25° corps) dont les pertes successives, dans les trois jours de combat devant Belfort et depuis cette époque, sont estimées à environ dix mille hommes, a pris Besançon comme direction principale de retraite et a passé presque tout entière sur la rive gauche du Doubs. Elle occupait encore avant-hier fortement Baume-les-Dames et Clerval ; des forces, relativement assez imposantes sont restées dans les environs de Blamont et au nord (donc vers Delle et Montbéliard) ; on rencontra hier encore à Vesoul des détachements de fuyards. Il n'est pas encore établi jusqu'à quels points les têtes de colonnes de l'armée ennemie se sont avancées sur les routes situées entre le Doubs et la frontière suisse.

Les combats que les 2° et 7° corps d'armée ont livrés les 21, 22 et 23 courant, paraissent avoir été principalement soutenus par la garnison de Besançon, par des gardes mobiles et des francs-tireurs. Des approvisionnements très considérables sont tombés entre nos mains à la suite de ces engagements. L'occupation de Dôle et de Quingey barre à l'ennemi la ligne de retraite sur Lyon par Lons-le-Saunier, qui est la plus directe ; les deux voies ferrées qui mènent de Besançon à Lyon ont été coupées en faisant sauter des ponts, etc. La reconnaissance offensive que le général de Kettler a faite le 21 sur Dijon, a, dans un combat sanglant où nous avons fait cinq cents prisonniers, permis de constater que l'effectif du corps de Garibaldi s'élève au moins à vingt-cinq mille hommes et que l'ennemi y occupe une position armée de vingt pièces de gros calibre.

En supposant que le 14° corps d'armée, partant de Baume-les-Dames demain 25, gagne, par une petite journée de marche, du terrain dans la direction de Besançon, il y aurait à examiner les hypothèses suivantes :

1) L'ennemi continue sa retraite dans la direction du sud. La route de Villers-Farlay lui étant barrée, il sera obligé de suivre les routes situées entre Villers-Farlay et Pontarlier. Dans ce cas, le 2e et le 7e corps d'armée sont prêts à l'attaquer de flanc avec leurs avant-gardes, ou à lui barrer le passage avec des colonnes mobiles.

2) L'ennemi cherche à percer par Quingey et Dampierre. Le 7e corps, ayant une division sur chaque rive du Doubs, est prêt à repousser le premier choc, tandis que le 2e corps d'armée, placé plus en arrière, peut, selon les circonstances, prendre part à l'action sur les deux rives du Doubs.

Dans les deux cas, le 14e corps d'armée, venant du nord, devra se jeter énergiquement sur les arrière-gardes françaises.

3) L'ennemi débouche de Besançon ou au-dessus de cette ville pour se porter sur Pesmes et sur Gray, peut-être afin de donner la main au corps de Garibaldi, près de Dijon. L'adversaire a dans ce cas à sa disposition les trois routes qui, partant de Besançon, passent par Audeux, Pin et Etuz. Dans ce cas, toutes les troupes, placées le plus à proximité, se porteraient sur le flanc des colonnes de marche et les arrêteraient, la 14e division et la brigade Knesebeck agissant contre le flanc gauche, la division badoise contre le flanc droit; pendant ce temps, les autres troupes, soit en totalité, soit en partie, selon les circonstances, se joindraient à ce mouvement, ou devançant l'ennemi à droite et à gauche pourraient l'envelopper.

4) L'ennemi fait de nouveau front contre le 14e corps. Dans ce cas, les 2e et 7e corps entreront en action, venant du sud.

5) Si l'ennemi se retire vers la frontière suisse, les avant-gardes des trois corps suivront immédiatement ce mouvement, afin de pouvoir plus tard, avec toute l'armée si cela est nécessaire, forcer l'adversaire à accepter la bataille ou à passer la frontière.

6) L'ennemi se concentre près de Besançon et attend notre attaque.

Il faudrait, dans ce cas, calculer la durée approximative des approvisionnements de l'armée française dans les circonstances actuelles et assurer les vivres de l'armée du Sud autant qu'on peut le prévoir pour un laps de temps plus considérable. L'armée ne serait pas obligée de tenter une attaque contre de fortes positions, situées peut-être sous la protection de la place ; elle pourrait, au contraire, attendre l'attaque de l'ennemi.

En raison de ces circonstances dans lesquelles un rapprochement immédiat des trois corps ne serait pas facile, peut-être même pas à propos, je n'ai pas voulu manquer de porter par ce qui précède mon appréciation sur la situation à la connaissance de Votre Excellence, afin qu'elle puisse prendre ses dispositions dans ce sens avant d'avoir reçu mes ordres, si les événements nécessitaient une prompte décision.

Signé : BARON DE MANTEUFFEL.

commandant en chef.

Aux généraux de Zastrow, de Fransecki et de Werder.

ANNEXE VI

BOURBAKI ORDONNE LA RETRAITE.

Ordre général de mouvement pour le 25 janvier 1871

Au grand quartier général à Besançon, le 24 janvier 1871.

La 1ʳᵉ et la 2ᵉ division du 15ᵉ corps conserveront leurs positions à Busy, Chenecey, moulin de Courcelles et aux forges de Châtillon pour garder ces passages.

La 3ᵉ division (Peytavin) occupera demain matin Ornans, les hauteurs de Scey-en-Varais et les hauteurs d'Epeugney prèse de Cléron pour surveiller et défendre au besoin les passages de la Loue qui existent sur ces points. La rive droite de la rivière sera observée et occupée ; l'artillerie sera mise en batterie sur toutes les positions qu'elle jugera convenables à son action. Les travaux défensifs seront exécutés et des reconnaissances poussées sur la rive gauche.

La réserve d'artillerie du 15ᵉ corps montera à Pugey, pour s'y établir. La cavalerie du 15ᵉ corps passera la Loue à Cléron et à Ornans, poussera des reconnaissances sur Coulans, Eternoz, Déservillers, Reugney, Amathay et Longeville, prendra, si c'est possible, ses cantonnements dans ces villages, ainsi que dans celui de Bolandoz qui est à peu près au centre des points à reconnaître.

La réserve générale de l'armée, la division Cremer et une des divisions du 20ᵉ corps se mettront en route dans les conditions suivantes :

1ᵉ La réserve générale passera le Doubs sur le pont de Velotte, montera par Arguel et Pugey sur le plateau, suivra l'ancienne route de Besançon à Pontarlier par Mérey et Villers et se rendra par Ornans à Chantrans, Silley et Flagey où elle se cantonnera.

2ᵉ La division Cremer passera le pont de Velotte, suivra la même route que la réserve jusqu'à Pugey et à partir de ce point, elle se dirigera sur Cléron, en passant par Epeugney ; elle prendra toutes les dispositions nécessaires pour pouvoir déboucher facilement le lendemain, soit sur Amancey, soit sur Ornans, d'après les renseignements.

3ᵉ La division du 20ᵉ corps désignée par le général Clinchant, franchira le Doubs sur les ponts de Besançon qu'elle aura soin de faire reconnaître à l'avance ; elle s'engagera sur la route d'Etalans, en passant par Morre, Mamirolle et l'Hapital et couchera à Etalans ; ces trois colonnes auront soin de s'éclairer au loin, de se tenir, autant que possible, en relation entre elles. Elles seront placées sous le commandement supérieur du général Cremer ; elles seront suivies à sept ou huit kilomètres en arrière par leurs convois légers. Le convoi de la réserve d'abord et celui de la division Cremer ensuite, ne franchiront les ponts de Velotte qu'après le passage de la division Cremer. Toutes les précautions militaires seront prises pour protéger le passage de Doubs et le dissimuler le mieux possible à l'ennemi.

Les 18ᵉ et 20ᵉ corps d'armée prendront telles mesures qu'ils jugeront convenables, pour conserver leurs positions actuelles, malgré le départ de ces trois colonnes, sans laisser de points vulnérables dans la ligne occupée par eux. Ils se tiendront prêts à faire mouvement dans l'après-midi ou la soirée.

Le 20ᵉ corps continuera toujours à garder le pont de Chalèze qui devra être détruit après le passage de ce corps sur la rive gauche.

Le général Clinchant aura soin d'envoyer à cet effet au capitaine du génie Maillard qui est de service sur le point, un ordre écrit qui prescrira la destruction de cet ouvrage.

Les 18ᵉ et 20ᵉ corps ne feront mouvement que sur un nouvel ordre ; il en sera de même pour les grands convois.

Les colonnes qui se mettent en marche demain devront être précédées par des avant-gardes qui seront chargées de fouiller le terrain, avant de laisser s'engager ces colonnes. On fera des distributions nécessaires pour que les corps soient alignés en vivres, autant que possible jusqu'au 29 inclus. Le 18e corps qui a demandé trente chevaux pour son artillerie ainsi que le 20e corps qui en a demandé quarante, les feront prendre à Saint-Ferjeux, s'ils ne l'ont déjà fait.

Le grand quartier général reste à Besançon.

Le général Martineau qui est à Pugey se renseignera sur l'état de l'ancienne route de Besançon à Ornans, qui doit être suivie par la réserve générale. Dans le cas où cette route ne serait pas praticable à l'artillerie et aux convois, il aurait à faire prévenir M. le général Pallu de faire passer son artillerie et son convoi par Epeugney, Cademène, Scey-en-Varais et Maisières. Toutefois cette artillerie et son convoi ne doivent s'engager dans la partie du chemin qui se trouve au fond de la Loue, qu'après s'être bien assurés qu'Ornans et Cléron sont occupés par nous. Enfin, dans le cas où cette partie de la route serait jugée dangereuse, l'artillerie et le convoi devront à partir d'Epeugney passer par Montrond, Mérey, Villers et Tarcenay pour aller rejoindre la grande route d'Ornans.

Le général Cremer devra de sa personne se rendre à Ornans, pour décider, d'après les renseignements, des dispositions à prendre et de la possibilité de l'occupation de la rive gauche de la Loue par les troupes de la réserve.

Le général commandant en chef.

Par ordre : le général chef d'état-major général,

Signé : BOREL.

ANNEXE VII

CONVENTION POUR L'ENTRÉE EN SUISSE.

Entre Monsieur le général Herzog, général en chef de l'armée de la Confédération suisse, et Monsieur le général de division Clinchant, général en chef de la 1ʳᵉ armée française, il a été fait les conventions suivantes :

1) L'armée française demandant à passer sur le territoire suisse, déposera, en y pénétrant, ses armes, équipements et munitions.

2) Ces armes, équipements et munitions seront restitués à la France après la paix et après le règlement définitif des dépenses occasionnées à la Suisse par le séjour des troupes françaises.

3) Il en sera de même pour le matériel d'artillerie et ses munitions.

4) Les chevaux, armes et effets des officiers seront laissés à leur disposition.

5) Des dispositions ultérieures seront prises à l'égard des chevaux de troupe.

6) Les voitures de vivres et de bagages, après avoir déposé leur contenu, retourneront immédiatement en France avec leurs conducteurs et leurs chevaux.

7) Les voitures du trésor et des postes seront remises avec tout leur contenu à la Confédération helvétique, qui en tiendra compte lors du règlement des dépenses.

8) L'exécution de ces dispositions aura lieu en présence d'officiers français et suisses désigné à cet effet.

9) La Confédération se réserve la désignation des lieux d'internement pour les officiers et pour la troupe.

10) Il appartient au Conseil fédéral d'indiquer les prescrip-

tions de détail destinées à compléter la présente convention.

Fait en triple expédition aux Verrières,
le 1er février 1871.

Signé : CLINCHANT. *Signé :* HANS HERZOG, général.

ANNEXE VIII

CONVENTION POUR L'ÉVACUATION DE BELFORT.

Les soussignés, munis des pouvoirs en vertu desquels ils ont conclu la convention du 28 janvier, considérant que par ladite convention il était réservé à une entente ultérieure de faire cesser les opérations militaires dans les départements du Doubs, du Jura et de la Côte-d'Or et devant Belfort, et de tracer la ligne de démarcation entre l'occupation allemande et les positions de l'armée française à partir de Quarré-les-Tombes dans le département de l'Yonne, ont conclu la convention additionelle suivante :

ARTICLE PREMIER.

La forteresse de Belfort sera rendue au commandant de l'armée de siège avec le matériel de guerre faisant partie de l'armement de la place.

La garnison de Belfort sortira de la place avec les honneurs de la guerre, en conservant les armes, les équipages et le matériel de guerre appartenant à la troupe ainsi que les archives militaires.

Les commandants de Belfort et de l'armée de siège se mettront d'accord sur l'exécution des stipulations qui précèdent, ainsi que sur les détails qui n'y sont pas prévus, et sur la direction et les étapes dans lesquelles la garnison de Belfort rejoindra l'armée française au delà de la ligne de démarcation.

ARTICLE II.

Les prisonniers allemands, se trouvant à Belfort, seront mis en liberté.

Article III.

La ligne de démarcation arrêtée jusqu'au point où se touchent les trois départements de l'Yonne, de la Nièvre et de la Côte-d'Or, sera continuée le long de la limite méridionale du département de la Côte-d'Or, jusqu'au point où le chemin de fer qui de Nevers par Autun et Chagny conduit à Chalon-sur-Saône, franchit la limite dudit département. Ce chemin de fer restera en dehors de l'occupation allemande de manière que la ligne de démarcation, en se tenant à la distance d'un kilomètre de la ligne ferrée, rejoindra la limite méridionale du département de la Côte-d'Or à l'est de Chagny et suivra la limite qui sépare le département de Saône-et-Loire des départements de la Côte-d'Or et du Jura. Après avoir traversé la route qui conduit de Louhans à Lons-le-Saunier, elle quittera la limite départementale à la hauteur du village de Mallerey, d'où elle se continuera de manière à couper le chemin de fer de Lons-le-Saunier à Bourg à une distance de onze kilomètres sud de Lons-le-Saunier, se dirigeant de là sur le pont de l'Ain sur la route de Clairvaux, d'où elle suivra la limite nord de l'arrondissement de Saint-Claude jusqu'à la frontière suisse.

Article IV.

La forteresse de Besançon conservera un rayon de dix kilomètres à la disposition de sa garnison. La place forte d'Auxonne sera entourée d'un terrain neutre de trois kilomètres à l'intérieur duquel la circulation sur les chemins de fer, qui de Dijon conduisent à Gray et à Dôle, sera libre pour les trains militaires et l'administration allemande.

Les commandants de troupes de part et d'autre régleront le ravitaillement des deux forteresses et des forts qui dans les départements du Doubs et du Jura se trouvent en possession des troupes françaises et la délimitation des rayons de ces

forts, qui seront de trois kilomètres chacun. La circulation sur
les routes ou chemins de fer traversant ces rayons sera libre.

Article V.

Les trois départements du Jura, du Doubs et de la Côte-d'Or
seront compris dès à présent dans l'armistice conclu le 28 janvier, en y appliquant pour la durée de l'armistice et pour les
autres conditions la totalité des stipulations consignées dans
la convention du 28 janvier dernier.

Approuvé à Versailles, le 15 février 1871.

Signé : VON BISMARCK.

Approuvé à Versailles, le 15 février 1871.

Signé : JULES FAVRE.

ANNEXE IX

TÉLÉGRAMME A BOURBAKI.

n° 7539, Bordeaux, 24 janvier 1871, 1h.59 du soir.

Guerre de Bordeaux, à général Bourbaki, Besançon.

Je crois qu'il serait extrêmement dangereux pour vous de demeurer autour de Besançon, où le mieux qui pourrait vous arriver serait d'être désormais paralysé. Il faut à tout prix sortir de cette situation et effectuer, par voie de terre, avec les 15e, 18e et 20e corps, le trajet que vous deviez effectuer en chemin de fer. Ainsi, il faut, avec les forces que j'indique, gagner le plus vite possible Nevers, ou mieux encore, la région Auxonne, Joigny, Tonnerre. Vous trouverez dans cette région une vingtaine de mille hommes que j'y ai déjà disposés pour vous y recevoir.

Dans quelle direction précise devrez-vous faire ce mouvement ? C'est à vous naturellement de le déterminer, d'après ta position de l'ennemi et les conditions du théâtre de la guerre. Mais il faudrait faire en sorte que ce mouvement profitât à reprendre Dôle, protéger Dijon et débarrasser nos communications ferrées au-dessus de Besançon.

Quant aux corps de Cremer et de Bressolles, vous auriez soin de leur assigner de bonnes positions pour protéger votre propre mouvement.

Je répète, en terminant, qu'il faut vous hâter et que votre grand intérêt est, si je ne me trompe, de vous retirer, à tout prix, avec les trois corps susindiqués.

DE FREYCINET.

Commandement en chef
de l'armée du Sud.

Au quartier général de Châtillon-sur-Seine, le 13 janvier 1871
cinq heures du soir.

Ordre de l'armée.

Le 2ᵉ et le 7ᵉ corps d'armée commenceront demain leur marche à travers les monts de la Côte-d'Or ; ils déboucheront le plus tôt possible avec le gros de leurs forces sur la ligne Selongey-Longeau.

Pour cette marche, le 2ᵉ corps d'armée suivra la route Montbard, Chanceaux, Is-sur-Tille ; les routes situées au nord seront affectées au 7ᵉ corps.

A moins de modifications nécessitées par les événements, les marches seront exécutées conformément au tableau ci-joint ; les points indiqués déterminent à peu près la ligne à occuper par les gros. Les avant-gardes, surtout celles du 7ᵉ corps, devront être poussées très loin en avant, afin d'atteindre et de couvrir le plus rapidement possible le débouché des montagnes. Cette mesure a aussi pour but d'ouvrir un débouché au 2ᵉ corps, en cas d'attaques ennemies venant de Dijon.

A cet effet, les troupes, arrivées à la sortie des montagnes, s'y établiront aussitôt militairement.

Le quartier général marchera avec la colonne de droite du 7ᵉ corps d'armée. Le 7ᵉ corps fera couvrir la marche de ses troupes et de ses convois dans la direction de la place de Langres.

Afin de couvrir l'armée, ses communications, ses magasins et la voie ferrée Châtillon-Nuits, dans la direction du sud, un détachement, placé sous les ordres du général-major de Kettler, restera en arrière. Ce détachement se composera de la 8e brigade d'infanterie, de deux batteries et de deux escadrons du 2e corps d'armée (6 bataillons, 2 escadrons, 12 pièces). Il s'établira d'abord dans les environs de Montbard et agira, en général, conformément à l'instruction ci-jointe. Il restera en même temps en communication avec le 1er régiment de hussards de réserve, que le 7e corps mettra à la disposition de l'inspection générale des étapes de la 2e armée et qui sera provisoirement dirigé sur Nuits.

Signé: BARON DE MANTEUFFEL.

Tableau de marche.

CORPS DE TROUPES.	LES TROUPES ARRIVERONT LE :			
	14 JANVIER.	15 JANVIER.	16 JANVIER.	17 JANVIER.
VIIe corps d'armée (avec le gros)				
14e division	Arc-en-Barrois.	Chameroi	Longeau	—
13e division	Recey.	Auberive	Prauthoy	—
IIe corps d'armée (avec les têtes)	Lucenay.	Chanceaux	Courtivron	Selongey
Quartier général	Leuglay (1).	Germaine	Prauthoy	—

(1) En réalité, le quartier général fut établi le 14 janvier à Voulaine.

ANNEXE XI

CONVENTION RELATIVE A LA REMISE DE LA PLACE DE BELFORT.

Fait à Pérouse, le 16 février 1871,
à 4 heures de l'après-midi.

Entre le lieutenant-général de S. M. le roi de Prusse de Tresckow, commandant le corps de siège devant Belfort, et le colonel du génie Denfert-Rochereau, commandant supérieur de Belfort, a été conclue la convention suivante :

1. Le colonel Denfert, sur l'autorisation spéciale, qui en raison des circonstances lui a été donnée par le gouvernement français, remet au lieutenant-général de Tresckow la place avec les forts.

2. Eu égard à sa valeureuse défense, la garnison sortira librement avec les honneurs de la guerre ; elle emmènera les aigles, drapeaux, armes, chevaux, équipages et appareils de télégraphie militaire qui lui appartiennent spécialement, ainsi que les bagages des officiers et des soldats, enfin les archives de la forteresse. La garnison comprend : les troupes de ligne, la garde nationale mobilisée, les douaniers et la gendarmerie. La garde nationale sédentaire restera à Belfort et déposera les armes à la mairie, avant la remise de la ville.

3. Tout le matériel de guerre, les vivres qui se trouvent encore dans la place et les munitions en tant qu'ils ne sont pas absolument nécessaires à la garnison partante, de plus, les approvisionnements de toute nature de la place et toutes les propriétés de l'État seront remis, le 18 février à dix heures du matin, aux commissaires allemands, dans l'état où ils se trouvent au moment de la signature de cette convention, par une commission que désignera le commandant de la place.

4. Le 18 février à dix heures du matin, des officiers allemands de l'artillerie et du génie seront introduits dans les forts et le château, pour prendre possession des magasins à poudre et des mines ; des officiers français des mêmes armes les accompagneront.

5. La garnison française devra avoir évacué Belfort le 18 à midi, heure à laquelle les troupes allemandes en prendront possession. Le départ sera réglé par une annexe spéciale.

6. Les blessés et les malades restant dans la place seront, après leur rétablissement, réunis en convois et conduits jusqu'à la ligne de démarcation la plus voisine ; ils emporteront leurs armes. Ceux qui seront reconnus impropres au service de guerre seront renvoyés dans leurs foyers.

7. La garnison laissera dans la ville lors de son départ les médecins et le personnel nécessaire au service des hôpitaux. Ce personnel sera traité d'après les conditions de la convention de Genève.

8. Les prisonniers allemands internés à Belfort, blessés ou non, au nombre de sept officiers et deux cent quarante-trois hommes, seront remis aux troupes allemandes le 18 courant à dix heures du matin, dans leurs casernements actuels.

9. La propriété privée des officiers qui quittent la place sera respectée au même titre que le reste des propriétés privées.

10. Le colonel Denfert fera remettre le plus tôt possible au lieutenant-général de Tresckow la situation d'effectif des troupes partantes, afin que le départ soit réglé d'après cette pièce. Les commissions chargées de la remise des malades des deux nations et des internés devront être également munies de situations.

11. L'administration allemande favorisera autant que possible l'apport de vivres, les visites de médecins du dehors et l'arrivée d'autres secours pour les habitants de la ville.

La présente convention a été rédigée et signée par les officiers dont les noms suivent :

Du côté des Allemands : par le major de Laue, commandant de bataillon au 4ᵉ régiment d'infanterie de Magdebourg n° 67, et de Schultzendorff, capitaine d'état-major. Du côté des Français : par le commandant Chapelot, chef de bataillon au 84ᵉ régiment d'infanterie de ligne, et le capitaine Krafft, du génie auxiliaire, tous munis des pouvoirs réguliers de leurs chefs respectifs.

Fait en double original dans chacune des deux langues :

Signé : DE LAUE,
major, commandant de bataillon,
au 4ᵉ régiment d'infanterie
de Magdebourg n° 67.

Signé : CHAPELOT,
chef de bataillon au 84ᵉ régiment
de ligne.

Signé : DE SCHULTZENDORFF,
capitaine d'état-major.

Signé : V. KRAFFT,
capitaine du génie auxiliaire.

ANNEXE XII

1. Les postes de la place y resteront ainsi que les sentinelles, jusqu'à ce qu'ils aient été relevés par les troupes allemandes, ce qui aura lieu immédiatement après l'entrée de celles-ci, sous la direction d'un officier supérieur de chacune des deux armées. Ils seront ensuite réunis en détachement et suivront la garnison.

2. La garnison partante se dirigera sur le département de Saône-et-Loire en deux colonnes ; chaque colonne sera divisée en échelons de mille hommes, et la distance entre deux échelons sera au minimum de 5 kilomètres. Quatre de ces échelons partiront le 17 février : deux sur Seloncourt, Audincourt, Exincourt, Étupes, les deux autres sur Arcey et Héricourt. Chaque échelon sera accompagné par un officier allemand.

3. La garnison emportera les vivres qui lui sont nécessaires. Le lieutenant-général de Tresckow lui fera donner les moyens de transport dont elle a besoin.

4. Pendant la marche à travers la région occupée par les troupes allemandes, la discipline intérieure reste confiée aux chefs de corps. Tout excès commis en dehors des corps de troupes sera puni d'après les lois prussiennes.

   Les hommes qui s'éloigneront de leurs corps ou de leurs logements de plus de quatre kilomètres, ainsi que ceux qui seraient trouvés dans la place douze heures après le départ de la garnison, seront traités comme prisonniers de guerre.

Fait en double original dans chacune des deux langues par les plénipotentiaires soussignés.

Pérouse, le 16 février 1871.

Signé : DE LAUE,

major et commandant de bataillon au 4e régiment d'infanterie de Magdebourg n° 67.

Signé : CHAPELOT,

chef de bataillon au 84e régiment de ligne.

Signé : DE SCHULTZENDORFF,

capitaine d'état-major.

Signé : V. KRAFFT,

capitaine du génie auxiliaire,

ANNEXE XIII

Nous retrouvons dans nos notes le document ci-dessous ; il n'a pas besoin de commentaires. Nous sommes en armistice, — un armistice qui va être converti en paix définitive ! — et les Allemands abusent quand même de la loi du plus fort.

Dijon, le 11 février 1871.

*Au préfet du département de la Côte-d'Or, **M.** Luce-Villiard.*

Sa Majesté l'empereur d'Allemagne a daigné ordonner que dans tous les pays occupés il serait prélevé immédiatement, et, s'il est besoin, en employant la force, une contribution d'au moins vingt-cinq francs par tête à la campagne, et d'au moins cinquante francs par tête sur la population des villes.

La charge des pauvres sera reportée sur les riches.

Ensuite, Sa Majesté l'empereur d'Allemagne a daigné déterminer que, dans tous les départements français qui, d'après les conventions du 28 du mois passé, resteront occupés par les armées allemandes, on devra prélever des contributions particulières suffisantes pour subvenir à toutes les charges des officiers, médecins, employés supérieurs de toute l'armée allemande confédérée qui est en France, et ce, à partir du 29 janvier inclusivement et pour la durée de l'armistice. L'importance de cette dernière contribution s'élèverait, pour les officiers et médecins militaires de mon corps d'armée, l'état-major et le commandement de l'armée du Sud, à un demi-million de francs.

Le 7ᵉ corps d'armée, qui est dans le département de la Côte-d'Or, sous mes ordres, a été chargé de faire exécuter ces contributions.

Je vous engage en conséquence, monsieur le préfet, à donner

vos ordres de manière à ce que ces contributions soient réparties sur les arrondissements, cantons, communes et villes du
département de la Côte-d'Or, et que le montant en soit versé
au plus tard le 18 de ce mois dans la caisse de campagne du
7ᵉ corps d'armée. Cependant une partie de la première contribution, soit un million de francs, doit être versée dans la
caisse de l'armée au plus tard le 15, à midi. Si ces contributions ne sont pas versées dans le temps déterminé, j'userai
immédiatement, et sans égard et avec rigueur, de tous les
moyens de la force pour y arriver.

En terminant, je vous fais observer que dorénavant, en
dehors de l'allocation journalière de quinze francs pour chaque
officier, médecin et militaire supérieur de mon corps d'armée,
il ne sera plus demandé à la caisse de la ville ou de la commune, comme cela a été fait, par exemple, à Dijon, une pres-
tation de nourriture de douze francs par jour.

Le général commandant le 7ᵉ corps d'armée,

Signé : ZASTROW.

Pour copie conforme :

Le préfet de la Côte-d'Or,

Signé : LUCE-VILLIARD.

ANNEXE XIV

Un fait brutal se dégage de l'examen des pertes allemandes pendant les trois journées de la Lisaine : — les deux divisions engagées à Chenebier (Cremer et Penhoat), les deux divisions engagées à Montbéliard (Dastugue et Peytavin), leur ont mis hors de combat douze cent vingt-quatre hommes et trente-cinq officiers.

La division Bonnet, dont le quart a été engagé à Chagey, leur a mis hors de combat quatre-vingt-dix-huit hommes et trois officiers. Les neuf autres divisions, dont le rôle a été insignifiant, leur ont coûté cinq officiers et deux cent trente-deux hommes.

Ce résultat est caractéristique de l'insuffisance de Bourbaki et de la nullité de son effort. Nous croyons devoir appuyer sur ce fait en donnant les tableaux suivants :

PERTES DES ALLEMANDS (tués, blessés ou disparus).

COMBATS DE CHENEBIER (16 ET 17 JANVIER).

Livrés par les divisions Cremer et Penhoat.

	soldats	officiers
4e badois......................	254	12
3e badois (2 bataillons)......	200	10
5e badois (1 bataillon).......	21	2
6e badois (1 bataillon).	67	5
67e prussien (1 bataillon)....	104	5
Landwehr d'Eupen..........	120	6
9 bataillons................	766	30

COMBAT DE MONTBÉLIARD (15 JANVIER).

Livré par les divisions Dastugue et Peytavin.

Bataillon de Loetzen.........	216	3
—　　　Marienbourg...,....	145	2
—　　　Intersbourg........	41	0
—　　　Gumbinnen........	14	0
—　　　Goldap............	10	0
—　　　Welhau...........	2	0
2ᵉ badois (1 bataillon).......	17	0
1ᵉʳ badois (2 bataillons).....	3	0
8 bataillons.................	448	5

COMBAT DE CHAGEY (15 JANVIER)

Livré par des détachements de la division Bonnet.

	soldats	officiers
3ᵉ badois (1 bataillon)......	50	2
4ᵉ badois (1 bataillon).......	45	1
2 bataillons...............	95	3

Démonstrations sur la Lisaine.

(Escarmouches insignifiantes livrées par les 15e, 24e, 20e corps,
par la réserve générale, et la division Feillet-Pilatrie.)

	LE 15 JANVIER.	LE 16 JANVIER.	LE 17 JANVIER.	OBSERVATIONS.
30e prussien.. ...	4	4	19	De Chagey à Bethoncourt devant les divisions Feillet-Pilatrie, Pallu de la Barrière, les 20e et 24e corps.
34e prussien.. ...	15	9	3	
25e prussien......	18	5	0	
Landwehr Osterode...........	0	8	2	
Landwehr Orstelbourg	8	11	1	
Landwehr Graudenz.	7	3	1	
— Thorn...	0	3	0	
5e badois (2 bat.).	28	21	0	
Landwehr Dantzig.	7	6	0	
	97 (1)	60 (2)	26	
1er badois (1 bat.).	Voir le combat de Montbéliard.	22	1	De Bethoncourt à Montbéliard devant le 15e corps.
Landwehr Goldap..		12	1	
Gumbinnen.......		12	0	
Imtersbourg......		5	3	
Marienbourg		1	0	
Tilsitt...........		1	1	
		53 (3)	6	

(1) Dont 1 officier.
(1) Dont 2 officiers.
(3) Dont 3 officiers.

RÉSUMÉ

	officiers	hommes
Combats de Chenebier (16 et 17 janvier)....	30	766
— de Montbéliard (15 janvier).......	5	448
— de Chagey (15 janvier)...........	3	98
Démonstrations du 15, de Chagey à Bethoncourt...............................	1	97
Démonstrations du 16, de Chagey à Montbéliard...............................	4	113
Démonstrations du 17, de Chagey à Montbéliard...............................	0	32

Pendant ces trois jours les Allemands ont eu hors de combat, outre les pertes-ci-dessus incombant à l'infanterie :

	officiers	hommes
Cavalerie.................................	0	8
Pionniers.................................	0	9
Artillerie.................................	9	110
État-major.................................	1	0
Total général....	53	1681

FIN DES ANNEXES.

TABLE DES MATIÈRES

CHAPITRE V

DEVANT BELFORT

(LA JOURNÉE DE 15 : MONTBÉLIARD)

CHAPITRE VI

DEVANT BELFORT

(LA JOURNÉE DU 16 : CHENEBIER)

CHAPITRE VII

LA JOURNÉE DU 17. — CHENEBIER PRIS ET REPRIS.

CHAPITRE VIII

LES OPÉRATIONS VERS LA TROUÉE DE BELFORT

CHAPITRE IX

LA PREMIÈRE ÉTAPE DE LA RETRAITE
(LE DOUBS FORCÉ)

CHAPITRE X

AUTOUR DE BESANÇON

CHAPITRE XI

LA DEUXIÈME ÉTAPE DE LA RETRAITE
(L'ARMISTICE)

DEUXIÈME PARTIE

TROISIÈME PARTIE

ANNEXE I

ANNEXE II

ANNEXE III

ANNEXE IV

ANNEXE V

ANNEXE VI

ANNEXE VII

ANNEXE VIII

ANNEXE IX

ANNEXE X

ANNEXE XI

ANNEXE XII

ANNEXE XII

ANNEXE XIV

FIN DE LA TABLE DES MATIÈRES.

5203. — CORBEIL. — Imprimerie CRÉTÉ